KNAUR

Im Knaur Taschenbuch ist von der Autorin bereits erschienen:
Weiße Nächte, weites Land

Über die Autorin:
Martina Sahler, 1963 in Leverkusen geboren, studierte Germanistik und Anglistik in Köln. Sie arbeitete lange Zeit als feste und freie Lektorin für Belletristik, bevor sie sich mit großer Begeisterung der Schriftstellerei widmete. Seit 15 Jahren schreibt sie Romane für Erwachsene und Jugendliche. Mit ihrer Familie und zwei Katzen lebt sie im Bergischen Land bei Köln.

Martina Sahler

Das Huren-schiff

Roman

KNAUR

Besuchen Sie uns im Internet:
www.knaur.de

Redaktion: Dr. Herbert Neumaier
Karte: Computerkartographie Carrle
Umschlaggestaltung: ZERO Werbeagentur, München
Umschlagabbildung: © Malgorzata Maj / Arcangel Images /
The Bridgeman Art Library / Expedition of Robert Cavelier
de La Salle (1643-87) in Louisiana in 1684, 1844 (oil on canvas),
Gudin, Jean Antoine Theodore (1802-80) /
Château de Versailles, France / Giraudon
Satz: Adobe InDesign im Verlag
Druck und Bindung: CPI books GmbH, Leck
ISBN 978-3-426-51383-5

2 4 5 3 1

Martina Sahler

Das Hurenschiff

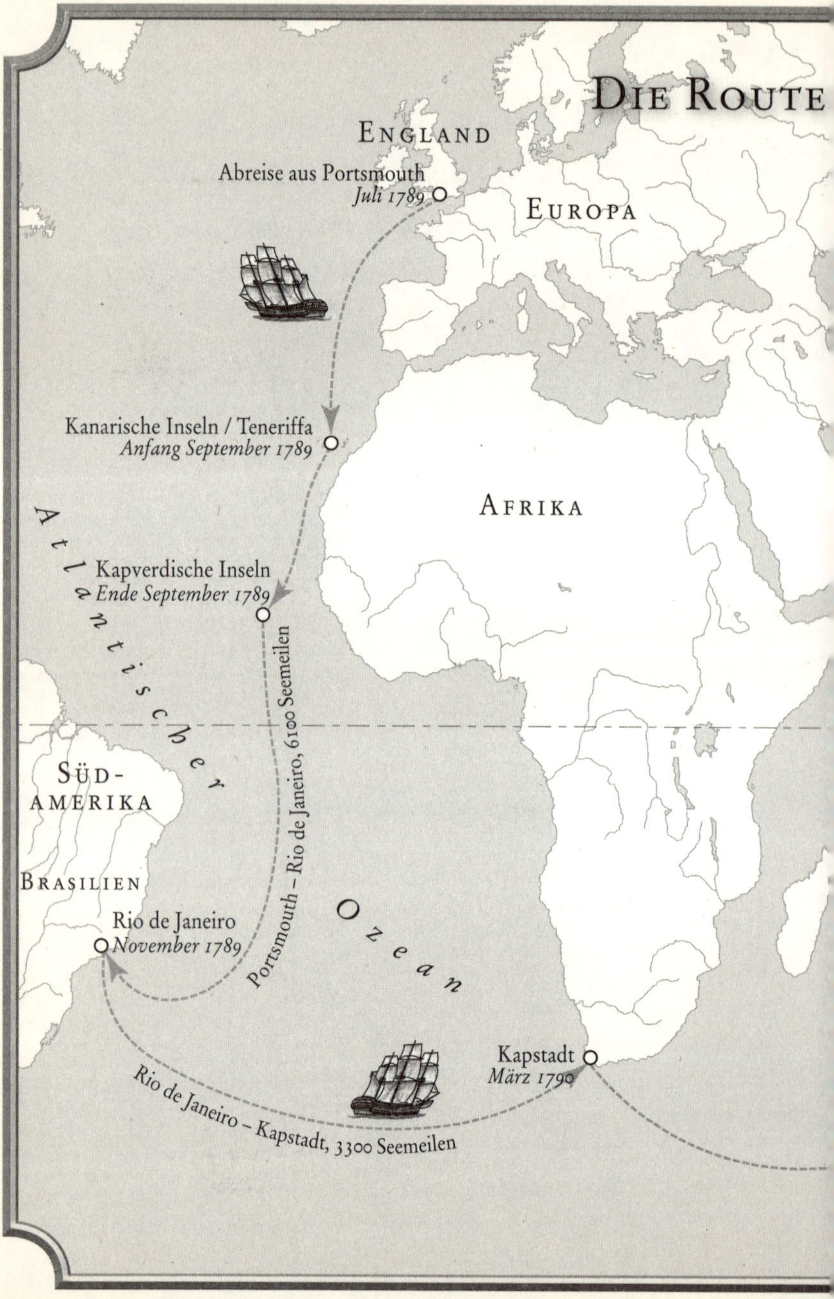

Die Route
England
Abreise aus Portsmouth
Juli 1789
Europa
Kanarische Inseln / Teneriffa
Anfang September 1789
Afrika
Atlantischer Ozean
Kapverdische Inseln
Ende September 1789
Portsmouth – Rio de Janeiro, 6100 Seemeilen
Süd-Amerika
Brasilien
Rio de Janeiro
November 1789
Kapstadt
März 1790
Rio de Janeiro – Kapstadt, 3300 Seemeilen

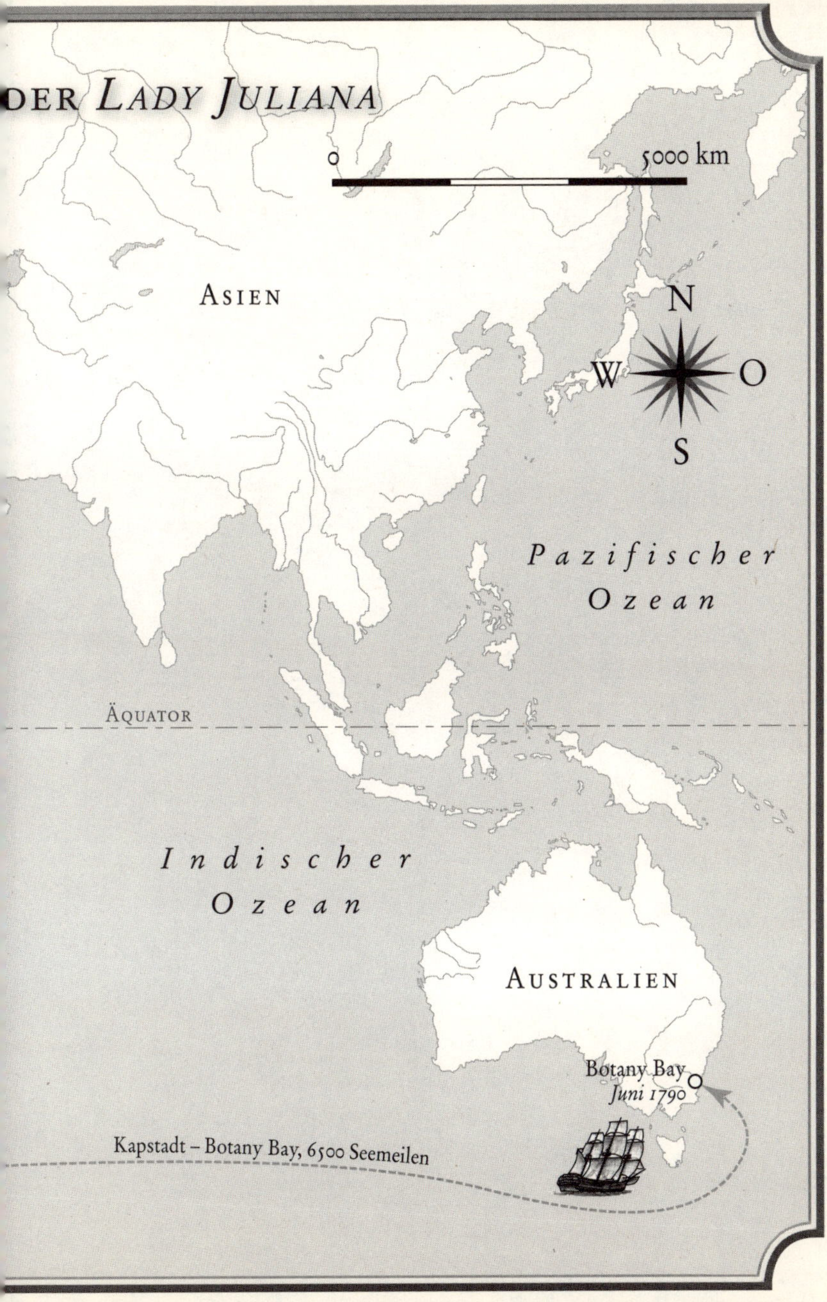
DER *LADY JULIANA*
0
5000 km
ASIEN
N
W
O
S
Pazifischer Ozean
ÄQUATOR
Indischer Ozean
AUSTRALIEN
Botany Bay
Juni 1790
Kapstadt – Botany Bay, 6500 Seemeilen

Die wichtigsten Figuren

Aus London

Molly Monday, 13-jährige Straßenhure
Hannah Douglas, Mollys beste Freundin
Dorothy Johnson, Bordellbetreiberin und Geschäftsfrau
Pietro Lamberni, Dorothys betrügerischer Liebhaber
Laurie Hodginson, 17, Dorothys Lieblingshure
Rose Naiden, 25, gilt in London als »Königin der Diebe«
Andrew Naiden, ihr Ehemann, auf dem Gefangenenschiff *Neptune* unterwegs

Aus Lincolnshire

Claire Durand, 19, behütete junge Frau, die ihrem Herzen folgt
Henry Wheeler, Marinesoldat und Claires große Liebe
Annie, die »Kirschmund-Lady«, die Sir Thomas Edgar bezaubert
Sarah Whitlam, gefallenes Mädchen, in das sich John Nicol verliebt
Nelly, Claires Zellengenossin in Lincolnshire

Auf der Lady Juliana

Kapitän Aiken
Sir Thomas Edgar, Regierungsbeauftragter und Erster Offizier
Jack Barns, gutaussehender Steuermann
John Nicol, Steward
Matthew Randolphs, Koch
Will March, Schiffsjunge
Ben Benson, alter Seebär
Dr. Richard Alley, Schiffsarzt
Charlotte Spencer, Helferin des Schiffsarztes

1. Kapitel

London, Juli 1788

Das Kichern hörte sie zuerst. Dann das grollende Lachen, tief aus dem Bauch, gefolgt von einem Rasselhusten. Die Treppe knarrte.

Molly kroch auf allen vieren über die Dielenbretter, fuhr mit ausgestrecktem Arm unter das Bett und hielt in der Bewegung inne. Ihr Pulsschlag pochte, während sie lauschte.

Wieder knackte die Treppe. Trippelnde Schritte, dahinter Stampfen.

Verflucht, Rachel war doch gerade erst runter auf die Wood Street gegangen. Dass sie so schnell mit einem Freier zurückkehrte …

Glück für sie, Pech für Molly.

Der Käse, den Rachel ihr gestohlen hatte, musste warten. Irgendwo in dieser Kammer hatte sie ihn versteckt, aber es blieb keine Zeit mehr, ihn zu suchen.

Die Stimmen wurden lauter, das Krachen der Bretter kam jetzt von den obersten Stufen.

Molly sprang auf und wandte den Kopf nach links und rechts auf der Suche nach einem Unterschlupf. Unter dem Bett war zu wenig Platz, selbst für eine magere Dreizehnjährige wie sie.

Der Schrank! Sie sprang zur Seite, zog die Tür auf und schlüpfte ins Innere. Der Nagel ihres Zeigefingers riss ins Fleisch, als sie die Tür von innen zuzog und sich zusammenkauerte.

Blut tropfte auf ihre Strümpfe, als sie die Hand aufs Knie legte. Sie führte den pochenden Finger zum Mund und saugte daran. Dann lauschte sie auf die Geräusche von draußen. Ihr Herz schlug so hart gegen die Brust, dass sie befürchtete, es würde sie verraten.

Im Schrank roch es wie in einem verrottenden Schmutzwäschesack. Der Gestank nach Urin und Schweiß hüllte sie ein und ließ sie jeden Atemzug mit Widerwillen ausführen. Überlagert wurde das ekelerregende Gemisch von dem Geruch nach – ungewaschenen Füßen? Molly konnte ihn nicht klar bestimmen, aber er kam aus der linken hinteren Ecke, wo unter einer löchrigen Decke vergilbtes Papier hervorlugte.

Die Zimmertür flog auf, der Schrank vibrierte. Ein Stolpern auf Stoffschuhen, ein weiteres Kichern, dann fiel die Tür mit einem dumpfen Knall zu. Molly hörte, wie sie verriegelt wurde, und schob die Nase ein wenig vor, um durch den Spalt zwischen den beiden Schrankflügeln nach draußen zu lugen.

Rachel, die verlauste Schlampe.

Molly verzog das Gesicht, als sie die Siebzehnjährige betrachtete. Das schmutzig gelbe Kleid hing notdürftig geflickt an ihrem Körper, die Haare standen verfilzt vom Schädel ab. Beim Lächeln zeigte sie die braunen Zahnstumpen in ihrem Mund, aber genau dieses Lächeln gefror nun zu einer Maske. Rachel riss die Lider so weit auf, dass Molly die Rundung der Augäpfel erkennen konnte. Ihre Pupillen wirkten übernatürlich geweitet. Ein Ausdruck von Todesangst ließ ihren Blick flackern.

Molly wagte es, ein Stück näher an den Spalt zu rücken, aber mehr als Rachels von Entsetzen gezeichnete Miene konnte sie nicht erkennen.

Die Stimme des Freiers erklang: »Du hässliches Miststück. Was glotzt du, hä?«
Rachel befeuchtete die Lippen mit der Zungenspitze. »Was wollt Ihr? Ihr braucht mich nicht zu zwingen.« Sie mühte sich ab, ein Gurren zustande zu bringen, um den Kerl zu überzeugen, dass auch sie Spaß haben würde. Molly wusste so gut wie Rachel, was die Freier aufgeilte.
Jedoch nicht diesen.
»Wenn es mir aber dann besonderen Spaß bereitet?« Jetzt trat der Mann einen Schritt vor. Molly griff sich an den Hals, als er in ihr Sichtfeld kam.
Niemals zuvor hatte sie einen so abstoßenden Kerl gesehen. Er war wuchtig wie der an den Ketten reißende Bär, den Molly im Sommer auf dem Jahrmarkt beobachtet hatte. Sein Bauch erinnerte an einen zum Platzen gefüllten Hafersack, Pockennarben verunstalteten den kahlen Schädel und die breitflächige Fratze. Die Augen versanken in Fettwülsten, die Nase wirkte verformt und war von Adern durchzogen. Pelzige Brauen trafen sich über der Nasenwurzel.
Doch das Entsetzlichste an ihm war das Schlachtermesser. Die Spitze zeigte auf Rachel, den Griff umfasste seine Pranke. Molly sah Rachels Rocksaum über den zitternden Knien flattern, sah, wie sie die Hände hob und mit offenem Mund den Kopf schüttelte. »Tut mir nichts«, flehte sie. »Tut mir nichts …«
Das Gesicht des Fetten verzerrte sich zu einem Grinsen. Gleichzeitig fuhr er sich mit der Linken zwischen die Beine. Dann nestelte er, ohne Rachel aus den Augen zu lassen, am Bund seiner Beinkleider. In der nächsten Sekunde sackte der Stoff zu Boden und entblößte das Geschlechtsteil des Mannes, das wie eine rot glühende Lunte unter seinem Bauch hervorstach.

Wieder machte er einen Schritt auf Rachel zu, die inzwischen rückwärts bis zum Fenster gestakst war und sich gegen die Wand drückte, am ganzen Körper schlotternd vor Angst.
Molly biss sich auf die Fingerknöchel, während sie mit ansehen musste, wie der Freier mit der Klingenspitze Rachels Kleid aufritzte. Er ließ sich Zeit, schien jede Bewegung, das Wimmern und Flehen der Hure zu genießen. Wie ein Wurm fuhr die Zunge über seine Lippen, während er immer wieder an sein Glied fasste.
Rachels Kleid löste sich in Fetzen von ihrem Körper, das Messer zog Blutlinien auf ihrer Haut. Tränen liefen ihr über das Gesicht, Spuckeschaum klebte in ihren Mundwinkeln, während sie um Gnade winselte.
Die Gedanken schwirrten hinter Mollys Stirn wie ein Schwarm aufgeschreckter Vögel. Würde er Rachel aufschlitzen wie ein Kaninchen? Musste sie mit ansehen, wie er sie abschlachtete?
Was sollte sie tun?
Was *konnte* sie tun?
Sie war etwa drei Köpfe kleiner als der Freier und wog kein Viertel seines Körpergewichts. Sie hatte keine Chance gegen diesen Koloss, selbst mit dem Vorteil des Überrumpelns, wenn sie ihn von hinten ansprang. Sie besaß keine Waffe, sie war nicht kräftig. Sie hatte ihm nichts entgegenzusetzen. Er würde sie abschütteln wie ein Äffchen, das sich an seinen Bullennacken klammerte, und ihr einen Wimpernschlag später die Klinge in den Bauch rammen.
Wenn Rachel ihre Freundin wäre …
Ja, dann vielleicht.
Für Hannah etwa, die in dieser Minute irgendwo draußen in der Goldsmith Alley oder drüben an der Gutter Lane Freier anzulocken versuchte.

Für Hannah würde sie es riskieren.
Aber Rachel kannte sie nur als Diebin, als hinterhältige Schlange, die sich nachts in ihr Zimmer geschlichen hatte, um den Käse zu stehlen, den sie mit Hannah einem einäugigen Hafenarbeiter abgeluchst hatte.
Für so eine sollte sie ihr Leben riskieren?
Und wenn sie Hilfe holte?
Nur, wie?
Sie saß in dem Schrank wie eine Maus in der Falle. Keine Chance, ungesehen aus dem Zimmer zu verschwinden und Dorothy zu alarmieren.
Wenn eine von den Frauen dem Kerl die Stirn bieten konnte, dann Dorothy. Ihr gehörte der Laden hier. Dorothy sprach nur von ihrem »Gästehaus«, aber jeder in dem Viertel wusste, dass sie vom Bordellbetrieb lebte.
Schweißperlen lösten sich auf Mollys Stirn und liefen in Rinnsalen die Schläfen hinab. Die Knöchel bluteten von ihren eigenen Bissen, während sie durch den Spalt spähte und fieberhaft überlegte, ob es etwas anderes für sie zu tun gab, als darauf zu hoffen, dass alles schnell ging.
Der Freier änderte seine Taktik. Er führte der inzwischen nackten, knochigen Rachel die Klinge an den Hals und zwang sie durch Druck auf die Schultern in die Knie.
Molly hatte mit ihren dreizehn Jahren mehr gesehen und erlebt als manche erwachsene Frau. Einen Freier auf Französisch zu bedienen gehörte zu den Gepflogenheiten im Bordell – jede Hure spielte da mit.
Warum aber in drei Teufels Namen musste dieser Kerl Rachel dabei fast zu Tode quälen und ängstigen?
Erregte ihn das zusätzlich? Je stärker die Folter für sein Opfer, desto größer die Lust für ihn?
Molly beschloss, ihre Freier künftig genauer abzuschätzen,

bevor sie sie mit aufs Zimmer nahm. Für ein paar Pence tat sie manches, was ihr die Würde nahm und den Respekt vor sich selbst. Aber so gefoltert zu werden — dieses Risiko wollte sie gewiss nicht eingehen.

Mit einem Ruck zog der Freier Rachel an den Haaren nach oben, so dass sie laut aufschrie – ein Quieken wie von einem Ferkel, das zur Schlachtbank geführt wird. Die Pranke fuhr links, rechts, links über Rachels Wangen, die Haut an den Schläfen platzte auf, aus dem linken Nasenloch quoll Blut, der Kopf schwang hin und her. Dann warf der Mann Rachel auf das Bett, auf dem eine Decke über fauligem Stroh lag. Die Bretter ächzten.

Molly sog die Luft ein, als sie sah, dass der Freier das Messer auf den in der Mitte der Kammer stehenden Holztisch legte, bevor er sich auf Rachel stürzte. Sie hörte ein Gurgeln, als er Rachel würgte. Aus ihrem Mund kam nur noch ein Krächzen, während sich der schwabbelige Hintern des Freiers nun auf und ab bewegte.

Wenn Molly geglaubt hätte, dass es irgendeinen Sinn ergab, dann hätte sie jetzt vielleicht darum gebetet, dass der Freier Rachel nicht erwürgte. Dass er von ihr abließ. Aber Gott hatte in diesen Zeiten anderes zu tun, als sich um menschlichen Abschaum wie sie und Rachel zu kümmern. Davon war Molly überzeugt.

Sie starrte wie gebannt auf die im Licht der untergehenden Sonne blinkende Klinge auf dem Tisch. Jetzt sich aufrichten, aus dem Schrank stürmen, das Messer packen und es dem Kerl mit beiden Händen zwischen die Schulterblätter stoßen.

Sie könnte es schaffen, wenn sie sich flink bewegte – so schnell konnte er gar nicht begreifen, was geschah, und aufspringen, um sich zu verteidigen.

Molly spürte, wie sich die Anspannung aus ihren Schultern in ihren ganzen Körper bis zu den Sprunggelenken im Knöchel übertrug. Doch im nächsten Moment wurde ihre Aufmerksamkeit von dem Geschehen im Hurenzimmer abgelenkt. Ein Rascheln nur, ein Scharren. Ihr Kopf ruckte herum.

In der linken hinteren Ecke des Schranks bewegte sich etwas unter der Wolldecke.

Sie sah den langen dünnen Schwanz, den halbrunden Körper unter dem Stoff.

Der Käse, schoss es ihr durch den Sinn, und im nächsten Moment: *Ratten!*

In der Dunkelheit ihres Verstecks erkannte sie einen weiteren sich bewegenden Tierkörper. Ekel und Wut überrollten sie. *Mistviecher!* Sie mussten sich ein Loch durch die Wand in den Schrank genagt haben, angelockt von dem Geruch des Leckerbissens.

Unter anderen Umständen hätte Molly das nächste Brett oder Stuhlbein gepackt und die Tiere vertrieben oder erschlagen – sie war mit Ratten und Mäusen, Läusen und Wanzen aufgewachsen und wusste sich gegen sie zu wehren oder sich, wo es keine andere Möglichkeit gab, mit ihnen zu arrangieren. Aber dass sie jetzt zusehen musste, wie die dreisten Viecher Stück um Stück der gelben Brocken abrissen und davontrugen, ließ sie schier platzen vor Zorn.

Aus dem Hurenzimmer erklang ein Grunzen, gefolgt von einem Seufzer. Rachels krächzendes Atmen ging in einen Husten über. Offenbar war der Freier fertig und hatte seinen Würgegriff um ihren Hals gelockert.

Molly rückte näher an den Spalt heran und sah, wie sich der Kerl auf die Bettkante setzte und die Hose hochzog. Alles Grausame war aus seinem Gesicht gewichen, seine Züge entspannten sich, als würde er in der nächsten Sekunde eindösen. Die Unterlippe hing spuckefeucht herab, die Pupillen wirkten benebelt.

Rachel hustete und weinte gleichzeitig.

»Halt's Maul«, fuhr der Freier sie schläfrig an, ohne die Stimme zu heben. Genauso gelassen fuhr er fort: »Ein Wort über das, was geschehen ist, und deine Hurenfreundinnen können deine Leiche in Stücken aus der Themse fischen. Hast du das verstanden?«

Rachel griff sich mit den Händen an ihren violett verfärbten Hals, nickte ein ums andere Mal. Tränen flossen über ihre Wangen, das Weiße in ihren Augen war rosa von geplatzten Äderchen. Sie bot ein erbärmliches Bild, spindeldürr, wie sie war, blutverschmiert, von Schnittwunden gezeichnet.

So durfte kein Freier eine Dirne zurücklassen. Nicht mal eine Käsediebin wie Rachel.

Der Moment, in dem Molly hätte eingreifen können, war vergangen. Unmöglich, jetzt noch hervorzuspringen. Wahrscheinlich langte der Fettsack auch noch schneller zum Messer als sie – er hockte nahe dem Tisch, auf dem die Klinge lag. Einen Atemzug später durchfuhr Mollys Oberschenkel ein Schmerz wie von glühenden Nägeln. Die Pein drang ihr bis in die Knochen. Als sie begriff, dass sie den Schrei nicht unterdrückt hatte, glaubte sie sich einer Ohnmacht nah. *Bloß nicht das Bewusstsein verlieren, bloß nicht umkippen!*, hämmerte es in ihrem Schädel. *Sonst überlebst du das hier nicht.*

Sie packte das haarige Etwas, das an ihrem Oberschenkel hing, und schleuderte die Ratte gegen die Wand des Schranks. Dann geschah alles gleichzeitig. Sie sah durch den Spalt, wie der Freier hochsprang, stieß die Türflügel auf und schnellte empor. Sie stürzte zum Tisch, warf ihn um, so dass das Messer in die Zimmerecke flog, und stand einen Herzschlag später dem tatsächlich mehr als drei Köpfe größeren Kerl gegenüber, der die Fäuste geballt hatte und die Schultern wie ein Ringer im Kampf mit einem ebenbürtigen Gegner hochzog.

Aber der Gegner war nur Molly, ein drahtiges Mädchen mit kohlschwarzen kurzen Haaren und eisblauen Augen, kaum der Kindheit entwachsen.

Auch sie hatte ihre Hände zu Fäusten geballt, tippelte auf nackten Füßen vor dem Mann, der sich keinen Zoll bewegte, und schob das Kinn vor, so dass sie mit der unteren Zahnreihe auf die Oberlippe biss.

Molly fixierte den Koloss, hielt seinem zuckenden Blick stand. In einer Ecke ihres Verstands nahm sie wahr, dass Rachel immer noch schluchzte und wie ein blutiger Haufen Haut und Knochen am oberen Ende des Bettes hockte. Im Zimmer stank es dermaßen nach dem Schweiß des Freiers und nach seinen Säften, dass es Molly würgte.

In dem Moment, als dem Kerl offenbar dämmerte, welch zwergenhafte Figur ihn hier zum Kampf herausforderte, und er sich mit einem Grinsen auf Molly werfen wollte, schoss ihr Knie vor. Sie musste es fast bis in Brusthöhe anziehen, aber es traf. Ein Geräusch wie von einem zertretenen Fisch, dem die Gedärme hervorquellen, erfüllte den Raum.

Der Koloss fuhr sich mit beiden Händen zwischen die Beine, seine Wangen blähten sich, durch seine zusammengepressten Lippen entwich zischend die Atemluft.

Molly hatte nur diesen einen Moment. Sie wirbelte herum, entriegelte die Tür, stürmte hinaus und hechtete die Treppe hinab.

Keuchend, die Arme angewinkelt, verharrte sie Sekunden

später vor dem Eingang der Schenke, linste nach links und rechts die Goldsmith Alley entlang, wog ihre Möglichkeiten ab. Sie kannte jeden Schlupfwinkel in dieser Gegend, die Schuppen, Scheunen und Gässchen, die Pfandleiher, die Schlafsäle und Baracken, die Absteigen und selbst die Toilettenhäuschen in den Hinterhöfen. Seit ihrem siebten Lebensjahr streunte sie auf den Straßen Londons. Zu überleben zählte zu Mollys größten Talenten.

Sie wandte sich nach links in Richtung Cheapside und schlüpfte zwischen zwei Spelunken in eine Gasse. Der Weg führte zu einem Gartenhäuschen, in dem der Besitzer faulende Bretter und Fässer lagerte.

Wie eine Wildkatze sprang sie über eine Backsteinmauer, zerkratzte sich die Füße in dem Gestrüpp dahinter, hastete weiter, bis sie endlich die kaum mannshohe Hütte erreichte. Die Tür hing nur noch in einer Angel. Molly musste sie mit beiden Händen anheben, um sie einen Spaltbreit öffnen zu können.

Dunkelheit und Modergeruch empfingen sie. Sie tastete sich mit ausgestreckten Händen vor, bis sie einen Holzdeckel fühlte, hob diesen an und kletterte in ein Fass. Den Deckel schloss sie wieder, als sie sich hinkauerte, die Knie bis ans Kinn gezogen.

Hier bleibe ich, dachte Molly, während sie den Geruch nach schalem Bier und Fäulnis in die Lungen sog. *Hier findet er mich nicht. Hier bleibe ich, bis er aufhört, nach mir zu suchen. Bis morgen früh vielleicht. Vielleicht bis zum Mittag.*

Dann würde sie zurückkehren. Zurück zu Dorothys Gästehaus. Wohin auch sonst? Ein anderes Zuhause hatte sie nicht.

2. Kapitel

Lincolnshire, Juli 1788

Der zweispännige Wagen holperte über den von Schlaglöchern übersäten Weg. Immer wieder musste der Mann auf dem Kutschbock die Pferde zügeln, um Steinbrocken oder den vom letzten Sommersturm abgebrochenen Zweigen auszuweichen.

Das Morgenlicht fiel pastellfarben auf die Heidelandschaft, durch die die Kutsche ratterte.

Claire schmerzte das Hinterteil. Das beständige Schaukeln seit Sonnenaufgang verursachte ihr Übelkeit.

Henry hatte den Arm um ihre Schultern gelegt und hielt mit der Linken ihre ineinander verschränkten Hände. Sein Atem streifte ihren Hals, sein Sandelholzduft hüllte sie ein, während er auf sie einsprach.

»Sorg dich nicht, mein Engel. Alles wird gut.«

Der Abglanz eines Lächelns erschien auf ihrem Gesicht. Der Teint schimmerte durchscheinend bläulich, die haselnussbraunen Augen wirkten vergrößert.

»Wenn du nur bei mir bleiben könntest. Ich habe Angst vor der Zeit, in der du mich allein lassen musst.«

Seine Kiefer mahlten, als er aus dem Fenster schaute, wo die Landschaft mit dem struppigen Heidekraut und vereinzelten in den blaurosa Himmel ragenden Nadelbäumen an ihnen vorbeizog. »Ich wünschte, ich müsste es nicht tun, Claire. Aber ich habe Verpflichtungen, die älter sind als unsere Bekanntschaft. Was ich dir versprechen kann: Sobald ich aus

Frankreich heimkehre, werde ich dich nicht mehr allein lassen. Das schwöre ich dir bei unserer Liebe. In derselben Minute, da das Schiff in Portsmouth Anker geworfen hat, werde ich mich in die erste Kutsche setzen, um zu dir nach Lincoln zu reisen. Ich werde darum ersuchen, in ein anderes Regiment versetzt zu werden, zur Infanterie. Wohin auch immer ich dann verschickt werde – du wirst an meiner Seite sein. Du und unsere Kinder.« Er streichelte mit dem Finger über ihr Kinn und ihren Hals, bevor er sie auf den Mund küsste.

Claire genoss seine Nähe, seine Wärme, seine Worte. Dennoch blieb das wehe Gefühl, die Angst vor dem Unbekannten, auf das sie sich eingelassen hatte – in dem festen Glauben, die Liebe zwischen ihr und Henry Wheeler würde alle Hindernisse überwinden.

Sie waren füreinander bestimmt und gehörten allen Widrigkeiten zum Trotz zueinander.

Auch wenn sie Schande über ihre Familie brachte.

Auch wenn ihr rechtmäßiger Verlobter, wenn er je von ihrer Flucht erfuhr, ob der Demütigung vor Zorn rasen und Rache schwören würde.

Ihre Reisetasche in der Hand, verharrte Claire eine Stunde später mitten in dem Pensionszimmer und schaute sich um. Sie zog die Unterlippe zwischen die Zähne, während sie das mit bestickten Laken bedeckte Bett musterte. Auf dem Nachttisch stand eine Kerze in einem eisernen Halter, den Tisch mit den zwei Stühlen an den Längsseiten zierte ein Spitzendeckchen, an der Wand gegenüber dem Fenster prangte in einem geschnitzten Holzrahmen ein Bild: das Porträt einer alten Dame mit strengen Zügen und einer Haube über Schläfenlocken. Unter dem Fenster stand eine aus Eiche

gehauene Truhe, deren Deckel in den Scharnieren quietschte, als Claire ihn anhob, um ihre Sachen hineinzulegen.
»Es ist heimelig hier«, sagte sie über die Schulter zu Henry, der ein paar Worte mit der Pensionswirtin Mrs. Collins tuschelte und dann die Tür hinter der Frau schloss.
»Hier wirst du dich wohl fühlen, Liebste, hier weiß ich dich behütet. Du ahnst nicht, wie schnell zwei Monate vergehen, wenn man sich liebt.«
Sie schlang die Arme um seinen Nacken und blickte zu ihm auf. »Sie werden mir wie eine Ewigkeit erscheinen, selbst wenn ich in einem Schloss auf dich warten würde«, erwiderte sie.
Er umfasste ihre Taille und drückte sie an sich.
»Wann musst du los?«, fragte sie.
»Morgen noch vor Sonnenaufgang. Uns bleibt der Rest vom Tag und die Nacht.« Er beugte den Kopf, um sie zu küssen. Sie erwiderte den Kuss mit aller Liebe, die sie für ihn empfand, und ließ es zu, dass er sie hochhob und zum Bett trug.
»Was wird die Wirtin von mir denken?«, fragte sie, als er sich neben sie legte und begann, ihr Dekolleté zu küssen und zu streicheln. »Wird es sie nicht wundern, dass ich hier allein wohne?«
»Ich habe sie in Kenntnis gesetzt – jedenfalls so weit, dass sie sich Fragen verkneifen sollte. Die Miete habe ich ihr für zwei Monate im Voraus bezahlt. Sie wird dich in Ruhe lassen.«
Als er begann, das Kleid von ihren Schultern zu streifen, sinnierte Claire, dass dies wahrscheinlich das größte Abenteuer war, das sie in ihrem Leben bestreiten musste. Eine schlimmere Unsicherheit und größere Ängste konnte sie sich zu dieser Zeit nicht vorstellen.

Zum Glück hatte sie daran gedacht, Lesestoff aus der Bibliothek ihres Vaters einzupacken. Diese Pension verfügte weder über ein Studierzimmer noch über Bücher, die sie sich hätte ausleihen können.
Wenn sie nicht die Mahlzeiten im Schankraum der Wirtin einnahm oder einen Spaziergang machte, saß sie in ihrem Zimmer am Tisch, beugte sich über die Romane von Daniel Defoe, Jonathan Swift oder Samuel Richardson und versuchte, sich auf die Zeilen zu konzentrieren.
Aber ihre Gedanken schweiften immer wieder ab, die Buchstaben verschwammen vor ihr. Sie dachte an ihre Eltern auf Gut Heartridge, stellte sich deren Mienen vor, wenn sie ihre Flucht bemerkten.
Ob sie nach ihr suchen werden? Wohl nicht. Ihr Vater ließ sie lieber in ihr vermeintliches Unglück rennen, als sich zu erniedrigen und sie um ihre Umkehr zu bitten.
Und die Mutter? Sie hütete wahrscheinlich das Bett, die Riechflasche griffbereit auf dem Nachttisch, die Haare gelöst, ein feuchtes Seidentüchlein auf der Stirn, unentwegt lamentierend über die Schande, die die einzige Tochter über die Familie gebracht hatte. Die Nerven ihrer Mutter waren wenig belastbar.
Aus diesem Grund schien es ein Glücksfall, dass Mrs. Elizabeth Durand sich nur mit einem einzigen Kind plagen musste; eine Schar von Nachkommen hätte gewiss ihre Kräfte überstiegen. Aber in jeder anderen Hinsicht war es ein Drama.
Als einzige Tochter ihrer Eltern besaß Claire nicht den mindesten Erbanspruch auf das Gut.
Nach ihrer Geburt hatte die Hebamme erklärt, eine weitere Schwangerschaft sei für Mrs. Durand ausgeschlossen. Was falsch gelaufen war, erfuhr Claire nicht, aber sie wusste, dass

sie ihren Eltern nie genügt hatte. Sie hatte es zu spüren bekommen an den Zurechtweisungen und dem Tadeln der Mutter, an der Kälte, mit der ihr der Vater begegnete. Einziges Kind, doch nicht der Sohn, der das Erbe fortzuführen imstande gewesen wäre.

Als sie zwölf wurde, konfrontierten ihre Eltern sie mit der Entscheidung, sie, sobald sie heiratsfähig wäre, mit dem Vetter des Vaters zu verehelichen, dem laut Erbschaftsrecht der Besitz nach dem Tod der Eltern zufallen würde. So sei zumindest gesichert, dass sie auf dem elterlichen Gut bleiben und ihm als Hausfrau dienen könne.

Claire hatte sich wie stets gefügt – immer in der Hoffnung, dadurch Zuneigung und Achtung zu erringen.

Die Ehe mit dem Vetter erschien ihr wie eine unausweichliche Konsequenz, eine Notwendigkeit, die das Glück aller in der Familie wahren würde. Als nächster männlicher Verwandter stand Vetter Wilbur das Erbe von Gut Heartridge zu.

Doch Claires Leben geriet aus dem Takt, als in der Gegend das »Offiziersfieber« ausbrach, wie es die Mutter mit spöttischer Verachtung nannte. Im Dorf hatte ein Regiment Station bezogen. Die Kerle in ihren roten Röcken verdrehten allen jungen Frauen den Kopf.

Claires Freundin Matilda plapperte von nichts anderem mehr als davon, wer den nächsten Ball besuchte und wen von den Offizieren man mit welcher Dame zum zweiten Mal tanzen gesehen hatte.

Matilda verliebte sich bis über beide Ohren in einen Soldaten namens Gallagher. Claire beneidete sie um den Luxus, ihren Gefühlen nachgeben zu dürfen.

Sie selbst hielt sich bei den Festlichkeiten an der Seite von Vetter Wilbur, der sie seit ihrem siebzehnten Geburtstag in jeder Gesellschaft als seine Verlobte vorstellte.

Dann rief man Wilbur geschäftlich nach London, und Henry Wheeler, ein Freund von Matildas Kavalier Gallagher, ließ sich nicht nur den ersten, sondern auch den zweiten und dritten Tanz mit ihr beim Ball auf dem Nachbargut reservieren. Das Munkeln der Leute nahm Claire nur am Rande wahr – sie schwebte wie auf einer Wolke, als Henry sie über das Parkett führte, ertrank in seinen meergrünen Augen. Der Duft seines Sandelholzparfüms betörte ihre Sinne.

Den ersten Kuss tauschten sie bei einem nächtlichen Spaziergang im Park. Claire fühlte sich, als schmölze sie in seinen Armen. Nie zuvor war sie von so viel Liebe erfüllt gewesen, nie hatte sie geahnt, dass solche Sehnsüchte in ihr schlummerten.

Als sie sich eingestand, dass sie sich Hals über Kopf in den Offizier verliebt hatte, war es zu spät, um sich noch zurückzuziehen. Sie hatte ihr Herz verloren – an den Falschen. Obwohl sie wusste, welche Komplikationen diese Entwicklung heraufbeschwören würde, genoss sie jede Minute, die sie in Henrys Gegenwart verbrachte, gestohlene Stunden, von denen niemand erfahren durfte.

»Komm mit mir. Als meine Frau«, flüsterte Henry in ihr Ohr, als sie sich zu einem ihrer Stelldichein in der Gartenlaube trafen, deren Schlüssel er von einem Freund geliehen hatte.

»Wie soll das gehen, Henry? Ich bin einem anderen versprochen. Das Arrangement gibt es seit vielen Jahren. Es rettet unser Familienerbe. Sobald ich eigene Söhne bekomme, wird dem Erstgeborenen, wenn ich den Vetter heirate, Gut Heartridge zugesprochen.«

»Willst du dein Leben für deine Eltern und das alte Haus opfern? Was ist mit dir? Willst du auf eigenes Glück verzichten?«

Tränen liefen ihr über die Wangen. »Ich liebe dich, Henry«, flüsterte sie, »und ich kann ohne dich nicht weiterleben.«

»Dann sei mutig, Claire. Vertrau deinen Gefühlen und erlaube es dir, glücklich zu werden. Was schert dich Gut Heartridge? Wir werden uns ein eigenes Zuhause aufbauen, irgendwo, wo dich keiner kennt. Wir brauchen niemandes Erbe.«

»Du wirst wieder in See stechen …«

»Ein letztes Mal«, unterbrach er sie. »Ein allerletztes Mal. Ich schwöre es dir, Liebste.«

»Dann warte ich hier auf dich.«

Er nahm eine Locke ihres hellblonden Haares und wickelte sie um seinen Finger. »Wenn ich gehe und dich hier zurücklasse, wirst du schwach werden. Du wirst dich dem Willen deiner Eltern beugen. Dann gibt es keine Zukunft mehr für uns. Bleib bei mir, Claire. Ich bringe dich nach Lincoln. Ich kenne dort eine Pension, in der kannst du auf mich warten. Ein, zwei Monate, längstens, dann bin ich bei dir, und wir ziehen nach Northampton oder London und bauen uns unser Glück auf.«

»Was soll ich meinen Eltern sagen?«

Er zuckte die Schultern. »Die Wahrheit.«

Die Locken flogen um ihre Schläfen, als sie verneinte. »Das bringe ich nicht fertig, niemals. Ich zerstöre ihr Lebensglück, wenn ich mit dir gehe.«

»Sie zerstören deines, wenn du bleibst.«

Er küsste ihr die Tränen von den Wangen und hielt sie umschlungen, als wollte er sie nie wieder loslassen. Ein größeres Gefühl von Geborgenheit und Liebe hatte Claire niemals zuvor erlebt. Als Henry sie küsste und sie seinen Nacken umschlang, wusste sie, dass sie diesem Mann überallhin folgen würde.

3. Kapitel

London

Molly spürte ihre Beine nicht mehr. Sie bewegte vorsichtig ihre Zehen. Die Haut an den Füßen begann zu kribbeln, als liefe Ungeziefer darüber. Sie wünschte, sie könnte einschlafen. Aber in dem engen Fass roch es stickig wie in einem Grab, und der Rattenbiss in ihrem Oberschenkel brannte.

Noch wagte sie den Rückweg nicht. Vielleicht lauerte der Kerl an der nächsten Ecke, um sie abzupassen. Molly versuchte sich auszumalen, was in seinem Schädel vor sich ging. *Ein Wort über das, was geschehen ist, und deine Hurenfreundinnen können deine Leiche in Stücken aus der Themse fischen.*

Diese Worte hatten sich in ihr Gedächtnis gebrannt. Verständlich, dass Kerle wie er alles daransetzten, ihre abartigen Triebe geheim zu halten. Doch nun wusste er, dass es eine Zeugin gab, ein schmales Hemd wie sie, die er, wenn er sie im richtigen Moment erwischte, mit einer Hand zu erwürgen vermochte. Er brauchte nur abzuwarten und geduldig zu sein.

Aber Geduld besaß sie auch.

Manchmal war es das Beste anzugreifen: zu kreischen wie von Sinnen, mit Wucht zu treten, zu beißen und Striemen in die Haut des Gegners zu kratzen.

Manchmal war es freilich klüger, sich ins Dunkel zu drücken und auszuharren.

Sie ließ die Gedanken treiben und rieb sich die Stelle unterhalb des linken Rippenbogens, die sich bemerkbar machte, wenn sie in Schwierigkeiten steckte und ihr der Angstschweiß hinunterlief: ein dunkelrotes, daumennagelgroßes Muttermal, an das sie nur dachte, wenn es juckte, so wie jetzt.

Molly hatte es im Spiegel eingehend betrachtet und es einmal Hannah gezeigt, die gleich festgestellt hatte, dass es die Form eines vierblättrigen Kleeblatts habe und deswegen ganz gewiss ein Glücksbringer sei. Molly hatte sie ausgelacht – Hannah war manchmal wirklich töricht, auch wenn es darum ging, was einem Glück versprach und was nicht. Ganz sicher kein Blutschwamm wie dieser.

Aus der Zeit im Waisenhaus bis zu ihrem siebten Lebensjahr hafteten nur einzelne Bilder in Mollys Erinnerung. Bilder, die in ihren Träumen lebendig wurden und die sie schweißfeucht aufwachen ließen.

Wie sie im nassen Bett gelegen hatte, die Beine angewinkelt, lautlos weinend. Wie die Nonnen, schwarzen Tieren gleich durch die Gänge huschend, sie an den Beinen auf den Steinboden gezerrt hatten.

Die Stockhiebe auf den nackten Hintern, die gebrannt hatten wie Höllenfeuer.

Der Hunger in ihrem Bauch, wenn die Essensrationen gestrichen wurden.

Der Geruch des Grützbreis, der von der Kelle in die Blechschüssel tropfte.

Die geflüsterten Gespräche der älteren Jungen, die sie belauscht hatte und die von Flucht handelten und davon, dass es ihnen überall bessergehen würde als hier.

Keiner hielt sie auf, als sie mit sieben Jahren ganz allein floh. Sie erinnerte sich an die ersten Nächte in der Nähe der Docks, wie sie die Füße vor Kälte nicht mehr gespürt hatte und der Hunger unerträglich geworden war. An das Triumphgefühl, nachdem sie in dem Laden an der Virginia Street das erste Brot gestohlen hatte. Wie sie Haken schlug, als die Verfolger in ihrem Nacken keuchten, und wie sie es schließlich zurück ans Ufer der Themse schaffte, wo sie in einem Gebüsch das Backwerk genoss wie ein königliches Festmahl.

Von nun an bin ich selbst für mein Glück verantwortlich, dachte sie damals beim Kauen. Bewegte sie sich flink genug und verhielt sie sich geschickt, würde sie überleben. Stellte sie sich schwachköpfig an, würde sie zugrunde gehen.

Molly überlebte die nächsten zwei Jahre, schloss sich Kinderbanden an und verließ diese wieder, als sie die Erfahrung lehrte, dass sie wirklich niemandem vertrauen konnte. Freunde fand man auf der Straße nicht – noch das geringste Diebesgut musste man bewachen, wenn man nicht am Morgen feststellen wollte, dass man von den eigenen Gefährten bestohlen worden war.

Sie war eine gute Diebin geworden. Gewandter und cleverer als die anderen. Gerissener als diejenigen, die sie bestahl. Sie sah deren Reaktionen voraus und berechnete sie bei ihren Beutezügen. Nur wenige Male hatte Molly vor einer Meute wütender Passanten fliehen müssen – meistens merkten die Bestohlenen erst viel zu spät, wenn Molly sich schon längst den Bauch vollschlug, die Münzen zählte oder mit dem nächsten Hehler feilschte, dass ihnen der Schinken aus dem Einkaufskorb, der Geldbeutel oder die Uhr fehlten.

Mit knapp zehn Jahren begegnete sie Hannah.

Das Mädchen fiel ihr auf, weil es ein froschgrünes Kleid trug und in den Haaren eine rosa Schleife aus Tüll. Sie hockte auf einer Mauer vor *Dorothy's Guesthouse* und wippte mit den Füßen, während sie sich umschaute, als erwartete sie jemanden. Ihre nackten Füße starrten vor Schmutz – ein merkwürdiger Gegensatz zu ihrem Putz.

Molly beobachtete von einer Gasse aus das andere Kind. Was tat die da? Auf wen wartete die? War sie vielleicht die Tochter einer der Huren, die hier herumflanierten? Dass sie einer bessergestellten Londoner Familie entstammte, schloss Molly aus. Nicht in dieser Gegend, nicht mit diesen Füßen.

Ein Mann trat auf das Mädchen zu, ein Leutnant vielleicht, gepuderte Perücke unter dem Dreispitz, das Gesicht grau und faltig. Sie lächelte ihn mit zur Seite geneigtem Kopf an. Ihr Großvater? Er umfasste ihre Taille, hob sie von der Mauer, nahm sie an der Hand und verschwand mit ihr in dem Gästehaus.

Molly spähte ihnen hinterher, bis sie verschwunden waren.

Als sie sich aufrichten wollte, um sich den Staub von den Knien zu wischen, zog sich der Kragen ihres Kleides wie eine Schnur um ihren Hals zusammen, und ehe sie sich versah, zappelte sie in der Luft, als hinge sie am Galgenstrick.

Eine schneidende Frauenstimme erklang über ihr: »Was spionierst du hier herum, du Kröte?«

Selbst wenn Molly gewollt hätte, hätte sie nicht antworten können. Aus ihrem Hals entwich nur ein Röcheln, während sie um Luft rang und gleichzeitig um sich trat und boxte.

In der nächsten Sekunde wurde sie auf den Boden geschleudert, dass sie meinte, Knochen brechen zu hören – Schmerz aber spürte sie keinen.

Sie lenkte all ihre Aufmerksamkeit auf die Frau, die sie am Schlafittchen gepackt hatte wie eine streunende Katze und die jetzt mit in die Hüften gestemmten Händen über ihr aufragte und deren Körper die Sonne verdunkelte. Molly fixierte sie mit ihrem eisblauen Blick.

Das nachlässig aufgetupfte Rot ließ die Wangen der Frau ungesund fleckig erscheinen, die Kohle um ihre Lidränder betonte das Gelb ihrer Augäpfel.
An ihrem Hals funkelte eine Kette aus Glassteinen, an ihren Ohrläppchen baumelten grüne Kugeln, so schwer, dass sie sie langzogen. Die unzähligen zu Löckchen gedrehten feuerroten Haare umrahmten ihr Gesicht wie die Rüschenborte eines Zierkissens.
Während Molly all diese Eindrücke innerhalb des Bruchteils einer Sekunde wahrnahm, wog ein anderer Teil ihres Verstandes präzise ihre Möglichkeiten ab.
Wenn sie erst einmal auf den Füßen stand, hatte die Alte keine Chance mehr. Aber bis sie sich aufgerappelt hatte, würde sie sie mit ihren Schnürstiefeln zertreten wie einen Käfer.
Das Mittel der Wahl schien ihr zu sein, die Unschuldige zu spielen – die sie in diesem Fall tatsächlich war. »Ich kam hier nur vorbei und wollte …«
»Papperlapapp. Spar dir deinen Sermon. Du siehst aus, als könntest du eine heiße Hühnersuppe vertragen.« Die Frau musterte Molly von oben bis unten, als wäre sie das Geflügel, das sie in den Suppentopf zu werfen gedachte.
Molly konnte nicht verhindern, das bei dem Wort »Hühnersuppe« ihr Speichel zu fließen begann. Sie wischte sich mit dem Handrücken über die Lippen.
Eine Falle, oder sollte sie tatsächlich unverhofft zu einer warmen Mahlzeit kommen?
Sie konnte sich nicht daran erinnern, wann sie zum letzten Mal etwas Heißes im Bauch gehabt hatte.
Die Spitze des Stiefels traf sie am Hintern. »Na los jetzt. Beweg dich.«

Auch als Miss Dorothy ihr zum dritten Mal die Holzschüssel füllte, schwand Mollys Misstrauen nicht. Den linken Arm hielt sie, während sie löffelte, um die Schale gebeugt, als befürchtete sie, diese würde ihr genommen, bevor sie fertig war. Ihre Leibschmerzen ließen langsam nach und wichen dem wohligen Gefühl von Sättigung.
Molly seufzte unterdrückt, als sie den Löffel ablegte. Erst jetzt gestattete sie sich, sich in dem Zimmer umzuschauen, in das sie Miss Dorothy gebracht hatte.
Über der gemauerten Kochstelle dampfte der Topf mit der Suppe. Um den Holztisch, an dem Molly der Frau gegenübersaß, stand fast ein Dutzend wackeliger Stühle. Ein Bett mit einem geschnitzten Himmel und weinroten Samtvorhängen füllte eine Zimmerecke. Auf den Bodenbrettern lagen verschiedene, zum Teil verschlissene Teppiche mit orientalischem Muster. Es gab einen Schrank mit Glasvitrinen und Schubladen, Spitzendeckchen und Holzfiguren, die Frauen und Männer in Liebesposen darstellten. Ein blumiger Parfümgeruch überlagerte den Duft der Hühnersuppe in dem Raum.
»Könntest du öfter haben«, bemerkte Dorothy, während Molly die Holzschale ansetzte, um den letzten Rest der Suppe auszuschlürfen.
Über den Rand der Schale musterte Molly die Frau, versuchte, in ihrem gepuderten Gesicht zu lesen, Heimtücke zu erkennen, irgendeine Arglist. Keiner versprach ihr Suppe für jeden Tag ohne einen Hintergedanken. »Was muss ich dafür tun?«
Ein Lächeln kräuselte die Lippen der Frau. »Lieb sein.«
»Zu wem?«
»Zu Männern, die dafür viel Geld bezahlen.«
»Wer bekommt das Geld?«

»Ich.«
»Und ich die Suppe.«
Dorothys Lächeln verstärkte sich, während sie über den Tisch langte und Mollys Finger berührte. Sie zog sie zurück.
»Du bekommst außerdem ein Dach über den Kopf und meinen Schutz. Keiner wird dir etwas zuleide tun.«
»Ich kann auf mich selbst aufpassen«, erwiderte Molly.
Dorothy hob die Schultern, nahm die Holzschale und kehrte Molly den Rücken zu. »Dann hau ab.«
Doch Molly blieb. Irgendein Instinkt verriet ihr, dass es diese Frau auf absonderliche Art ehrlich mit ihr meinte.
Dorothy behielt in allem recht und stand zu ihrem Wort. Nur in einer Sache hatte sie sich getäuscht: Molly wurde doch Leid zugefügt.
Am Anfang befürchtete sie, vor Ekel und Schmerz zu sterben, aber Anpassungsvermögen zählte zu ihren Talenten beim Kampf ums Überleben.
Und so arrangierte sie sich mit den veränderten Umständen.

Molly hatte jedes Gefühl für Zeit verloren, als sie es endlich wagte, den Fassdeckel hochzudrücken. Sonnenstrahlen fielen steil in die Hütte und erhellten das Durcheinander aus Holzabfällen. Es musste gegen Mittag sein.
Mollys Knochen knackten und schmerzten, ihre Muskeln brannten, über ihre Haut schien eine Armee von Kakerlaken zu laufen, als sie sich aufrichtete.
Sie hatte das Gefühl, die ganze Nacht über in eine Starre verfallen zu sein. Geschlafen hatte sie vielleicht ein paar Stunden, aber ausgeruht fühlte sie sich nicht.
Ob sie es wagen sollte, zurück zum Gästehaus zu laufen? Bestimmt hatte der Freier dort nicht so lange ausgeharrt, um ihr aufzulauern.

Was allerdings nicht hieß, dass er nicht wiederkehrte.
Künftig würde sie auf der Hut sein müssen. Sie mochte sich nicht ausmalen, was er mit ihr anstellte, wenn sie ihm zwischen die Pranken geriet.
Sie streckte sich vorsichtig, holte Luft und lugte aus dem Schuppen. Kein Mensch zu sehen. In einem der mit Unkraut überwucherten Hinterhöfe bellte ein Hund.
Mollys Zunge klebte an ihrem Gaumen. Ihre Kehle fühlte sich vor Durst rauh und kratzig an. Der Gedanke an das mit Wasser verdünnte Bier, das Dorothy für ihre Mädchen bereithielt, trieb sie zur Eile.
Sie quetschte sich aus dem Schuppen und flitzte den Weg zur Schenke zurück. Die Julisonne brannte auf ihre Arme und brachte den von Fliegen umschwirrten Unrat in den Ecken und Gassen zum Dampfen.
Kurz bevor sie die Goldsmith Alley erreichte, verlangsamte sie den Schritt, drückte sich gegen die Seitenwand der Spelunke und spähte um die Ecke.
Da baumelte das Schild von *Dorothy's Guesthouse*, kein Mensch befand sich davor.
Seltsam, ging es Molly durch den Sinn. *Müssten die anderen Mädchen und Frauen nicht auf Freiersuche sein?* Um diese Uhrzeit flanierten normalerweise die ersten Dirnen auf der Straße. Nun, vielleicht hatten sie alle bereits Erfolg gehabt und verdienten in den Kammern ihre Pennys.
Ein Rest von Unbehagen blieb, aber Molly ignorierte das Gefühl. Sie wollte Dorothy gegenüber an dem Holztisch sitzen, still ihre Suppe löffeln und ihr *Zuhause* spüren. Einen Hauch von Geborgenheit und von dem Schutz einatmen, den Dorothy ihr versprochen hatte.
Sie rannte los, bog in den Hauseingang ein – und prallte drei Schritte weiter gegen einen blau berockten Körper. Ehe sie

ihrem Instinkt folgen, wie ein Kreisel herumwirbeln und auf dem Absatz kehrtmachen konnte, hatten zwei Hände sie an den Oberarmen gepackt.
Innerhalb eines Herzschlags erfasste Molly die Situation, sah an der Knopfreihe der Uniformjacke hoch in das grimmige Gesicht eines Constablers, entdeckte einen weiteren Polizisten dahinter, der Hannahs Arme auf dem Rücken hielt, daneben Miss Dorothy mit versteinerter Miene und links von ihr … den einäugigen Hafenarbeiter mit dem herabhängenden Lid, der mit den Zähnen mahlte, während er Molly fixierte.
»Ist das die Zweite?«, rief der Constabler, der Molly hielt, über die Schulter.
Der Hafenarbeiter nickte und spuckte einen Schwall Kautabak auf die Dielenbretter. »Die würde ich unter Tausenden wiedererkennen, die kleine Hure. Verfluchtes Miststück, du!« Dorothy hinderte ihn mit einem seitlich plazierten Bein daran, sich auf Molly zu stürzen. Der Mann stolperte und fluchte noch lauter.
»Molly Monday?« Der Polizist schaute auf sie herab, als rechnete er mit einer Antwort.
Molly stierte zurück, ohne eine Miene zu verziehen.
»Ich verhafte dich wegen Diebstahls eines Käses. Auf deine Verurteilung durch das Hohe Gericht von Old Bailey wirst du mit deiner Komplizin Hannah Douglas im Gefängnis von Newgate warten.«
Die Constabler zerrten die beiden Mädchen hinter sich her zu der Kutsche, die auf der Cheapside stand. Die beiden Gäule schnaubten und warfen den Kopf hoch.
Während Bilder von den Blutbahnen auf Rachels Haut durch Mollys Verstand blitzten, überlegte sie, ob die Gesetzeshüter von London nichts Besseres zu tun hatten, als zwei Mädchen

in den überfüllten Kerker zu werfen, weil sie einen halbblinden Trottel um einen Käse erleichtert hatten. Aber diesen Gedanken auszusprechen lohnte nicht, es würde ihr nur eine saftige Maulschelle einbringen. An den Zuständen im englischen Königreich änderte diese Überlegung nichts.

4. Kapitel

Lincoln, Anfang August 1788

An diesem Nachmittag war Claire am Ufer des Witham entlangspaziert, hatte sich im Schatten der Kathedrale auf einer Bank ausgeruht und schlenderte nun, als die Sonne hinter den Dächern der Stadt versank, zur Pension zurück.

Seit fast zwei Wochen wohnte sie hier. Insgeheim rechnete sie sich aus, dass vielleicht schon die Hälfte der Zeit vorüber war, bis Henry zu ihr zurückkehrte und sie Zukunftspläne schmieden konnten.

Die Anspannung der ersten Tage hatte sich gelegt. Ganz offensichtlich unternahmen ihre Eltern keine Versuche, sie aufzufinden, um den Skandal abzuwenden und sie zur Heirat zur zwingen. Darüber verspürte Claire einerseits Erleichterung, andererseits schmerzte sie die Gleichgültigkeit, die dem Verhalten der Eltern zugrunde liegen musste.

Entgegen Henrys Rat hatte sie ihren Eltern nicht die Wahrheit gesagt. Das hätte mehr Mut verlangt, als sie aufzubringen vermochte.

Im Nebel der Morgenstunden hatte sie sich mit Henry davongeschlichen und ihren Eltern nur einen kurzen Brief hinterlassen: »Verzeiht mir. Ich kann nicht anders. Ich folge meinem Herzen.«

Wäre den Eltern mehr an ihr gelegen, wäre es nach dem ersten Durchforsten der näheren Umgebung von Gut Heartridge ein Kinderspiel für sie, den Aufenthaltsort der Tochter herauszu-

finden, um sie zu überreden, wieder heimzukehren und ihren Platz an der Seite von Vetter Wilbur einzunehmen.
Bekannte und Freunde hatten sie mit Henry Wheeler tanzen gesehen, und ihre Freundin Matilda würde Mr. Durands zwingendem Monokelblick keine zwei Minuten standhalten, wenn er von ihr zu erfahren wünschte, wer denn das Herz seiner Tochter vergiftet hatte.
Henrys Spuren zu verfolgen wäre ebenfalls eine Bagatelle. Zwar hatte er sie in dieser Pension unter falschem Namen eingemietet – sie heiße jetzt vorübergehend Miss Sanders, hatte er ihr zugeflüstert –, aber auch dies stellte keinen besonderen Schutz dar.
In den ersten Tagen in der Pension rechnete Claire ständig damit, dass es an ihrer Tür pochen und sie auf einmal dem Vater und der Mutter gegenüberstehen könnte. Aber nichts dergleichen passierte.
Sie hatten sie ziehen lassen und sie aus ihrem Leben gestrichen.
Ach, Henry. In seinen Armen gehalten zu werden, seinen Atem an ihrem Hals und seine Hände auf ihrem Körper zu spüren …
Bald, bald, sagte sie sich. Das Leben hatte ihr diese letzte Prüfung auferlegt. Sie würde sie meistern, um am Ende eine glückliche Frau zu werden, die mit dem Mann, der sie liebte, hoffnungsfroh der Zukunft entgegenschaute.
Den anderen Gästen der Pension begegnete Claire selten – sie kamen und gingen zu unterschiedlichen Zeiten. Nur hin und wieder hörte sie aus einem der Nachbarzimmer das Poltern von Truhendeckeln oder das Quietschen von Scharnieren, manchmal einen Wortwechsel.
Auch die Wirtin Mrs. Collins trug nicht zu Claires Unterhaltung und Zerstreuung bei. Sie sprach nur wenig und wenn,

dann schwang in ihrer Stimme eine Missgunst mit, die Claire sich nicht erklären konnte. Henry hatte die Miete und das Kostgeld für zwei Monate im Voraus bezahlt. Es gab keinen Grund für die etwa vierzigjährige Frau mit den verbitterten Zügen, ihr Übles zu unterstellen. Aber vielleicht war Mrs. Collins einfach ein von Grund auf missvergnügter Mensch, den das Leben gelehrt hatte, dass ein Zuviel an Freundlichkeit schadete.

Als Claire die Pension am frühen Abend betrat, empfing sie der Geruch nach gekochten Rüben und Fleisch. Die Tür zur Wohnstube der Wirtin stand auf, doch sie selbst entdeckte Claire nicht.

Nach dem Treiben in den Gassen von Lincoln fühlte sich Claire, als würde sie in eine andere Welt eintauchen, während sie die Stufen der in die oberen Etagen führenden Treppe betrat. Nur das Ticken der Wanduhr zerhackte die Stille in dem Haus.

Das pastellgelbe Kleid an den Seiten raffend, bemühte Claire sich, die knackenden Stellen auf dem mit einem Teppich belegten Holz zu vermeiden, weil das Geräusch überlaut in dieser Stille hallte.

Sie hielt inne, als sie den Flur der ersten Etage erreichte. Die Tür ihres Pensionszimmers stand weit offen.

Wie konnte das sein? Ganz sicher hatte sie am Mittag den Riegel vorgeschoben. Dass die Wirtin in ihrer Unterkunft putzte, hatte sie noch nicht erlebt. Dafür standen im Hof für die Gäste ein Reisigbesen und ein Holztrog bereit, wie ihr Mrs. Collins gleich am ersten Tag auf ihre wortkarge Art erklärt hatte.

Claire setzte vorsichtig einen Fuß vor den anderen, während sie sich ihrem Zimmer näherte.

Kein Geräusch drang heraus.

Mit einem Mal empfand Claire die Stille als bedrohlich – nicht tröstlich wie das Schweigen in einer Kirche, nicht beruhigend wie die Lautlosigkeit der Nacht. Sie fühlte ein Kribbeln ihren Rücken hinab, ein Flirren, als braue sich über ihr ein Gewitter zusammen.
Sie versuchte, ihre Beklemmung abzuschütteln, schluckte und schaute mit vorgerecktem Kinn in das Zimmer.
Da saß Mrs. Collins im hochgeschlossenen Hauskleid auf dem Stuhl am Tisch, die Arme vor der Brust verschränkt. Ihre Miene war verschlossen. Mit herabgezogenen Mundwinkeln starrte sie auf den Boden, als wollte sie die Holzbretter zählen.
Holzbretter?
Die Erkenntnis, dass etwas ganz und gar nicht mit rechten Dingen zuging, überfiel Claire mit Wucht, bevor sie noch die Ursache ausmachte.
Wo war der Teppich?
Ihr Blick ging von links nach rechts, von oben nach unten. Das Bild an der Wand, der Spiegel, der Kerzenleuchter, die Tischdecke, die bestickten Laken auf dem Bett – alles weg. Ein leer geräumtes Zimmer.
Die Wirtin zuckte zusammen, als Claire vor Schrecken die Luft einzog.
Was hatte das zu bedeuten? Würde die Wirtin ihr ein anderes Zimmer geben? Warum wartete sie hier auf sie?
Mrs. Collins sprang auf und war mit einem Satz vor Claire, der Spucketropfen entgegenflogen, als die Hauswirtin mit Zwiebelatem fauchte: »Dir hab ich von Anfang an nicht über den Weg getraut, du Luder! Bist wohl gekommen, um das übrige Mobiliar auch noch heimlich aus dem Haus zu schaffen, wie? Aber da bist du falsch gewickelt, verfluchte Diebin, du!«

Ihre Fingernägel bohrten sich wie Krallen in Claires Schultern, so dass diese aufschrie vor Schmerz. Im ersten Moment vermochte sie sich überhaupt nicht zur Wehr zu setzen, stand wie in Schockstarre vor der wütenden Frau. Mit offenem Mund schüttelte sie den Kopf.

Die Wirtin zerrte sie ins Zimmer und versetzte ihr einen Schubs, worauf sie taumelte und mit Wucht auf dem Boden landete. Claires Schläfe schlug krachend gegen die Wand, aber sie spürte den Schmerz kaum. Sie konnte nicht fassen, was sie hier erlebte, bis endlich ihr Verstand zu arbeiten begann.

Ein Missverständnis, ein grauenvolles Missverständnis. »Ich habe nichts gestohlen, Mrs. Collins! Jemand muss hier eingedrungen sein und die Sachen entwendet haben.«

Das Lachen der Wirtin klang, als würde eine Klinge über den Schleifstein gezogen, und verursachte Claire Übelkeit. »Was Besseres fällt dir nicht ein? Das sagen sie nämlich alle, und ich kenne Weiber wie dich.« Sie bog die Mundwinkel noch weiter hinab, als würde sie im nächsten Moment vor Verachtung ausspucken. »Geben sich nach außen hin den Anschein von Treuherzigkeit und Tugend und sind innerlich verdorben wie die billigsten Huren, die für drei Pence für jeden die Beine spreizen. Kommst hier anstolziert wie die feinste Dame und hast nur im Sinn, wie du mich, eine rechtschaffene Witwe, in den Ruin treiben kannst. Die werde ich an der Nase herumführen, hast du gedacht, um dann hinter ihrem Rücken zu lachen, hä? Aber da hast du dich geschnitten, Miss Wie-auch-immer-du-heißen-magst. Du rührst dich nicht von der Stelle, bis die Constabler eingetroffen sind. Dann sollst du deine Strafe erhalten. Wollen doch mal sehen, ob die Polizisten nicht aus dir herausprügeln, wo du meinen Besitz verschachert hast!«

Mit diesen Worten hastete Mrs. Collins aus der Tür und knallte sie hinter sich zu. Claire hörte, immer noch am Boden kauernd, den Riegel quietschen.

Sie strich sich über die Stirn, spürte den Schmerz in ihrem Rücken und ertastete die Beule über ihrem Ohr.

In was hat sich diese böswillige Person da verrannt? Wie kann sie annehmen, ich würde mich wie ein verlottertes Weib an ihrem Eigentum bereichern? Niemals in ihrem ganzen Leben war Claire auch nur die Idee gekommen, irgendetwas zu stehlen. Und dann ausgerechnet die schäbige Einrichtung in dieser drittklassigen Pension!

Die Polizisten. Claires ganze Hoffnung lag nun darin, dass die Gesetzeshüter sofort erkennen würden, hier konnte es sich nur um einen Irrtum handeln. Eine Frau wie sie war keine Diebin. Vielleicht gab es Zeugen, die die wahren Missetäter beobachtet hatten.

Sie erhob sich und spürte Schwindel, als sie zu dem Bett trat und sich auf den Rand setzte. Sie faltete die Hände im Schoß und wartete darauf, dass die Wirtin wieder erschien.

Stimmen aus dem Flur drangen zu ihr herauf. Die Vorwürfe von Mrs. Collins übertönten die Erwiderungen zweier Männer, offenbar der Constabler.

Claires Herz flatterte in ihrer Brust wie ein Spatz in einem zu engen Käfig. Ihr Busen hob und senkte sich beim Atmen, während sie lauschte und vernahm, wie die Stimmen deutlicher wurden.

»… nichts Neues für uns, Mrs. Collins. Das wievielte Mal ist Euch das nun passiert? Das dritte? Da seid Ihr noch gut davongekommen. Andere Pensionswirte rufen uns zweimal täglich, weil wieder ein Zimmer ausgeräumt wurde. In London quillt das Gefängnis über vor Dieben und Hehlern. Aber bei uns im Stadtgefängnis ist gewiss noch ein Plätzchen frei.«

Der Mann stieß ein meckerndes Lachen aus, das einen seltsamen Gegensatz zu seiner Bassstimme bildete.
»Lassen Sie sich nicht täuschen von dem Antlitz der Verbrecherin«, tönte Mrs. Collins. »Ihr Charakter ist nicht weniger verdorben als der einer zahnlosen, pockennarbigen Gaunerin.«
Claire lauschte dem Wortwechsel mit Entsetzen und schaute zur Tür, die entriegelt wurde. Die beiden Polizisten waren nicht viel größer als die Wirtin, der eine stämmig mit über dem Hosenbund ragenden Bauch und einem Gesicht wie ein Pfannkuchen, der andere sehnig mit hageren Zügen und Adlernase.
»Miss Sanders?« Der Dicke straffte die Schultern und gab seiner Miene einen offiziellen Anstrich.
»Ich …« Claire sprang auf. Sofort eilte der Drahtige an ihre Seite, packte ihre Handgelenke und legte sie in Eisen. »He … Was soll das? So lasst mich doch um Himmels willen erklären!«
»Ihr werdet beschuldigt, Eigentum von Mrs. Collins gestohlen und veräußert zu haben, um sich daran zu bereichern. Man wird Euch dem Magistrat vorführen.«

Vier Stunden später fand sich Claire in einer Zelle des Stadtgefängnisses von Lincoln wieder.
Der Magistrat äußerte keinen Zweifel an ihrer Schuld, zumal es angeblich Beweise für ihre Tat gab, wie Mrs. Collins übereifrig im Zeugenstand aussagte. Sie wies auf den Lebenswandel der jungen Frau hin, die ganz offenbar – wie sie sich listig zusammengereimt hatte – mit ihrem Liebhaber durchgebrannt war.
Durch ein vergittertes Fensterchen weit oben fiel der Schimmer von Laternen und Mondschein, aber das Licht vermochte das Innere der Gefängniszelle kaum zu erhellen.

Claire entdeckte in einer Ecke einen Eimer, aus dem es bestialisch stank. Außer ihr hockten drei weitere Frauen auf dem Steinboden.
Wie lange würde sie hierbleiben müssen? Gab es irgendeine Möglichkeit, Henry zu benachrichtigen, damit er den Irrtum aufklärte und sie herausholte?
Eine der Frauen erhob sich und ließ sich neben Claire nieder, eine dünne Person mit ungekämmten, verlausten Haaren und einem sackartigen Gewand. »Was hast du ausgefressen?«
Claire drehte ihr das Gesicht so langsam zu, als erwachte sie aus einem Traum. »Nichts«, sagte sie.
Die Frau, die nicht viel älter als sie selbst sein konnte, zeigte beim Grinsen, dass ihr links ein Schneidezahn fehlte. »Und was werfen sie dir vor?«
»Diebstahl.«
»Glück für dich. Die nächste Sitzung des Strafgerichts ist bereits kommende Woche. Ich warte hier seit drei Monaten auf meine Verhandlung. Auch wegen nichts«, fügte sie mit einem Feixen hinzu, als hielte sie Claire für eine Verbündete. »Diebstahl sagst du?« Sie wandte in der Dunkelheit das Gesicht von Claire ab und schien darüber nachzudenken. »Dafür wirst du hängen«, sagte sie schließlich. Im trüben Licht schimmerte das Weiße ihrer Augen. »Oder nach Übersee verschickt.«

5. Kapitel

London, Gefängnis von Newgate, Januar 1789

»Statt eines Hirns haben Männer einen Furz im Schädel.« Dorothy Johnson vermochte ein Dutzend weiterer Merkmale des angeblich so starken Geschlechts aus dem Stegreif hinzuzufügen, aber den Frauen, mit denen sie seit einem Monat im Gefängnis von Newgate einsaß, erzählte sie nichts Neues.

»Getrieben werden sie von dem, was ihre Schwänze verlangen«, spie sie aus.

Ihre Hasstiraden auf die Männer und besonders auf den Spanier Pietro wiederholte Dorothy täglich mehrmals, dabei hatten ihre weiblichen Mithäftlinge eigene Erfahrungen mit ihren Männern gemacht. Wäre auch nur ein Kerl dabei gewesen, der zu irgendwas taugte, dann säßen sie nicht hier ein, darauf harrend, dass das Hohe Gericht von Old Bailey in Gestalt des vollgefressenen Richters und der Geschworenen das Urteil über sie sprach.

Mit einem Gefühl von Enge in der Brust hatte Dorothy in den letzten Wochen und Monaten ihre Mädchen ziehen lassen müssen, wenn sie in Ketten aus ihrem Gästehaus abgeführt wurden – wegen Diebstahls, Betrügereien, Raufereien. Die Prostitution konnte man ihnen in den seltensten Fällen nachweisen. Unter den Freiern fand sich niemals einer, der die Hurerei bezeugte, und falls er doch dazu bereit gewesen wäre, wusste Dorothy Mittel und Wege, ihm sein aufflackerndes moralisches Ansinnen auszutreiben.

All die Jahre, die sie *Dorothy's Guesthouse* betrieb, hatte sich Dorothy wie eine Frau gefühlt, die über den Dingen stand, die um sie herum vorgingen. Dass sie nun wie eine der kleinen Dirnen in Eisen gelegt wurde und im Zuchthaus auf die Verurteilung wartete, war allein die Schuld eines Mannes – wie konnte es anders sein.

In Dorothys süßesten Träumen starb der Spanier tausend qualvolle Tode. Ihre Rachegedanken beflügelten sie in diesem überfüllten Kerker inmitten des Abschaums von London und ließen sie die widrigen Umstände mit hoch erhobenem Kopf ertragen.

Die Frauenzellen des Gefängnisses waren für maximal fünf Dutzend Gefangene angelegt. Tatsächlich hockte und lag auf dem Boden aber die dreifache Menge.

Jeden Tag brachten Polizisten von den Wachen aus der Wood Street, der Poultry und Tothill neue Gefangene: gefallene Mädchen, Diebinnen, Straßenräuberinnen, Schuldnerinnen. Im Gefängnis darbten nicht nur diejenigen, die ihrem Prozess entgegensahen, sondern auch alle bereits zum Tode oder zur Deportation verurteilten Frauen.

Kein Wunder, dass sich die Wärter, bevor sie morgens die Zellen öffneten, erst einmal ein Glas Gin genehmigten, damit ihnen der Pesthauch der Zellen nicht den Atem verschlug. Es stank nach Urin und Menstruationsblut, die Wände schimmerten grün schimmelig.

Der Sims am Ende der Zelle galt als Schlafplatz für die Privilegierten, für den man bezahlen musste. Ein darauf angebrachter Holzbalken diente als Matratze. Selbstverständlich gehörte Dorothy zu den Bevorrechtigten – daran hatte sie gleich in der ersten Stunde ihres Gefängnisaufenthalts keinen Zweifel gelassen. Eine aus Hanf gewebte Decke vervollständigte ihren Komfort.

Trotzdem war sie nach wenigen Wochen genau wie alle anderen unterernährt, durchgefroren, entkräftet und von Läusen übersät.

Und immer mehr Frauen wurden in die Zellen gestoßen.

Dorothy kannte viele aus ihrem Viertel, die meisten nur vom Sehen, aber da saßen auch, dicht beieinander wie zwei Kätzchen, die sich gegenseitig wärmen, Molly Monday und Hannah Douglas, ihre beiden jüngsten Huren. Über die verdreckten Gesichter war ein Leuchten geflogen, als sie ihre Schutzherrin entdeckten.

Doch Dorothy hatte hier genug mit sich selbst zu tun. Und wenn ihr noch Kräfte blieben, dann wollte sie sich lieber um Laurie Hodginson kümmern, ebenfalls eine ihrer Dirnen, die schon siebzehn Jahre alt und aus unerfindlichen Gründen ein Mädchen war, für das sie fast mütterliche Gefühle hegte.

Laurie wirkte nach außen mit ihren traurigen Augen wie ein Kitz, das das Muttertier verloren hat, aber in ihrem Inneren vermutete Dorothy eine Zähigkeit, die ihr Bewunderung abrang. Ob Laurie sie möglicherweise an ihre eigene Jugend erinnerte, als sie ums Überleben kämpfen musste, daran verschwendete Dorothy keinen Gedanken.

Lauries Vergehen, für das sie hier einsaß, war genauso lächerlich wie die Delikte der meisten Frauen. Ein Verdachtsmoment, ein schiefer Blick zur falschen Zeit reichte in diesen Tagen, um eingekerkert zu werden.

Nun, bei Laurie war es mehr als ein Verdacht gewesen, aber dennoch … Sie hatte einen Freier in den Puff gelockt und ihm die Kleidung gestohlen, nachdem er sich ausgezogen hatte. Dorothy hatte davon gewusst und ihm gedroht, ihn in den Nachttöpfen des Gästehauses zu ertränken, wenn er reden sollte. Obwohl er die Kleidung dann nach eingehender Untersuchung, aber ohne die silbernen Schuhschnallen zurückbekam, marschierte er trotz Dorothys Einschüchterungsversuch schnurstracks zu den Constablern, die Laurie in Ketten aus dem Haus führten.

Zu diesem Zeitpunkt hatte Dorothy noch nicht geahnt, dass sie ihrer Lieblingshure bald folgen würde. Damals wähnte sie sich noch unverwundbar.

Dorothys Hass auf alle Männer wurzelte tief und war Jahrzehnte alt. Sie hatte zu viele Kerle gesehen und erlebt, die sich in ihrem Gästehaus wie Schweine gebärdeten, als dass ihr noch ein Funken Achtung für das männliche Geschlecht geblieben wäre.

Als der Spanier Pietro in ihrem Leben auftauchte, verblüffte es niemanden mehr als sie selbst, dass sich dieser Glutfunken in ihr Innerstes stahl, der zur Flamme wurde, wenn Pietro sie in seine Arme schloss.

Dorothy schämte sich in Grund und Boden für diese Schwäche, die sie ins Bett des heißblütigen Seefahrers getrieben hatte. Mit kundigen Händen und unermüdlicher Manneskraft zeigte ihr Pietro, wie ein Kerl eine Frau beglücken kann.

Die Liebe zu diesem Mann versetzte sie in eine milde Stimmung, die sie die Welt in bunteren Farben sehen ließ. Manchmal trällerte sie, beseelt von den Liebesstunden, sogar ein Liedchen, wenn sie den Stew für ihre Mädels anrührte.

Manchmal zählte sie die Minuten, bis es endlich Abend wurde und Pietro bei ihr auftauchte, um sie erneut mit seinen Umarmungen ins Fieber zu treiben.

Dorothy war bereit gewesen, sich einzugestehen, dass sie sich geirrt hatte: Es gab auch gute Kerle, und den besten von allen hatte sie in ihrem Pietro gefunden.

In die Wirklichkeit stürzte sie aus großer Höhe. Schmerzhaft, aber heilsam, wie sie fand. Pietro würde der letzte Mann bleiben, dem sie ihr Vertrauen geschenkt hatte. Niemals mehr würde sie sich dem Joch beugen, das man Liebe nannte.

Die Mädchen in ihrem Gästehaus wussten nicht, dass die Hurengeschäfte nicht ihre einzige Einnahmequelle darstellten. Wie sollte sie auch mit den Pennys, die die Mädchen einbrachten, ein angemessenes Leben bestreiten? Nein, Dorothy agierte als gewiefte Geschäftsfrau, deren inoffizielle Arbeitsvermittlung für Kapitäne Hochkonjunktur hatte und deren Wucherkredite bei finanzschwachen Seeleuten Anklang fanden.

Pietro stolperte als mittelloser Matrose in ihr Haus. Zwei Wochen lang teilte er mit Dorothy Tisch und Bett, bevor er sich von ihr auf eines der Schiffe vermitteln ließ, die von Portsmouth nach Südamerika in See stachen. Obwohl verliebt bis über beide Ohren, vergaß Dorothy ihre Geschäfte auch in diesem Zustand nicht. Bevor sie Pietro den Namen des Kapitäns nannte, bei dem er anheuern sollte, zwang sie ihn dazu, einen Letzten Willen zu ihren Gunsten zu verfassen, der ihr als Sicherheit dienen sollte.

Wo sollte das hinführen, wenn sie ihre Dienste umsonst anbot? Selbst der Mann, den sie liebte, hatte seinen Obolus zu entrichten, und sei es nur in Form eines Testaments, das ihr im Todesfall seine Heuer zusicherte.

Pietro versprach alles, was sie verlangte, doch hinter seiner einfältigen Miene verbarg sich, wie sie nun wusste, ein intrigantes Gemüt. Er ging unter falschem Namen an Bord und verfasste ein zweites Testament zugunsten seiner Mutter, wie Dorothy zugetragen wurde.

Sie platzte fast vor Wut darüber, dass er sie so hintergangen hatte. Die Schmach, von einem Einfaltspinsel über den Tisch gezogen worden zu sein, konnte sie nicht auf sich sitzen lassen. Und dieser Stolz brach ihr letzten Endes das Genick.

Auf undurchsichtigen Wegen kam heraus, dass sie das Testament eigenhändig in betrügerischer Absicht gefälscht hatte.
Nun saß sie hier in der gedrängten Enge, dem Gestank, der Kälte und befeuerte sich innerlich mit Rachegedanken. Irgendwann würde dieser Kerl bluten, dieser Hundsfott, der ihr den leidenschaftlichen Liebhaber vorgespielt und sie an der Nase herumgeführt hatte wie eine Gänsemagd. Pietro würde ihre Rache und ihren Hass zu spüren bekommen. Stellvertretend für alle anderen Schweine.
So überraschend waren die Constabler in ihrem Gästehaus aufgetaucht, um sie abzuführen, dass sie keine Vorkehrungen zu treffen vermochte, ihr Geld an sich zu bringen. Sie konnte lediglich von den Schillingen zehren, die sich bei ihrer Festnahme in den Rocktaschen befanden. Die waren bald aufgebraucht.
»Platz da!«, herrschte Dorothy eine Frau an, die sich zu dicht an ihrer Stelle auf dem Sims zur Ruhe gebettet hatte, die Beine unter dem ehemals kostbaren Kleid angezogen. Haarsträhnen aus der hochgesteckten Frisur fielen in ihr schmutziges Gesicht. Dorothy kannte sie. Rose Naiden galt in London als die Königin der Diebe, aber das gab ihr noch lange nicht das Recht, Dorothy den bevorzugten Platz an der Wand, den sie für sich in Beschlag genommen hatte, streitig zu machen.
»Such dir eine andere Stelle«, gab Rose zurück, ohne sich zu rühren.
»Beweg deinen fetten Arsch, du aufgeblasene Pute«, keifte Dorothy und stemmte die Hände in die Hüften.
Rose musterte sie unter halb gesenkten Lidern, bevor sie sich langsam aufrichtete.
Die anderen Frauen um die beiden herum verstummten und

wandten ihnen die Köpfe zu. Es galt stets als willkommene Abwechslung, wenn zwei kämpften, vor allem, wenn man selbst nicht ins Handgemenge geriet. Und dann noch zwei so hochgestellte Persönlichkeiten: Von Rose Naiden wusste man, dass sie sich nur an den besten Adressen Londons mit Musselin, Pelzen und Seide eingedeckt hatte. Und Dorothy Johnsons Raffinesse und Reichtum waren weit über das Viertel, in dem sie ihre Geschäfte betrieb, bekannt.

Doch bevor die beiden Frauen wie zwei Kampfhennen übereinander herfallen konnten, erklang an der Gittertür ein Scheppern. Einer der Wärter schlug einen Blechnapf zwischen den Stäben hin und her, um sich die Aufmerksamkeit der Gefangenen zu sichern.

Alle schauten zu ihm, auch Dorothy und Rose wirbelten herum. Mit welcher Schreckensnachricht würde er diesmal herausrücken? Vielleicht grassierte in einer der Zellen der Typhus, vielleicht schmälerten sie die Essensrationen ein weiteres Mal …

»Haltet euch bereit«, brüllte der Wärter. »In der nächsten halben Stunde werdet ihr dem Hohen Gericht von Old Bailey vorgeführt. Keine Mätzchen! Es sei denn, ihr wollt euch die Verhandlung ersparen und einen kurzen Prozess, he, he.« Er schulterte sein Gewehr von der linken auf die rechte Seite, um zu verdeutlichen, dass niemand zögern würde zu schießen.

Direkt neben dem Gefängnis von Newgate entlang dem Old Bailey lag das Gerichtsgebäude. Eine unterirdische Passage, durch die die Häftlinge zum Gericht geführt wurden, der *Dead Man's Walk,* verband die beiden Häuser.

Dorothy schritt inmitten der hustenden, stolpernden Frauen auf nackten Füßen.

Als sie die Treppe zum ersten Saal erreichten, schlug ihnen eisige Kälte entgegen. Fenster und Türen standen trotz der winterlichen Temperaturen weit geöffnet. Dorothy vermutete, dass die Richter und Geschworenen fürchteten, sich bei den zerlumpten Gestalten anzustecken. Ein scharfer Geruch nach essigsaurem Wein, der offenbar zum Säubern benutzt wurde, mischte sich mit der Kälte und brannte beim Einatmen in der Brust. Aus mehreren Kohlebecken schlängelten sich Rauchfahnen, es roch nach verbrannten Kräutern, Schwefel und Tabak. Man ließ nichts unversucht, sich die giftigen Ausdünstungen der Sträflinge vom Hals zu halten.

Als die Richter eintrafen, feierlich empfangen vom Sheriff der Stadt London, und sich auf die verschiedenen Säle verteilten, begannen sie sogleich, die Geschworenen zu vereidigen, die hinter hölzernen Schranken Platz nahmen. Dorothy beobachtete, wie sie sich Zitronenschalen, Kardamom und Knoblauch in den Mund steckten und mit mahlenden Kiefern darauf kauten.

Die Gefangenen drängelten sich stöhnend und hustend auf der Treppe zusammen, die vom *Dead Man's Walk* in den ersten Saal führte. An der Steinwand baumelten eine Bibel und ein Gebetbuch an einer Kette neben einer Kerze.

Die Frauen gafften auf den Richter in vollem Ornat mit Hut und Amtskette. In ihren Mienen spiegelten sich Angst und Trotz, Hochmut und Qual. Manche schienen sich ihrem Schicksal ergeben zu haben, andere waren offensichtlich willens, sich bis zum Äußersten zu verteidigen und auf Gerechtigkeit oder Gnade zu pochen.

Dabei wussten alle, dass das Gericht ihnen von vornherein jede Möglichkeit auf Besserung kategorisch absprach. Mit ihrer Entfernung sollte die Gesellschaft gesäubert werden,

sie galten als Abfall. Blieb nur die Frage, ob man sie hängen oder an unbekannte Orte verbannen würde.
Nacheinander wurden die Namen der Frauen und das ihnen jeweils zur Last gelegte Verbrechen – Ladendiebstahl, Taschendiebstahl, Raub in einer Pension – verlesen und schon kurz darauf das Urteil verkündet.
Keine von ihnen wurde an diesem Morgen zum Tod am Galgen verurteilt – alle zur Deportation.
Über Molly Mondays Gesicht zuckte bei der Verkündigung ein Lächeln, wie Dorothy aus dem Augenwinkel bemerkte. Die Bordellwirtin wusste, dass die Kleine glaubte, überall auf der Welt etwas Besseres zu finden als das Elend in den Straßen Londons. Nicht gehängt zu werden bedeutete für Molly, noch eine Chance zu haben.
Nicht so für Dorothy, die an ihrer komfortablen Existenz mit einem Stall voller Prostituierten und einem Geflecht von Kontakten mit jeder Faser ihres Seins hing. Lieber tot sein, als irgendwo auf der Welt wie eine Straßenhure, die sie vor dreißig Jahren selbst gewesen war, ganz von vorn anfangen zu müssen.
Dorothys Beine gaben nach, und sie sank auf die Knie, als der Richter sie der Testamentsfälschung »in der Absicht, unseren Herrn, den König, zu betrügen« schuldig sprach.
Molly, Hannah und Laurie sprangen Dorothy bei, um ihr beim Aufstehen zu helfen, doch diese schüttelte sie, als sie sich wieder in der Gewalt hatte, ab wie lästige Insekten. Sie richtete sich auf, schob das Kinn vor und warf einen schrägen Blick zu Rose Naiden. Die Königin der Diebe hatte die Nase gereckt und nahm ihr Urteil, ohne die Miene zu verziehen, zur Kenntnis.
Nach Jahren der Unsicherheit darüber, wohin man die Massen von Sträflingen abschieben konnte, nachdem sich Ameri-

ka von Großbritannien unabhängig erklärt hatte, suchte das Innenministerium in diesen Wochen nach einer Lösung, um die katastrophalen Zustände im Gefängnis von Newgate zu beseitigen. Doch Dorothy wusste, man würde sie weder der russischen Zarin Katharina zum Geschenk machen, die das Wolga-Gebiet um Saratow zu besiedeln wünschte, noch würde man sie nach Algier, Tripolis oder Tunis schicken. Die Schiffe sollten Kurs auf Neusüdwales nehmen, jenes Stück Land in Übersee, das Kapitän James Cook als britische Kolonie für die Krone in Besitz genommen hatte.

Obwohl niemand wusste, ob die Sträflinge der ersten Flotte, die sich dort vor einigen Monaten niedergelassen hatten, überhaupt noch lebten, sollte ein weiteres Mal Kurs auf Neusüdwales genommen werden – mit ausschließlich weiblichen Gefangenen, um das Wachsen und Gedeihen der Kolonie voranzutreiben.

Dorothys Welt war binnen weniger Tage zusammengestürzt wie ein morsches Haus. Genau wie alle anderen Frauen konnte sie sich nicht im Geringsten vorstellen, was sie Tausende von Seemeilen entfernt am anderen Ende der Welt erwartete, aber sie ahnte, dass die Hölle an dem Tag beginnen würde, an dem das Hurenschiff die Heimat verließ.

6. Kapitel

Hafen von London, März 1789

Die Brise, die das Wasser der Themse kräuselte und die *Lady Juliana* schaukeln ließ, trug den Geruch von Moder, Verwesung und Tod mit sich. Der Dreimaster knarrte und ächzte, während die Rufe der Seeleute über Bord schallten und sich mit dem Keifen und Wimmern der weiblichen Sträflinge unter Deck mischten.

Alle Frauen kamen aus dem Gefängnis von Newgate. Im Lauf der Wochen waren immer mehr Verurteilte von dort eingetroffen.

Im Unterdeck, dessen Luken vergittert und das Zimmerleute mit Trennwänden in Zellen aufgeteilt hatten, waren sie auf engstem Raum zusammengepfercht. Es gab hier genauso wenig Komfort wie im Gefängnis, aber es gab für Molly Monday etwas sehr Kostbares: Hoffnung.

Eng an ihre Freundin Hannah gepresst hockte Molly auf dem Boden, die Augen halb geschlossen. Das Warten ließ sich einzig mit Dösen ertragen – es gab nichts zu tun.

»Wohin, glaubst du, werden sie uns bringen?«, fragte Hannah zum wiederholten Mal. »Glaubst du, es wird ein Land sein, in dem es warm ist und in dem saftige Früchte an den Bäumen wachsen und bunte Vögel singen?«

»Selbst wenn«, gab Molly übellaunig zurück, »was nützen uns die süßesten Früchte und schillernde Vögel, wenn wir Gefangene sind? Wichtig ist doch nur, ob wir dort weniger streng bewacht werden und ob sie uns die Ketten abnehmen, so dass wir die Flucht planen können. Freiheit, Hannah! Alles andere ist bedeutungslos.«

Dorothy, die das Gespräch der Mädchen verfolgt hatte, stieß ein Lachen aus und blies sich die roten Locken aus der Stirn. »Träumt weiter, ihr Hühner, aber die Wahrheit ist, dass ihr entweder vor Hunger verreckt sein werdet, bevor ihr das Land erreicht, oder euch dort im ersten Jahr zu Tode schuften müsst. Der Galgen wäre ein gnädigerer Tod gewesen als dieser Ort der Verdammnis, an den sie uns verfrachten.«

»Du kannst das nicht wissen, Dorothy«, widersprach Molly und verschränkte die Arme vor der Brust, während sie den Kopf senkte. »Du warst genauso wenig wie wir jemals auf einem Gefängnisschiff.«

Dorothy beugte sich zu ihr, so dass Molly den fauligen Atem riechen konnte. »Aber ich kenne das Leben, Schätzchen. Und ich habe meine Ohren überall. Wenn ihr je eine Chance haben wollt …« Molly und Hannah hoben die Köpfe, die Augen rund wie polierte Kieselsteine. »… dann putzt euch heraus und seht zu, dass euch einer der Kerle in die Koje schleppt. Für eure Liebesdienste gibt's den einzigen Komfort, den dieses Höllenschiff zu bieten hat. Vielleicht schafft ihr es dann. Es sei denn, ihr treibt es zu toll und lasst euch zu Tode vögeln.« Sie lachte blechern.

Mit Liebesdiensten in allen Varianten kannten Molly und Hannah sich aus, nur: Wie um alles in der Welt sollten sie sich in dieser Umgebung herausputzen? Die Haare hingen verfilzt und verlaust herunter, ihr Gesicht war vermutlich so dreckverkrustet wie die Hände und Füße. Ihre Kleider hatten sie gleich bei der Einkerkerung abgegeben und gegen graubraune Leinenkittel eintauschen müssen, die wie Säcke an ihnen schlotterten.

Aber sie waren jung und gesund. *Vielleicht ist das unser Vorteil*, dachte Molly, während sie sich auf dem düsteren Unterdeck umschaute, wo die Frauen niesten, husteten und stöhnten und wo die Ketten bei der kleinsten Bewegung rasselten. Manche der Verurteilten spuckten Blut, andere lagen im Fieber, und einigen grauhaarigen Frauen mit welker Haut sah Molly an, dass sie kaum mehr mitbekommen würden, wenn die Seefahrer den Anker lichteten und die Segel setzten. Falls doch, stellten sie keine Konkurrenz dar im Kampf um die Gunst der Matrosen.

Seit ihrer Ankunft in dem schwimmenden Kerker hatte Molly noch nicht erlebt, dass das Unterdeck gereinigt wurde. Der Gestank war dick wie verdorbene Suppe. Die Eimer, in die sich die Frauen erleichtern sollten, quollen über, und die Planken entlang huschten Ratten. Die einzige Unterbrechung des Dösens bot die Essensvergabe, wenn einmal am Tag ein Seemann mit gebellten Befehlen einen Topf Brühe und Schiffszwieback herunterreichte.

Dorothy sicherte sich mit herrischem Gehabe und gezischten Drohungen jedes Mal die größte Portion, so wie sie auch den besten Platz auf einer der Pritschen an der Wand beansprucht hatte. Molly und Hannah hielten sich stets in ihrer Nähe auf, allein weil die Aussicht bestand, dass auch für sie der eine oder andere Extrabrocken abfiel. Auch Laurie, Dorothys Lieblingshure, kauerte dicht bei ihrer mütterlichen Freundin und genoss die Zuwendungen, die die alte Hure ihr zuteilwerden ließ, indem sie Suppe aus ihrem Napf in den der Siebzehnjährigen kippte oder mit spitzen Fingern die Läuse aus Lauries Haaren zupfte und die Strähnen glättete.

Molly ließ die Mundwinkel hängen, wenn sie beobachtete, mit welcher Zuneigung Dorothy Laurie bedachte. Kein Zweifel, die Alte erhoffte sich für ihren Liebling einen Platz in einer der Offizierskajüten, indem sie dafür sorgte, dass

Laurie nicht bis auf die Knochen abmagerte und ihre Haare gefälliger als die der anderen Gefangenen auf die Schultern fielen.

Alle sieben Tage wurden die Frauen auf das Oberdeck befohlen. Molly fieberte dem nächsten Aufruf entgegen. Nach der Dunkelheit und dem Gestank empfand sie die Märzluft und die milchige Helligkeit des Frühlingstages wie das Paradies, schöner noch als alle Träume von Früchten und Vogelgezwitscher.

Sie sprang auf und zog Hannah an der Hand hoch, als der graue Bart eines Matrosen hinter dem Lukengitter erschien. Der Mann entblößte abgebrochene braune Zähne beim Grinsen. Das Klirren der Riegel, als er die Luke entsicherte, klang in Mollys Ohren wie Glockengeläut.

»Raus mit euch, ihr Dreckspack«, schnauzte der Mann, als das Gitter quietschte.

Molly schwang sich mit Hannah als Erste heraus. Die anderen Frauen rappelten sich mit knackenden Knochen auf, drängelten ungeduldig zum Ausgang.

Molly fühlte einen kräftigen Schlag zwischen die Schulterblätter, nachdem sie sich aufgerichtet hatte, und wirbelte instinktiv mit geballten Fäusten und vorgeschobenem Kinn herum, aber Hannah zog sie mit sich.

Molly gab ohne Widerstand nach. Sie wusste selbst, dass es ihren frühen Tod bedeuten würde, sich mit einem der Seefahrer anzulegen.

Die lauerten nur auf eine Gelegenheit, die Masse der Verbrecherinnen auszudünnen. Jedes noch so nichtige Vergehen war ihnen Anlass genug, mit den Frauen kurzen Prozess zu machen.

Nein, die bessere Strategie war gewiss, die Kerle für sich einzunehmen, wie auch immer. Also wandelte Molly beim Zu-

rückschauen ihre Miene zu einem Lächeln, aber es fand kein Echo auf dem Gesicht des Graubarts, der mit dem Finger in der Nase popelte, bevor er die nächste Frau wie ein Stück Vieh weiterschob, damit die anderen rasch nachkommen konnten.
Sie mussten sich in einer Reihe unter den Masten aufstellen, alle in der gleichen Haltung mit den geketteten Händen nach vorn.
Den Frauen war die Prozedur des Waschens bereits vertraut. Holztröge wurden an Stricken ins Hafenwasser gelassen und danach über sie ausgekippt. Manche Frauen versuchten, sich so schnell wie möglich das Gesicht zu schrubben oder das Wasser auf die Haare zu verteilen, bevor die nächste Fuhre auf sie niederprasselte, begleitet vom Gelächter der Männer.
Manche Kerle fuhren sich mit der Zunge über die Lippen, wenn ein Schwall das Sträflingsgewand zum Verrutschen brachte und eine Brust zum Vorschein kam, von der betroffenen Frau hastig wieder bedeckt, wenn es sich um eine Diebin handelte, oder keck gereckt, wenn es ein Freudenmädchen war, das die Geilheit der Männer zu nutzen hoffte. Noch hatte sich keiner eine Gespielin erwählt. Molly vermutete, dass sie auf die Erlaubnis des Kapitäns warteten, von dem sie bislang noch nichts gesehen hatte.
Überhaupt befanden sich an Bord nur wenige hochrangige Offiziere, die meisten Männer schienen Matrosen fürs Grobe zu sein.
Ob es eine offizielle Auswahl der Seemannsbräute geben würde, bei der die Frauen wie auf dem Pferdemarkt antreten mussten, um sich begutachten zu lassen? Oder würden die schönsten und gesündesten Frauen nach und nach und ohne Aufsehen herausgegriffen?

Ein Pfiff erklang von weit oben aus dem Mastkorb. Während die anderen Frauen entweder nichts gehört oder bereits das Interesse an allem, was um sie herum vor sich ging, verloren hatten, legte Molly den Kopf in den Nacken und blinzelte ins Sonnenlicht hinter den Schleierwolken. Sie sah einen winkenden Arm und wirre schwarze Locken. »He, ho«, schallte es herab.

Der Seemann vor Molly steckte zwei Finger in den Mund und pfiff durchdringend. »Runter da mit dir, Pestbeule!«, bellte er nach oben. »Du wirst hier unten gebraucht. Hol die Tröge!«

Mollys Blick glitt wieder nach oben. Der Kerl, der sich nun aus dem Krähennest schwang, wirkte mager wie ein Kind und hangelte geschickt wie ein Affe. Aus zwei Metern Höhe sprang er mit einem Satz auf die Schiffsplanken. Er duckte sich vor dem Seemann und flitzte in seiner durchlöcherten Hose und der speckigen Weste zum Achterdeck, von wo aus er wenig später mit vier Trögen zurückkehrte, hinter denen man sein Gesicht nicht mehr erkennen konnte. Die schwarzen Locken kringelten sich über dem Rand der Behälter.

Ein Murmeln ging durch die Reihe der Frauen. Alle warteten mit Schaudern auf die eiskalte Erfrischung, die unter anderen Umständen eine Folter gewesen wäre. Aber in ihrer Situation bedeutete selbst verdrecktes Hafenwasser Leben und Gesundheit. Sie lechzten dem Schwall entgegen.

Mehrere Männer ließen die Tröge an den Seilen über Bord, als plötzlich vom Ruder her eine befehlsgewohnte Stimme erklang.

»Halt! Was treibt ihr da?«

Molly wirbelte schneller als alle anderen herum. Sie musterte den Mann, der in seiner Uniform trotz seines kugelrunden

Bauches eine beeindruckende Erscheinung abgab. Die sonore Stimme bildete einen auffallenden Gegensatz zu seinem Kleinwuchs.
Ob das der Kapitän war? Von seinem Wohlwollen hing so viel ab. Der Kapitän, unterstützt vom Ersten Offizier und vom Schiffsarzt, prägte die Stimmung an Bord. Charakter und Launen dieser Männer entschieden darüber, wie viele der Frauen überleben und in welchem Zustand sie ihr Ziel erreichen würden. Molly hatte genau zugehört, als Dorothy die Geschichten erzählte, die sie von den Matrosen und den Hafendirnen gehört hatte.
Obwohl Molly Dorothys üble Sicht auf die Welt nicht teilte und trotz aller Unkenrufe fest daran glaubte, dass sie überall auf Erden ihr Glück versuchen konnte, nahm sie die Worte der mütterlichen Freundin doch ernst. Sie wusste, dass sie viel von ihr lernen konnte, was ihr im Kampf ums Überleben helfen würde. Ihr und Hannah.
Graubart führte die Hand an die Schläfe und unternahm einen Versuch, Haltung anzunehmen, was angesichts seines verlotterten Aussehens wenig beeindruckte.
Molly presste die Lippen aufeinander, um ein Kichern zu unterdrücken. Genau in dem Moment schnappte sie einen Blick des Lockenkopfs auf, der sich gerade noch durch die Takelage gehangelt hatte.
Nicht nur sein Körper war schmächtig wie der eines Kindes, er besaß auch die Züge eines Jungen, der die Mannesreife noch nicht erreicht hatte. Molly schätzte ihn nicht viel älter als sie selbst, höchstens ein, zwei Jahre, mehr gab sie ihm nicht. Seine Wangen und sein Kinn waren glatt, wenn auch von Schmutz gezeichnet, die Locken fielen ihm weit über die blitzend blauen Augen. Er trug ein klatschmohnrotes Halstuch, das einen Kontrast zu seiner weißen Haut bildete und

ihm eine verwegene Note verlieh. Ein Fähnchen der Freiheit. Auf Wangen, Stirn und Nase blinkten Sommersprossen. Er zwinkerte Molly zu, und seine Mimik rührte sie auf eine geheimnisvolle Art, als würde sie in einen Spiegel schauen. Sie wusste nicht, ob das Lächeln, das sie im Herzen fühlte, sich in ihrer Miene spiegelte. Der Moment verging, der Schiffsjunge verschwand hinter den Reihen der Gefangenen. Molly wagte nicht, sich umzudrehen.

»Waschgang, Sir! Wir begießen die Gefangenen mit Hafenwasser, um den Gestank zu vertreiben«, meldete Graubart.

»Sofort einstellen!«, bellte der Mann.

Mit hektischen Bewegungen gab der Seemann die Anweisung an die anderen Matrosen weiter, die die Tröge mit verdutzten Mienen abstellten.

»Wir werden viele Monate mit der *Lady Juliana* unterwegs sein, und ich beabsichtige nicht, mit einem Leichenschiff in Botany Bay einzulaufen. Hier wird es ein Höchstmaß an Sauberkeit und Ordnung geben, und darunter verstehe ich nicht, dass die Frauen abgespritzt werden wie Vieh. Habt ihr das verstanden?« Die Stimme des kleinen Mannes hallte kräftig vom Achterdeck, um das sich eine Reling wand und unter dem sich die Offiziersunterkünfte befanden.

Molly beobachtete, wie die Packer die Köpfe einzogen, und musste sich erneut ein Grinsen verkneifen. Ein gutes Gefühl, die Grobiane so unterwürfig zu erleben.

»Ladys, ich bin Leutnant Thomas Edgar«, wandte sich der Kugelbauch nun an die Gefangenen. »Ich bin Erster Offizier dieses Schiffes und außerdem als Vertreter der Regierung an Bord. Für euer Wohl bin ich verantwortlich. Meine Anweisungen spreche ich im Namen von Kapitän Aiken aus, den ihr später kennenlernen werdet. Dr. Richard Alley wird auch noch zu uns stoßen. Ich hoffe, dass die wenigsten von euch Bekanntschaft mit ihm machen werden. Mir wurde berichtet, dass ihr euch einer Untersuchung unterziehen musstet, bevor ihr an Bord gegangen seid. Ist das richtig?«

Als hätten die Frauen sie zu ihrer Sprecherin erkoren, erhob Rose Naiden die Stimme, begleitet von den giftigen Blicken Dorothys, die Rose allerdings nicht im mindesten zu scheren schienen.

»Das ist richtig, Sir, aber ich bezweifle, dass die nötige Sorgfalt dabei verwandt wurde. Unter uns sind Frauen mit Syphilis und den Pocken. Einige sind aus dem Alter heraus, in dem sie Babys bekommen könnten. Wir fragen uns, warum sie mitgenommen werden zu einer Kolonie, in der wir Familien gründen sollen.«

Leutnant Edgar strich sich mit dem Zeigefinger über das Kinn, während er Rose Naiden zuhörte. »Es steht uns nicht zu, das Urteil der Gefängnisärzte anzuzweifeln. Wenn sie euch für tauglich halten, dann sei es so.«

Gemurmel kam nun in den Reihen der Frauen auf. Manch eine reckte sich und setzte ihr schönstes Lächeln auf, strich die Haare zurück, versuchte mit einem Schmollmund zu betören. Was konnte einer Gefangenen auf diesem Schiff Besseres passieren, als die Geliebte dieses Mannes zu werden?

Molly beobachtete dieses Kokettieren und wechselte einen Blick mit Hannah. Die zuckte die Schultern. Sie glaubte genauso wenig wie Molly daran, dass Leutnant Edgar ausgerechnet eine von ihnen beiden zu seiner Gefährtin erküren könnte.

Mit kurzen Befehlen sorgte der Erste Offizier nun dafür, dass auf dem Achterdeck mit Hilfe von Segeltüchern und Bottichen ein abgetrennter Waschbereich errichtet wurde, in den

sich die Frauen der Reihe nach begeben konnten, um sich ausgiebig zu säubern und zu kämmen.
Rose Naiden hob demonstrativ die Hände und ließ die Ketten klirren. »Sir …«
Der Mann runzelte die Stirn. Sekunden später bellte er weitere Befehle, die sofort ausgeführt wurden. Drei Matrosen hievten einen Amboss vor den Waschbereich.
Das Ausschlagen der Nieten aus den Ketten übernahm Steward John Nicol, ein recht ansehnlicher Mann mit Backenbart und lichtem Haupthaar, der auch für die Beschaffung und Lagerung der Lebensmittel zuständig war, wie Molly aus den Zurufen der Seeleute mitbekam.
Erneut wurden Schultern entblößt, Brüste gereckt, die Haare mit flinken Fingern geordnet. Auch John Nicol stand hoch im Kurs, wenn es darum ging, dem Elend des Unterdecks zu entkommen.
Molly beobachtete, wie er mit stoischer Miene den Hammer schwang und hin und wieder abschätzend diese oder jene Frau betrachtete. Sie deutete seine wechselhafte Miene so, dass er für die Huren, die sich ihm anboten, nur Verachtung empfand, während ihm bei den Frauen, die sich anständig gebärdeten, hin und wieder ein Lächeln über die Lippen glitt.
Molly konnte sich ausrechnen, dass sie keine Chance bei dem Steward, dem Herrn über die Wurst- und Schnapsvorräte, hatte, und Laurie würde sich auch umsonst ins Zeug legen. Wenn überhaupt, dann kamen Frauen wie sie bei den einfachen Seeleuten unter, bei den Matrosen mit den anzüglichen Bemerkungen, der unverhohlenen Gier und den schwarzen Händen.
Während die Frauen hintereinander anstanden, stiefelte Leutnant Edgar mit vorgestrecktem Bauch an ihnen vorbei

und musterte jede einzeln, als wollte er sich selbst ein Urteil über ihren gesundheitlichen Zustand bilden.

Molly versuchte in seiner Miene zu lesen, aber sie fand nichts als ernsthaftes menschliches Interesse – nicht die Spur von Gier.

Die Frauen überschlugen sich in ihren Anstrengungen, ihm zu gefallen. Manche griffen sogar nach seiner Hand, um sie aus Dankbarkeit, dass er ihnen die Ketten abnehmen und sie sich waschen ließ, zu küssen, doch Leutnant Edgar entzog seine Finger mit einer herrischen Geste. Offensichtlich hielt er sich nicht für einen Menschenfreund, dem Dankbarkeit gebührte, sondern für einen Vertreter der Regierung, der nach Treu und Glauben seiner Verpflichtung nachkam. Was auch immer seine Motive sein mochten – Molly kümmerten sie nicht, solange seine Befehle dahin führten, dass die Deportierten wie Menschen und nicht wie Abschaum behandelt wurden.

Doch wie viel Macht hatte ein Erster Offizier? War er tatsächlich dem Kapitän quasi gleichgestellt? Traf er die Anweisungen in dessen Namen? Die erfreulichen Veränderungen, die sich abzeichneten, mussten nicht von Dauer sein, aber solange sie anhielten, würde Molly sie genießen.

Molly versuchte an den Frauen vor ihr vorbeizusehen und tänzelte von einem Fuß auf den anderen. Sie sehnte sich danach, sich mit Wasser und Seife vom Scheitel bis zu den Füßen zu schrubben. Ihre Haut juckte und spannte.

Endlich verließen die beiden Frauen vor ihr und Hannah die Waschstelle. Die Mädchen schlüpften in Windeseile aus ihren Kleidern und stiegen mit einem wohligen Seufzen in die Bottiche, tauchten, nach hinten gebeugt, die Haare ein.

»Hey, wofür haltet ihr euch? Badetag bei den feinen Damen im Schloss, oder wie?«, rief ein breitgesichtiger Seemann, der lang genug war, um über die Trennwand zu linsen. Die Fältchen um seine Augen verrieten, dass er dabei grinste. Ohne nachzudenken bespritzte ihn Molly mit einem Schwall Wasser, während sie mit der Linken ihre Brüste bedeckte.

Hannah keuchte. »Spinnst du? Willst du *den* zum Feind haben?«

Doch da hörten sie das dunkel rollende Lachen hinter der Trennwand. »Leg dich nicht mit Ben Benson an, Kratzbürste!« Beim Weggehen pfiff der Kerl ein Liedchen vor sich hin.

Hannah atmete erleichtert auf, bevor sie begann, ihre Wangen und die Stirn mit Seife zu schrubben.

»Sei nicht so ein Hasenfuß, Hannah«, gab Molly leichthin zurück. »Der Hüne hat gute Augen. Ich kenne solche Typen. Die tun keiner Fliege was zuleide.«

»Dein Wort in Gottes Ohr«, erwiderte Hannah und erhob sich, um auch den restlichen Körper einzuseifen.

»He, andere wollen auch noch dran, bevor die Sonne untergeht!« Dorothy lugte von der anderen Seite her um die Trennwand, und Molly und Hannah beeilten sich, die Prozedur abzuschließen. Ein brummender Seebär jagte Molly weniger Schrecken ein als eine keifende Dorothy.

Molly hätte gerne noch Stunden in dem Bottich verbracht, aber nun rubbelte sie sich mit dem kratzenden Stoff so fest trocken, dass ihre Haut rosig schimmerte. Wenn sie nur Kleider zum Wechseln hätte! Aber sie besaß nur dieses Sträflingsgewand. Um es auszuwaschen, blieb keine Zeit mehr, Dorothy hatte sich bereits mit Laurie in den Waschbereich gedrängt und half ihrer Lieblingshure aus der Kleidung.

Es erfüllte Molly mit Widerwillen, in das vor Schmutz starrende Kleid zu schlüpfen. Aber das Gefühl der sauberen Haut musste fürs Erste reichen. Gewiss würde Leutnant Edgar, wenn er auf die Sauberkeit achtete, auch erlauben, dass sie bald ihre Kleider wuschen.

Zu Mollys Freude trieben die Matrosen die Frauen nicht gleich nach dem Waschgang wieder unter Deck. Sie durften sich entlang der Reling auf die Planken hocken und die Nase in die Sonne halten. In Molly breitete sich, während die Strahlen ihr Gesicht wärmten und der Duft nach Holz und Birkentrieben den Modergeruch überlagerte, Wohlbehagen aus.

War ihre Hoffnung auf ein besseres Leben nicht gerechtfertigt? Im Gefängnis von Newgate hatten sie wochenlang kein Tageslicht gesehen, von Sonnenstrahlen auf der Haut und Birkenduft in der Nase ganz abgesehen. Und hier saß sie nun auf dem sacht schwankenden Schiff, dessen Bewegungen sie sich anpasste, fühlte die Tageswärme auf der Stirn und die Hand ihrer Freundin in der ihren. Sie drückte Hannahs Finger, um ihre Zuversicht auf sie zu übertragen.

»Gleich geht's wieder runter in den Dreck zu den Ratten«, wisperte Hannah.

»Ach, komm schon, genieß den Moment. Grämen kannst du dich später noch.«

»Ich wünschte, ich hätte dein sonniges Gemüt«, murmelte die Freundin.

»Das liegt an dir selbst«, gab Molly mit einem Lächeln zurück. Wie anders als befreit und erleichtert sollte sie sich fühlen, seit sie sich auf diesem Schiff befand? Wie hätte es in London für sie weitergehen sollen? Jede Nacht überfielen sie Alpträume, in denen der Freier, der Rachel fast getötet hatte, mit einem Schlachtermesser und gefletschten Zähne auf sie zustürzte, um ihr die Zunge rauszuschneiden oder die Kehle aufzuschlitzen, damit sie keinem erzählen konnte, was sie gesehen hatte.

Nicht für einen Wimpernschlag hätte sie auf den Straßen der Stadt unaufmerksam sein dürfen, hinter jeder Mauer, in jedem Spelunkeneingang hätte der Kerl ihr auflauern können. Und hier auf der *Lady Juliana?* Mollys Lächeln verstärkte sich, während ein Atemzug ihren Brustkorb weitete. Hier auf diesem Schiff fühlte sie sich in Sicherheit, begleitet von den Menschen, die ihr etwas bedeuteten: Dorothy und Hannah. Zwar erträumte sie sich kein Paradies am anderen Ende der Welt, aber es würde spannend werden, die Möglichkeiten auszukundschaften und die Aufseher hinters Licht zu führen, wann immer sich die Gelegenheit bot.
In London war ihr ein Leben als Dirne vorgezeichnet, im Gefängnis von Newgate wäre sie eingegangen wie ein Gänseblümchen ohne Licht. Aber hier an Bord, mit der Aussicht, quer über die Ozeane zu segeln und in den Häfen fremder Länder zu ankern, noch dazu unter der Aufsicht eines Mannes, der ihnen nichts Böses wollte ... Nein, Molly fand, dass sie es nicht so übel getroffen hatte.
Sie hob die Lider, weil plötzlich Stimmen an der Seitenwand des Dreimasters laut wurden. Irgendwann würden gewiss auch die Alpträume aufhören. Sie durfte bloß nicht mehr an das Erlebte denken, sie musste so tun, als hätte es diesen Zwischenfall in ihrem Leben nie gegeben.
Während der Waschprozedur hatten sich mehrere offenbar wichtige Männer zu Leutnant Edgar gesellt.
Molly beschattete die Augen mit der Hand gegen die Sonne, um zu erkennen, welche Männer das waren.
Einige von ihnen trugen schneidige Uniformen wie Leutnant Edgar, andere steckten in zerschlissener Arbeitskleidung, die schon bessere Tage gesehen hatte.
Molly wusste, dass die Kleidung einiges über den Rang und die Bedeutung dieser Männer aussagte. Ihre Tage auf der Stra-

ße hatten sie gelehrt, dass ihr Leben davon abhängen konnte, wie präzise sie ihre Gegner und Opfer einzuschätzen vermochte.

Welche Schwächen wurden offenbart? In welcher Beziehung standen sie untereinander? Wer hatte das Sagen, wer scherte sich darum und wer nicht? Die Schule des Lebens hatte Molly beigebracht, auf jede noch so unauffällige Regung in den Mienen zu achten, die kleinste Geste zu deuten. Aber sie hockte entfernt von der Gruppe und würde mit ihren Beobachtungen an diesem Tag nicht weit kommen. Offensichtlich war nur, dass alle an Leutnant Edgars Lippen hingen, sobald er den Mund aufmachte. Gut so. Das deutete darauf hin, dass er sich nicht bloß aufgespielt hatte, sondern tatsächlich zur Führungsmannschaft gehörte.

Etwas abseits von den Offizieren stand, eine Hand auf dem Rücken, ein unscheinbar wirkender Mann mit tadelloser Uniform, Perücke und Dreispitz. Die ehrerbietige Haltung, die die anderen an den Tag legten, sobald sie sich ihm zuwandten, ließ darauf schließen, dass es sich um Kapitän Aiken handelte.

Bislang hatte er noch nicht zu den Sträflingen gesprochen – ob er dies für unter seiner Würde gehalten hätte? Seine Augen standen dicht beieinander, die buschigen Brauen darüber waren blond. Seine Unterlippe war breiter als die obere, so dass es aussah, als hätte er sie vorgeschoben. Hin und wieder beugte er sich zu Leutnant Edgar und raunte ihm etwas zu, woraufhin dieser Befehle austeilte.

Die Macht des Kapitäns darf nicht unterschätzt werden, dachte Molly, aber offenbar beabsichtigte er, sich aus den alltäglichen Angelegenheiten mit der weiblichen Fracht herauszuhalten und sich mit niemandem außer seinem Ersten Offizier auf vertrauten Fuß zu stellen.

»Du wirst beobachtet«, zischte plötzlich Hannah, und Molly zuckte zusammen. Ihr Körper spannte sich an.
Hannah stupste sie in die Seite und wies mit dem Kinn zu einem Turm aus Fässern. Ganz oben hockte, die Beine untergeschlagen und schelmisch grinsend, der Affenjunge mit dem Halstuch und den Kringellocken. Er hielt ein Stück Seil in den Händen, das er zu kunstvollen Knoten band. Anscheinend war er so geübt in dieser Fertigkeit, dass er dabei Molly angaffen konnte.
Was bildete sich dieser Kerl bloß ein? Der kannte doch wahrscheinlich noch nicht einmal den Unterschied zwischen Weibern und Kerlen. Was wollte er also von ihr, dem jüngsten Freudenmädchen in Dorothys Stall?
»Was glotzt du?«, fuhr Molly ihn laut an.
»Vieles ist hier verboten, aber glotzen nicht«, gab der Junge zurück. »Ich bin Will. Will March.«
»Wer will das wissen?«, erwiderte Molly, und im gleichen Atemzug sagte Hannah: »Ich bin Hannah Douglas und meine Freundin heißt Molly Monday.«
Molly stieß ihr den Ellbogen in die Rippen. »Was verbrüderst du dich mit dem Wicht? Was soll der uns mit seinem Milchbart nützen?«
»So so, du teilst also die Leute ein in diejenigen, die dir nützen, und diejenigen, die dies nicht tun. Feiner Charakter, ich bin beeindruckt, Molly Monday.«
»Was geht dich mein Charakter an?«
»Nun, immerhin hat dich dein Charakter auf diese Bark gebracht. Was hast du ausgefressen?«
Molly entschied, dass die Zeit reif war, das Gespräch zu beenden. Was wollte dieser Wichtigtuer von ihr? Aus purer Freundlichkeit sprach niemand sie an, irgendwas führte jeder im Schilde. Bei den Kerlen wusste Molly im Voraus, worauf

es hinauslief. Aber bei diesem Jungen bezweifelte sie, ob ihn der Wunsch trieb, bei nächster Gelegenheit seine Hand unter ihren Rock schieben zu dürfen. Der erschien ihr irgendwie … anders. Es beunruhigte sie, dass sie nicht wusste, was in ihm vorging. Wie sollte sie sich da verteidigen, wenn es darauf ankam? Also sich lieber gleich so abweisend wie möglich verhalten, damit er sich fernhielt. Sie ahnte allerdings, dass es auf diesem Schiff, auf dem sie die nächsten Monate verbringen würde, schon mit dem Teufel zugehen müsste, wenn man sich nicht wieder begegnete. Ob es ihr nun passte oder nicht, Will March würde den nächsten Sommer, Herbst und Winter in ihrer Nähe verbringen. Irgendwann würde sie schon herausfinden, was in seinem Schädel vor sich ging.

Alle Gefangenen hatten sich wie Molly auf den Boden gesetzt und, wo immer möglich, den Rücken gegen die Wand gelehnt, um das Gesicht der Sonne entgegenzurecken. Jetzt aber durchlief ein Murmeln die Reihen der Frauen, während die Offiziere auf der gegenüberliegenden Seite sich weit über die Reling lehnten.

Molly beugte sich an Hannah vorbei zu Dorothy. »Was geht da vor?«

Dorothy zuckte die Schultern. »Vermutlich weitere Gefangene.«

Molly riss die Augen auf. »Noch mehr ins Unterdeck? Wir können jetzt schon kaum die Beine ausstrecken, wenn wir uns schlafen legen.«

Dorothy machte eine wegwerfende Handbewegung. »Glaubst du, das interessiert eines von diesen Schweinen? Die Leute in den Gefängnissen können sie nicht alle aufknüpfen. Also stecken sie so viele, wie es eben geht, auf die Schiffe und hoffen, dass wenigstens eine Handvoll die Ankunft erlebt.«

Molly stützte sich mit den Händen auf den Boden und richtete sich gerade so weit auf, dass sie kein Misstrauen weckte. Sie hob den Kopf – und tatsächlich: Mehrere kleine Ruderboote hielten sich seitlich an der *Lady Juliana*.

Die Offiziere um Leutnant Edgar streckten die Hände aus, um weiteren Frauen an Bord zu helfen.

Du lieber Himmel, wo kamen die her? Warum waren sie nicht in der Gruppe, die aus Newgate hierherverfrachtet wurde?

Molly reckte sich und musterte die ersten Neuankömmlinge, die an Bord taumelten. Manche von ihnen fuhren sich als Erstes mit den Händen an die aufgesteckten Haare, als wollten sie deren Sitz überprüfen. Andere hüstelten oder verdrehten die Augen, als würden sie im nächsten Moment in Ohnmacht fallen.

Manche von ihnen trugen Sträflingsgewänder, andere hatten noch ihre bürgerliche Bekleidung, allerdings in den meisten Fällen zerschlissen, durchlöchert und verdreckt.

Aber wie auch immer diese Gefangenen gewandet waren, an ihrer Art zu gehen und zu stehen, zu hüsteln und zu sprechen erkannte Molly, dass es sich nicht um Frauen aus London handelte. Und warum kamen sie gesondert?

Molly beobachtete, dass Leutnant Edgar seine ganze Aufmerksamkeit einer einzigen Gefangenen schenkte. Ob er sie kannte? Molly schätzte sie auf nicht mal zwanzig Jahre. Sie hatte einen kirschroten Herzmund und Puppenaugen. Butterblonde Löckchen kringelten sich um ihre Wangen. Unglaublich, dass ein so unschuldig aussehendes Wesen ein Verbrechen begangen hatte. *Aber was heißt schon Verbrechen?*, ging es Molly bitter durch den Sinn. Vielleicht eine Dienstmagd, die es gewagt hatte, den Schmuck der Herrin ein einziges Mal vor dem Spiegel anzulegen. Vielleicht ein Zimmermädchen, das eine gefundene Uhrkette nicht der

Wirtin übergeben hatte. Zum Weinen, wie leicht man als Verbrecherin abgestempelt werden konnte und sein Leben verspielte.
Leutnant Edgar stützte die Frau mit dem Kirschmund, als sie eine nahende Ohnmacht andeutete, indem sie die Handfläche an die Stirn legte. Sie wankte kurz, und er griff mit beiden Händen nach ihren Ellbogen, damit sie nicht stürzte. Seine ohnehin gutmütigen Züge wurden noch milder, bis er die Gefangene fast zärtlich musterte. Er ließ einen Becher Wasser bringen und führte ihn der Schwachen an die Lippen, als wäre sie Gast auf seinem Schiff und nicht etwa eine von der Regierung verurteilte Verbrecherin.
Ganz eindeutig – der Mann hatte sich verliebt. Und wenn Molly das Lächeln und Senken der Lider der jungen Frau richtig deutete, gefiel ihr die Zuneigung des Offiziers. Warum auch nicht. Er war zwar keine Schönheit, aber dass er ein wichtiger Mann war, erkannte auch ein naives Püppchen wie die Frau mit dem Kirschmund.
Vielleicht tat sie auch nur so unschuldig und war in Wahrheit durchtrieben bis ins Mark? Molly konnte es egal sein. Darauf, von Leutnant Edgar als Gefährtin ausgewählt zu werden, hatte sie ohnehin nicht hoffen dürfen. Aber sie hörte, wie Dorothys Tuscheln neben ihr lauter wurde. Sie redete hysterisch auf Laurie ein. An den Satzfetzen, die zu ihr drangen, erkannte Molly, dass Dorothy ihre Pläne ändern musste. Keine Überraschung, dass sich Dorothy für ihr Lieblingsmädchen den besten Mann ausgewählt hatte. Aber wie es schien, schwammen ihr die Felle davon, da Leutnant Edgar die Hand der Kirschmund-Lady an die Lippen führte und diese mit Inbrunst anschmachtete.
Wenn sie Glück hatte, würde sie das Unterdeck nicht einmal zu sehen bekommen. Wahrscheinlich zeigte ihr Leutnant Ed-

gar gleich seine Kajüte, in der sie die Überfahrt verbringen durfte.

Wie mochte es dort wohl aussehen? Ob man in der Koje weich und warm lag? Ob Teppiche die Planken bedeckten? Gab es einen Tisch, an dem Bedienstete erlesene Speisen servierten?

Molly seufzte. Das Glück des Moments, in dem sie den Frühling und die Sonnenstrahlen genossen hatte, verflog, als sie an die wässerige Kohlsuppe dachte, in der bisweilen Tiere mit acht Beinen und panzerartigem Körper schwammen.

»Leutnant Edgar könnt ihr von der Liste streichen«, sagte Molly an Dorothy gewandt und empfand eine schwache Genugtuung.

Sie hätte nichts dagegen gehabt, wenn sich Dorothy mit solch mütterlichem Eifer auch um sie gekümmert hätte. Aber sie wusste, dass die Zuwendungen vonseiten der Bordellbetreiberin nicht über das übliche Maß hinausgehen würden. Ein kuhäugiges Wesen wie Laurie, die zu allem nickte, was Dorothy von sich gab, ja, das hatte das Zeug, um Dorothys Beschützerinstinkte zu wecken, nicht aber ein Wildfang wie sie, die sich von niemandem den Mund verbieten ließ und niemandem mehr vertraute als sich selbst, wenn es um den Schutz des eigenen Lebens ging.

Anfangs hatte Molly überlegt, ob sie das Mäuschen spielen sollte, um Dorothy ganz auf ihre Seite zu ziehen, aber sich zu verstellen lag ihr genauso wenig wie sich in Abhängigkeit zu begeben.

»Das sehe ich selbst«, zischte Dorothy wie eine Schlange und legte den Arm um Laurie, als müsste sie sie vor Molly beschützen. »Aber er ist nicht der Einzige, und er ist beileibe nicht der Hübscheste.«

»Seit wann kommt es denn auf Schönheit an?« Molly lachte. »Das sind ja ganz neue Töne.«
»Halt dein Schandmaul, Molly. Was weißt du vom Leben?«, fuhr Dorothy sie an und verpasste ihr einen Stoß in die Seite. Molly krümmte sich für einen Moment und beschloss, lieber den Mund zu halten, um Dorothy nicht noch mehr zu reizen. Wenn sie schon nicht deren Lieblingskind war, dann besser, überhaupt nicht beachtet zu werden.
»Schau mal, der Große da!«, Hannah flüsterte von der anderen Seite in Mollys Ohr und wies mit dem Kinn zu den Uniformträgern, die nun die feineren Damen aus den Ruderbooten zu den übrigen Gefangenen brachten.
Molly wusste sofort, wen Hannah meinte. Auch ihr war der groß gewachsene Mann mit den im Nacken von einem Samtband gehaltenen dunklen Haaren und den markanten Zügen aufgefallen. Aus seiner Miene konnte sie allerdings nicht lesen, ob von ihm Gefahr ausging oder nicht, aber dass er ein Schmuckstück war, sah jede der Verurteilten.
»Du verplemperst deine Zeit, nach den hohen Tieren zu schauen«, fuhr Molly ihre Freundin an. »Für die sind wir nicht mehr wert als das Schwarze unter den Fingernägeln.«
»Na und?«, gab Hannah zurück, und ihr Gesicht nahm einen sanften Ausdruck an. Für einen Moment wirkte sie nicht wie eine hoffnungslose Gefangene mit von Eisenketten verursachten Blutstriemen an den Handgelenken, sondern wie ein Backfisch, der in einem anderen Leben von der Liebe schwärmt. »Ich werde wohl noch träumen dürfen. Was bleibt mir sonst?«

7. Kapitel

Claire schlang die Arme um sich, als die Männer die Ruder in das Hafenwasser senkten. Ein Dutzend anderer Frauen saß mit ihr in dem Boot, das sie zum Ankerplatz der *Lady Juliana* bringen sollte.

Eine Menge von hochmastigen Barken lag im Hafenbecken dicht an dicht. Die Fahrt führte in Schlangenlinien um sie herum. Immer wieder hob Claire den Kopf, um an den Schiffswänden emporzuschauen, die vor ihnen aufragten. In dem Boot fühlte sie sich wie in einer Nussschale. Aber das Wasser lag ruhig da, der Bug schnitt lautlos durch die gekräuselte Oberfläche.

Die letzte Station ihrer Reise. Das Gefängnisschiff.

Ein Schauer lief Claire über den Rücken, die Härchen in ihrem Nacken richteten sich auf.

Sie konnte immer noch nicht fassen, dass ihr dies hier widerfuhr.

Obwohl völlig unschuldig, hatten die Richter sie zu einem kriminellen Element erklärt, dem sie das Recht auf Leben und Selbstbestimmung absprachen.

Wie Nelly, ihre Zellengenossin in Lincolnshire, ihr prophezeit hatte, war sie für ihr angebliches Vergehen zur Deportation verurteilt worden.

Aber selbst im Gerichtssaal gelang es Claire nicht, die Endgültigkeit dieser Entscheidung zu begreifen. Zu fest wurzelten in ihr der Glaube an Gerechtigkeit und Menschlichkeit.

Sie hatte nichts verbrochen – warum glaubte ihr keiner? Warum nickten die Richter und Geschworenen, während die Pensionswirtin im Zeugenstand ihre Lügen über sie beschwor, und warum glaubten die Herren ihr, der Unschuldigen, kein Wort? Fast wartete Claire darauf, dass eine Stimme aus dem Himmel erklang, die die Sache richtigstellte, die Dinge zurechtrückte und die Verantwortlichen zur Rechenschaft zog.
Aber nichts geschah.
Weder erklang die göttliche Stimme noch meldete sich ihr geliebter Henry. Und ihre Eltern hatten sie offenbar in dem Moment aufgegeben, da sie ihren Abschiedsbrief gelesen hatten.
Claire hatte eine Zeitlang mit sich gerungen, ob sie Mutter und Vater benachrichtigen sollte, aber dann wuchs die Hoffnung, dass es Henry gelingen würde, sie zu befreien. Dass er rechtzeitig auftauchte, um sie vor dem Elend der Welt zu bewahren.
Bis zuletzt, als sie aus dem Gefängnis von Lincolnshire zu den Kutschen geführt wurden, die sie nach London bringen sollten, hatte Claire auf ein Lebenszeichen von ihm gehofft. Als sie erkannte, dass es kein solches geben würde, war es zu spät, den Eltern noch eine Nachricht zukommen zu lassen. Die wähnten sie nun an der Seite ihres Geliebten, während sie ans andere Ende der Welt segeln würde, allein und in Ketten.
Claire hatte in den letzten Wochen so viel geweint, dass sie glaubte, keine Tränen mehr zu haben. Sie fühlte sich leer und innerlich bereits wie gestorben. Ihre Miene blieb unbewegt, während sich das Klatschen der Ruder ins Wasser mit den Rufen der Seeleute um sie herum mischte.
Die Frauen auf dem Boot schwiegen. Die Luft flirrte von dem Kohlenstaub aus den Heizkesseln der Schiffe, die sich

meilenweit stauten, während sie nach einem Anlegeplatz Ausschau hielten.
Weiter ging die Fahrt am Nordufer der Themse entlang nach Süden Richtung Limehouse Reach, vorbei an den Werften, in denen die hochseetauglichen Gefährte gebaut wurden, und an den Marine- und Handelsschiffen.
Auf den ausgemusterten Kähnen, die als Gefängnis genutzt wurden und die in den Gewässern von Deptford und Woolwich ankerten, schufteten hohlwangige Männer mit nackten Oberkörpern.
Einer der Ruderer bemerkte Claires Erstaunen. »Manche von denen sind seit über zehn Jahren auf diesen Schiffen und arbeiten tagaus, tagein mit den Ketten an Händen und Füßen«, erklärte er. »Aber keine Sorge, auf der *Lady Juliana* gibt es keine Kerle. Die ist ein reines Hurenschiff.« Er stieß ein Lachen aus.
Claire verzog keine Miene. Ob sie bei den leichten Mädchen oder den wilden Männern landete – das eine empfand sie als so schrecklich wie das andere. Trotz ihres erbärmlichen Zustands spähten manche der Sträflinge zu dem Ruderboot, in dem die verurteilten Frauen saßen, und begannen zu johlen und zu pfeifen.
Claire zog die Schultern hoch und betete darum, dass die Ruderer zulegten, damit sie dieses Elendsgebiet hinter sich ließen und die Rufe verhallten.
Sie hielt sich genau wie ihre Mitgefangenen die Nase zu, als sich über der Wasseroberfläche der ekelhafte Geruch nach Körperschmutz, Algen und verrottendem Segeltuch verdichtete. Die Ruderer feixten. Der Gestank schien ihnen vertraut.
Manche der Frauen drückten sich aneinander, flüsterten sich etwas zu, hielten sich an den Händen. Claire saß allein, rück-

te so weit wie möglich von ihrer Sitznachbarin ab. Nicht mit einem lieben Wort, einer herzlichen Geste hatte sie in den letzten Wochen danach getrachtet, eine Freundschaft einzugehen, etwa zu Nelly, die in den ersten Tagen nicht lockergelassen hatte und ihr immer wieder zu nah kam. Aber Claires unterkühlte Art hatte sie schließlich schulterzuckend nach einer anderen Freundin Ausschau halten lassen.

Claire nahm dies erleichtert zur Kenntnis. Sich mit den Mitgefangenen zu verbünden, hätte für sie bedeutet, sich auf eine Stufe mit ihnen zu stellen.

Sie gehörte nicht zu diesen Verbrecherinnen.

Sie war unschuldig.

Unglückliche Umstände hatten sie in diese Lage gebracht. Es war nur eine Frage der Zeit, wann dies alle Welt erfuhr und man ihr Wiedergutmachung versprach.

Diese Haltung hatte dazu geführt, dass sie sich angesichts der Gemeinschaft im Frauengefängnis von Lincolnshire zur Außenseiterin entwickelte. Als nichts anderes fühlte sich Claire auch. Damals genauso wie jetzt, da die *Lady Juliana* in Sicht kam.

Claire spürte den Kloß in ihrem Hals, als sie zu dem Dreimaster hochblickte, der sie aus der Heimat fortbringen sollte. Fort aus England, fort von ihrer Familie. Weit weg von Henry.

Vom Ruderboot aus sah sie das Schiffsvolk an Bord arbeiten. Matrosen hingen in der Takelage, andere turnten an der Reling entlang, warfen sich Taue und gebündeltes Segeltuch zu, verteilten Proviant in Kisten und Fässern.

Sie entdeckte die Köpfe einer Reihe von Frauen, die offenbar hintereinander anstanden. Die Gefangenen? Hieß es nicht, sie seien eingesperrt im Unterdeck?

»Ladys, hopp, hopp. Da müsst ihr jetzt hinauf. Eure An-

kunft wird bereits herbeigesehnt.« Ein Ruderer wies auf die Strickleiter, die von dem haushohen Rumpf herabbaumelte.
Claire stockte der Atem bei der Vorstellung, sich daran nach oben zu hangeln. Auch die anderen Frauen sogen hörbar die Luft ein.
»Da komme ich nie im Leben hoch«, rief eine, die die anderen Annie nannten. Mit ihrem Kirschmund und den blonden Löckchen übertraf sie die anderen Frauen aus Lincolnshire an Liebreiz und Anmut, aber was nützte ihr das nun?
»Dann, Schönste, fällst du eben in die Themse und versuchst es ein zweites Mal oder ersäufst«, gab der Ruderer zurück, um gleich darauf wieder in sein unangenehmes Lachen auszubrechen.
Die anderen Männer stimmten ein, die Frauen tuschelten nervös.
»Ich gehe voran.« Das war Nelly.
Mit sichtlichem Vergnügen hoben die Ruderer ihren Hintern an, um sie auf die erste Sprosse der Strickleiter zu hieven. Doch sie trat dem ihr Nächststehenden mit der Spitze ihres Schuhs gegen das Ohr, so dass das Glucksen der Männer in Schimpftiraden überging. Bei den Frauen, die folgten, gingen sie mit weniger Rücksicht vor, um sich keine weiteren Tritte einzufangen.
Als Claire endlich an die Reihe kam, zitterten ihre Finger so heftig, dass sie glaubte, niemals Halt an den Stricken finden zu können. Aber die Männer ließen ihr keine Zeit zum Zaudern, hoben sie hoch und setzten ihre Füße in die erste Sprosse. Einer gab ihr einen Klaps aufs Hinterteil, was Claire die Zornesröte auf die Stirn trieb.
Einen Moment lang schwankte sie, ob sie den Kerl treten sollte wie Nelly zuvor. Kurz kam ihr auch der irrwitzige Ge-

danke an Flucht: Wie gut standen ihre Chancen, wenn sie sich ins Wasser fallen ließ, tauchte, bis sie keine Luft mehr hatte, und dann ans Ufer schwamm?

Sie konnte sich bestimmt eine gewisse Zeit an der Oberfläche halten, das Kleid aber würde sich vollsaugen und sie nach unten ziehen ...

Noch bevor sie den Gedanken zu Ende gebracht hatte, erreichte sie mit sülzweichen Knien den oberen Teil der Strickleiter, klammerte sich stöhnend an die Reling und fühlte, wie Hände ihre Gelenke umfassten und sie mit einem Ruck nach oben hievten. Als würde sie von einem Meeresungeheuer ausgespien, sackte sie auf den Schiffsboden. Jemand fasste sie unter die Arme, half ihr auf.

Claires Blick flackerte hierhin und dorthin.

Sie sah die feindseligen Mienen der Frauen, die in einer Reihe anstanden. Offenbar warteten sie darauf, sich waschen zu können.

Sie sah die bärtigen, ledernen Gesichter der Männer, die sie umstanden, hörte, wie ihre Mitgefangenen in hohen Tönen jammerten, bemerkte, dass Annie sich der Obhut eines der Offiziere überließ, roch den Geruch von Seife aus den Waschbecken, der sich mit dem nach Whisky, feuchten Stoffen und altem Holz mischte.

Sie sah das Glitzern in den Augen der Männer, ihre Haut glühte wie verbrannt. All diese Eindrücke vermengten sich zu einem immer schneller wirbelnden Kreisel. Zuletzt fühlte sie zwei Arme, die sie auffingen, als sie die Besinnung verlor.

Claire blinzelte im Dämmerlicht. Ein Chor aus Murmeln und Keifen, Weinen und Husten, Klirren und Scharren erfüllte den Raum. Der Geruch nach Sauerkraut und menschlichen Ausdünstungen stieg ihr in die Nase, als sie sich aufrichtete. Ihre Muskeln und Sehnen schmerzten, hinter ihrer Stirn schien ein Wespenschwarm zu surren.

»Na, wieder unter den Lebenden?« Die Stimme der Frau neben ihr klang freundlich mit sanftem Spott.

Claire schätzte sie auf Mitte zwanzig, obwohl ihr Gesichtsausdruck zu einer älteren Frau gepasst hätte. Aber ihre Haut schimmerte glatt und rein, das Haar war voll, wenn auch ungekämmt.

Claire fasste sich an die Schläfe, massierte sie, ohne Linderung der Schmerzen zu erreichen. Sie versuchte, die Beine auszustrecken, und stieß dabei gegen eine andere Gefangene, die ihr den Tritt mit dreifacher Stärke zurückgab. Flugs zog Claire die Knie an. »Wo …«

»Du bist jetzt im Unterdeck. Hier werden wir den größten Teil der Fahrt verbringen, wie es aussieht. Du warst ja leider weniger pfiffig als deine Gefährtin aus dem Ruderboot, die sich gleich den einflussreichsten Mann unter den Nagel gerissen hat. Eine rechte Närrin bist du mir.«

»Ich bin in Ohnmacht gefallen«, erinnerte sich Claire stockend.

Die Frau neben ihr nickte. »Das ist niemandem entgangen. Aber erst nachdem sie dich gepackt und nach unten gebracht haben und du nicht erwacht bist, habe ich erkannt, dass du das nicht gespielt hast. Ich hätte Stein und Bein geschworen, dass es eine Masche ist.«

Claire zog die Brauen zusammen und musterte die fremde Frau. Was meinte sie mit »Masche«? Sie hatte nicht die leiseste Ahnung, wovon sie sprach.

Die Frau runzelte die Stirn. »Guck nicht so unschuldig. Mich kannst du nicht täuschen. Aber nun hast du es dir selbst verdorben. Ich hätte mein Leben darauf gewettet, dass dich der knusprige Bursche, der dich aufgefangen hat, gleich in seine

Kajüte einlädt. Aber du hast wie ein Lumpensack in seinen Armen gehangen, und so blieb ihm nichts übrig, als dich erst einmal hier abzulegen.«

»Ich kenne den Mann nicht«, erwiderte Claire, immer noch verwirrt. »Was sollte er von mir wollen?«

Die Frau lachte schallend auf, so dass sich die anderen in ihrer Umgebung neugierig zu ihnen wandten. Auch in ihrem Lachen schwang der Spott mit, der zu ihrem Wesen zu gehören schien. Dann streckte sie Claire die Hand hin. »Ich bin Rose Naiden. Freut mich, deine Bekanntschaft zu machen.«

Zögernd legte Claire ihre Rechte in die Roses und fühlte den festen Druck.

»Die anderen Frau reden über euch Neuankömmlinge«, fuhr Rose fort. »Woher kommt ihr? Wir hier sind alle aus Newgate. Wofür seid ihr verurteilt worden?«

Claire stöhnte auf und rieb sich die Stirn. Ihre Handflächen waren schwarz von dem schmutzigen Boden. Wahrscheinlich verteilte sie den Dreck nun auch noch in ihrem Gesicht. Was mochte sie für ein Bild bieten? »Ich bin unschuldig«, brachte sie schließlich hervor.

Rose grinste. »Das sind wir alle. Keine von uns hat das hier verdient.«

»Du verstehst nicht. Ich habe wirklich nichts getan. Das ist alles ein unglaubliches Missverständnis.«

»Tja, dir bleibt nicht mehr viel Zeit, um den peinlichen Schnitzer aufzuklären. Vielleicht werden schon morgen die Segel gesetzt.«

Mit einem Hoffnungsschimmer blickte Claire auf und direkt in Roses graue Augen. »Auf dem Weg hierher haben wir andere Gefängnisschiffe gesehen. Da schufteten Männer an Bord, die seit fast zehn Jahren in Ketten liegen. Vielleicht stechen auch wir niemals in See?«

»Schlag dir das aus dem Kopf. Mit uns haben sie Großes vor. Am anderen Ende der Welt gibt es eine Kolonie, die nur aus Männern besteht. Dorthin werden wir verfrachtet, um mit ihnen Familien zu gründen. So ist der Plan.«

Claire schlug die Hände vors Gesicht. »Das kann nicht sein. Ich überlebe das nicht.«

»Gut möglich«, erwiderte Rose ungerührt. »Nur die Zähesten von uns werden das durchstehen. Du erweckst nicht den Eindruck, als hättest du im Leben jemals Härte erleiden müssen.«

Härte? Claire schluckte. War es nicht hart gewesen, ihr Elternhaus verlassen zu müssen? Hart auch, als die Verlobte eines Mannes zu gelten, für den sie nicht die Spur von Zuneigung empfand. Und die Zeit im Gefängnis von Lincolnshire ... Das Murmeln und Schreien erstarb, alle Frauen drehten die Köpfe, als das Knarren an der Luke signalisierte, dass das Gitter geöffnet wurde.

Claire wollte sich schon aufrichten, um sich nach oben zu drängen, aber Rose hielt sie an der Schulter fest. »Spar dir die Mühe. Sie werden uns nicht an Deck rufen. Das passiert frühestens in einer Woche wieder, wenn wir uns noch einmal waschen dürfen.«

Mit einem Seufzen ließ sich Claire zurücksinken.

Der Seemann am Gitter rief mit heiserer Stimme mehrere Namen, die er mühevoll von einem Zettel ablas. Bei jeder Nennung erklang ein Freudenschrei, und eine der Frauen erhob sich, um nach oben zu eilen.

»Was bedeutet das?«, fragte Claire.

Rose presste die Lippen aufeinander, als fühle sie Verbitterung in sich aufsteigen. »Einige von uns bekommen Besuch. Eltern, Geliebte, Ehemänner, Freunde. Sie können zwar nichts ausrichten, aber sie bringen Käse, Speck und Schinken mit, manchmal Decken, manchmal ein paar Schilling. Manche versuchen, für ihre gefangene Verwandte ein Gnadengesuch beim König zu erwirken, aber seit wir hier sind, ist das nur ein einziges Mal gelungen.«

Claire spürte, wie sich ein Kloß in ihrem Hals bildete, während sie, nach Luft ringend, zuhörte. »Du meinst, es ist überhaupt kein Problem, hier Verwandte oder Freunde zu treffen, die einem helfen könnten?«

Rose musterte sie. »Hast du solche Leute?«

Claire fühlte den Kloß dicker werden. »Meine Eltern ... Sie wissen nicht, was mir widerfahren ist.«

»Na, da kannst du ja ausharren, bis du schwarz bist.«

»Aber wenn ich ihnen eine Nachricht zukommen lassen würde?«

Rose zuckte die Schultern. »Wie willst du das bewerkstelligen? Es gibt hier keinen Boten«, fügte sie mit ätzendem Spott hinzu.

»Aber ich könnte eine der Frauen, die Besuch bekommen, bitten, eine Nachricht von mir weiterzuleiten. Vielleicht ...«

»Halte ich nicht für aussichtsreich«, erwiderte Rose. »Das kann Wochen dauern, und ob wir dann nicht längst in See gestochen sind?«

»Aber einen Versuch wäre es doch wert, oder?« Claire sprach fast flehend, als läge ihr Schicksal in Roses Hand, und krallte die Finger so fest in deren Oberarm, dass die Frau sie abschüttelte.

»Nur zu, wenn du dir etwas davon versprichst. Dann hast du wenigstens etwas zu tun. Warten.«

Wieder stieß sie ihr Hohnlachen aus, das Claire einen Schauer über den Rücken jagte. Aber die Gedanken schwirrten in ihrem Kopf.

Es gab keinen anderen Weg, solange sie nichts von Henry hörte: Sie musste vor ihren Eltern zu Kreuze kriechen.

Sie würden nicht so erbarmungslos sein, sie als Strafe für ihr ungehöriges Verhalten dem sicheren Tod auf See zu übergeben. Nein, das würden sie nicht zulassen, redete sich Claire gebetsmühlenartig ein.

Sie musste nur genau überlegen, wie sie vorgehen sollte. Die erste Schwierigkeit bestand gleich darin, ein Blatt Papier, eine Feder und Tinte zu ergattern. Danach musste sie eine vertrauenswürdige Person unter ihren Mitgefangenen auskundschaften, der sie die Nachricht aushändigen konnte, möglichst eine mit Verwandtschaft im Nordosten des Königreichs, wo sie ihre Eltern erreichen konnten.

Sie bemerkte, dass Rose neben ihr in Grübeln versank. »Was ist mit dir?«, fragte sie, obwohl sie an kaum etwas anderes als an das eigene Entkommen in letzter Minute denken konnte. »Hast du keine Verwandten, die dich unterstützen könnten?«

Rose biss sich auf die Lippen. »Verwandte schon, aber keine, die mich unterstützen könnten. Mein Mann …« Ihre Stimme versagte, sie schluckte, als ringe sie um Fassung, wie Claire mit Bestürzung bemerkte. »Sie halten ihn auf einem anderen Gefängnisschiff fest. Auf der *Neptune*. Sie soll ebenfalls nach Neusüdwales segeln, aber sicher ist das nicht.« Sie wischte trotzig mit dem Handballen die Tränen weg. »Wir haben uns geschworen, die Fahrt zu überleben, um uns dort wiederzutreffen.«

Claire erwiderte ihren Blick. Ihre Hand näherte sich Roses Arm, um sie zu berühren, ihr mit einem Streicheln zu versichern, dass sie mit ihr fühlte und sie verstand. Aber sie wusste nicht, ob Rose Mitgefühl erwartete oder ob ihr dies zu weit ging. Also zog Claire die Finger zurück, nickte nur und versuchte ein Lächeln. »Ihr werdet es schaffen. Ich fühle es.«

Rose erwiderte das Lächeln nicht und presste die Lippen zu einem Strich zusammen, bevor sie die Stirn auf die Knie legte. »Was weißt du schon«, murmelte sie.

Die Tage und Nächte vergingen in Dahindämmern. Manchmal fühlte sich Claire, als müsste sie schreien und nie wieder damit aufhören.

Die Verwirklichung ihres Plans erwies sich als noch viel verzwickter, als sie befürchtet hatte. Im Unterdeck war es unmöglich, Schreibzeug aufzutreiben. Wen sie auch ansprach, sie erntete nur Hohn und Spott. Die Frauen hatten den größten Teil ihrer Habe abgeben müssen und nannten nur wenige persönliche Gegenstände – eine Decke, einen Löffel, einen Becher, ein Amulett, doch gewiss nicht Papier und Tinte – ihr Eigen. Man munkelte, dass manche der angeseheneren Frauen wie Rose Naiden, die Königin der Diebe, oder die Geschäftsfrau Dorothy Johnson auch größere Geldmengen in die Säume ihrer Gewänder eingenäht hatten. Damit wäre es sicher kein Problem, einen Boten zu bezahlen, überlegte Claire. Sie selbst besaß zum ersten Mal in ihrem Leben nicht einen Penny.

Jede der Frauen hütete den persönlichen Besitz wie das kostbarste Gut. Immerhin befanden sie sich in der Gesellschaft der gewieftesten Verbrecherinnen Londons. Ein Gemeinschaftsgefühl stellte sich nur in kleinen Gruppen ein, die sich aber gegenseitig misstrauisch beäugten, wenn es nicht sogar zu offenen Anfeindungen und Angriffen kam.

Zu ihrer Verwirrung erntete Claire nicht nur verächtliches Gelächter, manchmal schlug ihr Feindseligkeit entgegen, und sie fragte sich, woran das liegen mochte.

»Du bist den anderen zu schön und zu begehrenswert«, erklärte das Mädchen mit den eisblauen Augen und dem nachtschwarzen Haarschopf, das sich als Molly vorgestellt hatte. Claire hatte sie gar nicht um eine Erklärung gebeten, aber die Kleine hatte Claires Entrüstung und Verwirrung bemerkt, nachdem sie von einer der Huren angespuckt worden war.

»Und wenn ich die schönste Frau von England wäre, was nützt es mir auf diesem Schiff?«, hatte Claire erwidert.

Molly zuckte die Schultern. »Kommt ganz darauf an, wie du dich anschickst. Die Aufmerksamkeit eines der besten Männer an Bord hast du ja bereits erregt.«

Claire runzelte die Stirn, während sie die Jüngere musterte. »Da weißt du mehr als ich.«

»Wundert dich das?«

Claire fühlte Zorn in sich aufsteigen. Es missfiel ihr, sich von diesem Mädchen an der Nase herumführen und belehren zu lassen. Andererseits gehörten Molly und ihre Freundin Hannah zu den wenigen, die sich ihr gegenüber frei von Hass verhielten, wenn auch auf die burschikose, schonungslose Art, die sie offenbar das Leben gelehrt hatte. »Spiel dich nicht auf«, fuhr Claire Molly an. »Wen genau habe ich beeindruckt, und wie?«

»Ich glaube, er heißt Jack Barns. Der Schönling mit dem schwarzen Bart. Wir haben alle gesehen, wie liebevoll er dich aufgefangen hat, als du deine Ohnmacht vorgespielt hast. Den hast du am Haken.«

Claire stemmte die Hände in die Hüften, so gut es in der gedrängten Enge ging. Prompt hatte sie den Ellbogen ihrer Nachbarin mit Wucht in den Rippen.

Claire krümmte sich und rückte eine Handbreit von der Frau weg. Bloß keine Prügelei riskieren. Wer da den Kürzeren zog, konnte sie sich ausrechnen. »Du täuschst dich. Ihr täuscht euch alle«, rief Claire und bemerkte selbst den schrillen Unterton in ihrer Stimme. Konnte es ihr nicht egal sein, was die anderen von ihr dachten? Nein. Ob sie hier gut gelitten war oder nicht, konnte über Leben und Tod entscheiden. Das spürte Claire mehr in ihrem Bauch und an dem Rippenstoß von soeben, als dass sie es wusste. »Mir wurde schwarz vorm Gesicht. Danach habe ich nichts mehr mitbekommen. Ich bin erst wieder aufgewacht, als ich schon hier unten lag. Ich weiß bis heute nicht, wie ich hierhergekommen bin.«

»Amen«, rief eine der Frauen, die feixend dem Gespräch folgten.

Eine weitere Stimme erhob sich in dem Lärm. »Selbst wenn er es mit dir probieren sollte … Nach der ersten Nacht wird er merken, dass ein unberührtes Pflänzchen wie du ihm nicht bieten kann, was ein Kerl braucht.« Claire sah zu der Frau mit den feuerroten Haaren und den Furchen auf der Stirn und am Hals. »Gib es also lieber gleich auf und lass die Arbeit jene Weiber erledigen, die was davon verstehen!« Muntere Zustimmung allenthalben, befeuert von weiteren schamlosen Bemerkungen.

Claire presste die Hände auf die Ohren und das Kinn auf die Brust. Auf ihrer Schulter spürte sie einen sanften Druck. »Gräm dich nicht. Nutze lieber deinen Vorteil«, flüsterte Molly ihr zu. »Ist doch völlig egal, ob du das berechnet hast oder nicht. Fest steht, bei Barns hast du einen Stein im Brett. Dir kann nichts Besseres passieren. Papier hat der gewiss reichlich in seiner Kajüte.«

Claire blickte Molly betrübt an. »Und wenn ich Schreibpapier habe, wird mich eine von den Hyänen hier unten im Pisseimer ersäufen, oder was?« Es fühlte sich eigenartig befreiend an, ein unflätiges Wort auszuspeien, das sie zuvor niemals in den Mund genommen hätte. *Pisseimer.*

Wieder zuckte Molly die Schultern. »Du musst lernen, dich zu wehren, oder zusehen, dass du sobald wie möglich nach oben kommst. Wie deine Freundin.«
Ein Ruck ging durch Claire. »Ich habe hier keine Freundin. Wen meinst du?«
»Na, die Kirschmund-Lady. Die hat sich gleich den Ersten Offizier geangelt, als ihr an Bord gekommen seid.«
Claire schaute über die Köpfe der fast zweihundert Frauen im Unterdeck hinweg. Tatsächlich konnte sie Annie – und niemand anders konnte die Kirschmund-Lady sein – nirgendwo entdecken. Aber, Himmel, sie würde doch nicht zu einem wildfremden Mann … Claire schluckte. Es hatte ganz den Anschein, als müsste sie auf dieser Bark und unter diesen Bedingungen ihre bisherige Weltsicht auf den Kopf stellen. *Herr im Himmel, hilf*, dachte sie. *Lass mich meine Eltern benachrichtigen, damit sie mich retten, bevor es zu spät ist. Lass Henry kommen.*
Die Mädchenhand tätschelte ihren Rücken. Verkehrte Welt. Claire quälte sich ein Lächeln ab. »Woher weißt du das alles?«
Die Jüngere setzte wieder eine Miene auf, als hätte sie bereits alles im Leben gesehen und erlebt und nichts könnte sie aus der Ruhe bringen. Fast beneidete Claire die Kleine um ihre Selbstsicherheit und Zuversicht. Woher hatte sie die bloß?
»Tja, man hat so seine Quellen«, tat Molly geheimnisvoll und steckte mit ihrer Freundin den Kopf zusammen, um zu tuscheln.
Vielleicht war es doch ein Fehler, sich keine Vertraute zu suchen, überlegte Claire. Die Einsamkeit, die sie auf einmal fühlte, zog sie hinab wie ein Sog.

Nach wie vor konnte sich Molly nicht erklären, warum der Gernegroß Will March unermüdlich ihre Nähe suchte.
Was versprach er sich davon?
Gewiss würde ihm nicht gestattet werden, sich eine Gespielin in die Hängematte zu holen, und für geheime Nachrichten taugte der Umgang mit ihr auch nicht. Trotzdem hielt sich Will jedes Mal in Sicht- und Hörweite auf, sobald die Matrosen die Frauen nach oben befahlen.
Nach den ersten Begegnungen entschied Molly, dass es sie zermürben würde, den Kerl mit kratzborstigen Bemerkungen in seine Schranken zu weisen. Wenn sich schon keiner der gestandenen Männer für sie interessierte, vielleicht konnte sie doch einen Vorteil aus der Anhänglichkeit des Schiffsjungen ziehen?
Nachdem sie ihm das erste Lächeln geschenkt hatte, woraufhin er blutrot anlief, steckte er ihr, kurz bevor sie wieder ins Unterdeck krochen, eine Scheibe Speck zu.
Molly teilte sie mit Hannah und hütete ihre Hälfte wie einen Schatz. Mehrere Tage lang lutschte sie an den würzigen Brocken, die sie von dem Streifen abriss. Nach dem geschmacklosen Brot und der wässrigen Gemüsebrühe glaubte Molly, nie im Leben etwas Köstlicheres zwischen den Zähnen gehabt zu haben.
An einem der nächsten Waschtage wedelte Will mit einem Stück Käse vor ihrer Nase. Dann nahm er sich ein Herz und lud die beiden jungen Mädchen zu einem Versteck am Bug hinter den Tauen ein, wo er mit einem spitzbübischen Grinsen eine Flasche Whisky unter seinem Hemd hervorzog.
»Wenn sie uns erwischen«, wisperte Hannah und zog die Schultern bis an die Ohren.
»Keine Sorge, die sind alle damit beschäftigt, heimlich hinter den Waschvorhang zu linsen«, erwiderte Will. Molly stimm-

te in sein unterdrücktes Lachen ein, bevor sie einen langen Schluck aus der Flasche nahm.

Der scharfe Schnaps brannte in ihrer Kehle wie flüssiges Feuer, aber er wärmte sie von innen heraus, und wenig später setzte die Wirkung ein. Sie seufzte und genoss die beduselte Leichtigkeit, die sich in ihrem Schädel ausbreitete.

»Sie werden dich über Bord werfen, wenn sie spitzkriegen, dass du aus der Kombüse stiehlst«, sagte Molly und musterte den Jungen, der auch beim zweiten und dritten Hinsehen nicht älter wirkte als höchstens vierzehn oder fünfzehn Jahre. Doch in seinen Augen erkannte Molly eine Tiefe, die sie auf eigenartige Weise berührte. Nichts Böses drohte von ihm. Warum auch immer er ihre Nähe suchte – es geschah nicht aus Berechnung.

»Ich stehle nichts«, erwiderte Will. »Ich nehme nur, was übrig bleibt. Ich helfe dem Schiffskoch.«

»Da hockst du ja gleich an der Quelle«, erwiderte Hannah mit einem Lächeln.

Will nickte. »Ja, ich hätte es nicht besser treffen können. Das wird meine erste Seereise«, gestand er. »Später, wenn ich Erfahrungen gesammelt habe, will ich auf ein Expeditionsschiff, wie das von James Cook eines war.« In sein Gesicht trat ein schwärmerischer Ausdruck. »Vielleicht kann ich bei wissenschaftlichen Erkundungen helfen. Vielleicht werde ich dann auch in einer Kajüte schlafen und nicht in den stinkenden Mannschaftsunterkünften.«

Molly musterte ihn und spürte auf einmal einen Stich von Neid. Wie wundervoll musste es sein, solche Träume zu haben und sogar auf ihre Erfüllung hoffen zu dürfen. »Wenn das deine erste Ozeanfahrt wird, hast du auch keine Ahnung, was uns in Neusüdwales erwartet, oder?«

Wills Wangen wurden blass. »Nein, nicht wirklich. Aber man hört nichts Gutes aus Sydney Cove, ehrlich gesagt.«

Molly rückte dichter an ihn heran, zwang ihn, sie anzuschauen. »Glaubst du, wir werden in der Kolonie die Möglichkeit zur Flucht haben?«
Will wich ihrem Blick aus. »Ich habe keine Ahnung, verdammt. Aber wie es aussieht, leben in dem Land nur Wilde, die deine Knochen auskochen, wenn du dich nicht in Acht nimmst. Und dann ist da diese Siedlung mit den Sträflingen der ersten Flotte, die sich abrackern, dem dürren Boden Früchte abzugewinnen. Ich kann nur wiedergeben, was man in den Hafenkneipen so tratscht, aber es hört sich nicht wie das Paradies an. Das steht mal fest.«
Molly nahm gluckernd einen weiteren Schluck aus der Flasche. Mit dem Handrücken wischte sie sich den Mund ab. »Wer sind die wichtigsten Männer an Bord? Wem kann man vertrauen?«
»Tja, so viele sind da nicht. Dreißig Seeleute vielleicht, sechs Offiziere.« Will zog die Brauen zusammen. »Was sie nachts in ihren Kajüten treiben, kann ich nicht beurteilen, wenn es dir darum geht.« Er musterte sie von der Seite. »Ich weiß nur, dass sich jeder eine Gefährtin suchen darf, sobald wir in See gestochen sind.« Er kicherte unterdrückt. »Wusstet ihr, dass die Regierung sechzig Garnituren Babywäsche mitgegeben hat?«
Molly und Hannah verzogen keine Miene. Zum Lachen fanden sie die Vorstellung nicht, dass Frauen auf der *Lady Juliana* schwanger wurden.
»Ist es denn sicher, dass wir überhaupt fahren? Man hört, dass manche Schiffe seit Jahrzehnten hier dümpeln und kaum noch hochseetauglich sind«, sagte Molly.
»Davon kannst du ausgehen, dass wir die Segel setzen«, gab Will zurück. »Die Frage ist nur, wann. Ich sehne den Aufbruch selbst herbei, aber irgendwas kommt stets dazwischen.

Mir sagen sie nichts, aber was man so hört … Es hängt damit zusammen, dass die Männer in den entscheidenden Ämtern der Regierung ständig wechseln. Die *Lady Juliana* soll in Portsmouth eine Eskorte bekommen. Die *Guardian* wird mitsegeln. Das ist eine Fregatte, die Vorräte und Pflanzen nach Sydney Cove bringen wird, und männliche Gefangene mit Kenntnissen in Ackerbau und Gartenbau. Außerdem die *Neptune*, die *Scarborough* und die *Surprize* … Die Abreise muss penibel kalkuliert werden, aber was es da zu berechnen gibt, da fragt ihr mich zu viel.« Er hob die Schultern. »Ich schätze, länger als zwei Monate wird es nicht mehr dauern. Und was sind schon zwei Monate gegen die Fahrt selbst. Wir brauchen vielleicht ein ganzes Jahr, bis wir unser Ziel erreichen.«

Molly und Hannah hingen an seinen Lippen, und Molly begriff, warum ihr das Schicksal jemanden wie Will geschickt hatte. Über die organisatorischen Abläufe Bescheid zu wissen, die wichtigen Männer zu kennen und die Regeln des Schiffsvolks zu erfahren war noch wertvoller als Wills wöchentliche Ration Speck. Die Mitgefangenen würden staunen, wenn sie ihr Wissen Stück für Stück preisgab. Es würde ihr Ansehen innerhalb der Gefangenengemeinschaft stärken. Molly lag nichts daran, sich eitel wichtigzumachen. Wie stets in ihrem Leben leiteten sie pragmatische Überlegungen. Gebraucht zu werden bedeutete, dass auf ihr Überleben nicht gepfiffen wurde. Eine feine Versicherung, wenn auch die rabiateren Mitgefangenen glaubten, dass man auf sie, Molly, nicht verzichten konnte.

8. Kapitel

Juli 1789

Als die Ebbe einsetzte und der Wasserspiegel sank, bereitete die Mannschaft die *Lady Juliana* zur Abreise vor.
In den vergangenen Wochen und Monaten waren die Vorschriften gelockert worden, die meisten Frauen bewegten sich inzwischen mit großer Selbstverständlichkeit an Bord, als wäre es bereits ihr Zuhause. Sie kannten den Weg vom Unterdeck zum Zwischendeck oder Vorderdeck, wussten, wann die Glocke zur Nachtruhe schlug und wann zum Essenfassen, und sie grüßten die wichtigsten Männer an Bord wie den Regierungsbeauftragen und Ersten Offizier Sir Edgar, Kapitän Aiken, Dr. Richard Alley, Steward John Nicol und Steuermann Jack Barns mit Namen.
Sie hatten miterlebt, wie Taue und Segeltuch geprüft und festgezurrt wurden, wie sich das Oberdeck füllte mit Proviantpacken, Wasserfässern, Mehlsäcken, Seekisten mit Zwieback und Schnapsflaschen, Viehpferchen, Schuppen und Käfigen mit flatterndem Geflügel. Sobald sie in See stachen, sollte das alles verstaut sein.
Flirrende Unruhe und Emsigkeit lagen in der Luft.
Am Abreisetag wurden alle Frauen wieder ins Unterdeck geschickt, damit sie den Matrosen nicht zwischen den Beinen herumliefen und im Weg standen. Sie murrten und keiften auf dem Weg nach unten.
»Fertigmachen zum Setzen des Hauptsegels!«, erklang ein

Ruf über Deck, dem die Möwen, die über ihnen kreisten, höhnisch kreischend antworteten.
Der Lärm beim Hissen brauste in den Ohren. Aus dem Unterdeck drang nun kaum noch ein Laut, alle lauschten ehrfürchtig. Nur hier und da erklang ein Wehklagen. Die Leinwand knatterte, die Taue knirschten, harsche Befehle flogen an Deck hin und her, dazwischen das Trampeln der Matrosen und die Seevogelschreie.
Das Schiff begann zu schwanken. Viele Frauen krallten sich am Boden fest, verletzten sich mit den Fingernägeln im splitternden Holz und verbargen das Gesicht. Mit lautlos bewegtem Mund beteten sie zu einem Gott, der ihnen ihr Leben lang fremd geblieben war.
Manche erbrachen sich, andere schrien, man möge die Luke öffnen, damit sie sich über die Reling erleichtern könnten. Aber das Gitter blieb verriegelt, solange die Mannschaft den Dreimaster auf Fahrt brachte.
Außer Kirschmund-Annie aus Lincolnshire hatten es noch fünf andere Frauen geschafft, noch bevor die Reise losging, zur Gefährtin eines Seemanns erkoren zu werden. Sie lebten mit den Männern in deren Kajüten, brauchten nicht mehr in das Unterdeck zurück und bildeten eine eigene Klasse. Die Feindschaft und der Neid der anderen Frauen zeigten sich in giftigen Blicken und Raunen hinter vorgehaltener Hand. Offene Boshaftigkeiten vermied jede, wenn sie nicht riskieren wollte, wegen Unruhestiftung ausgepeitscht zu werden.
Als die Segel gehisst wurden, erfasste Dorothy eine lästige Ruhelosigkeit. Immer noch war es ihr nicht gelungen, Laurie an einen der Männer zu vermitteln. Der Kerl, der ihr gleich zu Beginn aufgefallen war – der Steuermann Jack Barns, wie sie inzwischen herausgefunden hatte –, war zwar noch unge-

bunden, aber wann immer sie ihm begegneten, bekundete er verstockte Gleichgültigkeit, sosehr sie Laurie auch ins rechte Licht rückte und deren Vorzüge und Liebeskenntnisse laut anpries.

»Was scherst du dich um Laurie?«, hatte Rose, diese hochnäsige Ziege, sie einmal angefahren. »Sieh lieber zu, dass du selbst ein Auskommen hast. Vielleicht findest du ja einen halb blinden Geistesschwachen«, hatte sie mit einem Glucksen hinzugefügt.

Dorothy hatte die Hände geballt, und wären sie allein gewesen, wäre Rose nicht mit ein paar blauen Flecken davongekommen. Liebend gern hätte Dorothy ihr in einem unbeobachteten Moment die Finger um den Hals gelegt und zugedrückt, bis ihr Blöken erstarb.

Aber Dorothy würde, wenn eine solche Mordtat ans Licht kam, nicht überleben, und wer sollte sich dann um Laurie kümmern?

Dorothy taxierte die Männer, die auf dem Schiff arbeiteten, einzig danach, ob sie für Laurie in Frage kamen oder nicht. Der schöne Jack Barns war nach wie vor ihr Favorit. Seine Stimme klang sanft, seine Hände wirkten gepflegt. Eine Frau musste sich nicht überwinden, um diesem Kerl zu Diensten zu sein. Vielleicht bereitete es ihr sogar Vergnügen, ein Umstand, den Dorothy Laurie gern gegönnt hätte.

Sie wusste nicht, woher ihre Zuneigung zu diesem Mädchen rührte, und sie hinterfragte es auch nicht. Auf undurchdringliche Weise schien ihr eigenes Lebensglück von Lauries Wohlergehen abzuhängen. Als wären sie mit unsichtbaren Fäden aneinandergeknüpft.

Da waren auch noch Molly und Hannah, die sich meist in ihrer Nähe aufhielten, aber von den beiden wusste Dorothy, dass sie selbst das beste Rüstzeug hatten, um zu überleben.

Ein paar Raunzer hin und wieder, gelegentlich eine gepfefferte Ohrfeige, das genügte, um die beiden zu kontrollieren. Molly hatte sich außerdem zur wichtigsten Informantin entwickelt, was Dorothy über die Maßen zu schätzen wusste. Mollys Freundschaft mit dem Schiffsjungen führte dazu, dass Dorothy und ihre Mädchen stets über die Ereignisse an Bord auf dem Laufenden waren. Ein unschätzbarer Vorteil gegenüber der Gruppe, die sich um Rose Naiden geschart hatte.

Endlich vernahmen sie das Knarren der Luke. »Rauf mit euch!«, erklang die Stimme eines Seefahrers, und es folgte der Pfiff durch seine Zahnlücke. Dorothy kannte seinen Namen. Ben Benson war der Einzige ohne Offiziersrang, der Dorothy bislang aufgefallen war. Das lag an seiner linkischen Art, mit ihr zu flachsen. Wann immer er ihr begegnete, trieb er Schabernack, aber seine Versuche, sie zum Lachen zu bringen, blieben ohne Erfolg. Auch jetzt, als sich Dorothy gleich hinter Hannah durch die Luke nach oben zwängte, bot er seine Hilfe an, ein gespielt charmantes Lächeln auf dem Gesicht. »Miss Dorothy?«, fragte er und reichte ihr die Hand, als wäre er ihr Diener.

»Wenn ich überhaupt mal Hilfe brauchen sollte, wärst du gewiss der Letzte, der mir einfiele«, zischte Dorothy, worauf Ben Benson ein Lachen ausstieß und die Lücke zwischen den Schneidezähnen entblößte.

»Warum so zickig? Mit meiner Hilfe könntest du dir viel Verdruss ersparen«, gab er unbeeindruckt zurück.

»Ich bin Kummer gewöhnt«, giftete Dorothy. »Immer kommt er von Kerlen wie dir. Pack dich, du stinkender Bär!« Sie zerrte Laurie hinter sich her und stolzierte mit in den Himmel gereckter Nase an dem Seemann vorbei, der mit einem Grinsegesicht geboren zu sein schien.

Die Frauen drängten an die Reling, manche, um sich gleich in das braune Wasser zu übergeben und die Möwen zu füttern, andere, um einen letzten Blick auf die Heimat zu werfen, auf die Hafenanlagen links und rechts der Themse.
»Gott segne dieses Land der Freiheit!«, spie Rose Naiden aus. Keiner der Umstehenden war zum Lachen zumute.
Die *Lady Juliana* glitt vorbei an den übrigen Schiffen, suchte sich im Schlingerkurs den Weg an den Anlegestellen vorbei.
»Schaut, da liegt die *Guardian!*«, erklang ein Ruf hoch über den Frauen. Will kletterte gerade am Großmast nach oben und wies mit ausgestrecktem Zeigefinger auf eine schlanke Fregatte. Sein Halstuch flatterte im Wind.
Alle weiblichen Sträflinge wandten den Kopf zu der Fregatte, auf der sie Männer arbeiten sahen, die nun zu ihnen herüberwinkten. Manche Frauen grüßten zurück.
»Was hat es mit der *Guardian* auf sich?«, erkundigte sich Dorothy bei Molly, obwohl es ihr verhasst war, um Auskünfte bitten zu müssen. Lieber war sie selbst diejenige, die die anderen unterrichtete. Aber die Dinge lagen nun einmal so, dass Molly näher mit dem Ohr am Geschehen war.
Molly zuckte die Schultern und schlang die Arme um ihren Körper zum Schutz vor der Brise, die über das Wasser zog.
»Sie soll Vorräte und Pflanzen nach Sydney Cove bringen, außerdem Gefangene mit Kenntnissen in Ackerbau und Gartenbau. Die werden in der Kolonie wohl besonders dringend gebraucht. Eigentlich sollte die *Guardian* unser Schiff eskortieren. Keine Ahnung, warum sie noch vor Anker liegt.«
»Das haben sie ja fein ausgeheckt. Wir reisen also ohne Eskorte? Ein gefundenes Fressen für Piraten.«
»Die Fregatte ist doch bestimmt schneller als wir. Vielleicht holt sie uns ein?«, rief Laurie und schaute unsicher zu ihrer mütterlichen Freundin.

Dorothy schnalzte mit der Zunge. »Dummerchen. Wie sollten die uns auf dem Ozean finden?«
Rose, die das Gespräch mitgehört hatte, gluckste. »Halt besser dein Maul, wenn du keine Ahnung von der Seefahrt hast, anstatt alle das Fürchten zu lehren, du hohle Nuss!«
Molly und Hannah griffen gleichzeitig nach Dorothys Ellbogen, als die zur Seite hechtete, um der Widersacherin eine Backpfeife zu verpassen. Niemand sollte Dorothy Johnson ungestraft eine hohle Nuss nennen!
»Nicht, Dorothy«, zischte Molly. »Das bringt doch nur Ärger. Schau mal, da!« Sie wies auf die *Guardian*, an der sie nun im Abstand von wenigen Metern vorbeisegelten.
Man konnte die Gesichter der Männer erkennen, die verschmutzten der Häftlinge, die verbissenen der Offiziere. Manche johlten und pfiffen, einige Frauen setzten sich in Pose. Doch Mollys Zeigefinger war auf einen ganz bestimmten Mann gerichtet, der grinsend im Takelwerk der Fregatte turnte. Die schwarzen Haare flatterten im Wind, sein Arm schwenkte im freundlichen Gruß hin und her.
Dorothy beugte sich weiter über die Reling und kniff die Augen zusammen. Von Jahr zu Jahr ließ ihre Sehkraft nach, aber um den Kerl zu erkennen, der da munter sein Handwerk verrichtete, reichte sie allemal. Unter Tausenden hätte Dorothy diese Glutaugen erkannt. Sie spürte, wie sich ihr Magen zusammenzog und ihr Pulsschlag in einen rasenden Galopp verfiel. Eine Ader begann an ihrer Schläfe zu pochen. Sie presste die Zähne so fest aufeinander, dass ihre Wangenknochen schmerzten. »Dieser Hurensohn«, zischte sie, um dann mit einem gellenden Schrei zu fordern: »Anhalten! Haltet das Schiff an!«
Belustigtes Gelächter erklang vom Offiziersdeck, und auch Will March oben im Mastkorb feixte.

»Ihr Schweine!«
Dorothys Augäpfel schienen aus den Höhlen zu quellen, während sie keinen Blick von Pietro, diesem losen Vogel, lassen konnte. Weder schien er sie zu hören noch zu sehen, er winkte lustig weiter und zog sich nun auch noch, von seinen Kumpanen ermuntert, das Hemd über den Kopf, um den Frauen auf dem Dreimaster seinen muskelbepackten Oberkörper zu präsentieren und die Faust in die Luft zu recken.
Spuckeschaum bildete sich in Dorothys Mundwinkel, während sie die Reling so fest umklammerte, dass ihre Fingerknöchel weiß hervortraten. Sie stieß ein Ächzen aus, und im nächsten Moment hatte sie ein Bein gehoben, um sich über Bord zu schwingen.
»Bist du von Sinnen?« Molly umschloss mit beiden Armen Dorothys Leib, Hannah hielt sie am Bein fest. »Sie werden dich erschießen, noch bevor du im Wasser aufschlägst«, schrie sie Dorothy ins Ohr.
»Lass ihn doch«, redete auch Hannah drängend auf Dorothy ein, während Laurie nägelkauend dabeistand und Rose Naiden mit ihren Anhängern sie gackernd beobachtete. »Du wirst ihn sowieso nie wiedersehen.«
Dorothy fühlte sich, als würde ein Orkan in ihr toben und ihr die Luft zum Atmen nehmen.
Sie war nicht mehr fähig, einen klaren Gedanken zu fassen, während sie den Mann fixierte, dem sie es zu verdanken hatte, dass sie nun aus ihrem Londoner Nest auf dem Weg in die Ungewissheit war.
Wie pfauengleich er sich aufspielte, wie viel Lebensmut er versprühte, als sie im Sträflingsgewand mit einem gallebitteren Geschmack auf der Zunge und ohne einen Funken Hoffnung an ihm vorbeiglitt. Er sah sie nicht, sondern begaffte die

jüngeren Frauen, ließ die Zunge dabei anstößig kreisen und fasste sich in den Schritt.

Dorothy schmeckte Blut und bemerkte, dass sie sich zu fest auf die Lippen gebissen hatte. Den Schmerz spürte sie nicht. Die Pein in ihrem Inneren ließ jedes andere Gefühl verblassen.

Die *Lady Juliana* segelte an der Fregatte vorbei, die Männer auf dem Schiff wurden klein und kleiner, bis die einzelnen Gesichter verschwammen.

Aber die dunkle Silhouette in der Takelage blieb Dorothys Fixpunkt, während sie wie erstarrt zwischen den beiden Mädchen stand, die sie festhielten und ratlos glotzten. »In der Hölle soll er schmoren«, stieß sie aus und spie vor Ekel und Hass über die Reling. »Über Bord soll er gehen und von Raubfischen in Stücke gerissen werden.«

»Bestimmt wird er das«, erwiderte Molly und tätschelte ihren Rücken.

Erst da wurde Dorothy bewusst, dass sie die beiden jungen Hühner behandelten wie eine armselige Irre. Mit einer ruckartigen Bewegung und wohlgesetzten Hieben befreite sie sich. »Packt euch! Ich kann selbst auf mich aufpassen.«

»Hört, hört! Das haben wir ja soeben miterleben dürfen, Dorothy Johnson«, kam es erheitert von Rose.

So schnell konnten Molly und Hannah gar nicht reagieren, wie Dorothy herumwirbelte, um sich mit Krallen und Zähnen auf die Widersacherin zu stürzen.

Im Nu bildeten die Frauen einen Kreis um die beiden Kämpfenden, die sich an den Haaren rissen und versuchten, sich die Gesichter zu zerkratzen, die Zähne gefletscht und Laute wie Hyänen ausstoßend. Spitze Schreie der Wut und des Schmerzes waren zu hören, grollende Flüche, während sich die beiden auf den Holzplanken wälzten.

»Aus dem Weg!« Die Menge der Gafferinnen teilte sich, als ein Seemann mit einer Peitsche breitbeinig vor die Kämpfenden trat. Er schlug wild und ohne zu zielen auf die Rangelnden ein, deren Schreie nun in Klagen und Flehen übergingen. Drei-, vier-, fünfmal sauste der neunschwänzige Lederriemen auf die Körper nieder, traf Beine, Arme, Rücken, Füße und Dorothys Hinterkopf. Als der Mann zum sechsten Mal ausholte, trat Ben Benson neben ihn und hielt sein Handgelenk im Schwung wie ein Schraubstock fest. »Es reicht, Gilbert. Sie haben ihre Lektion gelernt.«
Ein paar Sekunden lang maßen sich die beiden Männer, beobachtet von den weiblichen Häftlingen, die Zentimeter um Zentimeter zurückwichen, um nicht selbst in die Schusslinie zu geraten. Zwischen den beiden Seeleuten schienen Funken zu sprühen, als kämpften sie einen stummen Machtkampf darum, wer hier das Sagen hatte.
Aber da tauchte auch schon Leutnant Edgar auf, den Bauch vorgeschoben, die Daumen im Gürtel, das Kinn gereckt. »Was geht hier vor?«
Ben Benson nahm Haltung an. Der, den er Gilbert genannt hatte, schob den Unterkiefer vor, und sein Blick loderte, während Ben in linkischen Worten schilderte, was sich ereignet hatte.
»Runter mit den Frauen. Alle!«, befahl Leutnant Edgar. »Ich will an Bord keine Prügeleien, habt ihr das verstanden? Wir werden viele Monate zusammen unterwegs sein. Wer sich hier als Unruhestifter entpuppt, den erwartet ein kurzer Prozess.« Er betrachtete die Frauen der Reihe nach, und alle zogen sich zurück, senkten die Köpfe, während sich die beiden Kämpferinnen ächzend aufrichteten.
Leutnant Edgar kehrte um, und Ben Benson ging in die Knie, um Dorothy auf die Füße zu helfen. Er packte sie unter den

Achseln und hob sie hoch, als wäre sie puppenleicht. Drei weitere Offiziere, die inzwischen dazugestoßen waren, halfen Rose Naiden auf, während Gilbert die übrigen Frauen wie Vieh zurück ins Unterdeck scheuchte, wobei er die Peitsche in der Luft knallen ließ. Murrend setzte sich die Menge in Bewegung.

Dorothy fühlte Bens Atem in ihrem Nacken, als er ihr ins Ohr flüsterte. »Geht's?«

Sie schluckte und hüstelte, befreite sich aus seinem Griff und quetschte ein »Danke« heraus, was sofort das Zahnlückengrinsen auf Bens besorgtes Gesicht zauberte. »Nur dafür habe ich es getan«, sagte er gespielt ergriffen. »Um einmal das Wort Danke aus deinem schönen Mund zu hören.«

»Spar dir deinen Schleim«, giftete Dorothy umgehend. »Sag mir lieber, ob es stimmt, dass die *Guardian* uns ursprünglich begleiten sollte.«

Ben nickte. »Ja, so war es geplant. Warum die nun zurückbleiben, weiß ich nicht. Vielleicht treffen wir sie noch in Portsmouth? Dort werfen wir Anker, bevor es auf den Atlantik geht. Aber auch wenn sie eine Woche später ablegen, werden sie uns noch einholen können. Spätestens ab Santa Cruz de Tenerife segeln wir vermutlich gemeinsam weiter. Es ist sicherer, im Verbund zu reisen, als allein. Erst recht mit so viel Weibern an Bord.«

Dorothy spürte ein Lodern hinter den Augäpfeln, während sie Ben fixierte.

»Du meinst, wir werden die *Guardian* wiedertreffen, vielleicht gemeinsam in einem Hafen liegen?«

»Sag ich doch. Oder spreche ich afrikanisch?« Wieder dieses Grinsen, das kein Echo in Dorothys Miene fand.

Dorothy presste für einen Moment die Lippen aufeinander, die Augen zu Schlitzen verengt.

Genau wie alle anderen würde sie dafür beten, dass die *Guardian* sie noch einholte. Dass ihr dabei nicht am Schutz der Mannschaft und der Frauen lag, ging keinen etwas an. Für sie zählte nur dies: Rache nehmen an dem Mann, der sie ins Unglück gestürzt hatte.

Wie an der Themse bei Woolwich lagen auch im Hafen von Portsmouth die Schiffe dicht an dicht. Die Ausdünstungen und der Gestank der Abfälle schwängerte die Salzluft über dem Wasser, Unruhe und Eifer bestimmten die Atmosphäre.

Auch auf der *Lady Juliana* herrschte Trubel. Einige der weiblichen Häftlinge durften noch letzten sehnsüchtig erwarteten Besuch empfangen, was Leutnant Edgar nach Rücksprache mit dem Kapitän auf seine großmütige Art gestattet hatte.

Nachdem Steward John Nicol, unterstützt von einigen kräftigen Matrosen, im Vorratsraum Fässer verstaut und Weinflaschen eingelagert hatte, beobachtete er, den Dreispitz bis zu den Brauen in die Stirn gezogen, vom Achterdeck aus, wie sich die Paare aneinanderklammerten, wie Eltern ihren Töchtern unter Tränen Pakete zusteckten, sie herzten und küssten und ihre Wangen mit den Händen umfingen, um ein Lebewohl zu hauchen.

Eine von den Gefangenen erhielt noch in allerletzter Minute den Gnadenerlass des Königs.

John sah aus dem Augenwinkel, wie die vielleicht Zwanzigjährige mit unbewegter Miene ihre Habseligkeiten packte und am Arm ihres Vaters von Bord ging, von den neidglühenden Blicken der Zurückbleibenden verfolgt.

Manche – wie Claire Durand aus Lincolnshire – weinten laut vor Enttäuschung und rangen die Hände zum Himmel, weil

nicht sie es waren, denen dieses Glück zuteilwurde, obwohl sie es gewiss erfleht hatten. Manch einer hätte John einen Gnadenerlass von Herzen gegönnt.
Der Steward suchte, wann immer es sich ergab, das Gespräch mit den Gefangenen. Es lag ihm daran, sie zu verstehen. Sie nicht als einen Haufen Krimineller abzutun, sondern die Weltsicht und Sehnsüchte der Einzelnen zu begreifen.
Manche vertrauten ihm an, dass es ihnen nun bessergehe als jemals zuvor. »Sind wir nicht seit langem Verbannte, und zwar in unserer eigenen Heimat, und ist das nicht das schlimmste Los? Wir waren Aussatz, verhasst und geächtet.«
Andere freilich setzten Himmel und Hölle in Bewegung, um ihr lasterhaftes Vergnügen mit den Spießgesellen an Land fortzusetzen. Zum Glück meist vergeblich.
Einige brüsteten sich mit ihren Verbrechen und Morden, aber nach John Nicols Empfinden waren viel zu viele der Frauen harmlose Geschöpfe, die Opfer gemeinster Verführung und Intrigen.
Unfrieden verbreiteten vier schändliche Weiber, die geflohen waren, bevor es hinaus in die Weiten des Ozeans ging. Sie hatten in der vergangenen Nacht dem Wachhabenden auf dem Achterdeck Gin verabreicht. Während die anderen Seeleute sangen und feierten, waren sie entkommen. Ein Boot lag zu ihrer Flucht bereit.
John erfuhr nicht, ob sie wieder aufgegriffen und auf eines der nächsten Schiffe gesetzt worden waren. Gut möglich, dass sie wegen der Schwere der Schuld gleich gehängt wurden. Ihre gerechte Strafe, befand John.
Als der Dreimaster drei Tage später in See stach, stand der Steward an der Reling, kratzte sich den Backenbart und ließ den Blick über die felsige Küste Cornwalls gleiten.

Während die *Lady Juliana* an Fahrt gewann, hangelten Männer in der Takelage und richteten die Segel auf, andere flickten Tuch und Taue.
Mit durchgedrücktem Rücken wachte Steuermann Jack Barns auf dem Achterdeck, Kapitän Aiken war auf der gegenüberliegenden Seite mit Leutnant Edgar ins Gespräch vertieft. Nicols Dienste würden erst wieder zum Abendessen erwartet, wenn er in der Offiziersmesse die Schüsseln mit in Wein gekochtem Huhn auftrug. Sobald das Schiff einmal den Hafen verlassen hatte und der Wind gut stand, verlief das Leben an Bord in ruhigen Bahnen.
Wehmütig dachte John an jenes junge Mädchen, bleich wie der Tod, das im Hafen von Portsmouth gestorben war. Einfach so. Nie hatte jemand ein Wort aus ihrem Mund gehört, ihr Gesicht wirkte verhangen vor Melancholie. Zum Trost hatte John ihr seine Bibel, die er zuvor geküsst hatte, in den Schoß gelegt, aber sie benetzte sie nur mit ihren Tränen. Sie hatte sich auf den Schiffsboden gesetzt, die Augen geschlossen und war nicht mehr aufgewacht.
Johns Innerstes hatte vor Mitgefühl mit diesem spindeldürren Ding geblutet, von dem die anderen Frauen munkelten, sie sei an gebrochenem Herzen gestorben.
Wer weiß, wie es seiner Sarah gegangen wäre, wenn er sie nicht errettet hätte? Auch sie war ein so zartes Geschöpf, dem man alle Steine aus dem Weg räumen wollte, um es auf Händen durchs Leben zu tragen.
Ein warmes Gefühl durchströmte John, als er daran dachte, dass sie nach getaner Arbeit in seiner Kajüte auf ihn warten würde, das siebzehnjährige Mädchen mit den warmen Schenkeln, den rosigen Wangen und den zartgliedrigen Händen, in das er sich im März verliebt hatte, als er sie am Amboss von den Ketten befreite.

John dehnte die Schultern und sog die Meeresluft ein, die nun, da sie den Kanal zwischen dem Festland und England durchsegelten, wie frisch gewaschen roch. Mit jedem Atemzug meinte er, Kraft und Glück einzusaugen. Die See, das war sein Leben.
Seit mittlerweile zwanzig Jahren bereiste John die Weltmeere. Am Anfang war er etwa im Alter des Burschen Will gewesen, der gerade an ihm vorbeiflitzte und sich am nächstbesten Tau über die Großrah zum Mittelmast schwang, wo er behende nach oben kletterte.
John beschattete die Augen mit der Rechten und schaute ihm hinterher. Der Junge hatte ein Säckchen Haferkekse dabei, aus dem er sich nun bediente und mit offenem Mund kaute.
Hinter sich vernahm John das Grummeln des Schiffskochs, der mit erhobenem Holzlöffel aus der Kombüse trat. Schwerfällig und fettleibig, wie der Mann war, unternahm er gar nicht erst den Versuch, das Kerlchen einzuholen, aber auf seinem narbigen Gesicht lag ein Schmunzeln, als er den Löffel in Wills Richtung schwang: »Dich krieg ich noch, Hosenscheißer! Hab ich mir doch gleich gedacht, dass du der Strolch bist! Und mir erzählst du vom Klabautermann, durchtriebener Wurm, du!«
Der Koch zwinkerte John zu, der freundlich nickte. Es war offensichtlich, dass der Koch grundsätzlich an Wills Verhalten wenig auszusetzen hatte und dass er ihm den Streich nicht ankreidete.
John gefiel diese Art des Umgangs.
So musste das sein bei der Seefahrt.
Prügeleien, erbitterter Streit, bis zu Messerstechereien geführte Kämpfe oder gar Meuterei waren ihm verhasst. Aber – erlebt hatte er schon alles.

John hoffte, dass auf dieser Reise die entspannte Stimmung überwiegen würde. Und zu seiner persönlichen Erbauung hatte er ja nun Sarah.

Allem Anschein nach würden sowohl Kapitän Aiken als auch der Regierungsbeauftragte Leutnant Edgar für eine angenehme Atmosphäre sorgen. So hatten sie ihm beispielsweise die Kleider der Frauen, die sie gegen die Sträflingsgewänder hatten tauschen müssen, zum Verwahren ausgehändigt, damit sie diese später auf hoher See tragen konnten. Es hätte durchaus in der Macht der beiden Männer gelegen, alles über Bord zu werfen, was den Geschöpfen gehörte.

Wie viel besser seine Sarah aussehen würde, wenn sie erst wieder über angemessene Garderobe verfügte! John wollte sie in den Häfen, die sie ansteuerten, mit Vergnügen neu ausstaffieren. Bunt gefärbte Seide, Spitze, besticktes Leinen … Ach, er würde sich ergötzen an ihrer Freude über seine Geschenke!

Obwohl er nach dem *Honest Jack*, dem ungeschriebenen Gesetz auf See, das Recht hatte, sich unter den gefangenen Frauen eine Gefährtin zu suchen, die er sogar zwingen konnte, das Bett mit ihm zu teilen, hatte John Sarah Whitlam eine ganze Woche lang den Hof gemacht, bevor sie mit gesenkten Lidern ihr »Ja« gehaucht hatte.

John wusste sehr wohl, dass es die allermeisten der fast zweihundert Frauen darauf abgesehen hatten, eine Seemannsbraut zu werden, um einen gewissen Komfort als Gegenleistung für ihre Dienste zu genießen.

Aber seine Sarah war so eine nicht.

Sie zählte zu den wenigen Gefangenen an Bord, die trotz aller erlittenen Ungerechtigkeit ehrbare Mädchen geblieben waren. Diesen gefallenen Engeln gehörte Johns ganzes Mitgefühl.

Seine Liebe allerdings gehörte nur Sarah. In seinen Träumen war sie bereits seine angetraute Ehefrau. Wäre ein Geistlicher an Bord gewesen – John hätte keinen Wimpernschlag gezögert, mit Sarah Whitlam vor den Altar zu treten.
Für ihn leuchtete sie wie eine Perle im Schmutz unter den verrohten Huren, die sich nicht schämten, mit ihren Brüsten vor den Nasen der Männer zu wackeln, sich vor allen die Nippel lecken zu lassen und die Röcke über ihren Ärschen zu lüpfen, damit die Kerle sie von hinten besteigen und kosten konnten, was sie erwartete, wenn sie sie nur mit in die Kajüten nahmen. Nein, so eine war seine Sarah nicht.
John Nicol hatte nach seinen Wanderjahren eigentlich mit dem Gedanken gespielt, endgültig in seiner schottischen Heimat sesshaft zu werden und von der ersparten Heuer zu leben. Da hatte ihn der Brief eines befreundeten Kapitäns erreicht, der ihm davon berichtete, dass zwei Schiffe auf der Themse lagen, die nach Neusüdwales fahren sollten: Die *Lady Juliana* und die *Guardian*.
Auf der *Lady Juliana* anzuheuern war John Nicol zunächst suspekt – die Vorstellung, mit einem Schiff voller Dirnen in See zu stechen, missfiel ihm gründlich.
Andererseits war die *Guardian* ein Kriegsschiff, das er nicht nach Belieben verlassen konnte. Er aber wollte sich nach seiner Rückkehr von der Seefahrt verabschieden.
Dieser Entschluss festigte sich nun, da er in Sarah Whitlam die Frau gefunden hatte, mit der er den Rest seines Lebens verbringen wollte. Nach der Verbüßung ihrer siebenjährigen Strafe würde er sie in der Kolonie abholen und heim nach Schottland führen.
Sarah gehörte – davon war John überzeugt – zu den bedauernswerten Frauen, denen das Schicksal übel mitgespielt

hatte. Ihr einziges Vergehen bestand darin, sich einen Mantel ausgeliehen zu haben, woraufhin ihre »Freundin« behauptete, sie hätte ihn ihr gestohlen, und sie wegen Diebstahls anzeigte.

John mochte sich gar nicht vorstellen, was seine geliebte Sarah aufgrund dieser Verleumdung zu ertragen gehabt hatte, aber wenigstens konnte er ihr die Überfahrt in seiner Koje, in seinen Armen, so kommod wie möglich gestalten. Von der Gesellschaft der Huren hielt er sie fern, um ihre reine Seele zu bewahren.

Je mehr sich seine Gedanken um die Geliebte drehten, desto stärker wuchs seine Sehnsucht. Ob er vielleicht für ein halbes Stündchen zu ihr in die Koje ...

Er schaute sich um – keiner achtete auf ihn. Mit der flachen Hand drückte er den Dreispitz auf die Nase, zog den Kopf ein und eilte zu seiner Kajüte unterm Achterdeck.

Für John Nicol zeichnete sich die Fahrt mit der *Lady Juliana* bereits zu diesem frühen Zeitpunkt, da England achtern noch als Silhouette zu erkennen war, als die wundervollste Seereise ab, die er je unternommen hatte.

In seinem verliebten Zustand fühlte er sich jedem kommenden Orkan und jeder Flaute auf den Weltmeeren gewachsen.

Molly und Hannah kicherten, während sie von ihrem Lieblingsplatz hinter den Tauen zu Will hinaufblickten, der das Säckchen mit den Keksen schwenkte. Sie hatten mitbekommen, wie einer der Seeleute ihn von unten beschimpfte, aber der Wind hatte die Worte davongetragen, so dass sie nur am Tonfall erkennen konnten, dass Wills Diebstahl entdeckt worden war.

Will schien das nicht zu jucken. Er drehte den Männern unten eine lange Nase, bevor er sich, als die Luft wieder rein

war, zu den Mädchen schwang, um seine Beute mit den Freundinnen zu teilen.
Molly und Hannah griffen in das Leinensäckchen und stopften sich das knusprige Gebäck mit vollen Händen in die Backen.
»Ich hab nicht viel Zeit«, erklärte Will, »gleich wird das Abendessen vorbereitet. Da versteht der Koch keinen Spaß, wenn ich in der Kombüse fehle und er selbst den Kohl für die Mannschaft schneiden und das Huhn für die Offiziersmesse rupfen muss.«
»Du hast es wohl gut getroffen mit dem Koch?«, erkundigte sich Hannah. »Mir scheint's, er hält dich an der langen Leine.«
Will grinste. »Kann man so sagen, ja. Aus irgendeinem Grund mag er mich.« Sein Gesichtsausdruck wurde ernst. »Aber ich gebe ihm auch keinen Anlass zu klagen.«
Er drückte den Rücken durch, schob das Kinn vor. »Ich lasse mir nichts zuschulden kommen. Schließlich soll dies nicht schon meine letzte Schiffsreise sein. Es ist erst der Beginn.«
»Und wenn du die Kekse stibitzt?«, erkundigte sich Molly und zwinkerte ihm zu. »Zieht er dir dafür nicht den Kochlöffel über die Rübe?«
Will zuckte die Schultern. »Kann schon sein. Aber er meint es nicht böse. In Santa Cruz de Tenerife werden die Vorräte aufgestockt. Da kommt es auf eine Nascherei wie diese nicht an.«
»Hat er sich schon eine Gefährtin genommen?«, erkundigte sich Molly. Wenn er ein guter Mann war und noch frei, wäre ein Hinweis im Unterdeck Gold wert.
Will stieß ein Lachen aus. »So ist der nicht …«
Molly und Hannah rückten näher an ihn heran. »Wie jetzt?«, hakte Molly nach. »Mag er vielleicht Männer lieber? Oder … Jungen?«

Wills Gesichtsfarbe nahm die Farbe seines Halstuchs an. »Papperlapapp! Was denkt ihr denn! Nein, seine Art mir gegenüber ist ganz freundlicher Natur, da bin ich sicher. Aber ich glaube, er hat ein Problem mit den Frauen hier. Huren sind ihm verhasst. Er spuckt aus, sobald die Rede auf sie kommt, und zieht grauselige Grimassen. Da ist er nicht der einzige Mann, der so denkt, aber die anderen gönnen sich zumindest ein bisschen Spaß mit den Weibern. Bei ihm habe ich das noch nicht erlebt.«
»Vielleicht spart er sich für die Richtige auf.« Hannah kicherte bei der Vorstellung in die Faust.
»Keine Ahnung, was in ihm vorgeht. Vielleicht hat er auch Weib und Kinder daheim und Treue geschworen.«
Molly platzte prustend heraus. Ihr Gelächter klang nicht wie das einer Dreizehnjährigen. Sie hatte schon zu oft Männer bedient, deren Frauen und Kinder diese beim Abendbier in der Wirtschaft wähnten.
»Wie lange sind wir bis zum nächsten Hafen unterwegs?«, erkundigte sich Hannah, als sie merkte, dass Will die Stirn runzelte, weil er sich wohl von Molly ausgelacht fühlte.
»Schätzungsweise vierzehn Tage und Nächte, wenn uns keine Flaute lahmlegt. Aber die gibt es in diesen Breitengraden selten.«
Molly umfasste seinen Oberarm und schaute ihn an. »Werden wir im Hafen Ausgang bekommen?«
Will gluckste. »Das glaubst du wohl selbst nicht, Molly Monday.«
Ihr Gesicht verfinsterte sich. »Ich …« Sie unterbrach sich und richtete sich auf. Eine Stimme erklang hinter den Tauen. »Wo steckst du, Nichtsnutz? Pack dich in die Kombüse!«
Will warf Hannah das Säckchen zu und sprang auf. »Wenn er so klingt, ist es vorbei mit den Faxen.« Er verzog den Mund

und neigte den Kopf. »Sehen wir uns später noch?« Sein Blick ging zu Molly, doch die war blass geworden. Ihre Zähne schlugen leise aufeinander, während sie ein weiteres Mal auf die Stimme lauschte, die nach Will rief. »Wenn du nicht gleich antrittst, bist du Futter für die Haifische!«

Der Schiffsjunge sprang über die Taue und hob zum Abschied grüßend die Hand, ohne dass ein Wort über Mollys Lippen drang. Sie duckte sich und versuchte das Zittern ihrer Hände und Knie zu verbergen.

Sie kannte diese Stimme.

Nur einmal hatte sie sie gehört, aber sie hatte sich ihr auf Lebzeiten ins Gedächtnis gebrannt. Sie stieß ein stummes Stoßgebet aus, sie möge sich täuschen und nur ihre Phantasie spiele ihr einen gemeinen Streich.

Sie schüttelte Hannah ab, als die Freundin ihre Schulter berührte. Sie drückte sich an die Taue, die Finger um eines der Seile gekrallt, während sie Millimeter um Millimeter den Kopf hob, um zur Kombüse zu spähen.

Sekunden später sah sie direkt in das Gesicht des Mannes, dem sie glaubte mit dieser Reise zum Ende der Welt für immer entkommen zu sein.

Herr im Himmel, hilf!, ging es ihr durch den Sinn, als sie den Freier aus Rachels Zimmer erkannte.

Unwillkürlich fragte sie sich, ob man vor Schreck sterben konnte.

Kein Zweifel. Diesen pockennarbigen, glatzköpfigen Kerl hätte sie unter einer Million Menschen erkannt. Aber sie befanden sich nicht unter einer Million Menschen, sondern für viele, viele Monate gemeinsam auf einer Bark.

Keine Chance, ihm zu entkommen.

Irgendwann würde er sie entdecken.

Der Gedanke daran, was ihr dann blühte, ließ Nebel hinter

Mollys Stirn wabern. Sie spürte Übelkeit aufsteigen, hielt sich die Hand vor den Mund und wand sich in Krämpfen, während sie sich an die Taue presste.

»Um Himmels willen, Molly, was ist los?« Hannah beugte sich über sie.

Mollys Augen brannten, ihre Kehle fühlte sich staubtrocken an, obwohl ihr Mageninhalt nach oben drängte.

Sie würde diese Reise nicht überleben.

9. Kapitel

August 1789, auf dem Nordatlantik

»Das ist deine Chance, dies alles hier mit heiler Haut zu überstehen.« Rose Naiden sah Claire eindringlich an. »Warum in drei Teufels Namen sträubst du dich? Siehst du nicht, dass wenigstens zwanzig andere Frauen sich überschlagen würden, um ein solches Angebot zu erhalten?«

Tränen zogen eine Kitzelspur über Claires Wangen. Sie wischte sie mit dem Zeigefinger weg. Ihre Unterlippe bebte. »Ich bin aber nicht wie die anderen Frauen.«

»Genau das ist der Grund, warum er dich ausgewählt hat«, zischte Rose, packte Claire an den Schultern und schüttelte sie. »Nutze deinen Vorteil, du einfältiges Gänschen!«

Claire schluchzte auf und barg das Gesicht in den Händen. Sie hockten auf dem Boden des Unterdecks, umringt von den Mitgefangenen, von denen manche so taten, als ginge sie die Auseinandersetzung nichts an. Andere lauschten mit vorgeschobenem Kopf und unverhohlener Neugier.

Nelly, die Frau, die Claire aus dem Gefängnis von Lincoln kannte, rückte vor und krallte die Finger um Claires Handgelenk. »Kannst du mich nicht bei ihm anpreisen? Mich als deine Freundin ausgeben, die gern das Bett mit ihm teilen würde? Vielleicht wirft er dann einen zweiten Blick auf mich.« Ihre Stimme klang wie das Fauchen einer in die Enge gedrängten Ratte. Claire schüttelte sie ab.

»Lass doch die falsche Schlange, Nelly!«, rief von weiter weg Dorothy, die alte Hure mit den Feuerhaaren. »Meinst du, sie

gibt einen Pfifferling darauf, wie es um uns steht? Das geht ihr doch am gepuderten Arsch vorbei.«
Rose knirschte mit den Zähnen, ihre Nasenflügel weiteten sich, als sie die Luft einsog. Claire spürte Roses Anspannung, die zum Sprung ansetzte, um der Widersacherin mit dem losen Maul ein weiteres Mal an die Kehle zu gehen. Claire griff nach Roses Hand. »Was schert dich ihr Geschwätz …«
Seit Beginn der Fahrt hatte sich der Steuermann Jack Barns um Claire bemüht. Sobald sie sich am Oberdeck aufhielten, tauchte er an Claires Seite auf, verwickelte sie in eine Konversation, als befänden sie sich auf einer Vergnügungsfahrt, und umgarnte sie mit artigen Komplimenten.
Mit Argwohn und Eifersucht beobachteten die von den Seemännern verschmähten Frauen, wie sich das Mädchen aus Lincolnshire zierte. Die einen wetteten darauf, dass es ein Kniff war, um den Schönling anzustacheln, um seinen Jagdtrieb zu wecken. Dass Claire wahrhaftig kein Interesse an dem Kerl hatte, irritierte die anderen und schürte den Hass auf eine, die haben konnte, was alle wollten, es aber dennoch auszuschlagen versuchte; aus Gründen, die kaum eine der Frauen nachvollziehen konnte.
Claire hörte das Getuschel, sah die missgünstigen Mienen. In den wenigen Wochen auf dem Schiff hatte sie mehr vom Leben gelernt als jemals zuvor. Es erschreckte sie, aber es ließ sie nicht an ihren Grundsätzen zweifeln. Sollten die anderen aus Bequemlichkeit einen liederlichen Lebenswandel wählen, sie wollte sich treu bleiben, sie wollte morgens ohne Scham dem neuen Tag entgegenblicken.
Sie fühlte sich einem Mann verbunden, sie liebte Henry Wheeler, wie sollte sie da mit einem anderen zusammenleben, nur weil es ihre Situation verbesserte?
Aber wie es schien, blieb ihr keine Wahl.

Mit Roses Hilfe – vor allem mit deren Geld – war es ihr gelungen, eine Nachricht zu verschicken. Zwar nicht an Henry, dessen Aufenthaltsort sie nicht kannte, aber an ihre Eltern. Ob sie jemals den Brief erhalten hatten?

Claire wollte lieber glauben, dass er verlorengegangen war, angesichts der Tatsache, dass sie im Hafen von Portsmouth vergeblich Vater und Mutter herbeigesehnt hatte.

Nein, ihre Eltern würden ihr keine Hilfe mehr sein.

Für sie gab es nur noch Henry.

»Du müsstest mich doch verstehen«, sagte Claire unter Tränen und wischte sich mit Daumen und Zeigefinger die Nase. »Hast du mir nicht oft genug von Andrew erzählt, den du in Sydney Cove wiederzutreffen hoffst?«

Rose winkte ab. »Schnickschnack«, sagte sie. »Was zwischen mir und Andrew ist, das ist nicht zu vergleichen mit dir und Wheeler.« Sie hüstelte. »Andrew und ich sind seit mehr als zehn Jahren ein Paar. Ich kenne ihn besser als mich selbst.«

Claire runzelte die Stirn, während sie der älteren Leidensgefährtin zuhörte. »Du denkst, ich schätze Henry falsch ein, weil ich ihn noch nicht lange genug kenne?« Ihr Puls beschleunigte sich bei der Vorstellung, jemand könnte ihre Liebe in Frage stellen. Auf einmal hob sie schnuppernd den Kopf, ihr Herz begann zu trommeln, weil sie vermeinte, den Duft nach Sandelholz zu riechen. Sie schaute sich um, obwohl sie wusste, dass ihre Sinne sie narrten. Hier unten stank es nach allem Unrat der Welt.

Rose mied den Augenkontakt. »Frag mich nicht … Auf jeden Fall sollte es dir zu denken geben, dass er sich nicht gemeldet hat. Als wir in Portsmouth lagen, hat er sich da blicken lassen?«

Claire richtete sich auf. »Du glaubst, ich habe Grund, an seiner Liebe zu zweifeln?«

»Das kannst nur du selbst wissen«, erwiderte Rose und räusperte sich, als sei ihr das Thema unangenehm. »Es ist ungewöhnlich, dass er dich so lang alleingelassen hat und danach nicht Himmel und Hölle in Bewegung setzt, um dich aufzufinden.«

»Das hat er gewiss versucht«, rief Claire verzweifelt.

»Dann hätte er dich auch gefunden«, gab Rose unerbittlich zurück. Sie schnalzte mit der Zunge, nahm Claires Hände und drückte sie. »Claire, vergiss Wheeler! Du wirst ihn nie wiedersehen. Meine Chancen, Andrew in der Kolonie zu treffen, bestehen durchaus. Meine Hoffnungen sind berechtigt, deine nicht. Und obwohl Andrew und ich ein Paar sind und uns Treue geschworen haben – wäre ich in deiner Lage und würde mich einer der Offiziere als Gefährtin wählen, ich würde keine Sekunde zögern. Andrew würde verstehen, dass ich um seinetwillen überleben wollte. Er würde mir verzeihen.«

Claire schlang die Arme um die neue Freundin, legte die Stirn auf ihre Schulter und begann zu schluchzen. Sie spürte, dass Rose ihren Rücken streichelte, aber trösten konnte sie dies nicht.

»Es ... es gibt kein Entkommen mehr«, brachte sie hervor, als sie sich ein wenig beruhigt hatte.

Rose nahm ihr Gesicht in beide Hände. »Was ist geschehen?«

Claire schluckte. »Heute Morgen ... Erst plauderte er so charmant wie eh und je. Dann, als ich ihm den Rücken zukehrte, gefror seine Stimme, und er erklärte, dass er mich in dieser Nacht in seiner Kajüte erwartet. Ich solle meine Habseligkeiten packen und zu ihm ziehen, wenn ich keinen Ärger heraufbeschwören wolle.«

In Roses Mimik zeichnete sich Erleichterung ab. Trotz ihrer Trauer erzürnte Claire diese Reaktion. Sie wandte das Gesicht ab.

»Kindchen«, sagte Rose und streichelte Claires Scheitel. »Dann hat er dir die Entscheidung also abgenommen. Kluger Mann. Er scheint zu spüren, dass du es mit deinem Gewissen nicht vereinbaren kannst, und setzt auf seine Autorität. Zu deinem Besten.«

Claire stieß ein Schnauben aus und holte wieder Luft. »Darf er das, Rose? Darf er ohne meine Zustimmung entscheiden, dass ich seine Gefährtin sein muss? Ob ich den Kapitän um Hilfe bitten soll?« Aiken hatte sich bislang aus allen amourösen Abenteuern herausgehalten und selbst keine Gefährtin gewählt.

Um sie herum brandete Gelächter auf. Claires Bedenken klangen in den Ohren der anderen Frauen grotesk.

Dorothy rutschte näher. »Bestimmt hilft dir der Kapitän. Und wenn deine Freundin hier« – sie spie das Wort förmlich aus – »dich nicht unterstützen will, dann nimm mich mit. Ich hämmere den Kerlen schon in die Schädel, dass sie besser dran sind, wenn sie willige Weiber wählen.«

»Verdrück dich, altes Schandmaul!«, giftete Rose und versetzte Dorothy einen Schubs gegen die Brust, so dass diese nach hinten über die ausgestreckten Beine einer anderen Frau fiel. Als Dorothy sich aufrichten wollte, um auf Rose loszugehen, hielten mehrere andere Gefangene sie zurück, allen voran die beiden ganz jungen Huren Molly und Hannah, die beschwörend auf sie einredeten, bis sie sich unter Kontrolle hatte.

»Lass dich von der Ziege nicht beirren«, sagte Rose zu Claire. »Die Männer haben das Recht, sich eine Frau zu wählen. Wann hast du je gehört, dass wir Frauen uns widersetzen dürfen? Schon gar auf hoher See, wo die Gesetze noch härter sind und wir nicht mehr wert sind als die Schafe unten im Viehdeck. Dir bleibt nur eines, Täubchen: Versuche, dich zu überwinden und das Beste herauszuholen. Du hättest es schlechter treffen können als mit Jack Barns. Glaub einer Frau, die die Männer kennt.«

»Ich werde vor Ekel vor mir selbst sterben«, hauchte Claire, und wieder begannen die Tränen zu rinnen.

»Schnickschnack«, erwiderte Rose ungehalten. »Schau dir Sarah und Annie an, wenn sie auf Deck herumstolzieren wie Prinzessinnen. Die halten sich für was Besseres und meiden jede Begegnung mit uns. Die genießen ihre Bevorzugung in vollen Zügen. So wird es dir auch gehen, Schätzchen, aber … ich würde es begrüßen, wenn du mich danach noch kennst.« Rose zwinkerte ihr zu.

Gegen ihren Willen musste Claire lächeln. »Wie könnte ich dich vergessen«, flüsterte sie. »Du bist die beste Freundin, die ich je hatte.«

»Dann vertrau mir auch«, nutzte Rose sofort die Schwäche. »Du bist die Nutznießerin, solange du dich nicht sträubst. Ein bisschen Zieren kann der Sache allerdings dienlich sein.« Wieder zwinkerte sie, als wären sie zwei Debütantinnen, die sich auf den Frühlingsball freuen. »Aber ansonsten – nimm, was du kriegen kannst. Jack Barns wird sich vor dir in den Staub werfen, sobald du ihn gewähren lässt, glaub mir.«

Die widersprüchlichsten Gefühle tobten in Claire. Doch gewiss schwebte ihr nicht vor, einen der Männer dazu zu bringen, sich vor ihr in den Staub zu werfen. Sie selbst kam sich so schmutzig vor, als würde kein Wasser der Welt sie reinwaschen können. Sie fröstelte bei dem Gedanken daran, aus ihrem Gewand und in das fremde Bett zu steigen.

»Komm jetzt. Pack deine Decke und dein Bündel und dann ab nach oben mit dir. Klopf an seine Kajüte und lass dich willkommen heißen. Je früher du dich überwindest, desto besser.«

Claire riss die Augen auf. »Jetzt schon? Bis zum Abend ist doch noch Zeit.«

Rose lachte. »Deine Ängste werden nicht geringer, und bevor die hirnlose Dorothy ihre Anhängerinnen dazu aufhetzt, dir dein hübsches Gesicht zu zerkratzen, solltest du zusehen, dass du dich verdrückst.«

Als Claire aufbrach, die Decke zusammengerollt unter dem linken Arm, ihr Bündel mit der spärlichen Habe in der rechten Hand, legte sich ein Schweigen über die Gefangenen im Unterdeck. Blicke verfolgten sie, Hohnworte flogen umher, Gelächter drang aus den dunklen Ecken. Hilfe suchend schaute Claire zu Rose hinab. Ihre Augen flehten: *Komm mit.*

Rose schüttelte den Kopf und wedelte mit der Hand. *Geh.*

Claires Beine wackelten wie bei einer zu locker gehaltenen Marionette. Sie stützte sich an den Holzbalken ab, suchte sich den Weg zwischen den Frauen zu der Luke, hinter der der Graubart Wache hielt. Er würde sie rauslassen, wenn sie bekundete, dass Jack Barns sie bestellt hatte.

Dann konnte das Unglück seinen Lauf nehmen.

Auf ihre Art wusste Claire so sicher wie Molly, dass sie diese Schiffsfahrt nicht überleben würde.

Sie würde vor Scham sterben.

»Sieht schlecht aus, Täubchen«, brummte Dorothy und tätschelte Lauries Wange. »Zu wenige Männer.«

»Ach, mir soll es recht sein, bei euch zu bleiben«, erwiderte Laurie mit dünnem Stimmchen.

»Quassle kein törichtes Zeug«, fuhr Dorothy sie an. Laurie zuckte zusammen, als hätte man sie geschlagen. »In einer der Kajüten die Überfahrt zu verbringen ist ein Komfort, der durch nichts zu überbieten ist. Die Dienste, die du dafür leisten musst, beherrschst du wie keine Zweite.«

»Wundert es dich, dass die Männer die Mädchen vom Land bevorzugen, wenn sie eine Gefährtin für mehr als eine Nacht suchen? Sie wollen keine, über die halb London gerutscht ist«, bemerkte Molly und erntete dafür eine Kopfnuss von Dorothy.

»Was weißt du schon, du dummes Ding! Wärst du ein bisschen auf Zack gewesen, hätten wir rechtzeitig erfahren, welcher Mann auf Suche ist. Dann hätte sich Laurie geschickter präsentieren können, und vielleicht …«

»Sie hat sich doch in Pose geworfen. Trotzdem wollte sie keiner.« Eigentlich verspürte Molly keinen Hass auf Laurie – so verhuscht und mäuschenhaft, wie sie sich gab. Und besonders hübsch anzusehen war sie auch nicht. Das Leben im Bordell hatte Falten und Kerben in ihr jugendliches Antlitz gezeichnet. Schwarze Ringe lagen unter ihren Augen.

»Dich wollte auch keiner«, gab Dorothy scharf zurück.

Der Hieb prallte an Molly ab. Sie wusste, dass sie mit ihrem flachen, haarfreien Körper nur Männer mit speziellen Bedürfnissen ansprach, aber die griffen dann auch tief in den Geldbeutel, wenn sie sich findig anstellte. Offenbar gab es an Bord der *Lady Juliana* keine Kerle, deren Geschmack sie entsprach – zumindest hatten alle die Frauen nach der Größe ihres Busens und der Rundung ihres Hinterns abgeschätzt, soweit Molly es beurteilen konnte. Da konnte sie nicht punkten.

»Dich auch nicht«, erwiderte sie frech. »Zumindest hast du alles getan, um den Einzigen, der dich überhaupt eines zweiten Blickes gewürdigt hatte, zu vergraulen.«

Dorothy zog die Stirn kraus und musterte Molly. »Sprichst du von Ben Benson?«

»Von wem sonst.« Molly zuckte die Schultern. »Dem hast du, warum auch immer, gefallen. Aber so, wie du ihn jedes

Mal angefahren hast, sobald er das Wort an dich gerichtet hat, konnte er nicht hoffen, dass er sich eine anschmiegsame Katze ins Bett holt.«

»Ach, du begreifst gar nichts, Molly Monday. Hast du nicht gesehen, dass er sich genau wie alle anderen eine der knusprigsten Frauen ausgesucht hat? Ihm hat es nur gefallen, mich bloßzustellen.«

»Diese Frau hat er sich nur genommen, weil du zu zänkisch warst«, sagte Molly. »Ich kann es ihm nicht verübeln.«

»Dafür gibt es gute Gründe«, zischte Dorothy. »Aber die gehen ein Küken wie dich nichts an.« Sie legte den Arm um Laurie und zog sie an sich.

Molly überlegte, ob Dorothy sich tatsächlich so schroff verhalten hatte, um das Unterdeck nicht verlassen zu müssen, bevor sie Laurie versorgt wusste. War sie tatsächlich so großmütig, wegen einer anderen auf eigene Annehmlichkeiten zu verzichten? Es passte nicht zu ihrem Charakter, befand Molly, obwohl sie es gern glauben wollte.

Und sie selbst? Nun, da sie den teuflischen Freier an Bord entdeckt hatte, kam ihr in den Sinn, dass sie als Gefährtin eines Seemannes größere Sicherheit genießen würde denn als Freiwild hier im Unterdeck. Aber solcherart Anstrengungen erübrigten sich. Soeben war Claire aufgebrochen, um zu dem letzten Kandidaten zu ziehen.

»Also, einer ist noch frei«, plapperte Hannah da in das ungemütliche Schweigen hinein. Alle um sie herum hoben den Kopf und spitzten die Ohren.

Mollys Herz sank. Verflucht, warum hatte sie Hannah nicht eingetrichtert, niemandem vom dem Schiffskoch zu erzählen?

»Sprich dich aus«, sagte Dorothy leichthin. In ihren Pupillen glitzerte wieder etwas Lauerndes.

Molly biss sich auf den Daumenknöchel und beschwor Hannah in Gedanken, den Mund zu halten. Aber die Miene der Freundin drückte nur Stolz darüber aus, auch einmal eine wichtige Nachricht verbreiten zu dürfen.

»Es ist der Koch«, sagte Hannah und hob den Kopf, um die Wirkung ihrer Worte zu genießen. »Er hat sich bislang noch keine Frau ausgesucht, und wie er Will behandelt, macht keinen schlechten Eindruck.«

Sofort begann Dorothy mit Laurie zu munkeln. Molly schnappte Satzfetzen auf wie »... haben wir den übersehen ...« und »... gleich beim nächsten Aufenthalt auf dem Oberdeck ...«

Ein Wirbel raste hinter Mollys Stirn los.

Sie musste das verhindern! Keine Frau hatte es verdient, dieser Bestie in die Hände zu fallen! Rachel in *Dorothy's Guesthouse* war zäh und verschlagen, die hatte den Übergriff überlebt, aber eine Maus wie Laurie würde verrecken unter seiner Behandlung.

Natürlich wäre es das Einfachste, den Mitgefangenen anzuvertrauen, was sie in Rachels Zimmer erlebt hatte, wie erleichtert sie zunächst war, auf einem Gefängnisschiff dem Mann zu entfliehen, und wie entsetzt, ihn ausgerechnet auf der *Lady Juliana* wieder zu treffen.

Aber das, was der Kerl Rachel zugezischelt hatte, lastete wie ein Bann auf ihr.

Ein Wort über das, was geschehen ist, und deine Hurenfreundinnen können deine Leiche in Stücken aus der Themse fischen.

Mollys Stimme versagte, sobald sie nur versuchte, etwas von ihrem Wissen preiszugeben. Vielleicht hing es mit ihrem letzten Funken Hoffnung zusammen, wenn es zu der unvermeidlichen Begegnung kommen würde: dass sie ihm schwören konnte, sein Geheimnis gewahrt zu haben.

Vielleicht konnte sie dies glaubhaft genug versichern, dass er sie verschonte.
Ein Traumgespinst, dachte sie in derselben Sekunde, und trotzdem ... Sie brachte es nicht über sich, den Bann zu brechen und verschloss das Wissen über den Koch in ihrem Inneren wie eine Flasche Gift, das zu wirken begänne, sobald man den Korken herauszog.
Aber Laurie ins Verderben laufen lassen? »Der Koch ist hässlich.« Molly erkannte ihre eigene Stimme nicht. Heiser und rauh wie die einer Greisin. »Du wirst dich übergeben müssen, sobald er dich nur anfasst.«
»Hast wohl selbst einen Narren an ihm gefressen!«, kam es prompt von Dorothy. Verständlich, dass sie ihr keine edleren Motive zutraute, so widerspenstig, wie sie sich ihr gegenüber gab. Wenn sie doch nur begreifen würde, dass es um viel mehr als Rivalität und Eifersucht ging.
»Er ist kahlköpfig, seine Fratze von Pocken entstellt und sein Bauch wuchtig wie ein Weinfass.«
Laurie erschauderte, aber gleich ging ihr Blick wieder zu der mütterlichen Freundin, die die richtigen Worte für sie fand.
»Du hast immer noch nicht begriffen, worauf es ankommt, Molly Monday. Manche von uns werden diese Fahrt nicht überleben, da ist es für einige die einzige Hoffnung, eine Seemannsbraut zu werden. Gewiss wäre es angenehmer, sich ein schmuckes Mannsbild zu angeln, aber die sind dünn gesät. Hässlich oder nicht – Kerl bleibt Kerl. Und wenn du uns dazwischenpfuschst, Molly, dann sei auf deiner Hut. Ich lass dich nicht mehr aus den Augen ...« Dorothy hob drohend einen krummen Zeigefinger.
Molly duckte sich.
Hannah schnaufte und schüttelte den Kopf. Sie verstand Mollys Reaktion nicht, aber auch sie wollte Molly nicht in ihr Wis-

sen einweihen. Gerade sie nicht! Als Mitwisserin würde sie in der gleichen Gefahr schweben wie Molly.
Wie sollte sie Laurie bloß vor dem Widerling bewahren? Und wenn ihr dies gelang, würde sich dann ihr eigenes Leben im Unterdeck mit Dorothy als Feindin in einen Alptraum verwandeln?

Claires Beine fühlten sich an wie Grütze. Gleichzeitig drückte eine unsichtbare Last ihre Schultern nieder. Wie eine Schwerkranke schleppte sie sich über die Holzplanken des Oberdecks zu den Offiziersunterkünften, wo der Steuermann Jack Barns eine der kleineren Kajüten bewohnte.
Er hatte sie bereits einmal vor die Tür geführt und diese lockend geöffnet, aber Claire war herumgewirbelt und davongelaufen wie ein Hase auf der Flucht.
Jetzt trat sie den Weg mehr oder weniger aus eigenem Antrieb an, aber dies erleichterte ihr Herz nicht.
Henry, Henry, geliebter Henry. Für nichts anderes war in ihren Gedanken Platz. Sie sah den Gram, die Enttäuschung, die seine Mundwinkel herabzog. Und diese Gefühle würden in Verachtung münden, wenn sie sich dem fremden Mann hingab.
Sie war so schwach. Verachtenswert schwach.
Warum hielt sie nicht an ihrer Liebe fest, an ihren Vorstellungen von Moral und Treue? Warum ließ sie sich nicht auspeitschen oder kielholen, damit Jack Barns von ihr abließ und sich eine andere suchte?
Aber nein, sie wählte den bequemeren Weg, verriet alles, wofür sie an Henrys Seite eingestanden hatte, und begab sich wie ein Schaf im Trott zur Schlachtbank.
Henry, warum hilfst du mir nicht? Warum lässt du es zu, dass mir dies hier geschieht? Ich brauche dich, Henry, ich brauche dich so sehr …

Mit gekrümmtem Zeigefinger pochte sie gegen das Holz der Kabinentür. Das Klopfen war so leise, dass Jack Barns es unmöglich gehört haben konnte. Vielleicht blieb ihr doch noch Zeit, es sich anders zu überlegen, und …

»Was für eine Freude, meine Liebe!« Ein Strahlen erhellte sein schwarzbärtiges Gesicht, das die anderen Frauen vor Verzückung dahinschmelzen hätte lassen.

Claire klammerte sich an die Wolldecke, die sie unterm Arm trug.

Jack fasste sie am Ellbogen und führte sie in die Kajüte. Mitten in dem engen Raum, mit einer komfortablen Koje, einem festgenagelten Tisch, einem eingebauten Schrank aus poliertem Holz und mit Gardinen und Deckchen behaglich eingerichtet, ließ er Claire los, trat einen Schritt zurück und musterte sie, während er sich den Bart kratzte. »Wollt Ihr Euch nicht umschauen?«

Claire ließ die Lider halb gesenkt und hielt den Blick auf Jack gerichtet, das Mobiliar nahm sie unscharf wahr. »Wenn Ihr es befehlt …«

Jack schnalzte mit der Zunge. »Es ist mir eine Ehre, Euch als meine Gefährtin in meiner Kajüte begrüßen zu dürfen«, sagte er mit einem Lächeln. »Lassen wir doch die Förmlichkeiten außer Acht und … werden wir Freunde.«

Claire biss sich auf die Unterlippe. Jack räusperte sich in seine Faust. »Für die Nachtruhe ist es noch zu früh. Ich dachte, Ihr mögt vielleicht ein Bad nehmen, eine Kleinigkeit essen und die Kleidung wechseln.«

Claire entdeckte den hölzernen Bottich zwischen Schrank und Tür, in dem Wasser dampfte. Süßwasser? Ein so kostbares Gut an Bord. Extra für sie? Ein Duft nach getrockneter Minze stieg aus dem Behälter.

Er hatte also auf sie gewartet, die Möglichkeit gar nicht in

Betracht gezogen, sie könnte sich seiner Anordnung widersetzen.
Über einem Holzstuhl hingen das pastellgelbe Kleid, das sie zuletzt in Freiheit getragen hatte, dazu Unterröcke und Bluse.
In Freiheit. Es schien Claire, als wäre das in einem anderen Leben gewesen. Eine Ewigkeit her. Sie unterdrückte einen Aufschrei und presste die Fäuste auf den Mund. Als sie zu Jack schaute, lächelte er stolz. »Ich hoffe, ich habe das Richtige aus den Säcken ausgewählt, die unter Deck aufbewahrt werden. Der Steward wusste nicht genau, welches Gewand in dem Sack aus Lincolnshire Euch gehört, aber ich fand, es kann nur dieses sein.«
»Es ist das richtige«, brachte Claire leise hervor. »Danke.«
Sofort trat Jack vor sie, ergriff ihre Hände, drückte sie an seine Lippen. Sie wich so ruckartig zurück, dass sie taumelte. Jack hob beide Arme wie zur Entschuldigung, weil er ihr zu nahe gekommen war.
»Verzeiht«, sagte er sofort. »Ich wollte Euch nicht erschrecken. Aber Euer Dank hat mich gerührt, so dass ich mich vergessen habe. Ihr … Ihr seid so unglaublich schön, Claire«, fügte er hinzu. »Ich habe nie eine schönere Frau gesehen. Und dies alles hier auf diesem Schiff! Ich kann mein Glück nicht fassen, dass Ihr Euch ein Herz genommen und meinen Antrag angenommen habt.«
»Ihr habt mir keine Wahl gelassen«, gab Claire zurück. Weder Trotz noch Widerspruch schwangen in ihrer Stimme mit. Sie sagte es in einem Ton, als danke sie ihm für seinen Großmut.
»Ich wünschte, es wäre anders gelaufen«, erwiderte er. Falten bildeten sich auf seiner Stirn. »Andererseits … dieses Widerstreben passt zu Euch. Es gehört zu Eurem Zauber. Ich

musste zu diesem Mittel greifen, um Euch, wie ich hoffe, zu Eurem Glück zu zwingen.« Ein entschuldigendes Lächeln spielte um seinen Mund. Claire spürte, dass er auch auf ihr Lächeln hoffte. Vergebens.
»Ich hatte bereits das, was man Glück nennt, und habe es verloren.«
Jack schüttelte den Kopf. »Es gibt mehr als ein Glück auf der Welt. Ich will mein Bestes geben, um Eure Zeit auf See so angenehm wie möglich zu gestalten. Claire, ich kann mir keine schönere Aufgabe vorstellen.«
Claire schwieg und biss sich auf die Unterlippe. Der Minzenduft betörte ihre Sinne. Sie spürte das Verlangen, allen Schmutz von ihrem Körper zu schrubben, aber noch zwingender den Widerwillen, sich vor diesem fremden Mann zu entblößen. Lieber würde sie im Dreck ersticken, als vor ihm die Hüllen fallen lassen.
»Wenn Ihr einverstanden seid, lasse ich Euch eine halbe Stunde allein, zum Baden, Anziehen, Kämmen.« Er wies auf den Spiegel an der Wand. Auf dem Regalbrett darunter befanden sich ein Kamm und ein Stück in Seidenpapier gewickelte Seife.
Claire schluckte. Welcher Luxus nach dem von Ratten bevölkerten Unterdeck!
Wie selbstverständlich waren ihr all diese Dinge in ihrem früheren Leben erschienen, und wie schmerzlich hatte sie sie nun vermisst. Es würde ein himmlisches Vergnügen werden. Vielleicht war es doch die richtige Entscheidung, Jack Barns' Werben nachzugeben? Und wenn er sie sogar allein lassen wollte, statt ihren Körper zu betrachten, wie sie befürchtet hatte …
Jetzt lächelte sie, und das Schimmern in seinen Augen verstärkte sich. Wieder griff er nach ihrer Hand, diesmal vor-

sichtig und zart, und führte die Lippen darüber. Dann verbeugte er sich und ging zur Tür.
Als Claire hörte, wie er sie von außen verriegelte, lockerten sich sofort ihre Schultern, als hätte sie eine bleierne Last abgestreift.
Sie begann, die Schnüre des unscheinbaren Gewandes zu öffnen, bevor sie den Stoff über die Schultern gleiten ließ. Ihre helle Haut war von Flecken übersät, Prellungen von Stürzen bei Wellengang, Kratzspuren, wo sie in einen Hurenkampf geraten, graubraune Schmutzflecken, wo der Dreck durch ihre Kleidung gedrungen war.
Sie rümpfte die Nase, als sie den eigenen Körpergeruch wahrnahm, und tippelte zum Bottich, nachdem sie sich die Seife auf den Boden parat gelegt hatte.
Das Wasser war lauwarm, als sie die Zehen prüfend hineinstreckte, bevor sie in den Bottich stieg, den ganzen Körper hineingleiten ließ und sich zusammenkauerte, um das Nass auf jeder Pore ihrer Haut zu spüren. Ausstrecken konnte sie sich nicht, aber bequem sitzen, und wenn sie weit nach vorn rückte, schaffte sie es, ihre Haare einzutauchen. »Aaahhh …« Das Aufstöhnen konnte sie nicht verhindern. Sie fühlte sich, als weitete sich ihre Seele und schwinge sich in den Himmel über der See.
Das Tuch, mit dem sie sich trocken rubbelte, nachdem sie sich erfrischt und von den Zehen bis zum Scheitel gesäubert hatte, massierte ihre Haut.
Sie griff nach den Unterröcken, der Bluse und dem Kleid und hielt dieses an den Schultern hoch. Ungewaschen – aber als sie es zuletzt getragen hatte, war es selbstverständlich sauber und perfekt geplättet gewesen. Jetzt verströmte es einen Hauch von dem Moder der übrigen Klamotten im Kleidersack, und ein paar Falten hatten sich hineingedrückt.

Aber solche Misslichkeiten würden ihr die Laune nicht verderben.
Ein Schleier ihres früheren Selbst schien sich um sie zu legen, während sie in das Kleid schlüpfte. Als sie die Luft einsog, schmeckte diese nach Freiheit und ein bisschen nach den Kirschblüten, die auf sie herabgeschwebt waren, als Henry sie zum ersten Mal in dem mondbeschienenen Park geküsst hatte.
Sie saß vor dem Spiegel und zerrte an den Haaren, um die Läuse und wirren Nester herauszukämmen, damit ihr die Wellen wieder seidig auf die Schultern fielen, als die Tür geöffnet wurde und Jack Barns mit einem Tablett in den Händen eintrat.
Claire hob schnuppernd die Nase. Er brachte frisch gebackenes Brot, kalten Braten und ein Glas Ziegenmilch. Der Anblick der Köstlichkeiten trieb ihr das Wasser in den Mund.
Sie sprachen kaum ein Wort, während Claire aß und sich bemühte, alles nicht zu gierig in sich hineinzustopfen.
Jack Barns beobachtete sie, sein Schmunzeln ließ tausend Fältchen in seinem Gesicht entstehen.
Dass er sie anstarrte, berührte Claire unangenehm. Sie war es nicht gewohnt, allein zu essen und dabei gemustert zu werden. »Habt Ihr keinen Appetit?«
»Ich werde mir später ein Nachtmahl holen, aber jetzt möchte ich nur genießen, Euch so zufrieden zu sehen. Es ist die reine Freude, Euch beim Speisen zuzusehen.«
Claire nahm einen letzten Schluck Milch. Als sie sich mit der Stoffserviette, die neben dem Teller lag, den Mund abtupfte, traf sie Jacks Blick. Sie erschrak bis in ihr Innerstes, als sie die auf einmal darin glimmende Glut erkannte.
Claire kannte diesen Ausdruck, allerdings von einem anderen Mann. Bei Henry war der Funke jedes Mal sofort auf sie

übergesprungen, hatte ihr ganzes Wesen in Flammen gesetzt und sie um Zärtlichkeiten und Erlösung betteln lassen, bis sie miteinander verschmolzen.

Aber nun war es nicht Henry, der sie in seiner Phantasie entkleidete, sondern ein fremder Mann mit einem schwarzen Bart und Haaren auf den Fingern.

Jack begann, an den Knöpfen seiner Uniform zu nesteln, und Claire sah, dass seine Hände zitterten. Vor Ungeduld? Vor Erregung? Vor Nervosität? Dieser Mann war ihr so fremd. Sie hatte nicht die blasseste Ahnung, was er in dieser Nacht von ihr erwartete.

Jack erhob sich, nahm sie bei den Händen und zog sie hoch, so dass sie dicht vor ihm stand. Sie spürte wieder, wie ihre Knie zitterten, als würde sie jeden Moment hinsinken. Eine Ader an ihrer Schläfe pochte, und sie befürchtete, er könnte es sehen. Sie schluckte, aber ihr Mund war trocken, und ihre Kehle schmerzte.

Die Ritterlichkeit, mit der Jack Barns sie bisher behandelt hatte, als läge ihm alles daran, ihr jeden Wunsch zu erfüllen, verschwand. Ein Feuer schien in ihm zu brennen und seine Sanftmütigkeit zu versengen. Mit fahrigen Händen entledigte er sich seiner Uniform, bis er nur noch mit den Beinlingen bekleidet vor ihr stand.

Seine Brust und die Schultern waren behaart, die Arme dünn, der Oberkörper hager – ein Mann, der nie in seinem Leben schwere körperliche Arbeit verrichten musste. Auch Henry hatte sich niemals auf einem Feld plagen oder Fässer schleppen müssen, aber trotzdem war sein Körper gestählt, und vor allem war er haarlos.

Beim Anblick der Kräusellocken überall auf Jacks Haut spürte Claire die Ziegenmilch nach oben drängen.

Sie schluckte mehrmals, um den Würgereiz zu unterdrücken,

als Jack nun ihre Bluse und das Kleid über die Schultern streifte und eine Brust freilegte.
Er stöhnte, als sich ihre Nippel verhärteten, aber es lag nur daran, dass sie fröstelte. Von Leidenschaft war Claire so weit entfernt wie von der geliebten Heimat.
Er schloss seine Lippen um ihre Brustwarze, umspielte sie mit seiner Zunge, während er die Brust anhob und seine Beinlinge abstreifte. Seine Zunge fühlte sich borstig auf ihrer Haut an. Claire rang das Bild von einem Schwein nieder, das sich hungrig an ihr labte, weil sie sich andernfalls erbrochen hätte.
Mit einem Ruck zog er das Kleid herab, und so standen sie nackt voreinander. Claire wie eine lebensgroße Puppe, die jeden Moment umzukippen drohte, und Jack im Rausch der Sinne, während er nun mit der Zungenspitze eine Spur zur anderen Brust zog, um an ihr zu saugen. Seine Lippen streichelten über die Rundung ihrer Hüfte, glitten ihren Leib hinab, suchten Zugang zwischen ihren Beinen.
Claire presste die Oberschenkel so fest aneinander, dass sie einen Krampf in der Hüfte spürte, aber sie würde nicht lockerlassen. Sie biss die Zähne so heftig zusammen, dass es knirschte.
Jacks Lippen wanderten wieder hoch. Er küsste ihren Hals, suchte an der Wange entlang ihren Mund, den sie nicht weniger verkniffen geschlossen hielt als ihre Beine. Lockend begehrte seine Zunge Einlass, aber Claire drehte das Gesicht weg.
In der nächsten Sekunde fühlte sie sich hochgehoben, als Jack unter ihren Po griff und sie zum Bett trug. Sanft legte er sie hin, und dann war er auch schon über ihr. Sein Penis stand riesengroß und hart wie Holz. Mit dem Knie versuchte er, ihre Beine zu öffnen, aber Claire kreuzte sie übereinander.

Ihr Atem ging schnell und flach. Sie glaubte, vor Angst und Abscheu jeden Moment das Bewusstsein zu verlieren, aber das durfte nicht passieren! Dann wäre sie ein willenloses Opfer für diesen Mann, der seiner Sinne beraubt schien.
Als er einen erneuten Versuch unternahm, sie zu küssen, entzog sie sich ihm abermals und stieß dabei durch die zusammengebissenen Zähne einen klagenden Ton aus. Da hielt Jack, die Hände seitlich neben ihrem Haar abgestützt, inne.
Claire begann zu wimmern, nicht lauter als das Piepen eines verlorenen Vogels.
Eine ganze Weile wagte sie nicht, die Augen zu öffnen, aber als die Stille und Bewegungslosigkeit zu lange dauerten, hielt sie es nicht mehr aus und hob die Lider.
Jack schaute auf sie herab. Er strich ihr die Haare aus der Stirn. »Du bist noch nicht so weit«, sagte er mit rauher Stimme. An seinem Tonfall erkannte Claire, wie viel Beherrschung es ihn kostete.
Hoffnung keimte in ihr. Würde er sie gehen lassen, weil sie seinen Ansprüchen nicht genügte?
Jack rollte von ihr herab, zog sie zu sich heran, so dass sie Seite an Seite zu liegen kamen.
Claire zitterte nun am ganzen Leib, wieder drang das Wimmern durch ihre geschlossenen Lippen. Jack schlug die Decke über sie. Sie spürte seine Anspannung. Ihre Hoffnung, er würde von ihr ablassen, sank. Nun beugte er sich über sie, packte ihre Rechte und führte ihre Finger an sein immer noch hartes Glied. Er schloss sie darum, legte seine Hand auf ihre und begann, sie im schnellen Takt hin und her zu bewegen. Sein Mund verzerrte sich, als er schon bald zum Höhepunkt kam und seinen Saft auf Claires Bauch spritzte. Claire zwang sich, nicht vor Widerwillen die Besinnung zu verlieren.

Als er nun mit einem Tuch die Spuren von ihrem und seinem Körper wischte, wandelte sich Claires Wimmern in ein Schluchzen. Tränen nässten ihre Wangen, ihre Nasenflügel bebten, als sie sich herumwarf und das Gesicht in der Armbeuge barg.

Sie spürte Jacks Hand auf ihrer Schulter, aber sie fühlte nicht den Trost, den er ihr zu spenden versuchte, sondern eine Last, die sie zu zerquetschen drohte.

Hier lag sie, besudelt vom Samen eines fremden Mannes, auf dem Weg ans Ende der Welt. Alles, wirklich alles, was in ihrem Leben hatte schieflaufen können, war schiefgelaufen. Und es gab kein Entrinnen.

10. Kapitel

Wie sollte Molly bloß mit Laurie ein vertrautes Wort wechseln? Im Gedränge des Unterdecks waren geheime Gespräche ohnehin kein leichtes Unterfangen, aber Laurie verschanzte sich auch noch ständig hinter Dorothys Rücken und hielt sich in deren Schatten.

Als Dorothy sich mit den Ellbogen den Weg zum Suppentopf freikämpfte, um die Schalen für sich und ihren Schützling mit den fettesten Brocken zu füllen, nutzte Molly sofort die Gunst des Moments. Mit einem Satz war sie bei Laurie, die sie aus leeren Augen anstarrte.

Molly umfasste ihre Arme. »Laurie ... Du musst mir vertrauen! Du darfst dich auf gar keinen Fall mit dem Schiffskoch einlassen! Versprich mir, dass du Dorothys Ansinnen ablehnst. Dass du lieber bei ihr bleibst, als zu dem Dicken zu gehen.«

Laurie hob die Nase. »Was soll das, Molly Monday? Glaubst du, ich erkenne nicht deine wahren Absichten? Hältst mich wohl für dumm, wie?«

Molly hielt Laurie tatsächlich für so dumm wie eines der Bretter, auf denen sie hockten, aber das tat nichts zur Sache. Auch eine dumme Person musste man vor Unglück schützen. Das hielt Molly für ihre Menschenpflicht.

»Ich weiß mehr als andere. Du wirst es nicht überleben, wenn du dich in seine Kajüte begibst!«

Laurie kicherte. »Kennst du seinen Riemen? Ist er so gewaltig?«

Molly verdrehte die Augen. »Lass es dir geraten sein: Nimm dich vor ihm in Acht, oder es geht böse aus für dich.«
Lauries Miene wurde wieder ernst und einfältiger als je zuvor. »Hör bloß auf, mir zu drohen, sonst sag ich es Dorothy, und dann kannst du dein blaues Wunder erleben. Dorothy!«, rief sie mit triumphierendem Blick.
Molly presste ihr die Finger auf den Mund. »Du bist noch schwachköpfiger, als ich angenommen habe«, zischte sie. »Dann ist dir nicht zu helfen.«
Laurie befreite sich mit ausgefahrenen Ellbogen, bevor sie Spucke sammelte und mit gespitzten Lippen zielte. Sie traf Mollys Brust.
Da tauchte auch schon Dorothy über ihnen auf, in beiden Händen die Schalen mit der Suppe, die einen ranzigen Geruch verströmte. »Pack dich, Kröte«, fauchte sie Molly an, und diese zog es vor, sich eine andere Ecke zu suchen.
Es entpuppte sich als vergeudete Lebenszeit, Laurie helfen zu wollen. Molly konnte nur dafür beten, dass der Koch sie abwies. Warum auch immer. Sie wusste nicht, was in dem Kerl vorging, warum er sich bislang keine Frau genommen hatte und was ihn aufgeilte.
Sie wusste nur, dass sie alles daransetzen musste, von ihm nicht erkannt zu werden. Ihre Wolldecke würde ihr Schutz bieten, wenn sie ans Oberdeck gelassen wurden. Obwohl sie Aufsehen erregen würde, wenn sie nicht wie die anderen Frauen jedes Fleckchen Haut den Sonnenstrahlen aussetzte, ein Labsal nach der Dunkelheit im Unterdeck. Hannah würde sich wundern, Will auch, aber ihr würde schon eine Erklärung einfallen. Je länger sie unerkannt blieb auf dieser Fahrt, desto besser.
Tatsächlich neckte Will sie wenig später, als sie an ihrem Lieblingsplatz bei den Tauen hockten, wegen der Decke, die

sie sich in die Stirn gezogen hatte. »Du siehst aus wie eine Hutzelgreisin«, lästerte er und bekam dafür gleich einen Knuff mit der Faust auf den Arm, der ihn noch mehr zum Lachen reizte. »Mehr Kraft als eine solche hast du auch nicht.«

Molly verspürte keine Lust zu scherzen. Humor und die Schlagfertigkeit waren ihr abhandengekommen und höchster Anspannung und Wachsamkeit gewichen. Ihr Blick irrte ständig hierhin und dorthin, immer auf der Suche nach der Pockenfresse, wie sie den Kerl bei sich nannte.

»Jetzt lass sie«, sprang Hannah ihr bei. »Wenn ihr doch kalt ist …«

»Weiber!«, stöhnte Will, als verfügte er über einen reichen Erfahrungsschatz, aber er gab Ruhe und teilte mit den beiden Mädchen Schnitze von Äpfeln, die zwischen den Zähnen krachten, während der Wind in ihre Gesichter blies und Wills Halstuch auf seiner nackten Brust flatterte. Das war das Beste, dachte Molly, dass er sie an all diesen Köstlichkeiten aus der Kombüse teilhaben ließ.

Aber sie gestand sich ein, dass es sie nicht nur wegen der Leckereien zu ihm zog.

Wenn sie zu dritt hier bei den Tauen herumlungerten, über Mitgefangene und Seeleute lästerten, sich von Will Seemannsgarn, Geschichten vom Klabautermann, vom Fliegenden Holländer und vom berühmten Seefahrer James Cook erzählen ließen, dann war die Welt ein warmer Ort. Sie steckten die Köpfe zusammen, kicherten, neckten sich und fühlten sich zusammengehörig wie ein Wurf Welpen.

Alles hätte gut sein können, wenn es da nicht die drohende Gefahr gegeben hätte, die in jeder Sekunde, hinter jedem Verschlag, jedem Stück Segeltuch ihr scheußliches Antlitz zeigen konnte.

Molly hätte viel dafür gegeben, wenn sie wenigstens ihre Seele erleichtern und die Freunde in ihre Qual einweihen hätte können. Aber sie wagte es nicht. Es erschien ihr wie ein Hoffnungsanker, dass sie das Wissen um das verbrecherische Wesen des Kochs in sich verschlossen hielt. Er würde keinen Grund haben, sie zu töten, wenn er ihr begegnen sollte. Sie hielt sein Geheimnis verschlossen in ihrem Inneren. Ihre Freunde befanden sich, da ahnungslos, in Sicherheit.

»Du verstehst dich also gut mit dem Koch?« Molly sprach mit vollen Backen und gab sich betont gleichmütig, als würde sie nur Belangloses plaudern.

Will schluckte einen Brocken Apfel und schnitt gleich den nächsten Schnitz von der Frucht. Er nickte. »Kann mich nicht beklagen. Ich hätte es schlimmer treffen können. Manchmal fühle ich mich wie ein Sohn von ihm behandelt.«

»Was würde dein eigener Vater davon halten?«, warf Hannah ein.

Wills Miene verdüsterte sich. »Was schert mich mein Alter! Ich kenne nicht mal meine Mutter. Wahrscheinlich ist das gut so. Scheinen beide nicht viel getaugt zu haben.«

»Bist du bei Verwandten aufgewachsen?«

»Nein. Im Waisenhaus. Aber nur bis zu meinem siebten Geburtstag. Dann bin ich auf und davon. Meistens trieb ich mich am Hafen herum. Ich denke nicht so gern an diese Zeit zurück. Vieles habe ich auch vergessen. Zum Durchhalten bewogen hat mich« – sein Gesicht leuchtete von innen heraus – »mein Traum, die Weltmeere zu befahren. Ich bin froh, dass es jetzt endlich gelungen ist und ich einer der ruhmreichsten Seemänner werde, die England je hervorgebracht hat.« Er grinste wie ein Kobold.

»Dann solltest du aufhören, Haferkekse und Äpfel zu stibitzen«, neckte Molly ihn.
Will schielte himmelwärts. »Ach, ein bisschen Tumult an Bord kann nicht schaden. Die Faxen nimmt mir keiner krumm.«
»Witzig, wie sich unsere Geschichten gleichen«, erwiderte Molly. »Ich bin auch mit sieben aus dem Waisenhaus. Allerdings endete mein Weg im Kerker und deiner in der Freiheit. Meine Mutter hatte mich in einem Korb vor die Eingangstür des Klosters gestellt und gehofft, dass sich eine Seele meiner erbarmt.«
Will verschluckte sich an einem Stück Apfel. »In einem Korb? Einem Weidenkorb? Vor einem Kloster? Ich auch!«
Sie begannen, die Namen der Nonnen zu vergleichen, an die sie sich erinnerten, und den Ort zu bestimmen, an dem sich das Waisenhaus befand. Tatsächlich: Die ersten Jahre ihres unglückseligen Lebens hatten beide im selben Kloster verbracht, ohne sich je wahrzunehmen. Sicher waren sie sich begegnet, hatten sich vielleicht mal angerempelt, vielleicht mal den Brotkorb gereicht, aber sie waren kleine schmutzige Gesichter unter Hunderten gewesen.
Hannah kaute mit offenem Mund. »Ich wünschte, meine Eltern hätten mich mal abgegeben. Aber stattdessen musste ich mich Tag und Nacht mit den stinkbesoffenen Alten herumplagen, ihren Stöcken, Pfannen und Stiefeln ausweichen.«
Die beiden anderen nahmen das zum Stichwort, ihre schlimmsten Kindheitserlebnisse im klösterlichen Waisenhaus auszutauschen. Sie überboten sich darin, die schrecklichen Details auszuschmücken. Wie leicht es sich fabulieren ließ, wenn nur der Abstand zu den Orten der Kindheit groß genug und der Schmerz, wenn nicht vergessen, dann doch in ihnen vergraben war.

Schließlich ging es wieder um den Koch, von dem sich Will anständig behandelt fühlte und den er für einen Glücksfall in seinem Leben hielt.
Molly rieb sich die Stirn. »Warum er sich wohl noch keine Gefährtin gewählt hat …«
»Vielleicht ist er Frauen gegenüber schüchtern.« Will zuckte die Schultern. »Solche Männer soll es ja geben. Munkelt man.«
Schüchtern! Alles in Molly sträubte sich bei diesem Wort – wie gern hätte sie jetzt erzählt, was sie wusste. Aber ihre Lippen blieben versiegelt.
»Er ist niemals … brutal zu dir?«
Genau wie Will wandte ihr nun auch Hannah, konzentriert mit den Apfelschnitzen beschäftigt, ihr Gesicht zu. »Wie kommst du denn darauf?«
Molly holte zitternd Luft. Hatte sie zu viel verraten? »Nun … äh … das ist doch nicht ungewöhnlich, dass einer seinen Schüler grün und blau prügelt, wenn der nicht spurt. Das kommt vor.«
»Sehe ich grün und blau geprügelt aus?« Will schlüpfte aus seinem Hemd und reckte die Brust, auf der nicht ein Haar wuchs und auf der die Rippenbögen hervortraten. Er bestand nur aus Haut und Knochen, strotzte aber vor Gesundheit und Unversehrtheit mit seinen eckigen Schultern und den Armen, die zu lang für den noch wachsenden Körper wirkten.
Hannah gluckste, aber Mollys Blick klebte an seiner Brust. Ihr klappte der Kiefer herunter.
»Äh …« Will deutete ihr Erschrecken in seiner jugendlichen Unsicherheit falsch und glaubte offenbar, den Ansprüchen junger Mädchen nicht zu genügen. Flugs wollte er sich das Hemd wieder überstreifen, aber Molly hielt ihn zurück,

rückte näher, mit der Nase an seinem Brustkorb. Sie berührte mit dem Zeigefinger das Muttermal unter seinem linken Rippenbogen.

»Das … das ist nur ein Muttermal. Kein Grund zur Sorge«, glaubte Will das Mädchen beruhigen zu müssen. Ihre Reaktion schien ihn zu überfordern.

Molly schaute nach links und rechts. Nur ein paar Seemänner bei der Arbeit, einige ihrer Gefährtinnen schlenderten plaudernd, sich ihrer bevorzugten Rolle bewusst, über Deck.

Konnte sie es wagen?

Sie begann wortlos, ihr graues Gewand aufzuknüpfen. Die Schnüre reichten ihr fast bis zum Bauchnabel, als sie die linke Seite freilegte.

Will schien auf einmal in einem Ameisenhaufen zu sitzen, während er zuschaute, wie sich Molly vor ihm entkleidete. Er knetete seine Finger, hüstelte und sprang dann auf. »Ich muss jetzt mal …«

Hannah zog an seiner Hand, so dass er sich wieder hinsetzte.

»Seid ihr von allen guten Geistern …«, presste er hervor.

Dann erstarrte er, als er, den Blick nur unter größter Willensanstrengung von Mollys kleiner Brust lösend, das Muttermal entdeckte, von der gleichen Form und Farbe wie sein eigenes. Ein Glückskleeblatt.

»Beim Himmel«, sagte er mit tonloser Stimme.

Hannah fand als Erste die Fassung wieder. Ein Grinsen ging über ihr Gesicht, als sie ein Stück abrückte, damit die beiden sich betrachten konnten. Sie rieb sich die Nasenspitze. »Tja, möglicherweise hat sich eure Mutter bei einem Korbflechter verdingt.«

Will und Molly betasteten behutsam ihr Muttermal und hörten nicht auf, sich anzuschauen.

Hannah bat die beiden, sich ihr im Profil zu zeigen, damit sie Maß nehmen konnte. »Nun, deine Nase ist spitzer, Molly, Will hat eher so ein Knollending. Aber der Mund und das Kinn sind gleich. Ihr seht beide aus wie knurrende junge Wölfe. Die Farbe der Haare könnte ähnlich sein, aber das kann man nur raten, solange sie nicht gründlich gewaschen sind. Schaut mich mal an.« Beide drehten ihr das Gesicht zu, die Augen angestrengt geöffnet, so dass sie tränten. »Eindeutig, die sind aus derselben Tüte«, konstatierte Hannah trocken. »Sie sehen aus wie der blaue Himmel, kurz bevor es dunkel wird. Also, wenn ihr mich fragt … Es gibt keinen Zweifel, dass eure Babykörbchen aus einer Werkstatt kamen.«

Will öffnete den Mund, aber es kam kein Wort heraus. Er musste sich mehrfach räuspern. Dann endlich: »Ich habe eine Schwester.«

Ein Lächeln ging über Mollys Züge. Mit den Fingerspitzen berührte sie Wills Wange. Das Gefühl, dass es nach all den Jahren allein auf der Straße nun jemanden gab, der zu ihr gehörte, raubte ihr den Atem.

»Ist March dein wahrer Familienname? Dann wäre es auch meiner. Mich haben sie Molly Monday genannt, weil sie mich an einem Montag gefunden haben.«

Will grinste schief. »Ich muss dich enttäuschen. Auch mein Nachname kommt von den Nonnen. Ich wurde im März vor die Klostertür gestellt.«

»Also, so ähnlich, wie ihr euch seid«, warf Hannah ein, »schätze ich, dass ihr nicht nur die gleiche Mutter, sondern auch den gleichen Vater habt. Aber es hilft ja nichts, sich darüber den Kopf zu zerbrechen. Ihr werdet es in diesem Leben wohl nicht mehr herausfinden – und auch nicht, wie euer richtiger Familienname ist. Reicht es nicht zu wissen, dass ihr im selben Leib gewachsen seid?«

Endlich fielen sich Molly und Will in die Arme, lachten und weinten. Hannah kuschelte sich dazu und weinte mit, wohl, weil sie ihrer Freundin diese Entdeckung von Herzen gönnte.

Und vielleicht auch ein bisschen, weil sie selbst gern einen großen Bruder gefunden hätte.

11. Kapitel

Von der Seekrankheit blieb kaum eine der Frauen verschont. Obwohl das Meer um sie herum einen frischen salzigen Geruch verströmte, gehörte Gestank zu ihren täglichen Begleitern.

In den Häfen hatte das Wasser von all dem Unrat wie eine Kloake gestunken, und nun auf dem Weg nach Santa Cruz de Tenerife ließen sie ihre Abfälle im Kielwasser zurück.

Wer tagsüber seine Notdurft erledigen musste, hockte sich auf eines der Löcher auf der offenen Plattform hinter dem Bugspriet.

Nachts nutzten sie im Unterdeck die Eimer. Der bestialische Gestank der überlaufenden Behälter mischte sich mit dem Geruch der Menstruation von mehr als hundert Frauen. Sie legten sich Leinentücher vor, die sie aber nur mit Salzwasser auswaschen konnten. Süßwasser war an Bord ein zu kostbares Gut.

Das Salz scheuerte die Innenseite der Oberschenkel wund. Viele Frauen klagten über den beißenden Schmerz.

Manche allerdings warteten bereits zu diesem Zeitpunkt vergeblich auf ihre Periode. Das waren diejenigen, die sich auch dann übergaben, wenn das Schiff ruhig durchs Wasser glitt.

Die jüngeren Erstgebärenden weinten vor Angst, was die Schwangerschaft unter solchen Bedingungen bedeuten würde – galt sie doch schon an Land als ein Unglück.

Die erfahrenen Huren verspotteten sie. Hatten sie nicht tagtäglich gepredigt, wie man sich vor einem anschwellenden Leib schützen konnte?
Als erprobtes Mittel galt eine Spülung direkt nach dem Akt mit Essig, Salz und Alkohol. Manche setzten sich auf einen dampfenden Topf, andere führten sich Schwämme mit einer Mixtur ein, die den Mannessaft aufsaugen sollten.
Aber auch einige von denjenigen, die sich auf der sicheren Seite geglaubt hatten, die Verschlusskappen aus ausgepressten Zitronenhälften oder geformtem Bienenwachs benutzt hatten, mussten nun erkennen, dass die Natur sich ihren Weg suchte.
Zu ihnen gehörte Sarah Whitlam.
John Nicols Kind wuchs in ihrem Leib.
Hätte er doch bloß einen von diesen englischen Überziehern benutzt! Sarah hatte von den anderen Frauen gehört, dass die besonders reinlichen Männer solche aus Tierdarm gefertigten Hüllen über ihren Penis stülpten, bevor sie in die Frau eindrangen. Manche taten es, um sich vor Krankheiten zu schützen, aber wie es hieß, sollten die Überzieher besonders zuverlässig auch Schwangerschaften verhindern.
Sie kosteten viel Geld. Welcher Mann nahm schon diese Ausgabe auf sich, wenn es doch nur darum ging, eine Frau nicht ins Elend zu stürzen? Da musste die Liebe schon außergewöhnlich groß sein, und an wahrer Liebe mangelte es auf der *Lady Juliana*, soweit es Sarah beurteilen konnte.
Obwohl … wie John sie manchmal ansah, wie gefühlvoll er sie küsste, wie er dafür sorgte, dass die saftigsten Happen auf ihrem Teller landeten … Sarah wusste nicht genau zu sagen, ob ihn Mitleid, Beschützertrieb oder tatsächlich Liebe leitete. Es kümmerte sie auch nicht, solange sie in den Genuss seiner Fürsorge und Aufmerksamkeit kam.

Überwinden musste sie sich nicht, um ihm eine anschmiegsame Gefährtin zu sein, wie er es sich wünschte.
John nahm sie in seiner Kajüte in die Arme, als sie ihm die Schwangerschaft unter Tränen beichtete, streichelte über ihr Haar und küsste ihren Scheitel. Das hoffnungsfrohe Lächeln, das sich dabei auf seinem Gesicht zeigte, entging Sarah, die dankbar war für seinen Trost und dass er sie nicht verstieß. Ihren Platz an seiner Seite wollte sie auf keinen Fall verlieren, schon gar nicht mit einem Balg im Bauch, das einem nach wenigen Wochen das Gehen und Liegen erschwerte und das am Ende unter den größten Schmerzen, die es auf der Welt zu ertragen galt, herausgepresst wurde.
Sarah schauderte in Johns Armen. Obwohl sie sich vergeblich bemühte, einen attraktiven Zug an dem Steward zu finden, so schätzte sie diesen männlichen Weggefährten, der ihr Leid schmälerte.
Wie die anderen zu Gefährtinnen gewählten Frauen musste sich auch Sarah an den täglichen Verrichtungen nicht beteiligen. Dies bedeutete zwar, dass sie sich mitunter schier zu Tode langweilte, zumal sie auch die in Leder gebundenen Bücher in Johns Kajüte nicht reizten, aber besser faul in den Tag dösen, als auf allen vieren mit Salzwasser, Schießpulver, Sandstein, Kalk und Essig das Deck scheuern, um die Ausbreitung von Krankheiten wie Typhus und Skorbut zu verhindern.
Das regelmäßige Schrubben half allerdings nicht gegen den Unrat, der zwischen die Bretter in die Bilge rutschte und sich dort mit Sand und Kies mischte. Tote Ratten und Katzen, faulende Essensreste, Kot und Erbrochenes sammelten sich unter den Ritzen und rutschten mit schmatzenden Geräuschen im Wellengang hin und her.
Der Gestank des verrottenden Ballasts waberte durch das gesamte Schiff.

Das Gerücht von einem Bilgenschwein, das unter den Planken hauste und sich von dem Abfall ernährte, machte die Runde, aber John flüsterte Sarah zu, dass es sich dabei um Seemannsgarn handle und unerfahrene Matrosen zum Gaudium der älteren Seeleute losgeschickt wurden, um das Bilgenschwein zu füttern.

Nur auf dem zum Wind gewandten Teil des Achterdecks bekam die Nase frische, klare Meeresluft, doch dieser Platz gehörte dem Kapitän.

Nachdem sie England hinter sich gelassen und das offene Meer erreicht hatten, verfügten Leutnant Edgar und Dr. Alley, in Absprache mit Kapitän Aiken, dass die gefangenen Frauen genau wie die maulenden Matrosen zweimal wöchentlich die Unterkünfte zu schrubben hatten. Die drei Männer verfügten über hinreichend Erfahrung in der Seefahrt und hielten Reinlichkeit und Ordnung für äußerst wichtig, um den Ausbruch tödlicher Krankheiten zu verhindern und die Ausbreitung der Kakerlaken, Läuse, Flöhe und Ratten einzudämmen.

Außerdem galt es, die Frauen beschäftigt zu halten. Auf langen Reisen rafften nicht nur Krankheiten und wütende Stürme die Menschen dahin. Viele verloren ob der Eintönigkeit und Langeweile den Verstand. Dem wirkten die drei entgegen, indem sie in allen Belangen James Cook nacheiferten, dessen Mannschaft wegen der vorausschauenden Maßnahmen länger als je eine Schiffsbesatzung zuvor über die Meere gesegelt war.

Diese Disziplin führte dazu, dass die Frauen auf hoher See unter besseren Bedingungen lebten als in den Mietskasernen, im Gefängnis von Newgate oder während des Wartens auf der Themse, auch wenn sie es längst nicht so komfortabel hatten wie Sarah oder Annie.

Schon auf der Bootsfahrt die Themse hinab hatten sich Sarah und Annie einander angenähert, nun verbündete sie das Schicksal zu Freundinnen – gegen die Schar der anderen, nicht erwählten Frauen. Claire, die in ihrem Alter und Gefährtin des Steuermanns Jack Barns war, hielt sich von ihnen fern, aus Gründen, die die beiden nicht nachvollziehen konnten. Sie begnügten sich damit, diese Frau seltsam zu finden, und überließen sie ihrem Schicksal.

Die meisten Gefangenen verhielten sich unauffällig, verrichteten ihre Dienste, hockten in kleinen Gruppen beisammen und schmiegten sich abends aneinander, um sich gegenseitig ein bisschen menschliche Wärme zu schenken.

Aber es gab auch Querulantinnen und solche, wie diejenigen, die ihren Mitgefangenen die wenigen Besitztümer stahlen.

Dann war da Rose Naiden, die sich von Anfang an für etwas Besseres gehalten hatte und schon nach wenigen Tagen auf dem offenen Meer mit in die Hüfte gestemmten Händen ihre bürgerliche Kleidung zurückforderte. Sie trat so imposant auf, dass sie ohne Aufschub ihren Willen durchzusetzen vermochte – was selbstverständlich Nachahmerinnen ermunterte. Die Offiziere hatten alle Hände voll zu tun, einen Aufstand zu unterbinden.

Am Ende bekamen alle ihre Kleider zurück – die Säcke wurden kurzerhand aufs Deck geleert, und die Frauen stürzten sich darauf, um ihr Eigentum zu finden oder, wenn möglich, ein wertvolleres Gewand und ungeflickte Schuhe.

Am schlimmsten aber gebärdeten sich die Neiderinnen, die Verbitterten, die mit dem Schicksal haderten und bei jeder Gelegenheit verkündeten, sie seien völlig zu Unrecht hier. Den Hass dieser Frauen, angeführt von Dorothy mit den Feuerhaaren, bekamen Sarah und Annie am ärgsten zu spüren.

Wenn die Männer ihren Dienst versahen, blieben Sarah und Annie stets dicht beieinander, um sich gegenseitig Schutz zu bieten. Mal rempelte eine der Dirnen sie wie unbeabsichtigt an, mal stolperte eine, die die Nachteimer entleeren sollte, just vor ihren Füßen, und die stinkende Brühe ergoss sich über ihre Schuhe.
Dorothy trieb es am buntesten mit den bevorzugten Frauen und ließ keine Gelegenheit aus, ihnen in der lausigsten Gossensprache Flüche hinterherzukeifen.
Als sie sich mit Laurie im Schlepptau dazu verstieg, einen Schwall grünen Rotzes in Sarahs Dekolleté zu spucken, nachdem diese betont hochmütig auf ihre Beschimpfungen reagiert hatte, reichte es der Angegriffenen. Auch wenn sie sich den Zorn aller zuzog, sie musste sich Hilfe bei John holen, bevor die Weiber völlig aus der Rolle fielen.
Sarah war zu Ohren gekommen, was man sich unter Deck zumunkelte: dass derjenigen, die eine andere verpfiff, im Schlaf die Zunge aus dem Mund herausgeschnitten werde. Ein Frösteln überlief sie bei diesem Gedanken, aber in der Obhut ihres Gefährten wähnte sie sich sicher. Vielleicht sorgte eine öffentliche Bestrafung für Abschreckung. Diesen Gedanken teilte sie John Nicol mit unschuldigem Augenaufschlag mit.

Der Steward besprach sich mit den anderen Männern. Dorothy fiel ständig unangenehm auf. Sie tat sich durch besondere Faulheit hervor und rief den Seeleuten beim geringsten Anlass Anzüglichkeiten über deren Mütter hinterher. Mehrere Male hatten sie sie schon, während sich alle anderen im Tageslicht rekelten, ins Unterdeck verbannt, wo das Schaukeln und die stickige Luft Übelkeit verursachte. Jedes Mal hatte sie gebettelt, wieder nach oben klettern zu dürfen, und Bes-

serung gelobt, aber geändert hatte sich an ihrem Verhalten nichts.
Die Zeit war reif für wirkungsvollere Maßnahmen, fanden John und die Männer.
Am Abend veranstalteten sie ein Spektakel an Deck.
Zwei starke Männer hielten Dorothy, die sich wie eine Raubkatze wand. Ein dritter kam mit einem Fass, das oben und an den Seiten große Löcher hatte, und stülpte es der kreischenden Frau über.
Alle Matrosen und Offiziere eilten herbei, um sich an dem Schauspiel zu ergötzen. Auch die Frauen drängten näher, hielten sich allerdings mit Kichern und Schadenfreude zurück, aus Furcht, sich Dorothy zur Feindin zu machen.
Nur Rose Naiden lachte aus vollem Hals und wies mit dem Finger auf die Widersacherin, die zunächst noch einen Spaß aus der peinlichen Angelegenheit zu machen versuchte, indem sie im Watschelgang den Kopf wie eine Schildkröte einzog.
Nach den ersten lustigen Minuten ebbte die allgemeine Aufmerksamkeit ab, und Dorothy stand da mit dem Fass auf den Schultern, konnte sich nicht setzen, nicht hinlegen und litt wie ein Hund. Nach zwei Stunden flehte sie die Offiziere an, sie aus der Holzjacke zu befreien, und schwor Besserung. Die Männer zeigten Erbarmen, wenn auch wenig Zuversicht, dass aus der Bestraften eine willigere Gefangene werden könnte. Sie war und blieb ein steter Quell von Ärgernissen. Die Frau war zu alt und zu dreist, um noch erzogen zu werden, fand John. Eine verbitterte Vettel, die nicht nur im übertragenen Sinn auf die Welt im Allgemeinen und die Männer im Besonderen spuckte.

Sarah fing einen mörderischen Blick von Dorothy auf, nachdem Ben Benson sie aus dem Fass befreit hatte. Mit ungeschickten Händen richtete er ihr Kleid, strich die Seiten glatt. »Ich wusste nicht, was sie vorhatten, sonst hätte ich es zu verhindern versucht«, murmelte der Seebär dabei und pfiff durch die Zahnlücke.

Dorothy beachtete ihn nicht, nahm stattdessen Rose Naiden ins Visier, die sie in dieser Nacht wahrscheinlich mit einer Stopfnadel traktieren würde, wie Sarah vermutete. Sie selbst dagegen würde sich an ihren Gefährten kuscheln. In Sicherheit.

»Wo treibt sich nun euer verdammter Koch herum?«, fuhr Dorothy Molly vor der Nachtruhe an, als sie im Unterdeck mit angewinkelten Beinen auf ihren dünnen Matratzen lagen. Eine Handvoll Öllampen spendete Licht und warf Schatten an die Holzwände. Hier und da huschten Ratten aus dem trüben Schein in die dunkleren Ecken. »Der war wohl nur ein Hirngespinst von euch, oder wolltet ihr einer alten Frau einen Bären aufbinden?«

Hannah neben Molly duckte sich, aber diese richtete sich auf und starrte Dorothy an. »Es ist die Wahrheit, dass er keine Frau gewählt hat, aber du solltest mir glauben, dass es so besser ist.«

»Was gut ist und was besser, diese Entscheidung kannst du getrost mir überlassen«, erwiderte Dorothy.

Molly zog es vor, keine Widerworte zu geben. Nach der Demütigung an Deck gab sich Dorothy noch übellauniger als zuvor. Sie galt ohnedies als ungenießbar, was die alte Hure selbst wusste. Schließlich ging ihr nicht nur Molly aus dem Weg.

Dorothy scherte sich nicht drum. Sie brauchte nichts und niemanden. Nur Laurie, die wollte sie nicht im Stich lassen.

Ein paar Atemzüge lang gab sie sich, um ihre Laune zu heben, ihrer liebsten Vision hin: Mit einer guten Portion Glück trafen sie im nächsten Hafen auf die *Guardian*, und dann würde sie auch keine Rücksicht mehr auf ihr Mädchen nehmen. All ihr Träumen und Trachten zielten darauf, Rache zu nehmen an Pietro, der so großspurig in der Takelage die Brust präsentiert hatte und an allem, was sich an Pech über sie ergossen hatte, die Schuld trug. Sie würde ihn ausspionieren, sich von hinten an ihn heranschleichen und seinen Kopf so lange in die Gischt drücken, bis seine Fratze blau anlief und ihm die Glutaugen aus dem Schädel sprangen. Würgen würde sie ihn mit bloßen Händen und ihm am Ende noch Schwanz und Eier abschneiden, um sie den Haien zum Fraß vorzuwerfen. Wenn sie dann wegen Mordes hingerichtet wurde – nun, dann sollte das so sein.

Das Zickengerangel unter Deck lief nicht ganz nach Dorothys Geschmack. Zunächst hatte es den Anschein gehabt, als versammelten sich mehr Anhängerinnen um sie als um die Pute Rose. Aber das Fass hatte sie der Lächerlichkeit preisgegeben, keine gute Stunde für eine Anführerin.

Dorothy befürchtete, dass manche ihrer »Freundinnen« nun zu Rose überlaufen würden. Molly nicht, Hannah auch nicht, und selbstverständlich nicht Laurie. Die würde ihr auch ins Grab hinterherspringen.

Ein Wunder eigentlich, ging es Dorothy in einem Anfall ungewöhnlicher Selbstkritik durch den Sinn. Sie gab sich wirklich nicht wie eine, die es gut mit anderen meinte. Dennoch hielten diese drei trotz aller Anraunzer und Wortgefechte treu zu ihr.

Manchmal war Dorothy sich selbst und ihre Verdrossenheit satt. Aber aus ihrer Haut konnte sie nicht heraus.

Es war so unfassbar erniedrigend und ungerecht, dass sie alles, was sie sich über die Jahre erkämpft hatte, zurücklassen musste. Wie sollte sie in der Fremde, wo sie irgendwann den Anker werfen würden, dies jemals auch nur im Ansatz wieder erreichen?
Dorothy fehlte die Naivität, um sich Tagträumen von Palmen und hellblauem Meer und sonnenbunten Blumen hinzugeben. Sie besaß, anders als die jungen Mädchen, eine ungefähre Vorstellung davon, wie das Leben in einer Kolonie am Ende der Welt verlaufen würde.
Sie hatte Frauen und Männer erlebt, die aus Straflagern heimgekehrt waren, mit gebrochener Seele, buckelig, mit faltigen Gesichtern, zahnlosen Mündern und grauen Haarbüscheln auf kahlem Kopf. Die aufflackernden Bilder von Feldarbeit in Ketten unter sengender Sonne, streng rationierten Essensportionen und Patrouille laufenden Offizieren mit Gewehren schnürten ihr den Magen zusammen und verfinsterten ihre Laune. Wenn es ihr wenigstens vorab gelang, den Mann zu bestrafen, der ihr das angetan hatte – vielleicht fände ihr Herz Ruhe.
Auch in *Dorothy's Guesthouse* hatte sie nicht den Ruf einer liebenswerten, charmanten Person genossen. Die Menschenfreunde bekamen im Leben doch stets als Erste etwas auf die Fresse. Aber diejenigen, die ständig in Habtachtstellung lauerten, die die Krallen in Sekundenschnelle ausfahren konnten und die sich kein X für ein U vormachen ließen, die genossen Achtung und Anerkennung. Das Lebensmotto, anzugreifen, bevor man selbst angegriffen wird, hatte Dorothy weit gebracht – bis zu jenem vermaledeiten Tag, als die Polizisten sie in Ketten abführten.
Nur hier auf dem Schiff, hier herrschten auf eine verzwickte Weise andere Regeln, und zu allem Überfluss hatte sie in der

sogenannten Königin der Diebe auch noch eine mindestens ebenbürtige Gegnerin in Reichweite.
Alles, was Dorothy an warmen Gefühlen aufzubringen vermochte, kam Laurie zugute. In allen anderen Fällen galt es, eine möglicherweise in ihrem Inneren vorhandene Milde mit Härte zu überspielen, wenn sie sich keine Blöße und dem Gegner keine Angriffsfläche liefern wollte.
Molly zürnte sie in diesen Tagen, da sie ihre Verschlossenheit, wenn es um den Koch ging, als Neid deutete. Ob die Kleine etwa selbst versucht hatte, bei dem Kerl zu landen, um die restliche Fahrt wie eine Made im Speck in seiner Vorratskammer herumzukrauchen? Gut möglich. Jedenfalls traute Dorothy der Kleinen nicht über den Weg. Die war mit allen Wassern gewaschen.
»Molly hat jetzt einen Bruder«, plauderte Hannah in Dorothys Gedanken hinein.
Laurie und Dorothy sahen auf. Ein Blick zu Molly, die die Brauen zusammengezogen hatte und deren Sommersprossen auf der bleichen Haut deutlich hervortraten, zeigte den beiden, dass sie diese merkwürdige Neuigkeit lieber nicht mit ihnen geteilt hätte.
»Du bist ein Plappermaul, Hannah«, zischte sie. »Was kratzt das die anderen?«
Hatte die Sonne über dem Ozean der Kleinen das Gehirn ausgetrocknet? »Was redest du für einen Müll, Hannah. Wo sollte auf dieser Bark ein Bruder auftauchen?«, schnauzte Dorothy das Mädchen an.
»Es ist Will, der Schiffsjunge«, ereiferte sich Hannah, obwohl Molly sie in die Seite knuffte. »Was denn?«, fuhr sie die Freundin an. »Soll das ein Geheimnis bleiben? Warum denn? Das ist doch eine wunderbare Neuigkeit.«
»Für mich, für uns vielleicht. Aber Dorothy interessiert das

nicht mehr als eine zerquetschte Laus an der Wand.« Mit verschlossener Miene verschränkte Molly die dünnen Arme vor der Brust, stierte ein Loch in die Planken.

Unerwartet strömte eine warme Welle durch Dorothys Leib, ähnlich der, die sie ergriffen hatte, als Molly damals, in einem anderen Leben, ihr an dem Esstisch gegenübergesessen und die heiße Hühnersuppe in sich hineingeschaufelt hatte, als hätte sie seit Wochen keinen Bissen bekommen und als gäbe es kein Morgen. Dorothy gestattete sich, diesem Impuls für einen Wimpernschlag nachzugeben, als sie mit den Fingerspitzen über Mollys Wange strich. Ein winziges Lächeln dehnte ihre Mundfalten.

Molly schrak auf und zuckte zurück.

»Gut so«, sagte Dorothy mit belegter Stimme. Mollys Stirnrunzeln gab ihr zu verstehen, dass das Mädchen die ungewohnte Geste falsch verstand. Dorothy ließ es dabei bewenden.

»Ein strammes Mannsbild wie Ihr ohne Weib im Bett? Wie haltet Ihr das aus? Schwitzt Ihr es Euch durch die Rippen?« Dorothy hatte die Schwingtür zur Kombüse aufgestoßen. Der Duft nach gebratenem Speck, Erbsenbrei und schwerem Wein erfüllte kurz vor dem Mittagsmahl die Luft. Die Mauersteine, aus denen die Kombüse wegen der Brandgefahr bestand, schillerten verrußt und fettig. In den Pfannen auf dem Ofen brutzelten zischelnd Fleischstreifen und Zwiebeln, der Deckel auf einem gewaltigen Topf mit dem Schweinefleisch für die Offiziersmesse klapperte, während der Dampf stoßweise entwich.

Der Koch stand mit dem Rücken zur Tür, ein spitzes Schälmesser in der Hand, mit dem er Karotten bearbeitete. Der Schiffsjunge hockte auf einem Stuhl in der Mitte des mit Ge-

schirr und Vorratskisten übervollen Raumes, einen Wassertrog zwischen den Füßen, in den er geschälte Zwiebeln und abgezupfte Kohlblätter fallen ließ.
Als hätte er mit Dorothy und Laurie gerechnet, drehte sich der Koch behäbig um und musterte die beiden. Laurie fuhr sich mit der Hand ans Herz, als sie die pockennarbige Fratze mit den pelzigen Brauen sah.
Der Koch kniff die Augen zusammen, so dass man die Farbe der Iris nicht erkennen konnte. Mit dem Messer in der Hand schwankte er näher, als hätte er zu viel von dem Portwein für die Offiziere gekostet, der in Karaffen abgefüllt auf einem Servierbrett stand.
Er hielt das Messer so fest, dass die Knöchel seiner Finger hervortraten. Irgendwo in ihrer Erinnerung kam Dorothy der Kerl bekannt vor. Aber, was Wunder. Wie viele Männer hatte sie in ihrem Bordell ein und aus gehen sehen. Gut möglich, dass er bei seinen Landgängen zu den Kunden gehörte.
Dorothy musste sich eingestehen, dass Molly nicht ganz falsch lag. Er war tatsächlich einer der hässlichsten Menschen, denen sie je gegenübergestanden hatte. Er verströmte sauren Schweißgeruch und noch etwas, das sie nicht zu deuten wusste. Hass?
Seine Körperhaltung mit den vorgeneigten bulligen Schultern und den sprungbereiten Beinen erinnerte an einen tollwütigen Bären. Diese Ausstrahlung kannte Dorothy von Männern, die auf die Freuden der körperlichen Liebe lange verzichten mussten. Nun, wenn das die Ursache für sein einschüchterndes Auftreten war – dem Mann konnte geholfen werden.
»Brauchst einen harten Prügel zwischen die Beine, Schlampe, ja?« Spucketropfen flogen auf Dorothys Wange, als er sich näherte. Sein Atem stank nach Abfall.

Dorothy wich keinen Fuß zurück, schob aber Laurie zwischen sich und den Koloss. »Nicht ich, aber schau dir dieses Vögelchen an. Das ist Laurie. Der könntest du es besorgen, sooft dir danach zumute ist.« Dorothy spürte, während sie Lauries Schultern umklammerte, dass das Mädchen am ganzen Körper bibberte, während es dem Blick des Mannes standhielt.

In seiner Miene spiegelte sich keine Regung, als er mit einem Ruck Lauries Gewand zerriss. Ihr Busen lag frei, und er glotzte darauf, um dann mit einer Pranke eine Brust zu quetschen, bis Laurie vor Schmerz aufschrie.

»Gefällt sie Euch?«, fragte Dorothy hoffnungsfroh, wenn auch mit einem unguten Gefühl, das sich in ihrem Magen ausbreitete. Viele Kerle bevorzugten die harte Tour. Laurie hatte da schon einige Erfahrung. Trotzdem. In der Regel war es ein Spiel, hier in der Kombüse aber fühlte sich die Brutalität erschreckend echt an.

»Machst du Witze?«, schnauzte der Koch sie an und stieß ein hohles Lachen aus. »Was sollte einem Mann an einem solch dreckigen Weibsbild, besudelt von halb London, gefallen?«

Dorothy schluckte. »Sie ist noch nicht lange im Geschäft.«

Der Koch fuhr sich mit Daumen und Zeigefinger über die Mundwinkel und spielte mit seiner fleischigen Unterlippe. In der Stille der Kombüse hörte man, wie der Schiffsjunge eine weitere Zwiebel ins Wasser plumpsen ließ. Dorothy hielt den Atem an, während sie auf eine Antwort wartete.

»Nun gut. Ich will es ihr besorgen. Die Geilheit werde ich ihr schon austreiben.« Er wies mit der Klinge zu einer Tür, die offenbar zu einer Kajüte hinter der Kombüse führte. »Geh und warte da auf mich«, stieß er hervor, bevor er wieder Dorothy fixierte. »Und du – verpiss dich! Lass dich in der Kombüse nicht mehr erwischen. Du ekelst mich an.«

Dorothy atmete aus und versetzte Laurie einen Stoß. Der Koch würde schon zahmer werden, wenn er seine Manneskraft verspritzt hatte.
Wie ein Mönch zu leben schadete einem Mann in den besten Jahren. Die Säfte des Kolosses würden ins Gleichgewicht geraten, sobald er über eine Frau verfügen konnte. Ganz gewiss.
Laurie stolperte durch die Kombüse zur Hintertür, drehte sich noch einmal um und hielt die Arme über der Brust gekreuzt. Ihr Blick schien zu sagen: *Lass mich hier nicht allein!*
Dorothy vollführte mit beiden Händen eine herrische Geste. Das Mädchen senkte den Kopf und trollte sich. Der Schiffsjunge saß über seinen Trog gebeugt, als wollte er hineinspucken, die Ohren unter den schwarzen Locken feuerrot.
»Was hältst du Maulaffen feil?«, fuhr der Koch Dorothy an, trat einen weiteren Schritt auf sie zu, und in der nächsten Sekunde hatte sie, rückwärtstaumelnd, die Kombüse verlassen. Draußen verharrte sie einen Moment.
Sie horchte in sich hinein, ob sich ein Triumphgefühl einstellte, weil sie letztendlich ihrer Laurie doch noch einen Gefährten für die Reise besorgt hatte.
Aber sie fühlte nichts als Leibschmerzen. Und der Zweifel, ob sie tatsächlich zu Lauries Bestem gehandelt hatte, drückte schwer auf ihr Gewissen.

12. Kapitel

Santa Cruz de Tenerife, September 1789

Die *Lady Juliana* passierte Madeira und segelte nach Süden auf Teneriffa zu. Sturmböen kamen auf, das Schiff schlingerte in den Wellen, der Wind heulte in den Segeln. Die Frauen kreischten sich die Lunge aus dem Leib und beklagten sich über blaue Flecken und Schürfwunden, die sie sich bei den Stürzen zuzogen.

Fässer und Flaschen rumpelten und rollten über den Boden, nicht festgezurrtes Geschirr zerbrach scheppernd. Federvieh flatterte herum, die Schweine in ihren Pferchen unter Deck quiekten zum Gotterbarmen.

Matrosen refften im Takelwerk die Segel, verständigten sich über den Sturm hinweg schreiend und versuchten die Befehle der Offiziere, die mit verzerrten, nassen Gesichtern ihren Dreispitz festhielten, zu verstehen, während der Bug der Bark durch das aufgewühlte Wasser pflügte.

Will schnalzte nur abfällig mit der Zunge, als sich Molly und Hannah wie zwei Ertrinkende aneinanderklammerten und der Dreimaster sich ächzend auf die Seite legte. Er selbst saß breitbeinig auf dem Boden im Zwischendeck und glich die Bewegungen mit seiner Körperhaltung aus, nachdem er in der Kombüse sämtliches Kochgeschirr in Kisten verstaut und Fässer festgezurrt hatte. »Gewöhnt euch mal gleich daran«, rief er den beiden Mädchen über die peitschenden Böen hinweg zu, in denen selbst die gerafften Segel ohrenbetäubend laut schlugen. »In ein paar Monaten kommt's sicher noch schlimmer.«

Molly mochte sich das wirklich nicht vorstellen, und sich daran gewöhnen würde sie sich in diesem Leben auch nicht mehr. Ihr Magen war leer, sie würgte grünen, bitteren Saft hervor, wann immer sie sich übergeben musste.
Hannah ging es nicht besser. Auf einmal schwappte eine Welle über sie, die die Mädchen nach Luft ringen ließ und Will von seinem Platz spülte. Vorbei war seine aufgesetzte Gelassenheit, mit der er den Mädchen zu imponieren hoffte. Während er sich durchnässt aufrappelte, griff er nach einem Seil, das er Molly zuwarf. »Bindet es euch um den Leib!«, brüllte er.
Wenig später saßen die drei jungen Leute an die Schiffswand gebunden eng beieinander und sehnten mit klappernden Zähnen das Ende des Sturmwütens herbei.
Aufgewühlt wie der Atlantik war auch Mollys Inneres. Immer wieder ertappte sie sich dabei, wie sie Will beobachtete. Bei manchen seiner Gesten meinte sie in einen Spiegel zu schauen. Wie hatte sie das vorher nur nicht bemerken können?
Wie er mit den Fingern durch die klatschnassen Haare fuhr, wie er sich mit der Kuppe des Zeigefingers beim Nachdenken die Nasenspitze rieb …
Dann wieder empfand sie ihn als Fremden, obwohl das gleiche Blut in ihnen floss. Wobei sie nicht sicher sein konnten, ob sie dieselben Eltern oder nur dieselbe Mutter hatten.
Molly hoffte nicht darauf, die Ereignisse von damals aufdecken zu können. Wie sollte das gelingen, wenn sie den Rest ihres Lebens am Ende der Welt verbrachte? Es hieß zwar, es sollten sieben Jahre sein, aber darauf zu vertrauen, dafür fehlte Molly der gute Glaube.
Nein, sie waren Verdammte und Verbannte. Wenn es überhaupt noch ein Stück vom Glück für sie gab, dann am Ziel ihrer Reise. Aus der Heimat waren sie verstoßen, sie bot keinen Funken Hoffnung mehr für Molly.

Doch das Gefühl, jemanden zu haben, der zu ihr gehörte, war das Tröstlichste, was sie bislang erfahren hatte. Sie würde sich daran festhalten bis zu ihrer letzten Stunde.
Sie würde lesen und schreiben lernen, um von der Kolonie aus Briefe an Will zu schreiben und dort seine empfangen zu können. Eine Vorstellung, die sie sprachlos machte: dass es nun tatsächlich jemanden gab, dem sie sich verbunden fühlte. Ein Anker in ihrem Leben. Wann immer sie diesen Punkt ihres Gedankenkarussells erreichte, überkam sie der Wunsch, Will zu berühren. Seine Wange zu streicheln, seine Hand zu nehmen, ihr Knie an seines zu drücken.
Aber dieses Glück, das sich in ihr ausbreitete und ein wohliges Sättigungsgefühl hinterließ, stand im Gegensatz zu der Sorge um Laurie. Mit Dorothys Liebling fühlte sie sich zwar keineswegs verbunden, aber dass sie Laurie seit vier Tagen weder gesehen noch etwas über sie gehört hatte, erweckte die grausamsten Bilder in Mollys Kopf zum Leben.
Als sich das Meer schließlich beruhigte, stöhnten die Mädchen auf und strichen sich die salznassen Haare zurück. Vor Erleichterung ließen sie die Stirn auf die Knie sinken.
Will löste das Seil, holte Zwieback und frisches Wasser in einem Krug. Ohne die geringste Spur von Appetit gehorchten Molly und Hannah seiner Anweisung, Stückchen um Stückchen von dem Trockenbrot abzunagen, langsam zu kauen und mit Wasser nachzuspülen. »Das wird euren Magen beruhigen«, versprach Will.
Wenig später fühlte Molly neue Lebensgeister. Sie versuchte ein Lächeln. »Danke, Will«, sagte sie. »Du meinst, es kommt noch schlimmer?«
Will zuckte die Schultern. »Was soll ich sagen … Das war noch nicht mal ein Unwetter, nur eine Sturmböe. Ihr solltet euch ein dickeres Fell zulegen.«

Der Zwieback krachte zwischen Mollys Zähnen. Sie schob die Brocken zum Einweichen in eine Wangentasche und nahm einen Schluck Wasser dazu. »Hast du Laurie inzwischen gesehen?«, fragte sie mit gesenkter Stimme.

Sofort glühten Wills Ohren wie Klatschmohn, wie immer, wenn Molly auf die junge Dirne zu sprechen kam, die seit Tagen in der winzigen Kajüte des Kochs hinter der Kombüse hockte. Dass der überhaupt eine Einzelunterkunft hatte! Schliefe er wie das übrige einfache Seevolk in den Mannschaftsunterkünften mit den Hängematten, könnte er sich sein schändliches Treiben nicht erlauben.

»Nein, ich sag doch, der lässt sie nicht raus. Alle zwei, drei Stunden verschwindet er, dann schickt er mich aus der Kombüse, obwohl doch Wand und Tür die Kajüte von der Kochstelle trennen.«

Molly fühlte Übelkeit bei dem Gedanken aufsteigen, dass die Geräusche aus der Koje so verräterisch sein könnten, dass der Koch keine Zeugen riskieren wollte.

Dass er die junge Hure mehrmals täglich aufsuchte, ohne sie herauszulassen, hatte Will bereits in den letzten Tagen berichtet. Molly hatte dies mit Schaudern Dorothy weitererzählt.

Die Bordellbesitzerin wirkte zufrieden. »Kein Wunder, wenn sich bei ihm der Saft gestaut hat. Der hat erst einmal eine Menge nachzuholen. Kannst du eine Wundsalbe zu ihr schmuggeln, Molly?« Sie hatte ihr ein Töpfchen zugesteckt, dem ein ranziger Geruch entströmte.

Dieses fingerte Molly nun aus der eingenähten Falte ihres Gewandes hervor. Sie legte es auf die offene Hand, so dass Will es sehen konnte. »Das ist für Laurie. Bringst du es ihr?«

»Bist du noch bei Trost?«, schrie Will sie an und sprang auf.

»Pst.« Molly zog die Stirn in Falten. Bloß keine Aufmerksamkeit erregen! Sie zog Will am Hosenbein. »Jetzt setz dich wieder. Es ist eine Wundsalbe, die braucht sie, meint Dorothy.« Molly fürchtete freilich, dass Laurie sehr viel mehr als ein Mittel gegen Scheuerwunden zwischen den Beinen brauchte. Sie konnte nicht mal sicher sein, ob Laurie noch lebte. Vielleicht aber könnte Will, wenn er ihr das Töpfchen zusteckte, feststellen, wie es ihr ging.

»Ich denke, dein Koch ist so ein gutmütiger Bär?« Hannah schleckte sich die Finger ab, um auch noch die letzten Brotkrümel zu genießen. Wenigstens bei ihr war der Appetit zurückgekehrt.

Will schüttelte den Kopf. Widerwillig ließ er sich auf die Taue nieder. »Ihr hättet das erleben sollen, als die beiden Frauen in der Kombüse auftauchten. Ich dachte, ich erkenne ihn nicht wieder. Hasserfüllt und gemein kam er mir vor. Ich bin fast in den Gemüseeimer geplumpst, als er am Ende Laurie tatsächlich in seine Koje bestellte. Ich hätte mein Leben darauf gewettet, dass er die beiden Frauen hinaus aufs Deck prügeln würde.«

Den Spaß hat sich die Pockenfresse für die privaten Stunden aufgehoben, ging es Molly durch den Sinn. Sie verschränkte die Finger und betete für Laurie, dass sie durchhalten möge, bis dem alten Sack die Puste ausging.

»Seht!« Will wies hinauf zum Himmel, wo zwischen Wolkenbergen vor leuchtend blauem Hintergrund Möwen trieben. Eine stieß den ersten Schrei aus, die anderen stimmten ein, während sie den Dreimaster zu umkreisen begannen. Molly und Hannah folgten seiner Aufforderung und beschatteten die Augen.

»Die Seevögel sieht man immer als Erstes, wenn …«, wollte Will den Freundinnen erklären, als ein Ruf aus dem Mastkorb ihn unterbrach.

»Land in Sicht!«, kam es von oben.
Befehle hallten über das Deck, die Seeleute liefen umher, trieben die Frauen, die überall auf den Planken saßen, zusammen und schickten sie unter Deck.
Will erhob sich. »Ihr müsst gehen«, sagte er. »Beim Einlaufen in den Hafen können die Männer keine Störung gebrauchen.«
»Aber …«, wollte Molly protestieren. Gerne hätte sie gesehen, wie das Land näher kam, groß und größer wurde, bis man Bäume, Häuser und Menschen erkennen konnte.
»Los jetzt!« Will zog die Stirn kraus. »Hopp, hopp. Sie werden keine Ausnahmen dulden. Euch hier oben zu verstecken ist selbst mir zu heikel. Das setzt Peitschenhiebe, wenn sie mich erwischen.«
Murrend erhoben sich die beiden Mädchen, aber Molly reckte den Hals, um wenigstens einen Blick auf das am Horizont auftauchende Land werfen zu können. Es war nur als graugrüne Silhouette zu erkennen.
Über Molly rauschten die Segel und bauschten sich, während das Schiff in voller Fahrt auf den Hafen zuhielt.
Will drängte die beiden aus ihrem Versteck und schob sie zur Luke.
Aneinandergepresst saßen Molly und Hannah mit Dorothy und all den anderen Frauen kurz darauf unter Deck. In ihren Ecken schwitzten, wisperten und stöhnten sie und lauschten den Geräuschen von oben, als die Segel getrimmt wurden.
Ein alles übertönendes Flattern erklang, als das Großsegel eingeholt wurde und die Fahrt sich verlangsamte. Das unentwegte Schlagen der sich am Rumpf brechenden Wellen nahm ab, als die *Lady Juliana* sanftere Gewässer erreichte.
Die Frauen pressten sich die Hände auf die Ohren, als die Bark vom Castillo de San Juan aus mit elf Kanonenschüssen willkommen geheißen wurde.

Endlich hörten sie, wie die Ankerkette mit einem Donnern herabgelassen wurde, worauf das Schiff zum Stillstand kam.
Wie lange würde es noch dauern, bis sie nach oben durften? Die meisten von ihnen brannten vor Neugier auf den fremden Hafen.
Endlich knarrte die Luke, und die Gefangenen erhoben sich. Molly und Hannah gehörten wie stets zu den Ersten auf der Leiter.
Mit flinken Bewegungen hievten sie sich nach oben und sprangen an den Seefahrern vorbei, die ihnen entgegengrinsten. Die Männer waren es gewohnt, in fremde Häfen einzulaufen, die meisten von ihnen kannten wahrscheinlich diesen Ort, aber für Molly und Hannah fühlte es sich nach einem Abenteuer an.
Sofort rannten die beiden Mädchen, Molly wieder mit der Decke als Schutz, an die Reling, die anderen Frauen folgten ihnen gemächlicher.
»Da schau, die hohen Berge!« Hannah wies mit dem Finger auf die Gipfel in der Ferne. »Der höchste von ihnen hat eine helle Spitze. Ist das etwa Schnee?« Unvorstellbar bei der flirrenden Hitze, die sie umgab.
Molly blinzelte. »Bestimmt. Was sollte es anderes sein? Wie merkwürdig …«
Sie sahen den weißen Strand, übersät mit zerbrochenen Fässern, Fetzen von Segeltüchern und anderem Unrat. Ein Ring von Geschützbatterien und Befestigungsanlagen zog sich entlang der ganzen Bucht, das Kastell erhob sich links von ihnen.
Im Hafenbecken schaukelten Dutzende von Schiffen, die hier ebenfalls Anker geworfen hatten. Nicht anders als auf der Themse und in Portsmouth beleidigte der Gestank hier, wo sich die Menschen zusammendrängelten, die Nasen.

Und dennoch. Was für ein wundervolles Gefühl, dem exotischen Eiland mitten im Atlantik so nah zu sein. Molly hoffte inständig, dass ihnen Landgänge erlaubt sein würden. Endlich wieder festen Boden unter den Füßen zu spüren!

Vermutlich hätte Claire dankbar sein sollen. Jack Barns erwies sich auch in den Tagen und Wochen nach ihrer ersten Begegnung in seiner Kajüte als sensibler Mann, der Rücksicht auf ihre Gefühle nahm.

Dennoch hielt sie sich für die unglücklichste Frau unter der Sonne. Sie hatte das Lachen verlernt und weinte sich jede Nacht in den Schlaf. Wann immer Jack mitbekam, dass ihre Tränen flossen, streichelte er ihren Rücken und flüsterte liebe Worte wie ein Vater zu seinem Kind.

Aber Claire blieb untröstlich.

Der Steuermann unternahm keine Versuche mehr, in sie einzudringen, aber er unterdrückte in ihrer Gegenwart auch nicht seine männlichen Triebe. Ihm zu Gefallen zu sein war die Gegenleistung, die Claire erbringen musste, um den Komfort einer Kajüte und die Vorrechte einer Seemannsbraut zu genießen.

Mal ließ er sie nackt vor sich tanzen, während er sich selbst befriedigte, mal nahm er ihre Hände und führte sie an sein Glied, ließ sich massieren, bis er zum Höhepunkt kam. Ein anderes Mal bat er sie, die Beine zu spreizen, so dass er ihren geheimsten Ort betrachten konnte, während sie nur seinen Haarschopf zwischen ihren Beinen sah und sein Stöhnen hörte.

»Du ahnst nicht, wie viel Beherrschung du mir abverlangst«, flüsterte Jack einmal in ihr Ohr, während sie auf dem Bett lagen, er an sie geschmiegt. »Wie viel Zeit brauchst du, Claire? Wann wird es dich nach mir verlangen?«

Claire biss die Zähne zusammen und spürte, wie ihr einmal mehr die Tränen über die Wangen liefen. »Ich danke dir dafür, dass du mich nicht bedrängst. Für alles hier.« Dennoch hätte sie vor Freude gejubelt, wenn er sie hätte gehen lassen. Obwohl sie den Beischlaf nicht vollzogen, lebten sie in der Kajüte wie Mann und Frau. Claire meinte Tag für Tag und Nacht für Nacht, vor Selbstekel zu vergehen.

Jack war ihr in all der Zeit nicht vertrauter geworden, obwohl sie ihn zu respektieren gelernt hatte. Sie wusste, dass sie es hätte schlimmer treffen können. Auch in der Hölle gab es Abstufungen. »Wirst du mich irgendwann gehen lassen?«, wagte sie zu fragen.

Jack wandte sich ab, seine Bewegungen waren auf einmal kantig, seine Stimme klang nicht mehr schmeichelnd, sondern befehlsgewohnt. »Zieh dich jetzt an«, sagte er. »Lass uns an Deck gehen. Ich hoffe, Kapitän Aiken wird erlauben, dass wir, während die *Lady Juliana* hier vor Anker liegt, an Land übernachten. Würde dir das gefallen?«, fügte er weicher hinzu.

Claire spürte, wie sehr es ihn verletzte, dass er ihr Herz nicht anzurühren vermochte, und sie spürte auch seinen drängenden Wunsch, sie milder zu stimmen. Aber sollte sie ihm Liebe vorspielen? Das würde ihr nicht gelingen.

Sie war nicht zur Schauspielerin geboren und auch nicht verschlagen genug, das Arrangement zu ihrem Vorteil zu nutzen. Nur ein Lächeln der Dankbarkeit gewährte sie ihm hin und wieder. Wenn er ein besonders delikates Abendessen für sie brachte, wenn sein einseitiges Liebesspiel zu einem schnellen Abschluss kam, wenn er ein neues Stück Seife für sie auspackte, wenn er ihr Kissen aufschüttelte, bevor sie sich zu Bett legte …

Henry, dachte Claire in jeder einzelnen Stunde, die sie auf dem Hurenschiff verbrachte, *Henry, verzeih mir!*

An Deck drängelten sich die Frauen, um so viel wie möglich von der Insel zu sehen. Aber Jack mit Claire am Arm schaffte es ohne größere Mühe, bis zur Reling vorzudringen, wo sie die beste Aussicht genossen.
In der Septemberhitze schimmerten die weißen Häuser, vereinzelt standen Windmühlen am steinernen Pier.
An der Seite der *Lady Juliana*, direkt unter Jack und Claire, wurde ein Boot zu Wasser gelassen. Darin saßen Kapitän Aiken und Leutnant Edgar.
»Was machen sie?«, erkundigte sich Claire, während über ihr die englische Flagge im Wind wehte.
»Sie überbringen dem Gouverneur die Grüße Seiner Majestät und erbitten die Erlaubnis, an Land gehen zu dürfen.«
»Gibt es auf Teneriffa so strenge Regeln? Können sie uns den Landgang verweigern?«
Jack hob die Schultern. »Natürlich könnten sie. Aber sie tun es nicht. Wir Seeleute bringen Geld und Wohlstand. Man freut sich über uns. Es ist nur eine Formsache, aber so halten wir es in jedem Hafen, den wir ansteuern.«
Während die Frauen noch gafften, staunten und miteinander tuschelten, hatten die Seeleute bereits damit begonnen, die leeren Wasserfässer an Deck zu schleppen und sie hinab in bereitstehende Boote zu lassen.
»Ah, wir bekommen frisches Wasser.« Claire seufzte. Die letzten Tage hatten sie sich nur noch mit Salzwasser waschen können, das Süßwasser in den Fässern aus Portsmouth war brackig geworden und kaum noch zu gebrauchen. Welch ein Genuss würde es sein, sich die Salzschicht vom Körper und aus den Haaren zu spülen.
»Werden wir auch Wäsche waschen dürfen?«, erkundigte sie sich. Alle Kleider, Röcke und vor allem die klammen Binden verursachten Ausschläge, weil sie eng am Körper lagen.

»Natürlich«, erwiderte Jack. »Die anderen, aber du doch nicht, meine Liebe. Lass deine Sachen hier, wenn wir an Land gehen. Dann sind sie frisch gewaschen, wenn wir zurückkehren.«

Die Frauen, die in der Nähe standen, feuerten auf Claire Blicke wie Giftpfeile ab und flüsterten miteinander. Claire fühlte die Schamesröte in ihre Wangen steigen. Obwohl sie sich nie zugehörig zu den Gefangenen gefühlt hatte, behagte es ihr nicht, wenn man sie so erkennbar besser behandelte als die anderen. Die Vorstellung, dass diese Frauen sie beneideten und ihr Übles wünschten, machte ihr Angst.

Jack tätschelte ihre Hand, die auf seinem Unterarm lag.

Noch bevor er und Claire genau wie die anderen Offiziere mit ihren Gefährtinnen in den nächsten Tagen das Schiff verlassen konnten, wurde an Deck ein Feuer entzündet und das frische Inselwasser in gewaltigen Kesseln zum Kochen gebracht.

Die Frauen begannen dann, die Berge von Kleidung auszukochen, sie über der Reling auszuschlagen und zum Trocknen an jeden geeigneten Fleck an Deck und in der Takelage aufzuhängen. Ein ausgelassenes Durcheinander entstand, die Frauen lachten und sangen bei der Arbeit, und die Matrosen der umliegenden Schiffe wurden auf sie aufmerksam.

Wie ein Lauffeuer breitete sich die Nachricht aus, dass es sich bei der *Lady Juliana* um ein Schiff mit gefallenen Mädchen handelte, und es dauerte nicht lange, da hangelten sich die ersten männlichen Gäste an Bord.

Wie einige andere erfahrene Frauen auch erkannte Dorothy die delikate Gelegenheit, aus der Lage Nutzen zu schlagen. Ob sie ihre Mädchen nun in London oder hier im Hafen von Santa Cruz de Tenerife verhökerte – was bedeutete das für einen Unterschied? Hauptsache, Geld kam herein, mit dem man sich den ein oder anderen Komfort erkaufen konnte. So wie Rose Naiden, die vor einigen Tagen eine der Hütten an Deck als Einzelunterkunft ergattern konnte. Dorothy ahnte, wie viel es sie gekostet hatte, und sie raste vor Wut, dass sich die Widersacherin dies leisten konnte, während sie nach wie vor im Unterdeck mit dem Pöbel und dem Ungeziefer hausen musste.

Aber nun, da sich potenzielle Kundschaft näherte, schöpfte Dorothy Hoffnung. Gut möglich, dass sich die Zeiten bald besserten.

Die Gedanken an Laurie verdrängte Dorothy, so gut es ging. Wahrscheinlich lag ihr Liebling gemütlich in der Koje des Kochs, hatte nichts anderes zu tun, als morgens und abends die Beine für ihn zu spreizen, und konnte ansonsten in den Tag dämmern und den lieben Gott einen guten Mann sein lassen.

Ja, so musste es sein.

Dass sie die Kajüte nie verließ, lag gewiss daran, dass der Koch sie, wann immer es ihn überkam, zu seiner Verfügung haben wollte, ohne lange nach ihr suchen zu müssen. Verständlich, fand Dorothy und verbot sich jeden Zweifel, der an ihrem Herzen nagen wollte.

Auch verbot sie sich, dass ihre Rachegelüste ihren Geschäftssinn lähmten.

Doch wann immer ein weiteres Schiff in den Hafen von Santa Cruz einlief, spähte Dorothy ihm entgegen, in der Hoffnung, die *Guardian* zu entdecken. Die Fregatten kamen aus Holland und Frankreich, Amerika und Afrika. Eine englische sah sie nicht.

Es wäre auch zu schön gewesen, wenn ihr gleich im ersten Hafen das Glück so gewogen gewesen wäre, ihr Pietro auszuliefern.

Aber wenn nicht in Santa Cruz, dann gewiss anderswo. In irgendeinem Hafen auf der Route nach Neusüdwales würden sie zusammentreffen.

Dann gnade ihm Gott, dem Hundsfott.

Sich ihre Rache in schillernden Farben mit blutigen Details auszumalen gehörte nach wie vor zu Dorothys vergnüglichsten Zerstreuungen an Bord.

»Molly, Hannah! Haltet euch bereit!«, rief sie den beiden Mädchen zu, als sie sie an Deck entdeckte. »Und wascht euch! Wir wollen die Kundschaft zufriedenstellen für ihr Geld. Zeigt, was ihr zu bieten habt!«

Molly und Hannah zuckten die Schultern. Hurengeschäfte an Bord? Warum nicht? Den größten Teil des Geldes sackte zwar Dorothy ein, aber ein paar Schilling fielen immer noch ab, die sie sich später in ihren Kleidersaum einnähen würden.

Dorothy sprach noch weitere Frauen an, die zu ihrem engeren Kreis gehörten und von denen sie wusste, dass sie der Hurerei frönten. Im Lauf der letzten Wochen hatten sie sich alle besser kennengelernt als jemals zuvor in den Gassen Londons. Jede wusste, woran sie an der anderen war.

Doch wie würde die Besatzung, allen voran Kapitän Aiken, reagieren, wenn bekanntwurde, dass an Bord der *Lady Juliana* ein Bordellbetrieb lief?

Dorothy beschloss, das Einverständnis des Kapitäns vorauszusetzen, obwohl sie jede Stunde damit rechnete, dass er das Treiben unterbrach: Räume wurden für die Freier und die Mädchen hergerichtet, und es fand sich auch der eine oder andere Seemann, der sich mit Zuhälterdiensten eine extra Ration dazuzuverdienen gedachte.

Kapitän Aiken ließ sie gewähren.

Aus Gleichgültigkeit?

Das passte nicht zu ihm. Alle Belange auf dem Schiff hielt er fest unter Kontrolle, niemals ließ er die Zügel aus Nachlässigkeit oder Faulheit schleifen.
Aus Mitgefühl?
Gönnte er es den Frauen, dass sie Geld verdienten, mit dem sie in den Häfen, die sie noch ansteuern würden, Kleider, Schnaps oder Früchte kaufen konnten?
Vielleicht.
Ein merkwürdiger Mann, fand Dorothy, aber es gab schlimmere Kerle. Gewiss gab es die.

Der Bordellbetrieb hatte seinen Anfang genommen, noch bevor die Offiziere die Erlaubnis hatten, mit ihren Gefährtinnen an Land zu gehen. Claire hielt sich die meiste Zeit in Jacks Kajüte auf.
Das Geschehen an Bord ließ sie erschaudern.
Fleisch klatschte auf Fleisch, an allen Ecken hörte man das Stöhnen und die spitzen Schreie der Huren und ihrer Freier. Bald wusste Claire gar nicht mehr, wohin sie den Blick wenden sollte, und beim Wäschewaschen zu helfen, hatte Jack ihr untersagt.
Am dritten Tag hatte Claire das Gefühl, in der Kajüte falle ihr die Decke auf den Kopf. Sie schaute sich um, bevor sie die Tür hinter sich schloss und ins Freie tat. Die Luft war schwül, Sonnenstrahlen kitzelten die Haut.
Mittlerweile freute sie sich darauf, endlich einen Fuß auf die Insel setzen und in einem der schmucken Häuser Quartier beziehen zu können. Sie hoffte, dass Jack bald zurückkehrte. Er hielt sich an diesem Tag mit Leutnant Edgar, dem Koch und weiteren Offizieren an Land auf, um Gemüse, Frisch- und Pökelfleisch zu bestellen. Ein Kontor direkt am Hafen kümmerte sich um die Aufträge.

Aus den Gesprächen der Frauen um sie herum, die sie nicht beachteten, bekam Claire mit, dass bis zur Mittagsstunde die Besatzung zweier holländischer Sklavenschiffe erwartet wurde.
Die Frauen kauten auf den Lippen, um sie blutrot anlaufen zu lassen, und leckten darüber, damit sie verführerisch schimmerten. Sie kniffen sich gegenseitig in die Wangen, um eine gesund wirkende Röte vorzutäuschen, und rissen sich um die wenigen Kämme. Hier lüpfte eine das Kleid an der Schulter, damit das zarte Fleisch zur Geltung kam, dort lockerte eine andere die Miederschnüre und reckte die Brust. Manche banden sich Stricke um, um schlanke Taillen und ausladende Hüften zu betonen. Die Reize ins rechte Licht zu rücken entpuppte sich unter den gegebenen Umständen als eine Aufgabe, bei der phantasiebegabte Frauen die besseren Chancen hatten. Und wie überall auf der Welt: die jungen und gesunden.
Claire beobachtete das Treiben mit Abscheu, konnte aber auch ihre Neugier nicht besiegen und spähte über die Reling, wo in diesem Moment die Ruderboote der Matrosen anlegten. Sie sah die Zottelbärte, die gegerbte Haut, die Tätowierungen und wie sich die Männer gegenseitig schubsten, um hurtig an Bord des Dreimasters zu gelangen und sich die süßesten Früchte zu pflücken.
Claire schluckte, als sich die ersten drei Männer in ihren weiten Hosen und den Westen über den tätowierten Oberkörpern – teilweise trugen sie einen Dreispitz, teilweise ringelten sich verfilzte Haare unter Lederhüten – aus den Reihen der posierenden, mit den Hüften schwenkenden Frauen drei herausgriffen und gleich begannen, an ihnen herumzufummeln. Sie drückten ihre Münder in die Halsbeugen der Frauen, während ihre Hände durch den Halsausschnitt in die Gewänder fuhren oder gleich unter die Röcke.

Wie ausgehungert stürzte sich die Meute auf die willigen Weiber. Das Juchzen nahm kein Ende.

Claire griff sich an den Hals, während sie aus ihrer entfernten Position zuschaute, und fragte sich, wie sie diese Bilder, von denen sie auf unbestimmte Art ein Teil war, jemals wieder vergessen sollte. Sie fühlte sich bis an ihr Lebensende beschmutzt und besudelt. Wie sollte sie einem rechtschaffenen Mann wie Henry Wheeler jemals die ehrenwerte Frau sein, die er verdiente?

Vergiss Henry Wheeler!

Rose Naidens Worte kamen ihr in den Sinn, doch zum ersten Mal fühlte sie nicht den Stachel der Verletzung, sondern Erleichterung.

War sie nicht längst verdorben für Henry?

Sie stieß einen Schrei aus, als sie eine Pranke wie einen rohen Fleischlappen auf ihrer Schulter spürte, und fuhr herum. Sie blickte direkt in die Kohlenaugen eines Mannes, der ein Lederband um die Stirn geschlungen hatte und in dessen Mund die Schneidezähne fehlten. Er fuhr sich mit der Zunge über die Unterlippe. Sein Geruch nach Schnaps und Schweiß nahm Claire fast den Atem. Als er sie an sich presste und derb ihre Hinterbacke umfasste, schrie sie aus Leibeskräften und begann, auf seine Brust einzutrommeln.

Der Sklavenhändler lachte, fasste sie an den Handgelenken und murmelte etwas in einer fremden kehligen Sprache. In der nächsten Sekunde drückte er ihr einen feuchten Kuss auf die Lippen.

Claire spürte ihren Mageninhalt nach oben drängen. Ohne nachzudenken biss sie ihn auf die Zunge, als er ihr diese in den Mund schob. Einen Wimpernschlag später brannte ihre Wange. Die Ohrfeige ließ sie vor Schmerz taumeln.

Die Miene des Mannes veränderte sich von lüstern zu wütend. Todesangst schnürte Claire den Hals zu. Heiser rief sie: »Nein, nein, ich bin keine Hure. Ihr verwechselt mich. Bitte …« Sie hob beide Hände, wollte einen Schritt zurücktreten, stolperte über eine Kiste und hielt sich an der Reling fest, während der Mann sich ihr wieder näherte.

»Hey!«

Claire blickte über die Schulter des Sklavenhändlers, der sich umdrehte.

Da standen Molly und Hannah, Arm in Arm. Beide hatten ihre Brüste entblößt. Als der Mann sie angaffte, begannen sie, sich mit herausgestreckten Zungen zu küssen und sich gegenseitig zu liebkosen.

Der Freier stieß ein Grunzen aus. Dann nestelte er an seiner Hose und stakste zu den Mädchen, die in die Hocke gingen und sich mit kundigen Händen und Mündern zwischen seinen Beinen zu schaffen machten. Der Mann stierte für einen Moment in den Himmel und stieß einen tierischen Laut aus, bevor er den Kopf wieder senkte, um sich am Treiben der beiden Huren zu ergötzen.

In der nächsten Sekunde drückte sich Claire an dem Dreiergespann vorbei und flüchtete mit großen Schritten in die Kajüte des Steuermanns.

Dort verschloss sie die Tür und lehnte sich für einen Moment gegen das Holz.

Ein bitterer Geschmack füllte ihre Mundhöhle. Sie schaffte es gerade noch bis zur Schüssel, um sich zu übergeben. Schwer atmend stützte sie sich auf den Waschtisch, wischte sich mit dem Handrücken übers Gesicht, bevor die nächste Übelkeitswelle über sie hereinbrach.

Als ihr Magen leer war, warf sie sich bäuchlings in die Koje und schluchzte, wie sie noch nie in ihrem Leben geweint hatte.

So tief war sie gesunken, dass sie zwei verdorbenen Straßenkindern ihre Rettung verdankte.
Mehr als das.
Sie erkannte, dass das schändliche, verabscheuungswürdige Verhalten der beiden, das Claire unter allen anderen Umständen aufs schärfste verurteilt hätte, etwas ganz Besonderes war, etwas Kostbares, wertvoller als alles Geld auf diesem Schiff und die Luxusgüter in ihrer Kajüte: ein Freundschaftsbeweis.

Was für ein angenehmer Freier. Der holländische Sklaventreiber brauchte keine Minute, bis er sich ergoss. Am Ende zeigte sich seine Begeisterung über die beiden Gespielinnen in klingender Münze. Er entlohnte Molly und Hannah großzügig und streichelte ihnen über Wangen und Haare. In gebrochenem Englisch gab er ihnen zu verstehen, dass er am nächsten Tag wiederkommen wolle und ob sie sich für ihn bereithalten würden.
Molly und Hannah schlugen, wieder vollständig bekleidet, sittsam die Augen nieder, knicksten und lächelten bescheiden wie zwei Konfirmandinnen beim Lob des Pastors.
Als der Holländer, noch leicht schwankend vor Beglückung, zum Ruderboot davonstapfte, steckten Molly und Hannah die Köpfe zusammen. Im Schutz ihres Schattens zählten sie das Geld.
»Meinst du, wir müssen Dorothy reinen Wein einschenken?«, flüsterte Hannah. »Das ist doch mehr als das Doppelte von dem, was wir sonst bekommen. Wenn wir es gleich einnähen …«
»Hat sich die Sauerei wenigstens gelohnt?«, erklang da eine Stimme über ihnen.
Sie hoben gleichzeitig den Kopf und ließen dabei die Münzen in die Innenfalten ihrer Gewänder gleiten. Auf der Hut zu

sein, wann immer es um Geldgeschäfte ging, steckte beiden Mädchen in Fleisch und Blut.
»Hat sich das Zugucken wenigstens gelohnt?«, gab Molly zurück und schoss Will einen zornigen Blick zu. Der Schiffsjunge, der auf einem Mastvorsprung balancierte, war ganz bleich. »Du hast dir ja einen feinen Logenplatz ausgesucht, um nichts zu verpassen.«
»In diesen Tagen kriegt man nichts anderes zu Gesicht als brünstige Tiere, die geifernd übereinander herfallen. Ich kann nicht so viel essen, wie ich kotzen möchte. Und ihr mittendrin!«
»Was hast du gedacht, womit wir unser Geld verdienen?«, zischte Hannah zu ihm hinauf. »Meinst du, die Männer bezahlen uns fürs Dreikönigssingen?«
»Pah!«, stieß Will hervor. »Hat doch jeder gesehen, dass es euch Spaß bereitet hat.« Spucke flog von oben herab und klatschte einen Fuß entfernt von den beiden Mädchen auf die Planken. »Schämen solltet ihr euch. Glaubt ihr, ihr findet mit diesem Vorleben jemals einen ehrenwerten Mann, der euch zur Frau nimmt? Ihr seid für alle Zeit verloren.«
»Das bin ich seit meiner Geburt«, gab Molly zurück. »Wenn ich nicht mit der Hurerei begonnen hätte, wäre ich hungers verreckt. Du schwingst hier leicht große Reden!«
Es berührte und verletzte Molly gleichzeitig, dass es jemanden gab, der sich um ihr Wohlergehen sorgte. Bisher hatte niemand jemals ihr Tun in Frage gestellt, doch nun gab es einen Bruder, der sie zwang, ihr Gewissen zu befragen. Gerne wäre sie ihm eine gute Schwester gewesen, eine, die er verehren und bewundern konnte, aber wie es schien, hatte sie dieses Privileg auf Lebenszeit verspielt.
Ihr blieb nichts anderes übrig, als die Stacheln auszufahren und Will einzubleuen, dass sie ihr Leben lang für sich selbst

verantwortlich war und dies auch zu bleiben gedachte. Aber die Vorstellung, sich in die schützenden Arme eines großen Bruders zu kuscheln, der sie vor allem Unglück der Welt bewahrte, schmeckte verführerisch süß.
»Schwing deinen Arsch mal gleich in die Kombüse, Hosenscheißer!«, erklang da eine Männerstimme auf der gegenüberliegenden Seite. »Weinfässer und Kürbisse müssen verstaut werden, und du musst die Milchziegen unter Deck bringen. Los, los!« Ein Klatschen war zu hören. Will rutschte am Mast herab.
Molly stockte beim Klang der Stimme der Atem. Hieß es nicht, der Koch sei an Land? Andernfalls hätte sie sich doch niemals so ungeschützt an Deck bewegt.
Unwillkürlich und ohne nachzudenken, wandte sie den Kopf.
Und stand einen Moment später Auge in Auge dem Mann gegenüber, den sie niemals in ihrem Leben mehr hatte sehen wollen.
Der Koch erkannte sie in der gleichen Sekunde. Er schob den Unterkiefer vor und ballte die Hände zu Fäusten. Wie ein Ringkämpfer spannte er die Schultern, bereit, sich auf sie zu stürzen.
Molly verlor keine Zeit. Sie packte Hannahs Hand und flitzte mit der Freundin auf die andere Seite des Decks, wo sie durch die Luke ins Unterdeck hechtete und krachend auf dem Boden aufschlug, während Hannah die Leiter hinabstieg.
Nur wenige Frauen hielten sich um diese Zeit unter Deck auf. In einer Ecke lagen zwei Kranke, die leise vor sich hin röchelten, in einer anderen schlief eine alte Frau mit grauen, drahtigen Haaren. Alle Gesunden tummelten sich an Deck, um die fremden Seeleute zu bedienen oder darum zu quengeln, dass sie an Land gehen durften.

Molly kroch zu ihrem Stammplatz. Ihre Zähne schlugen aufeinander. Sie fühlte Hannahs Arm um ihre Schultern, den Atem der Freundin an ihrer Wange.

»Hey … Was ist los? Du benimmst dich, als wäre der Teufel hinter dir her.«

»Das ist er auch, Hannah, das ist er.«

13. Kapitel

Zwischen den Männern der Sklavenschiffe und den Frauen auf der *Lady Juliana* entwickelten sich über die hitzigen Begegnungen hinaus Beziehungen. Die Männer kamen ungeniert auf die Bark, von vielen der Frauen sehnsuchtsvoll Tag für Tag empfangen.

Dann durften die Offiziere endlich mit ihren Gefährtinnen an Land.

Claire staunte, während sie an Jacks Seite durch die Gassen von Santa Cruz schlenderte, über die exotische Umgebung. Die merkwürdig klingenden Laute der fremden Sprache, die bemalten Madonnenstatuen an allen Straßenecken. Riesige Büsche mit lila Blüten zwischen den Backsteinen, Plantagen mit Stauden, an denen grüne Bananen wuchsen.

Die Inselbewohner hatten eine dunkle Hautfarbe, die Frauen hüllten sich ganz in Schwarz und bekreuzigten sich, wann immer sie an einer Kirche vorbeikamen.

Misstrauisch begafften die Einheimischen die englischen Offiziere mit ihren Weibern. Manche schlossen die Fensterläden, wenn die Besucher durch die Gassen flanierten, andere lockten mit ihrem Warenangebot.

Claire nahm all diese Eindrücke mit offenen Sinnen auf, roch den Duft nach Weihrauch, Wein und reifen Früchten, fühlte die sengende Hitze im Nacken und betrachtete voller Ehrfurcht den schneebedeckten Gipfel des Pico de Teide.

Vielleicht gab es noch Hoffnung, wenn ihr Bestimmungsort dieser Hafenstadt glich. So fremd hier auch alles wirkte, Claire konnte sich vorstellen, an einem Ort wie diesem heimisch zu werden. Wenn es ihr nur gelänge, Henry auf irgendeinem Weg über irgendein Schiff eine Nachricht zu schicken. Aber wohin sollte sie adressieren?

Mit Henry an einem solch paradiesischen Ort zu leben schien kein schlechter Traum zu sein. Weit weg von allen englischen Gerichten, weit weg von den Eltern, die ihr zürnten, allein mit ihrem Geliebten, der sie vor den Traualtar führen würde und …

»Woran denkst du, Liebste?«

Claire zuckte bei der vertrauten Anrede zusammen. Sie fühlte, wie ihre Wangen heiß wurden.

Jack neben ihr biss die Zähne aufeinander, dass die Kiefer mahlten.

»Du denkst an ihn. Den Mann, der dich im Stich gelassen und nicht verhindert hat, dass du als Gefangene England hast verlassen müssen.«

Claire setzte zu einer Erwiderung an, aber … Es war längst alles gesagt. Jack wusste, dass sie von ihrem Liebsten nicht lassen konnte, egal, was er auch gegen ihn vorbrachte. Sie hielt an der Überzeugung fest, dass eine Verkettung unglücklicher Umstände sie in diese Lage gebracht und aus Henrys Armen gerissen hatte und dass sie nur Geduld haben musste und Gottvertrauen.

Irgendwann würde sich alles klären. Henry würde sie an seine Brust ziehen und für jeden erlittenen Tag Küsse auf ihre Haut hauchen.

Die Nacht verbrachten Claire und Jack bei einer Pensionswirtin in einem der schneeweiß getünchten Häuser. Das Zimmer war sauber und hübsch mit Aussicht auf den Hafen,

wenn auch spartanisch eingerichtet: ein kastenförmiges Bett, ein Stuhl und ein Schrank aus hellem Holz.
Das Bild einer Madonna hing über der Schlafstätte. Die Gottesmutter schien direkt auf die beiden herabzugucken, aber das hinderte Jack nicht daran, Claire in seine Arme zu ziehen und ihren Hals zu küssen. Er drückte sie so fest an sich, dass sie einen Schrei ausstieß. Jeder Muskel ihres Körpers verkrampfte sich, sie presste die Beine aneinander wie immer, wenn Jack in zärtliche Stimmung geriet. Doch diesmal liebkoste er sie nicht in der Hoffnung, ihre Begierde zu wecken, sondern er rückte ein Stück von ihr ab und legte sich auf den Rücken.
»Du würdest ein Leben im Unterdeck dem Zusammensein mit mir vorziehen. Du würdest lieber alle Entbehrungen in Kauf nehmen, wenn ich dich nur nicht mehr berühren würde. Ist das die Wahrheit?«
Ein Kribbeln lief über Claires Rücken. *Ja, ja, ja*, wollte sie schreien. Wenn er sie nur gehen ließe und ihr dieses Leben in Schande ersparte. Alles würde sie dafür tun.
Aber sie schwieg.
Sie wusste, dass die Wahrheit ihn verletzen würde, und Seelenwunden hatte Jack Barns nicht verdient. Zwar befriedigte er sich auf die unschicklichste Weise an ihr, aber er war kein schlechter Mensch. Wahrscheinlich hätte man vergeblich einen zweiten Mann an Bord der *Lady Juliana* gesucht, der sich so rücksichtsvoll seiner Gefährtin gegenüber verhielt. Das wusste Claire zu schätzen, auch wenn es ihr Leid nicht linderte.
»Du könntest es besser haben.« Sie räusperte sich, als sie bemerkte, wie belegt ihre Stimme klang.
Seine Augen funkelten vor verhaltener Wut. »Belehre mich nicht!«, fuhr er sie an.

»Jack … jede der anderen Frauen würde sich dir mit Freuden hingeben. Du bist ein zärtlicher Mann. Du könntest« – sie hüstelte – »eine andere Frau glücklich machen.«
»Danach steht mir nicht der Sinn«, erwiderte er so kühl, dass es sie fröstelte. »Obwohl ich selbst sehe, dass ich mich wie ein Narr gebärde. Und das nur, weil du mir so viel bedeutest, Claire. Vom ersten Tag an, als du an Bord kamst … Ich habe so etwas noch nicht erlebt. Du bist die Frau, von der ich mein Leben lang geträumt habe, doch du lässt mich am ausgestreckten Arm verhungern.«
Sie spürte, dass sich unter ihren Lidern die Tränen sammelten. »Es tut mir leid, dass ich deine Gefühle nicht erwidern kann, Jack. Vieles wäre leichter.«
Das Schweigen lastete schwer auf Claires Brust. Die Meeresluft, die durch das geöffnete Fenster hereindrang, schien um einige Grad kühler geworden zu sein. Claire spürte eine Ader an ihrer Schläfe pochen, während sie mit angehaltenem Atem wartete, dass Jack irgendetwas sagte.
Als er endlich sprach, schien seine Stimme in dem Raum zu hallen. »Sobald wir zurück auf der *Lady Juliana* sind, kannst du ins Unterdeck zu den anderen Frauen zurück. Ich stelle keine Ansprüche mehr an dich. Unsere Verbindung ist aufgelöst.«
Claire konnte den Seufzer der Erleichterung nicht unterdrücken. Sie tastete nach Jack, um seine Finger zu berühren. Sie nahm seine Hand und drückte sie als Dank.
Er erwiderte den Händedruck nicht, kehrte ihr den Rücken zu. Wenige Minuten später verriet sein Schnarchen, dass er schlief. Claire dagegen fand in dieser Nacht lange keine Ruhe.

Rose Naiden hatte sich vorgenommen, die Überfahrt so würdevoll wie möglich hinter sich zu bringen. Die Tage und Nächte verstreichen zu lassen, Monat um Monat, nur mit dem Ziel, ihren Mann Andrew am Ziel in Sydney Cove wiederzutreffen.

Was auch immer sie in der Kolonie erwartete – alles würde gut werden, wenn man sie nie wieder trennte.

Rose verspürte nicht den Wunsch, in Teneriffa an Land zu gehen. Sie wollte nur, dass sie schnell weitersegelten, um die Zeit der Trennung so kurz wie möglich zu halten. Je eher sie in Neudsüdwales ankamen, desto besser.

Als sie an diesem schwülheißen Vormittag aufs Deck trat und sich in der Sonne streckte, fiel ihr Blick auf eines der Schiffe, die im Hafen von Santa Cruz ankerten.

Die *Neptune*, schoss es ihr durch den Sinn. Ihre Hände begannen zu zittern. Da lag das Sträflingsschiff, auf dem ihr Mann festgehalten wurde, nur wenige Meter von der *Lady Juliana* entfernt.

Rose trat dicht an die Reling und spähte hinüber, wo Männer in der Hitze schufteten. Die Gesichter schmerzverzerrt, die Haare verfilzt, die Bewegungen langsam. Ob ihr Mann unter Deck lag? Krank vielleicht? *Oh, mein Gott, Andrew ...* So nah bei ihr.

Rose reckte den Hals auf der Suche nach einem der Offiziere der *Lady Juliana*. Wenn sie nur einen ihr gnädig gesinnten Mann erwischte, der ihr für wenige Minuten den Besuch auf dem anderen Schiff ermöglichte! Was gäbe sie darum, Andrew zu sehen, ihn zu umarmen, sich zu versichern, dass es ihm gutging, seine Lippen auf ihrer Haut zu spüren ...

Rose schickte ein Gebet zum Himmel, als sie Kapitän Aiken entdeckte, der im Deckhaus in das Logbuch vertieft war. Die anderen Offiziere erkundeten mit ihren Gefährtinnen den Hafenort, aber wer konnte ihr besser helfen als der Kapitän persönlich? Ein Fingerschnippen von ihm reichte, und sie würde in einem Ruderboot sitzen, um zur *Neptune* überzusetzen.

Rose raffte den Rock und eilte auf den Kapitän zu. Er hob eine Braue, als sie heftig atmend und um ihre Fassung ringend vor ihm stand.

»Mrs. Naiden?«

Er kannte sie, er kannte ihren Namen! Das mochte ein gutes Zeichen sein. Sie hatte bisher kaum mehr als zwei, drei Worte mit ihm gewechselt – er hielt sich von den Gefangenen fern, als befürchtete er, an Autorität einzubüßen, wenn er sich allzu menschlich gab. Rose wusste aber aus den Erzählungen der Mannschaft, dass er gerne jede Gelegenheit nutzte, um sich mit anderen Kapitänen in den Häfen zu treffen. Dabei genoss er deren Gesellschaft und Gespräche unter Gleichgestellten auf der langen Reise. Vielleicht, vielleicht … war er mit dem Kapitän der *Neptune* befreundet und würde sie …

»Kapitän Aiken, ich habe die *Neptune* gesehen.« Rose deutete auf das Sträflingsschiff, an dessen Deck die Aktivitäten zugenommen hatten.

»Und?« Aikens Miene blieb unbewegt.

»Mein Mann ist auf diesem Schiff. Ich würde ihn so gern treffen. Wenige Minuten nur. Wisst Ihr nicht eine Möglichkeit für mich? Ich bitte Euch darum«, setzte sie, mit sich ringend, hinzu.

Der Kapitän beulte die Wange mit der Zungenspitze aus und schüttelte den Kopf. Dann beschäftigte er sich wieder mit dem Logbuch, als fände er es wichtiger, darin zu lesen, als der Königin der Diebe zuzuhören. »Ihr kommt zu spät. Ich habe vor einer Stunde auf der *Neptune* mit dem Kapitän gespeist. Ein weiteres Treffen ist nicht geplant. Ihr werdet nicht erwarten, dass ich Euch allein hinübersetzen lasse, nicht wahr?«

Rose überwand sich, ergriff den Arm des Kapitäns, fühlte den festen Stoff seiner Uniform, in der nächsten Sekunde aber, wie er sie abschüttelte. Sie trat einen Schritt zurück, hob das Kinn. »Ich kann dafür bezahlen. Ich habe Geld, viel Geld. Und irgendein Offizier wird mich doch begleiten können.«

»Behaltet Euer Geld. In Sydney Cove werdet Ihr es gewiss brauchen. Einen Offizier kann ich nicht abstellen. Die sind alle an Land. Im Übrigen – Ihr seht doch, die *Neptune* bereitet sich zur Weiterreise vor. Am Nachmittag werden sie den Anker einholen. Darf ich Euch auch daran erinnern, dass Ihr Euch keineswegs auf einer Vergnügungsfahrt befindet? Manchmal glaube ich, ihr vergesst allesamt, dass ihr von der Regierung verurteilte Verbrecherinnen seid. Es gibt nicht den geringsten Grund für irgendwelche Vorrechte. Jetzt lasst mich meine Arbeit erledigen.«

Rose sog die Luft durch die Schneidezähne ein. Wut und Scham kämpften in ihr, während sie das Profil des Kapitäns betrachtete. Sie erkannte den Fehler, ausgerechnet den höchstgestellten Mann um Hilfe gebeten zu haben. Er ließ seine Offiziere und die Mannschaft zwar ihren Geschäften nachgehen, hieß es aber keineswegs gut, dass an Bord inzwischen eine so lockere Stimmung herrschte, als wären sie eine Reisegesellschaft. Es schien ihm eine innere Freude zu sein, ihre Bitte abzuschlagen und damit zu demonstrieren, wer letzten Endes hier das Sagen hatte und wer dafür sorgen konnte, dass die Frauen den Rest der Fahrt in Ketten unter Deck verbrachten, wenn ihm irgendetwas gegen den Strich ging.

Rose fuhr mit einem Ruck herum. *Verdammt, verdammt, verdammt.* Hätte sie doch bloß Leutnant Edgar gefragt oder den Doktor! Die hätten vielleicht am Kapitän vorbei für eine Möglichkeit gesorgt.

Den Rest des Tages verbrachte Rose damit, an der Reling zu stehen. Unaufhörlich spähte sie über das Deck der *Neptune* und versuchte die Männer zu erkennen, was sich jedoch auf diese Entfernung als ein schwieriges Unterfangen entpuppte.

Als die Sonne wie ein glühender Ball über den Bergen Teneriffas stand, musste Rose zusehen, wie die Besatzung den Anker einholte und die *Neptune* in See stach.

Mit brennenden Augen starrte sie dem Schiff hinterher, bis sich die Segel blähten und die *Neptune* kleiner wurde. Rose merkte nicht, wie sich um sie herum das Deck wieder füllte. Die zurückkehrenden Landgänger und die Freier, die ihr Geschäft erledigt hatten, standen grölend und scherzend mit anderen Männern zusammen.

Rose sah nur das schwindende Schiff, das auf ihrer gemeinsamen Route voranfuhr und ihren Ehemann auf den Weiten des Ozeans Meile um Meile von ihr entfernte. Während ihre Miene wie versteinert wirkte, litt sie innerlich Qualen.

In ihrem Herzen hatte sie sich vor der Abreise damit abgefunden, dass sie ihren Mann erst nach vielen Monaten wiedersehen würde. Aber ihn auf einmal so nah und doch so fern zu wissen, schmerzte.

»Darf ich Euch mein Taschentuch anbieten?«

Blütenweißes Leinen wurde ihr von einer gepflegten Hand gereicht. Sie schaute auf John Nicol, den Steward. Hatte sie geweint? Sie hatte es nicht gemerkt.

»Danke.« Sie griff nach dem Tuch und schneuzte sich. Dann hob sie das Kinn. »Mein Mann befindet sich auf der *Neptune*.

Sie hat Santa Cruz soeben verlassen. Ich durfte ihn nicht sehen.« Rose wusste selbst nicht, warum sie sich dem Steward anvertraute. Er konnte nun auch nichts mehr daran ändern, dass sie dem geliebten Mann zum Berühren nah gewesen war, ohne ihn sehen zu dürfen.

»Es tut mir leid«, sagte Nicol. »Das muss sehr schmerzhaft für Euch sein.«

Rose sah ihn an. »Spätestens in Sydney Cove sind wir wieder vereint.« Sie holte zitternd Luft und räusperte sich. »Habt Ihr die *Neptune* besucht? Wisst Ihr, wie es den Gefangenen dort geht? Werden sie gut behandelt, so wie wir?«

Rose erkannte an Nicols Mienenspiel, dass er mit sich rang. Worum? Ob er ihr die Wahrheit sagen konnte? »Redet offen mit mir.« Ihre Stimme klang tonlos.

»Ich weiß es nicht genau.« Nicol hüstelte mehrmals. »Ich war nur kurz an Deck, viel habe ich nicht gesehen.« Er hob die Arme. »Aber ich meine, es sind Sträflinge«, sagte er, als würde das alles erklären.

»Das sind wir auch«, erwiderte Rose.

»Ihr seid Frauen. Die Männer müssen strenger bewacht werden. Es sind Schwerverbrecher dabei, Mörder, Räuber … Aber soweit ich weiß, sind an Bord keine Krankheiten ausgebrochen«, fügte er mit festerer Stimme hinzu, als wäre das ein Trost.

Rose schluckte. Ihre Kehle fühlte sich an, als läge eine Schlinge darum. Sie ahnte, dass es Nicols feinfühligem Charakter widerstrebte, ihr die Wahrheit zuzumuten. Sie mochte sich nicht vorstellen, was Andrew auf der *Neptune* durchlitt. Unter Meuchelmördern, Messerstechern … Er aber war nur ein Dieb. Wie sie.

»Was macht Eure Gefährtin?«, fragte sie schließlich. Besser, sich von den eigenen Ängsten abzulenken. »Die Schwangerschaft ist schon recht weit gediehen. Geht es ihr gut?«

Sorgenfalten bildeten sich auf Nicols Stirn mit dem nach hinten schwindenden Haaransatz. »Es geht ihr gut, ja, aber wir müssen abwarten, wie es sein wird, wenn sie niederkommt. Was, wenn es passiert, während wir auf hoher See sind, in einem Sturm vielleicht? Oder am Äquator, und eine Flaute uns lahmlegt? Glaubt mir, Lady, ich habe die Welt mehrmals umrundet, uns mag Schlimmeres bevorstehen als das, was wir hinter uns haben. Aber niemals zuvor musste ich mich um jemand anderen sorgen als um mich selbst. Wie soll Sarah das schaffen? Sie ist so zerbrechlich.«

Rose nickte. »Ich verstehe Eure Besorgnis. Aber vielleicht schaffen wir es über den Äquator und bis nach Kapstadt, bevor das Baby auf die Welt drängt. Wie es aussieht« – sie verzog den Mund –, »kommt Sarah nicht als Einzige nieder.«

»Ich habe sie nicht gezählt, aber es sind viele schwanger«, stimmte Nicol ihr zu. »Wisst Ihr, ob sich unter den Gefangenen eine Hebamme befindet oder jemand, der sich mit Geburten auskennt?«

Ein Lächeln umspielte Roses Mundwinkel. »Sorgt Euch nicht, Sir«, sagte sie. »Ich habe fünf Schwestern bei der Niederkunft beigestanden. Ich kenne mich aus. Verlasst Euch auf mich.«

Nicol seufzte, und seine Schultern sackten nach unten. Seine Stirn glättete sich. »Ich wünschte, Ihr hättet mir früher von der *Neptune* und Eurem Gatten erzählt. Ich hätte vielleicht einen Weg gefunden.«

Roses Magen zog sich zusammen, ihre Miene blieb unbewegt. »Danke, Sir. Aber jetzt … jetzt wollen wir nach vorn schauen.«

14. Kapitel

In der zweiten Septemberwoche wurden der Anker eingeholt und die Segel gehisst. Die Wasser- und Lebensmittelvorräte der *Lady Juliana* waren aufgestockt. Frauen und Männer, die sich am Bordellbetrieb beteiligt hatten, zählten in geschützten Winkeln ihre Münzen.
Die Bark nahm Kurs auf die Kapverden.
Zwei Sklavenschiffe auf dem Weg nach Afrika, wo sie schwarzhäutige Menschen in Ketten aufnehmen würden, schlossen sich der *Lady Juliana* an. Mancher Seemann hatte im Hafen von Santa Cruz stärkere Gefühle für seine Gespielin entwickelt. Und die Aussicht, im Verbund mit deren Schiff bis zum Äquator zu segeln, beflügelte zahlreiche Holländer. Wann immer Wind und Wetter es zuließen, setzten sie auf Ruderbooten über und versüßten sich das rauhe Leben.
Dorothy wütete, nachdem das Schiff abgelegt hatte, ohne dass von der *Guardian* etwas zu sehen war. Sie schimpfte wie ein Pferdekutscher und bedachte die Matrosen mit den abscheulichsten Flüchen, bis Ben Benson sie am Oberarm packte und sie heftig schüttelte. »Komm endlich zur Besinnung, du törichtes Weib!«
Dorothy befreite sich mit ruppigen Bewegungen. Ben packte sie an den Ellbogen, bevor sie ihn angreifen konnte. Ein Grinsen ließ sein Gesicht in tausend Fältchen zerspringen und entblößte die Zahnlücke. »Du willst mich nicht wirklich schlagen, oder?«, brachte er belustigt hervor. Er überragte sie

mindestens um Haupteslänge und wog wahrscheinlich dreimal so viel wie sie, obwohl Dorothy groß und kräftig war. Mit einem letzten Ruck befreite sie sich und verschränkte die Arme vor der Brust.

Ben lachte auf. »Du benimmst dich wie ein Backfisch. Ich hätte dir mehr Weisheit zugetraut.«

»Weisheit! Bleib mir weg mit Weisheit!«, fauchte Dorothy. »Was sollte mir die bringen? Das Einzige, was ich zu meinem Seelenheil brauche, ist Rache. Es hätte doch nicht mehr lange dauern können, bis die *Guardian* in Santa Cruz anlegt!«

»Wir kennen den Routenplan der *Guardian* nicht. Möglicherweise sind sie gleich Richtung Kapverden gesegelt. Da hättest du warten können, bis du schwarz wirst. Und selbst wenn wir die *Guardian* getroffen hätten: Wie stellst du dir das vor mit deiner Rache? Du darfst das Schiff nicht verlassen, du bist eine Gefangene. Schon vergessen?«

Dorothy stieß einen verächtlichen Laut aus. »Ich hätte einen Weg gefunden.« Sie warf Ben einen Blick unter gesenkten Lidern zu. »Vielleicht hättest du mir ja …«

Ben hob eine Braue. »Ja?«

»Ach, nun stell dich nicht so an! Es wäre ein Leichtes, mich als deine Gefährtin auszugeben, und schon könnte ich spazieren, wohin ich wollte. Aber du musstest dir ja eines der jungen Hühner nehmen wie all die anderen geilen Böcke. Wie alt ist deine Ashley? Ist sie schon fünfzehn?«

Ben grinste wieder bis zu den Ohren. »Höre ich da etwa Eifersucht heraus, meine Schöne? Aber wenn es dich interessiert, Ashley ist achtzehn. Und dankbar für meinen Schutz.«

»Pah, das kann ich mir vorstellen. Nun, du hättest sie für einen Tag tauschen können gegen mich. Dann hätte ich Gelegenheit gehabt, diesem Galgenvogel aufzulauern und ihm ein für alle Mal …«

»Ts, ts, ts, Dorothy, Dorothy. So eine schöne Frau, so ein vergiftetes Herz. Wie viel liebreizender wärest du mit einem reinen Gemüt. Warum hast du es nur so weit kommen lassen?«

Dorothy biss sich auf die Zähne. »Du verstehst gar nichts«, fauchte sie ihn an. »Du bist ein Hohlkopf wie all die anderen.«

»Ich verstehe zumindest so viel, dass du an nichts anderes als an Vergangenes denken kannst. Schau nach vorn, Dorothy!«

»Was soll ich da entdecken?«, erwiderte sie. »Das unendliche Meer, ein paar schäbige Hafenstädte und am Ende eine Kolonie in einer Bucht, wo ich mir in Ketten bis an mein Lebensende den Buckel krumm schuften soll.«

Ben zuckte die Schultern. »Den Weg dahin könntest du dir versüßen, wenn du nicht so verbohrt wärst. Ashley … gut, dass sie da ist. Sich keine Gefährtin zu nehmen weckt den Argwohn der anderen.«

Dorothy musterte den Seebären von der Seite. Verstand sie ihn richtig? Hatte er wirklich mit dem Gedanken gespielt, sie als seine Gefährtin zu wählen, und hatte sie ihn mit ihrer bockbeinigen Art davon abgebracht? Unvorstellbar. Wer würde ihr den Vorzug gegenüber einem jungen Früchtchen mit makelloser Haut und vollem Haar geben? Sie kannte doch die Männer. Zuletzt hatte Pietro ihr bewiesen, dass Männer Schweine waren, womit sich ihr Gedankenkreis schloss. Ihre Züge verhärteten sich wieder.

»Wie heißen die nächsten Häfen?«

Ben seufzte. »Porto Praia, Kapstadt …«

»Werden wir dort länger bleiben?«

»Dir ist nicht zu helfen.« Eine eigenartige Traurigkeit schwang in seiner Stimme mit. Als er sich zum Gehen wenden wollte, schlug Dorothy die Fingernägel in seinen Oberarm und riss ihn zu sich herum. Er verzog keine Miene. *Sich keine Gefährtin zu nehmen weckt den Argwohn der anderen.* Was hatte er damit gemeint? »Eines noch, Ben Benson …«

Ihre Berührung ermutigte ihn, die Pranken um ihre Taille zu legen – mit einer Zartheit, die sie dem Hünen nicht zugetraut hatte. Es fühlte sich an, als wollte er mit ihr eine Polka tanzen. Sie duldete seine Nähe, weil ihr das Nächste, worum sie ihn bitten wollte, wichtig war. »Laurie … Meine Freundin. Ich habe sie nicht mehr gesehen, seit sie die Gefährtin des Kochs ist. Was soll ich davon halten? Mir wäre es leichter ums Herz, wenn ich wüsste, dass es ihr gutgeht.«

Ben hob wieder eine Braue. »Warum sollte es ihr nicht gutgehen?«

Dorothy wiegte den Kopf. »Nur so ein Gefühl. Die anderen Seemannsbräute schlendern mit hochgereckter Nase übers Deck, wenn die Männer arbeiten. Laurie dagegen … Kannst du nicht mal nach ihr sehen und mir Bericht erstatten?«

»Wie stellst du dir das vor? Bin ich der Vorgesetzte des Kochs? Ich kann nicht einfach in seine Kajüte marschieren.«

Dorothy verbiss sich ein Seufzen. »Ich dachte nur, du weißt vielleicht einen Weg, dass es nicht allzu sehr auffällt.«

Wieder grinste Ben, und in der nächsten Sekunde drückte er ihr einen Kuss auf die Wange, bevor er die Hände von ihr nahm. Dorothy wischte über ihre Wange.

»Versprechen kann ich nichts«, sagte Ben im Weggehen. »Aber sicher hast du das auch von einem Hohlkopf nicht erwartet.« Dorothy hörte noch sein Lachen, als er in Richtung Bug davonstapfte.

Verdammte Hölle, wie hatte die Schlampe das geschafft? Matthew Randolphs fuhr ein Schrecken in die Glieder, als er seine Kajüte betrat und die Blutlache unter Laurie entdeckte.
Als er sie am Morgen verließ, hatte er sie wie all die Tage zuvor gefesselt und geknebelt zurückgelassen, damit sie keine Torheiten anstellte, während er seiner Arbeit nachging. Doch irgendwie war es ihr gelungen, einen Arm zu befreien. Sie hatte eine halbvolle Flasche Rum zerschlagen und sich mit einer Scherbe die Pulsadern aufgeschlitzt. Es stank nach Kot und Urin, Rum und dem metallischen Geruch des roten Lebenssaftes.
Was für Scherereien wegen dem Miststück, dachte Randolphs, während er die Tür von innen verriegelte.
Er näherte sich dem von zahlreichen Blessuren übersäten Gesicht der jungen Frau, zerrte den Knebel aus ihrem Mund und löste die Fesseln aus Stoffstreifen. Er legte erst das Ohr an ihren Mund, dann die Finger an ihren Hals. Die war noch nicht hinüber. Der Atem ging schwach, aber stetig.
Wie sollte er sie loswerden, ohne Aufsehen zu erregen? Und die Sauerei hier … Wie sollte er putzen, ohne jemandes Misstrauen zu wecken?
Bedauerlich, dass sie sich ihm entzogen hatte.
Mit ihr hatte es ihm besonderes Vergnügen bereitet. Gebibbert hatte sie wie keine andere, und verdorben war sie bis ins Mark.
Der blutige Tod würde ihr gerechtes Ende sein, aber wenn es nach Randolphs gegangen wäre, hätte sie ihn noch zwei, drei Wochen länger unterhalten können. Es hatte Spaß gemacht, das Luder zu bestrafen für all die dreckigen Sünden, die sie begangen hatte. Der Puffmutter sei Dank! Sie hatte ihm genau die Richtige gebracht.

Da sie Santa Cruz erst vor wenigen Stunden verlassen hatten, musste er sich gedulden, bis sie sich mitten auf dem Atlantik befanden. In den Morgenstunden erschien die Chance am größten, ungesehen an Deck zu gelangen und die Halbtote über Bord zu werfen. Er würde sie in die Betttücher einpacken, zu einem Paket zusammengerollt, bevor sie steif wie ein Brett wurde. Wenn ihm trotzdem jemand begegnen sollte, würde er behaupten, es handele sich um ausgekochte Schweineknochen ... Ja, so würde es gehen.

Andererseits, diese tollwütige Ratte, die sich an Bord befand ... Die wusste, wie er es den Schlampen besorgte. Wenn die ausplapperte, was sie gesehen hatte? Würde ihm dann noch jemand die Behauptung glauben, dass die Dirne bei einem nächtlichen Spaziergang von einer Bö erfasst und über die Reling geschleudert worden war?

Nein, das Risiko konnte er nicht eingehen. Er wusste zwar um seinen guten Ruf, und sein Wort wog hundertmal mehr als das eines Straßenkindes, aber dennoch ... Die Gefahr war zu groß, dass man ihm auf die Schliche kam.

So leid es ihm tat: Er musste, um keinen Verdacht zu erregen und eine mögliche Aussage dieser Metze zu widerlegen, Laurie zum Schiffsarzt bringen und dafür sorgen, dass sie *seine* Version dessen erzählte, was *wirklich* geschehen war.

Dass sie sich versehentlich an einer Scherbe geritzt hatte. Bei einer der tosenden Sturmböen war sie in der Kajüte heftig zu Boden gestürzt, mitten in die Glassplitter hinein. Das erklärte auch die Verletzungen in ihrem Gesicht, an Brust und Beinen.

Dass sie sich zu dem Zeitpunkt alleine in der Kajüte befand und dass der Gefährte ihr ansonsten gewiss sofort geholfen hätte.

Er musste Laurie so einschüchtern, dass sie nur das Beste über ihn erzählte. Dann stand Wort gegen Wort, wenn die kleine Hure aus *Dorothy's Guesthouse* ihn verpfiff.
Das dürfte kein wirkliches Problem sein.
In brutaler Einschüchterung hatte Matthew Randolphs seit vielen Jahren Übung. Bislang hatte noch keines der Weiber, die er in der Mangel hatte, den Mund aufgemacht, um zu plaudern.
Mit pfeifendem Atem eilte er in die Kombüse, um ein Leinentuch zu holen. Das schlang er um Lauries immer noch blutendes Handgelenk. Dann fasste er unter ihre Kniekehlen und den Nacken, hob sie hoch wie eine Lumpenpuppe.
Er knirschte mit den Zähnen, sammelte sich und stieß dann mit dem Fuß die Tür auf.
Die Schau konnte beginnen.
»Zu Hilfe, zu Hilfe! Ein Unfall! Sie verblutet! Meine Gefährtin ist gestürzt und verblutet!«

»Was ist los mit dir? Warum gehst du nicht mehr an Deck? Will fragt nach dir. Außerdem hat unser Freier sofort gemerkt, dass du Susan vorgeschickt hast. Er war erbost, aber wir konnten ihn besänftigen.« Hannah kitzelte Molly unterm Kinn.
Wie ein verschnürtes Päckchen kauerte Molly in ihrer Decke. So saß sie seit Tagen da und ließ sich von Hannah die Schüssel mit der Suppe bringen. Sie rührte sich nicht vom Fleck. Keine guten Worte, keine Aufmunterung vermochten sie dazu zu bewegen, sich wieder an Deck zu begeben.
Ihr Teint war fahl, die Lider rot gerändert, als würde sie heimlich weinen.
»Hab ich dir doch gesagt, dass es den Holländer nicht kratzt, ob ich ihn bediene oder eine andere. Hauptsache, jung und gesund und zu zweit.« Mollys Stimme klang, als hätte sie eine starke Erkältung. Sie hustete.

»Aber das Geld, Molly! Du wolltest doch etwas zur Seite legen. So eine feine Gelegenheit.«
»Es werden sich weitere ergeben.«
»Was soll ich Will erzählen? Er überlegt, ob er dich verärgert hat und du deswegen nichts mehr mit ihm zu tun haben willst.«
»Mir einerlei, was er denkt.« Molly drückte die Stirn auf die Knie.
Hannah streichelte ihren Rücken. »Das glaube ich dir nicht. Wenn ich nur wüsste, was los mit dir ist.«
Wenn ich es dir nur sagen könnte, ging es Molly durch den Sinn. Ihre Augen schwammen in Tränen. »Ich muss damit alleine zurechtkommen, Hannah. Danke, dass du meine Freundin bist, aber mir kann niemand helfen.«
Hannah schluckte und schwieg. Ihren Arm ließ sie auf Mollys Schultern.
Drei Tage hielt sich Molly nun schon unter Deck auf und grübelte. Sollte sie bis zum Ziel ihrer Reise kein Tageslicht mehr sehen und nicht mehr die frische Meeresluft einatmen? Hier unten waberte die Luft, und sie meinte, sich mit jedem Atemzug zu vergiften. Aber die Angst, dem Schlächter ein weiteres Mal zu begegnen, wog schwerer als ihr Widerwille gegen die Zustände im Unterdeck.
Eine weitere Begegnung mit dem Mann würde sie nicht überleben.
Er wusste, dass sie sein Geheimnis kannte, und er konnte sich vorstellen, dass sie ahnte, was er mit Laurie trieb – wenn die überhaupt noch lebte.
Molly war eine gefährliche Zeugin, mit der er nicht lange fackeln würde. Ihre Chancen standen gleich null. Sie besaß nichts zu ihrer Verteidigung.
Da sie tagsüber meist döste, zogen sich die Nachtstunden in

quälender Unendlichkeit dahin. Sie hörte die anderen Frauen schnarchen und im Traum schreien, hörte das Jammern der Kranken und das Stöhnen der Schwangeren, die sich von einer Seite auf die andere wälzten. Manchmal hörte sie auch ein Trippeln und ein Huschen von menschlichen Füßen, wenn sich eine Diebin am Eigentum der Mitgefangenen bereicherte, aber an ihr lief das vorbei, als wäre sie nicht Teil dieser Welt.

Luft, ich muss an die Luft, sonst verliere ich noch den Verstand, dachte sie irgendwann. Alle schliefen, vom Oberdeck kam kein menschliches Geräusch. Nur die Segel flatterten im Wind, und die Meereswellen brachen sich am Bug.

Vielleicht bot sich jetzt die Chance, wenigstens für eine halbe Stunde die Lunge aufzufüllen mit salziger Luft, sich von innen heraus zu reinigen? Sehr unwahrscheinlich, dass der Koch um diese Zeit unterwegs war. Wenn sie als Einzige um diese nachtschlafende Stunde herumschlich, würden die wachhabenden Offiziere vielleicht ein Auge zudrücken und sie nicht sofort wieder nach unten schicken.

Vorsichtig fasste Molly Hannahs Schulter. Die Freundin schlief an sie gelehnt und mit leicht geöffnetem Mund wie ein Baby. Als Molly Hannahs Kopf auf die Decke bettete, schlief diese ruhig weiter.

Mollys Knochen knackten, als sie sich hochstemmte. Schwindel überfiel sie. Sie wartete einen Moment, bis sie sich sicher auf den Füßen fühlte.

Dann suchte sie sich den Weg zwischen den Leibern, stieg hier über ein Bein, da über einen Bauch und stakste zur Luke, die an Deck führte. Mit weichen Knien erklomm sie die Leiter und öffnete das Gatter, das niemand mehr verriegelte, seit sich die Vorschriften gelockert hatten und man sogar gemeinsam Geschäfte machte.

Sie reckte den Kopf in die Luft und atmete genussvoll. In das salzige Aroma mischte sich zwar der Gestank des Abfalls, aber es war tausendmal angenehmer als die abgestandene Luft unten. Alles ganz ruhig. Ob sie es wagen sollte?
Sie stemmte die Hände auf die Planken und zog sich nach oben, kam auf die Knie und schließlich auf die Beine. Vorsichtig verharrte sie und hielt die Nase in die Brise, ihre Blicke huschten von dem Spill zum Deckhaus … Niemand zu sehen.
Schließlich entspannte sie sich, lockerte die verkrampften Hände und ließ die Schultern kreisen. Ah, welche Wohltat! Sie seufzte, als sie an die Reling trat und sich auf die Zehenspitzen stellte, um darüberzulugen.
Das Wasser brach sich an der Schiffswand in sternenweißer Gischt. Die *Lady Juliana* wiegte sich elegant, der Wind ließ Mollys Haare flattern.
Wie sollte es weitergehen? Wie sollte sie es schaffen, sich die nächsten Monate zu verbergen? Unter Deck würde sie zugrunde gehen, sie musste …
»Zu Hilfe, zu Hilfe! Ein Unfall! Sie verblutet! Meine Gefährtin ist gestürzt und verblutet!«
Ihre Blicke trafen sich.
Vor Molly stand ihr Widersacher mit einer Last auf den Armen. Sekundenlang starrten sie sich an. Molly sah in den zu Schlitzen verengten Augen den tiefsten Hass, den ein Mensch empfinden konnte. Ihr Blut schien zu gefrieren. Der Koch trug ein in Lumpen gehülltes Bündel, dunkle Flecken schimmerten darauf im Mondlicht. Ein verbundener Arm hing heraus, mit Blut verkrustet.
Als Molly wieder denken konnte, wusste sie, dass sie in Bewegung kommen musste.
Weg hier, nur weg hier!

Es kostete sie schier übermenschliche Kraft, ihren Beinen den Befehl zu senden, aber dann brauchte sie nur drei, vier Sätze, um zum Niedergang zu gelangen und kopfüber ins Unterdeck zu stürzen.
Schmerz durchzuckte ihre rechte Schulter, auf der sie landete, ihr Schädel dröhnte von dem Aufschlag. Die Frauen um sie herum, zwischen denen sie aufgeschlagen war, schubsten sie und maulten über die Störung.
Molly richtete sich auf und hörte ihren eigenen fiependen Atem, während sie gebückt zu ihrem Platz gleich neben Hannah hastete. Ihre Beine schlotterten, ihre Hände zitterten, ihre Zähne klapperten aufeinander, als sie sich zusammenrollte und dicht an Hannah drückte.
Herr im Himmel, was hatte er gerufen? *Meine Gefährtin ist gestürzt und verblutet!*
War das Laurie in seinen Armen gewesen?
Was hatte dieser Schweinehund mit ihr angestellt? Keine Sekunde glaubte Molly diesem Mann, dass Laurie einen Unfall erlitten hatte. Dass er, um ihr zu helfen, Alarm schlug – nie und nimmer! Molly konnte sich keinen anderen Reim darauf machen, als dass es dem Koch möglicherweise zu heikel erschien, den Tod seiner Braut einzugestehen. Vielleicht wegen ihr, Molly? Ihr Frösteln verstärkte sich, Eiseskälte kroch ihr in die Knochen.
Vielleicht nahm er an, sie würde sein Geheimnis verraten?
So musste es sein.
Er fürchtete sie.
Das hätte ein gutes Gefühl sein können, wenn da nicht die Gewissheit gewesen wäre, dass sie ihm körperlich so unterlegen war wie David dem Goliath.
Im Schlaf legte Hannah den Arm um die Taille der Freundin, doch es dauerte Stunden, bis Molly sich beruhigte. Sie nutzte

die Zeit, um aus wirren, von Angst geprägten Überlegungen einen Plan zu schmieden.
Sie würde nicht länger die Stunde fürchten, in der er sie zu packen bekam.
Sie würde sich wehren.
Und sie würde den ersten Schritt tun müssen.
Sie brauchte eine Waffe.

Es gab keine andere Erklärung: Er musste einen Narren an ihr gefressen haben. Dorothy hatte sich in vielen träge dahinkriechenden Stunden gefragt, was Ben Benson dazu bewegen mochte, ihr immer wieder aufzulauern, sie in ein Gespräch zu verwickeln und zu versuchen, sie zum Lachen zu bringen. Manchmal brachte er einen Becher Rum mit, manchmal eine von den kandierten Früchten aus der Kapitänskiste, die er auf rätselhaften Wegen ergattert hatte.
Anfangs hatte Dorothy all seine Faxen verhöhnt, seine Geschenke abgewiesen, aber irgendwann sah sie ein, dass Ben Benson nicht den geringsten Vorteil von einem Techtelmechtel mit ihr haben würde. Seine Bemühungen, ihr zu gefallen, konnten unmöglich mit Berechnung zu tun haben – sie war in keiner Weise ein Gewinn. Nur eine alternde Frau, deren Leben in Trümmern lag und deren Herz hart geworden war von der Begegnung mit einem Mann, der ihr Liebe vorgegaukelt und sie hintergangen hatte.
Nein, Dorothy ermunterte Ben nicht und sie verkniff sich auch das kleinste Lächeln, aber sie hörte irgendwann damit auf, seine Mutter zu beleidigen und ihm sexuelle Abartigkeiten zu unterstellen. Sie schwieg einfach und lauschte Bens Geschichten, während sie Stückchen von der sirupsüßen Pflaume abnagte und auf der Zunge zergehen ließ.
Es gab keinen Ort auf der Welt, den Ben noch nicht gesehen

hatte. Dorothy vermutete, dass so manches, was er in blumigen Einzelheiten schilderte, ausgemachtes Seemannsgarn war. Aber die Zeit, die sie mit Nichtstun auf dem in den Wellen schwankenden Schiff verbringen mussten, verging schneller, wenn er von den Eingeborenen in Botany Bay berichtete, von den Schwarzen in Afrika, die auf die Sklavenschiffe verladen wurden, von den Inseln in der Südsee, auf denen Menschenfresser lebten, von den nackten Frauen auf Tahiti – und wenn er seine Tätowierungen auf Brust und Rücken vorführte.

Wann immer sich Ben Benson leise pfeifend ins Unterdeck schlich, um mit Dorothy zu plaudern, bildete sich im Nu eine Traube von Frauen um ihn, die ihm zuhören wollten. Er genoss es sichtlich, im Mittelpunkt zu stehen, aber Dorothy bemerkte auch, dass es sie war, die er immer wieder anschaute.

Warum bloß?

Sie hatte von Anfang an alles darangesetzt, ihn zu vergraulen. Ob es ein Fehler gewesen war?, überlegte Dorothy.

Aber andererseits – sie war für Laurie verantwortlich gewesen.

Laurie.

Immer wenn Dorothy an ihre Lieblingshure dachte, verkrampfte sich ihr Leib. Wenn sie doch bloß Nachricht von ihr hätte! Aber selbst Molly, die sonst die Ohren überall hatte, wusste nicht, wie es Laurie nach ihrem Sturz erging und ob Dr. Alley ihr noch helfen konnte.

Das arme Kind.

Glücklicherweise hatte der Koch sofort um Hilfe gerufen und dafür gesorgt, dass ihre Wunden auf der Krankenstation behandelt wurden.

Hatte sie ihr Bauchgefühl doch getäuscht. Ein fürsorglicher Mann, der sich um seine Braut kümmerte.

Wenn es Laurie bei ihm nicht gefallen hätte, hätte sie bestimmt einen Weg gefunden, sich zu trennen.
So wie diese hochnäsige Claire, die mit den anderen Frauen Ben lauschte und dabei gelöst und befreit wirkte, wie Dorothy sie noch nie erlebt hatte.
Dabei hatte Jack Barns sie weggeschickt.
Dorothy stieß ein verächtliches Schnauben aus, während sie das Mädchen aus Lincolnshire beobachtete, wie es mit offenem Mund Bens Seemannsgarn lauschte.
Hatte sie es nicht geahnt? Eine wie Claire wusste nicht, was den Männern gefiel. Kein Wunder, dass der Steuermann nach wenigen Tagen die Nase voll hatte von ihr. Wahrscheinlich lag sie im Bett flach und teilnahmslos wie ein Brett da, während der Mann sich abstrampelte.
Welcher Kerl fand an so einer Vergnügen?
Sie mochte Dorothy viel erzählen – diese würde ihr aber niemals abnehmen, dass sie sich kameradschaftlich voneinander getrennt hatten und dass Jack sich zu gegebener Zeit eine neue Gefährtin suchen würde.
Sie hatte ihm nicht genügt, das war die Wahrheit.
Dorothy schaute sich unauffällig um und überlegte, welche von den Frauen sich den gutaussehenden Steuermann wohl angeln würde. Es rumorte in ihren Eingeweiden, wenn sie an die verpasste Chance für Laurie dachte. Wie viel lieber hätte sie das Mädchen Jack Barns anvertraut als dem hässlichen Koch! Aber nein, da musste ihr diese Lincolnshire-Ziege dazwischengrätschen und alles ruinieren. Und wofür? Dafür, dass sie keine drei Wochen später wieder im Unterdeck bei den anderen hockte und Laurie auf der Krankenstation lag. Verflucht.

»Ich soll dir Grüße von Will ausrichten«, flüsterte Hannah Molly ins Ohr, die wie die anderen an Ben Bensons Lippen hing. »Er vermisst dich und fragt, ob er dich hier im Unterdeck besuchen kommen darf.«

»Das soll er lassen«, zischte Molly zurück und wischte sich über die Stirn. In den letzten Stunden hatte sie unaufhörlich geschwitzt, obwohl es nicht heißer war als die Tage zuvor. Die Hitze schien aus ihrem Inneren zu kommen.

Während sie mit Hannah tuschelte, beobachtete sie Ben Benson. Der Seebär steigerte sich in seine Geschichten hinein, fabulierte mit ausholenden Gesten, zog Grimassen oder lachte und scherzte mit allen.

Sein Messer trug er in einem Lederfutteral seitlich am Gürtel.

»Hast du schon die schlechten Neuigkeiten gehört?«, murmelte Hannah.

Einen Moment vergaß Molly die Waffe, auf die sie es abgesehen hatte, und starrte Hannah an.

Die Freundin schluckte. »Der Koch hat Will erzählt, dass Laurie …«

»Ja?«

»Sie ist bei einem Sturm in der Kajüte gestürzt und auf einer zerbrochenen Flasche gelandet. Nun liegt sie auf der Krankenstation und wacht nicht auf. Es sieht sehr, sehr schlecht für sie aus.«

»Das ist eine Lüge«, zischte Molly mit zusammengebissenen Zähnen.

»Warum sollte ich lügen?«, versuchte Hannah sich zu verteidigen.

»Nicht du lügst!«, fuhr Molly sie an und spürte, wie vor Zorn rote Flecken auf ihrem Hals und Gesicht erblühten. »Dieser Koch …« Sie unterbrach sich, stierte auf den Boden.

»Woher … Wieso …« Hannah schüttelte den Kopf.
»Ich spüre es einfach«, erwiderte Molly leise und wischte sich mit dem Zeigefinger unter dem Lid entlang.
Dieses Schwein, dieses elende Schwein. Wie musste er sie gequält haben, dass sie nun schon seit Tagen im Krankenbett lag und keinen Mucks von sich gab.
Nicht anders würde er mit ihr verfahren, wenn er sie in die Finger bekam, aber sie würde sich nicht kampflos ergeben. Sie würde sich so teuer wie möglich verkaufen. Der Mistkerl würde nicht ungeschoren davonkommen.
Ben Benson stand auf, hob grüßend den Arm und stiefelte zur Luke, um an Deck wieder seiner Arbeit nachzugehen. Das Futteral an seinem Gürtel schwang hin und her, ein Stück des Messers blitzte im hereinfallenden Sonnenlicht auf.

Obwohl sie genau wie die Monate zuvor eine Gefangene war und blieb, fühlte sich Claire entlastet und fast so glücklich wie zuletzt in Henrys Armen, damals in Lincolnshire, als alles begann.
Was für eine Freude, dass Jack ihr stummes Flehen erhört hatte. Sie war frei!
Tausendmal lieber in Gesellschaft all dieser Huren, Betrügerinnen und Diebinnen zu darben als die Mätresse eines fremden Mannes zu sein. Ihm zur Verfügung zu stehen, sich von ihm anstarren und anfassen zu lassen.
Nach der qualvollen Zeit in Jack Barns' Kajüte begann Claire die Annehmlichkeiten des Lebens unter den Frauen zu entdecken. Sie waren nicht alle schlecht und verdorben, nein, keineswegs.
Gleich als sie das Unterdeck wieder betrat, hielt sie Ausschau nach Hannah und Molly und drückte die beiden Mädchen an sich, was diese steif über sich ergehen ließen.

»Ihr habt mir das Leben gerettet. Wie soll ich euch das jemals vergelten? Verzeiht, wenn ich euch in der Vergangenheit von oben herab behandelt habe. Das war unrecht. Jeder kann sich glücklich schätzen, euch zu Freundinnen zu haben.«

Claire rollten Tränen über die Wangen, während sie mit den beiden Mädchen sprach.

Die zwei zogen die Mundwinkel herab und zuckten die Schultern.

»Wir waren eben zur rechten Zeit am rechten Ort. Gut verdient haben wir auch dabei«, erwiderte Hannah.

Claire musste lächeln. »Ohne euch wäre ich verloren gewesen, auch wenn euch das nicht bewusst ist. Ich wäre gern eure Freundin.«

Sie gaben sich die Hand darauf. Molly räusperte sich verlegen, weil es so feierlich wirkte und Claire überhaupt nicht aufhören wollte zu weinen.

Am herzlichsten wurde sie von Rose Naiden empfangen, die nur hin und wieder das Unterdeck aufsuchte, um Gesellschaft zu haben. Ihre Hütte an Deck musste sie einiges gekostet haben, wie alle Gefangenen wussten.

Rose schlang die Arme um Claire und versicherte ihr, dass sie ihr von allen Frauen die liebste sei, und wie froh sie sei, dass sie nun wieder dazugehöre. Auch wenn sie im Leben nicht verstehen würde, warum dieses Mädchen freiwillig auf den Komfort verzichtete.

Claire drückte ihr Gesicht an die Schulter der älteren Frau. »Ach, wie glücklich ich bin! Wieder frei zu sein. Frei für Henry.«

Rose streichelte über Claires Haare. »Ich wünsche dir, dass dein Traum in Erfüllung geht.«

Aber Claire hörte am Klang ihrer Stimme, dass sie keine großen Hoffnungen hegte. Sie wollte nur nett sein, aber bedeutete das nicht auch eine Menge?

»Ich wünschte, wir könnten uns irgendwie die Zeit vertreiben«, sagte Claire, als sie sich mit Rose in eine Ecke setzte. »Die Tage verstreichen quälend langsam, wenn es nichts zu tun gibt.«

Rose lachte auf, aber ihre Augen blieben ernst. »Oh, sorg dich darum nicht.«

Claire merkte, dass Rose die Fröhliche nur spielte, und sah ihr forschend in das von Gram gezeichnete Gesicht. Die vielen Fältchen um Mund und Nase waren vor einigen Wochen noch nicht zu sehen gewesen. »Alles in Ordnung bei dir?«, fragte Claire leise.

Rose biss sich auf die Unterlippe. »Die *Neptune* lag vor Anker in Santa Cruz. Aber ich durfte nicht übersetzen.«

»Oh, Herr im Himmel.« Claire schlug die Hände zusammen. »Da hast du deinen Mann wenige Meter von dir entfernt und darfst ihn nicht umarmen.«

Rose nickte und wischte sich über die Stirn. »Es ist schon wieder gut. Zu trauern hilft nichts, Claire. Und was die Langeweile an Bord betrifft …«

Sie berichtete ihr, dass man die Frauen in Arbeitsgruppen eingeteilt hatte.

Claire staunte, was während ihres Aufenthalts in Jacks Kajüte passiert war. Abseits von den übrigen Sträflingen hatte sie in einer anderen Welt gelebt.

Einige Frauen versorgten das Vieh. Sie sammelten täglich die Hühnereier ein, fütterten und molken die Ziegen und Schafe, misteten die Pferche aus und rupften das geschlachtete Geflügel.

Eine weitere Gruppe war den lieben langen Tag mit dem Zuschneiden und Nähen von Hemden und Hosen beschäftigt.

Der Kapitän hatte auf Teneriffa mehrere Rollen Leinen, Nähgarn und Nadeln erstanden und ließ nun die geschicktesten Handarbeiterinnen für sich arbeiten. Es hieß, er wolle die Kleider später in Sydney Cove verkaufen, wo sie gewiss gebraucht wurden.

Drei Frauen halfen dem Schiffsarzt bei der Wundpflege und der Betreuung der Kranken.

»Was ist mit uns? Haben wir auch eine Aufgabe?«, erkundigte sich Claire.

»Unsere Stunde wird noch schlagen. Darauf sollten wir uns vorbereiten«, erwiderte Rose mit einem Zwinkern.

Claire hob die Brauen.

»Hast du schon einmal einer Hebamme assistiert?«

»Im Leben nicht«, gab Claire sofort zurück. Ein Frösteln kroch ihr über den Rücken. Sie wusste, was für eine blutige, qualvolle Angelegenheit eine Geburt sein konnte, und bezweifelte, dass sie die Kraft hätte, in diesen Stunden etwas Sinnvolles beizutragen, um der Gebärenden und dem kleinen Menschenkind zu helfen.

»Dann wird es höchste Zeit«, gab Rose zurück, als hätte sie Claires entsetzte Miene gar nicht bemerkt. »Schau dich um.« Rose machte eine ausholende Geste. »Fast jede dritte Frau ist inzwischen schwanger. In drei, vier Monaten geht es los mit den ersten Geburten. Es gibt keine Hebamme an Bord. Also werde ich mich bereithalten. Aber alleine bewältige ich das nicht, ich brauche eine Helferin.«

»Das soll ich sein?«

Rose zuckte die Schultern. »Du siehst mir aus wie eine, die schnell begreift. Ich werde dir alles beibringen, was du wissen musst. Du wirst sehen, es ist ein unvergesslicher Moment, ein Neugeborenes zu halten und das erste Lächeln der Mutter zu sehen.«

»Ich weiß nicht, ob ich das schaffe«, gab Claire zurück.
Rose kam Claires Gesicht so nah, dass sich die Nasenspitzen beider fast berührten. »Es wird uns helfen, unseren Kummer zu vergessen. Die Tage und Nächte, bis wir unsere Liebsten umarmen können, werden schneller vergehen.«
Bis wir unsere Liebsten umarmen können. Also glaubte Rose dennoch, dass auch sie, Claire, ihren Henry wiedersehen würde. Claire fühlte sich, als hätte ihr die Ältere soeben ein Geschenk gemacht. Ein Lächeln erhellte ihre Züge. Dann nickte sie. »Ich will es versuchen«, sagte sie.

15. Kapitel

September 1789, auf dem Weg zum Äquator

Eine Woche später erreichten sie Porto Praia, den Hafen der kapverdischen Insel Santiago, der wesentlich kleiner als Santa Cruz wirkte.

Für die Aufnahme von Frischwasser und weiterem Proviant, der bis nach Kapstadt reichen sollte, nahmen sich die Männer nur einen Tag Zeit.

Danach kam die *Lady Juliana* gut voran. Die Seeleute nutzten das günstige Wetter für Reparaturen an Deck. Sie feilten und knoteten, strichen und fetteten die Winden. Die Näherinnen arbeiteten an einem neuen Satz Segel, für den sie, falls sie in einen Sturm kämen, gute Verwendung hätten.

Rose und Claire untersuchten alle Frauen in anderen Umständen, um herauszufinden, wie weit die Schwangerschaft vorangeschritten war und ob die Babys richtig lagen. Sie hatten unter Deck eine Art Station für die Schwangeren eingerichtet, die diese in regelmäßigen Abständen aufsuchten.

Auch die Gefährtinnen der Seeleute nahmen diesen Dienst in Anspruch, obwohl sie sich manch eine Gemeinheit und Stichelei der übrigen Frauen anhören mussten.

Molly döste immer noch die meiste Zeit unter Deck und bekam nur am Rande mit, was um sie herum geschah. Sie verhielt sich, als hätte sie sich aus dem Leben ausgeklinkt, als säße sie auf dem Weg in ein ungewisses Schicksal ihre Zeit ab.

Nach der nächtlichen Begegnung mit dem Koch wagte sie sich nicht mehr an Deck.

Hannah leistete ihr viele Stunden Gesellschaft und versuchte sie aufzumuntern, ohne zu wissen, was die Freundin bedrückte. Wenn sie es nicht mehr aushielt, ging sie für kurze Zeit ans Licht, um sich die Lunge mit frischer Meeresluft zu füllen.

Nur wenn Ben Benson das Unterdeck betrat, kam Leben in Molly. Sie ließ sich nahe bei dem schwatzenden Seebären nieder, als fiebere sie mit seinen Geschichten. Keiner merkte, wie ihr Blick immer wieder zu seinem Messer ging und dass sie dann und wann die Sitzposition änderte, um dichter an den Hünen heranzurücken.

Bislang hatte sich keine Situation ergeben, um ihm die Waffe zu entwenden, so angestrengt Molly auch lauerte.

Zu viele Augen waren auf ihn gerichtet, zu viele Zeugen in der Nähe. Sie musste ihn allein, am besten sturzbetrunken und schlafend, erwischen. Nur – wie sollte ihr das gelingen, ohne an Deck zu gehen? Im Unterdeck würde der Kerl gewiss keinen Rausch ausschlafen.

Erst wenn sie das Messer hatte, konnte sie sich wieder frei bewegen. Mit der Klinge im Ärmel würde sie sich sicher genug fühlen, eine weitere Begegnung mit dem Koch zu riskieren.

Der Schweinehund würde sich wundern, wie schnell sie die Waffe in seinen Wanst rammen konnte, wenn es darauf ankam.

Laurie befand sich zwar nach wie vor in der Obhut des Schiffsarztes, aber ihre Genesung machte keine Fortschritte.

Die Frauen, die Dr. Alley zur Hand gingen, berichteten nichts Gutes. Es stand in den Sternen, ob Laurie ihre Verletzungen überleben würde. Sie hatte zu viel Blut verloren, bis der Koch sie entdeckt hatte. Nun aber benötigte sie Ruhe, und keiner durfte zu ihr.

Dorothy lief mit Triefnase und händeringend umher, aber Molly wusste, die Bordellwirtin würde den Kummer überwinden, selbst wenn es Laurie nicht schaffen sollte.

Eine Frau wie Dorothy hatte das Leben abgehärtet. Der Tod einer kleinen Hure, auch wenn sie diese besonders liebgewonnen hatte, bedeutete für sie nicht das Ende der Welt.

Vielleicht wären ihr Gram und ihre Wut größer gewesen, wenn sie geahnt hätte, was Laurie tatsächlich durchlitten hatte.

Himmel, dieses Leid …

Molly wisperte ein Gebet für Laurie, obwohl sie wusste, dass ihre Bitten noch nie den Himmel erreicht hatten. Aber schaden konnte es am Ende nicht.

Es wurde heißer, je näher sie dem Äquator kamen. Molly in ihrer dunklen Ecke schwitzte ohne Unterlass und glaubte manchmal, die Luft reiche nicht mehr aus für sie in dieser Enge. Wie sehr sehnte sie sich danach, durchzuatmen und sich ordentlich zu reinigen, ihr Gewand zu waschen. Aber die Gefahr war zu groß, ihrem Widersacher gegenüberzustehen. Wenn sie ohne weitere Blessuren über Bord ging und in den Tiefen des Ozeans ihr Leben ausblubberte, käme sie noch gut davon. Eher aber würde der Koch vorab noch seinen grausamen Spaß mit ihr treiben und sie misshandeln und foltern wie im Hurenzimmer Rachel oder in der verschlossenen Kajüte Laurie.

»Schämst dich wohl in Grund und Boden, was?«

Will ließ sich neben sie plumpsen. Er stank nach Talg und Schweiß, aber Molly hätte sich am liebsten auf ihn geworfen, um ihn zu umarmen.

Sie vermisste den Bruder. Viel zu selten ließ er sich dazu herab, sie im Unterdeck zu besuchen. Seine Vorstellung davon, warum sie sich so versteckte, stand in einem solchen Gegensatz zur Wahrheit, dass es Molly schier zerriss.
Wie gerne hätte sie sich Will anvertraut, hätte ihm erzählt, was sie über den Koch wusste und wie sehr sie ihn fürchtete. Aber es ging nicht.
»Ach, Will«, brachte sie heraus, als sie, statt ihn zu umarmen, nur seine Hände nahm, die aufgequollen und brandrot waren und fettig schimmerten. »Was ist passiert?«, fragte sie, während sie mit den Daumen über seine Handinnenflächen strich.
»Das?« Wills Ohren liefen rot an. »Ich musste vom Krähennest aus den Großmast einfetten, damit die Takelung leichter läuft. Einer muss das ja erledigen. Obwohl die Sonne einem fast das Gehirn wegbrennt, wenn sie im Zenit steht.«
»Das sieht übel aus.«
Er entzog ihr die Hände. »Scheint schlimmer, als es ist. Die Seemannsarbeit ist ein hartes Brot.« Er schaute sie von der Seite an. »Aber ein ehrenwerter Erwerb.«
Molly schürzte die Lippen. »Spar dir deine Spitzen. Jeder so, wie er kann.«
»Du willst mir doch nicht erzählen, dass du nichts anderes kannst, als deinen Körper zu verkaufen und den Männern zu Gefallen zu sein.«
»Und wenn es so wäre? Was geht es dich an?«, giftete Molly.
»Es geht mich sehr viel an, jetzt, wo ich dein Bruder bin.« Will hielt ihrem Blick mit Entschlossenheit stand. »Es tut mir weh, dich so zu sehen und zu wissen, dass meine Schwester niemals eine anständige Frau werden kann.«
»Hör doch auf mit den Gefühlsduseleien, Will March.«

»Vielleicht findest du in der Kolonie ein rechtschaffenes Auskommen. In ein paar Jahren erinnert sich keiner mehr, was du früher getrieben hast. Also, meine Lippen bleiben jedenfalls versiegelt bis an mein Lebensende, wenn es dir hilft.«

Molly streichelte seine Hand. »Ein seltsames Gefühl, dass jemandem meine Ehre wichtig ist. Du hättest eine bessere Schwester verdient, als ich es bin.«

»Du bist die beste Schwester, die ich finden konnte. Trotz allem.« Will räusperte sich, weil seine Stimme plötzlich belegt klang, und sprang dann auf, um zur Luke zu eilen.

Auf der Hauptroute, die von Europa nach Süden führte, herrschte reger Schiffsverkehr. Eines der Schiffe hielt sich noch eine Woche nach Porto Praia dicht an der *Lady Juliana*, dann aber kam die Zeit des Abschieds.

Die holländischen Sklavenhändler nahmen Kurs nach Osten, um an der afrikanischen Küste ihre Fracht menschlichen Elends abzuholen, während sich die *Lady Juliana* gen Süden hielt. Manche Frau an Bord verdrückte ein Tränchen, während das holländische Schiff sich von ihnen entfernte und tätowierte Männer an der Reling mit weißen Tüchern winkten, bis sie im Dunst verschwanden.

Die Gewässer waren fischreich. Jeden Tag warfen die Seeleute Leinen aus Fischgedärm aus oder legten die Harpune an, sobald es in den Wellen des Atlantiks silbrig glitzerte.

Auch die Frauen beteiligten sich am Fischfang, denn es galt das Gesetz, dass der Fisch demjenigen gehörte, der ihn gefangen hatte.

Matthew Randolphs hatte in seiner Kombüse, unterstützt von Will, alle Hände voll zu tun, die Meerestiere auszunehmen, zu entschuppen und zu braten, um am Abend das Fest-

mahl für die Offiziersmesse und die Suppe für die Mannschaft zu servieren. Will erwies sich dabei als flink, umsichtig und nützlich wie stets. Mit dem Jungen hatte er es gut getroffen. Da hatte er wahrlich schon anderes erlebt mit jugendlichen Faulpelzen und Tunichtguten.
Doch während er kochte, war Randolphs immer auch auf dem Sprung. Es hatte ihn nicht viel Aufwand gekostet, sich das Vertrauen einer der Helferinnen des Arztes zu erschleichen.
Kurz hatte er die Möglichkeit erwogen, der kleinen Charlotte Spencer die Klinge an den Hals zu drücken, wie er es üblicherweise tat, um seinen Willen durchzusetzen, aber dann erschien es ihm doch klüger, sie auf andere Art gefügig zu machen.
Sie war keine Hure, nur eine Diebin, eine Dienstmagd, die das Silberbesteck ihrer Herrschaft hatte mitgehen lassen, wie er herausgefunden hatte. Was nicht ausschloss, dass sie sich in versteckten Ecken von den Knechten und dem Hausherrn hatte durchvögeln lassen. Sie waren doch alle verderbt bis ins Mark, die Weiber. Charlottes aufgesetzter Unschuldsblick jedenfalls hatte das wohlbekannte Stechen in der Leistengegend des Kochs ausgelöst und dieses Prickeln auf seinem Rücken.
Doch Randolphs riss sich ihr gegenüber zusammen, versprach ihr, als hätte er Kreide gefressen, die fettesten Brocken aus der Küche und das zarteste Filet vom besten Fisch, wenn sie ihm dafür den Gefallen täte, ihn sofort und als Ersten zu benachrichtigen, sobald Laurie aufwachte, damit er seiner Liebsten Zuversicht zusprechen konnte.
Charlotte war so gerührt über die Fürsorge, dass sie ihm auch ohne die Aussicht auf all die Köstlichkeiten geholfen hätte.
Randolphs hatte sich innerlich beglückwünscht zu seinem Schauspieltalent und sich das Lachen über die Naivität der

Schiffsarzthelferin für die stillen Stunden am Kochplatz aufgespart.
»Mr. Randolphs, Mr. Randolphs …« Er wandte sich um, als Charlottes Vogelstimmchen erklang. In einer gusseisernen Pfanne brieten die ersten Stücke eines Bonitos, den er eigenhändig erschlagen hatte, nachdem sie den zappelnden Riesenfisch an Deck gehievt hatten.
»Es ist so weit!«, rief Charlotte, der man in ihrem Sträflingsgewand nicht ansah, dass sie den Arzt unterstützte.
Sie kam näher und senkte die Stimme. »Laurie hat ihren Arm bewegt und leise gestöhnt. Jeden Moment wird sie aufwachen, und Ihr wolltet doch …«
»Ja, ja, schon gut, du hast recht gehandelt.« Er wies mit dem Kinn auf Will. »Der da wird dir gleich den Napf füllen. Will!«
Über Wills Schoß lag ein grün und silbern glänzender gestreifter Bonito, den er mit einem spitzen Messer bearbeitete. Eine Hand steckte bis zum Ellbogen im Inneren des Fisches, wo er das Gedärm herauszuziehen versuchte. »Brate dem guten Kind hier die besten Happen. Ich verlasse mich auf dich.«
»Aye, Sir.«
Randolphs streifte die Hände an den Beinlingen ab und ließ die beiden in der Kombüse zurück, während er sich auf den Weg zur Krankenstation begab.
In Lauries Augen stand Todesangst, als sich der Koch kurz darauf über sie beugte. Sie war ganz allein, lag unbeweglich auf der mit Decken gepolsterten Pritsche, bis zum Hals zugedeckt. Wundcreme schimmerte auf ihrem Gesicht.
Der Koloss drückte eine Pranke auf ihren Mund, spürte das Klappern ihrer Zähne und versuchte, es zu unterbinden, indem er den Druck verstärkte.
»Du miese Schlampe, was hast du dir dabei gedacht?«, zischte er dicht an ihrem Ohr. »Hast du geglaubt, mich hinterge-

hen zu können? Aber du bist sogar zu töricht, dir die Adern aufzuschlitzen, was?«

Aus Lauries Wangen wich die Farbe. Jetzt begann sie am ganzen Körper zu schlottern. Der Koch lehnte sich über sie, um sie mit seinem Gewicht ruhig zu halten. »Sperr jetzt gut die Ohren auf«, wisperte er. »Ein Wort über das, was in der Kajüte passiert ist, und ich verfüttere dich Stück für Stück an die Haie. Du wirst es miterleben, wie die Raubfische am Ende mit deinem Herzen das größte Festmahl feiern. Kannst du das verstehen, oder reicht dein Spatzenhirn dafür nicht?«

Laurie nickte und nickte, während ihre Augen schimmerten wie dunkle Seen.

Ein paar Zentimeter hob Randolphs die Hand. Ihr Atem strich an seiner Haut vorbei. »Ich sage nichts, niemandem sage ich etwas, ich schwöre es, bei allem, was mir heilig ist.«

Randolphs stieß ein rasselndes Lachen aus. »Nichts ist dir heilig, das weißt du so gut wie ich. Also spar dir deinen Atem. Merk dir nur, was dir blüht, wenn du das Maul aufmachst.«

»Ja, ich merke es mir.« Das Aufeinanderschlagen von Lauries Zähnen war das einzige Geräusch in dem Raum, doch in diesem Moment klappte die Tür.

Randolphs fuhr herum. Dr. Alley. Sofort wandelte der Koch seinen harten Druck auf Lauries Körper in eine Umarmung, seine Miene nahm den Ausdruck höchster Besorgnis an, und seine Stimme wurde süß wie Honig. »Wird sie es schaffen, Doktor? Sie ist so zerbrechlich.«

Alley ließ Wasser aus einem Krug in eine Schüssel laufen, um sich die Hände zu waschen. Er kehrte dem Koch den Rücken zu. »Ich kann nichts garantieren. Sie hat sehr viel Blut verloren. Wenn du sie früher gefunden hättest …«

»Oh, ich wünschte, es wäre so, Doktor! Bitter habe ich es bereut, nicht eher nach ihr geschaut zu haben. Aber die Arbeit in der Kombüse, so viele hungrige Mäuler in der Mannschaft, die Offiziersmesse ...«

»Ja, ja, schon gut«, unterbrach ihn der Arzt und musterte ihn misstrauisch. »Du bist sicher, dass ihre Verletzungen von einem Sturz herrühren?«

Randolphs setzte eine Unschuldsmiene auf. »Wovon sonst? Fragt sie selbst – das Unwetter tobte höllisch, vor allem für eine wie sie, die kein schwankendes Schiff kennt.« Er zwinkerte, als wären er und der Arzt Vertraute. »Ein bisschen ungeschickt ist die Kleine sowieso, nicht wahr?« Er tätschelte Lauries Wange und fixierte sie mit dämonischem Blick.

»Ja, ja, alles war genau so!«, krächzte Laurie. »Wenn ich bloß nicht so ungeschickt wäre. Dann diese Scherben ...« Sie hustete und keuchte. Schweißperlen bildeten sich von der Anstrengung des Sprechens auf ihrer Stirn.

»Geh jetzt«, sagte Alley zu Randolphs. »Ruhe und Schlaf sind ihrer Gesundheit am zuträglichsten. Vielleicht schafft sie es. Aber« – seine Stimme nahm an Schärfe zu, während er mit dem Zeigefinger auf den Koch wies – »danach wird sie nicht mehr zu deiner Verfügung stehen. Wenn sie die Fahrt nach Neusüdwales überleben soll, braucht sie die nächsten Monate Schonung und Pflege. Am besten bei den Frauen im Unterdeck.«

»Selbstverständlich, Doktor«, beeilte sich Randolphs zu versichern. »Zu ihrem Besten verzichte ich auf ihre Dienste als Seemannsbraut.« Theatralisch griff er sich an die Stirn. »Ob ich mir eine andere Gefährtin nehme, steht in den Sternen.«

Alley verzog keine Miene. »Spar dir den Sermon. Geht mich nichts an, was du in den Nächten treibst. Raus jetzt!« Der

Koch erhob sich und schlich wie ein vom Schicksal geschlagener Mann gebeugt hinaus.
Alley setzte sich zu Laurie auf die Kante der Pritsche. Mit einem Finger strich er eine verschwitzte Haarsträhne aus ihrer Wange. »Alles gut?«
Laurie nickte und wandte das Gesicht ab.

16. Kapitel

Am Äquator

Mit einem Bauchkribbeln, gemischt aus Abenteuerlust und Furcht, sah Will March der Überquerung des Äquators entgegen. Die Kreuzung des nullten Breitengrades im Atlantik galt als Höhepunkt jeder Seereise, wie Will wusste. Sie wurde mit einem wilden Fest gefeiert.

Pech für ihn, dass die Späße traditionell mit denen getrieben wurden, die entweder kein gutes Ansehen bei der Mannschaft hatten oder zum ersten Mal den Äquator schnitten.

Die Mannschaftskameraden mochten ihn, aber dass er noch nie zuvor eine Meeresreise unternommen hatte, war kein Geheimnis. Es stand zu befürchten, dass sie ihn als Ersten packen und meilenweit an einem Tau hinter dem Schiff herschleppen würden, so dass er in den Wellen des Ozeans gegen das Ertrinken ankämpfen musste.

Wann immer sich Will vorstellte, was sich die anderen wohl ausdachten, um sich auf seine Kosten zu amüsieren, spürte er ein Prickeln im Nacken. Er wusste, er musste das Schauspiel wie ein Mann durchstehen, um den Respekt der Seeleute zu gewinnen, aber wenn er bei den Späßen sein Leben einbüßte, würde auch kein Hahn nach ihm krähen.

Nun ja, vielleicht der Koch. Der brauchte ihn in der Küche. Wer sonst sollte die Rüben schnippeln, die Gedärme aus den Fischleibern ziehen und die Pfannen schrubben, bis die Hände bluteten?

Und Molly vielleicht.

Ja, natürlich. Molly, seine Schwester. Der würde es Kummer bereiten, wenn er die Feier nicht überlebte. Vielleicht.
Wenn für niemand anderen, dann wollte er für sie leben.
Wie eigenartig, auf einmal jemanden zu haben, für den er sich verantwortlich fühlte.
Sie war so zart und zäh zugleich. Mädchenhaft und gleichzeitig doch wild wie ein Kerl. Ein überaus bezauberndes Mädchen, wie Will fand.
Wenn sie nur ein weniger lasterhaftes Leben führen würde.
In Will bäumte sich alles auf, wenn er im Geist die Bilder aufleben ließ, wie seine Schwester mit ihrer Freundin den Sklavenhändler bediente.
Fremd war sie ihm in diesem Moment erschienen, so verachtenswert.
Nachdem er an diesem Morgen mehrere Holzeimer voller Zwiebeln geschält und gewürfelt hatte, gönnte sich Will einen kurzen Aufenthalt unter der sengenden Sonne.
Er streifte sein Hemd ab, damit es ihm nicht innerhalb weniger Minuten am Körper klebte, und wollte sich im Schatten der Segel auf einer der Taurollen ausstrecken.
Da bemerkte er, dass mehrere seiner Kameraden hinter dem Deckshaus die Köpfe zusammensteckten. Hin und wieder drang ein belustigtes Brummen zu ihm. Neugierig erhob er sich, um sich zu der Gruppe zu gesellen.
Die Seeleute nahmen ihn in ihrem Kreis auf – ein gutes Zeichen dafür, dass sie nichts zu seinem Schaden ausheckten.
Will spitzte die Ohren, um nichts zu verpassen. Kurz darauf lachte auch er und schob, genau wie die anderen, die Frauen weg, die sich wissbegierig anpirschten.
»Das geht euch nichts an!«, rief Ben Benson, drehte eine der Frauen um ihre eigene Achse und gab ihr einen Klaps auf den Hintern.

Maulend verdrückten sich die Gefangenen, erbost, dass sie nicht teilhaben durften, wenn es Unterhaltung gab.
Wenig später setzten die Männer ihr geheimes Vorhaben in die Tat um. Dafür benötigten sie einen erlegten Delphin, jede Menge Seetang und von John Nicol einen eisernen Fassring.
Die Frauen schickten sie unter Deck, holten sie später aber, als die Dunkelheit hereinbrach, wieder herauf.
Alles war bereit.

Mit Fackeln und Laternen begrüßten die Matrosen an diesem Abend die gefangenen Frauen. Als sich deren Augen an das Licht gewöhnt hatten, ging das Kreischen los.
Ein weit über das Meer hinausschallender Gong erklang, als eine Horde bizarrer Gestalten das Deck in Beschlag nahm. Einige Seeleute hatten sich als König Neptun und sein Gefolge kostümiert.
Der König trug die Haut des Tümmlers, der Kopf des Delphins ragte weit in die Höhe. Die anderen hatten sich Seetang als Perücken aufgesetzt und die Gesichter mit roter Farbe zu Masken entstellt. Sie rasselten mit Töpfen und Säbeln und schrien wie von Sinnen.
Die Frauen drückten sich aneinander, torkelten und taumelten auf dem schwankenden Schiff, das sich dem Äquator näherte. Sie wurden gekitzelt und gezwickt und mit donnerndem Gebrüll erschreckt. Manche hielten sich die Ohren zu, klammerten sich an die Freundin. Einige fielen hin, andere wurden gerade noch gehalten – ein tumultartiges Durcheinander an Bord unter dem Licht der Sterne und der in der Brise flackernden Fackeln.
König Neptun verlas aus einem Buch, welche der Seeleute noch nie zuvor den Äquator überquert hatten. Will begann,

an den Fingernägeln zu kauen. Was hatten sie mit ihm vor? Bei der Planung der Maskerade hatte er helfen dürfen, aber bei der Verabredung der Initiationsriten war er zu seinem Leidwesen ausgeschlossen worden.

Molly stand nicht weit von Will. In dem Durcheinander hatte sie sich getraut, ihren sicheren Platz im Unterdeck zu verlassen – inmitten all dieser Menschen würde es der Koch nicht wagen, ihr zu nah zu kommen.
Den Spaß an Bord wollte sie sich trotz ihrer Angst nicht entgehen lassen. Außerdem hegte sie die Hoffnung, dass Ben Benson mit dem baumelnden Messer am Gurt genau wie alle anderen dem Zuckerrum reichlich zusprechen und irgendwann sturzbesoffen in einer Ecke liegen würde, wo sie sich ihm auf leisen Sohlen nähern konnte, um ihm das Messer zu entwenden. Wie viel sicherer würde sie sich mit dieser Waffe fühlen!
Die Vorstellung, dem Fettwanst die Klinge in die Eingeweide zu treiben, erfüllte Molly mit einer Befriedigung, die sie selbst erschreckte. *Himmel, sie war doch keine Mörderin!* Aber der Koch hatte für sie alles Menschliche verloren. Ein tollwütiges Tier, vor dem sie erst Ruhe hatte, wenn es in seinem Blut lag.
Dorothy hatte Laurie am Krankenlager besucht und war mit einem zittrigen Lächeln zurückgekehrt. »Sie wird wieder heil werden«, hatte sie geflüstert.
Molly hatte ihr sofort angesehen, dass sie nichts ahnte von dem, was in der Kajüte tatsächlich passiert sein musste. Laurie würde schweigen, genau wie Rachel ihr Leben lang den Mund halten würde, genau wie Molly das, was sie wusste, niemals über die Lippen gebracht hatte. Der Koch leistete ganze Arbeit beim Einschüchtern seiner Opfer. Molly knirschte mit den Zähnen.

Die Männer mit ihren Fratzen und wilden Haaren und König Neptun in seinem Fischkleid beeindruckten sie wenig. Das Kreischen um sie herum fand sie anstrengend. Ein ums andere Mal knuffte sie Hannah in die Seite, damit die Freundin sich wieder einkriegte.

Ein paar Meter entfernt von ihnen stand die schwangere Annie, die ihren Bauch wie eine Trophäe vor sich hertrug. Bei dem Trubel, dem Schubsen und Rempeln geriet sie in Bedrängnis … und da! Da traf sie der Fuß eines vom Großmast herabspringenden Matrosen mitten in den Leib.

Ihr Schrei gellte in den höchsten Tönen. Sie umschlang ihren Bauch und ging in die Knie. Die Frauen um sie herum merkten gar nicht, wie schwer sie verletzt war, krakeelten und sangen weiter, aber Molly sprang mit zwei Sätzen zu ihr, gefolgt von Hannah.

Annie kauerte zusammengekrümmt auf den Brettern und wimmerte. Ihr Kleid verfärbte sich rot zwischen den Beinen. »Mein Kind, mein Kind!«, schrie sie in das allgemeine Lärmen hinein.

Sie war die Gefährtin des Ersten Offiziers. Also? Wo blieb Leutnant Edgar? Molly entdeckte ihn weit drüben am Achterdeck, wo er mit den anderen Uniformträgern die Feierlichkeiten feixend beobachtete und eine Flasche Rum kreisen ließ.

»Wir müssen sie auf die Krankenstation bringen«, zischte Molly Hannah zu und forderte die umstehenden Frauen auf, ihr zu helfen. Sie erntete nur Ablehnung, keine wollte sich das Spektakel entgehen lassen. Schließlich erbarmten sich zwei ältere Frauen, der Verletzten beizustehen.

Molly sprang auf, um Rose Naiden Bescheid zu geben, die mit ernster Miene nickte und sofort zur Station eilte. »Bleib bei den anderen«, sagte sie zu Molly. »Ich kann dich hier unten nicht gebrauchen.«

Molly gehorchte, gesellte sich wieder zu Hannah und ließ Annie in Roses Obhut. Eine bessere Versorgung konnte ihr nicht zuteilwerden. Sie hatte die Königin der Diebe einige Male dabei beobachtet, wie sie die Schwangeren untersuchte, und konnte sich nicht vorstellen, dass jemand fachkundiger oder einfühlsamer mit Schwangeren umging.
Hoffentlich konnte Rose das Kind retten.
Die schwangeren Frauen im Unterdeck verfluchten ihren Zustand und die zusätzliche Belastung, die Gefährtinnen der Seeleute dagegen erfüllte es, soweit Molly dies mitbekam, mit Stolz und Genugtuung, dass sie nun eine Familie gründeten. Es bedeutete ein Stück Hoffnung und Vertrauen auf eine bessere Zukunft, wenn sich die Männer an sie gebunden fühlten.
Auf dem Achterdeck hatte König Neptun nun begonnen, die Namen der Täuflinge vorzulesen.
Zögernd traten sie vor, mit hängenden Schultern, den Kopf eingezogen. *Armer Will*, dachte Molly mit einem Schmunzeln. Was würden sie jetzt mit ihm anstellen?
Wie die anderen traten Molly und Hannah näher an Neptun und sein Gefolge heran, um kein Wort zu verpassen. Das Schiff wankte, die Segel bauschten sich locker im Wind, aber inzwischen hatten die Frauen gelernt, so breitbeinig dazustehen, dass sie keine Bewegung aus dem Gleichgewicht brachte. In der Nähe von König Neptun standen Fässer, aus denen ein Gestank nach Fäkalien und verfaulten Essensresten drang. Molly hielt sich die Nase zu.
»Ich muss gleich kotzen«, zischte Hannah neben ihr mit erbsengrünem Teint.
»Seht nun meinem Barbier bei der Arbeit zu!«, rief König Neptun mit gebieterischer Stimme und vollführte eine hoheitsvolle Geste, worauf seine Lakaien antraten.

Die Täuflinge wurden nun an den Händen gefesselt. Man befahl ihnen, sich auf Bretter, die über den Fässern lagen, zu setzen.
Wills Kiefer mahlte. Molly spürte seine Anspannung fast am eigenen Leib und hätte ihm gern geholfen, aber – unmöglich. Sie würde ihm keinen guten Dienst erweisen, wenn sie als Frau für ihn in die Bresche sprang. Nützen würde es sowieso nichts. Also konnte sie nur zusehen, wie die Quälerei begann.
Neptuns Helfer begannen, die Gesichter der jungen Männer mit einer Mischung aus Teer, Talg und Unrat einzuseifen. Schließlich schwenkte Neptuns Barbier den vom Steward entliehenen Fassreifen, der als Rasiermesser dienen sollte, und setzte ihn ans erste Kinn. Die jungen Seefahrer wehrten sich, begannen wild zu kämpfen, und schon flog der erste vom Brett in die stinkende Brühe im Fass.
Hinter Molly und Hannah drängelten andere Gefangene, kicherten und reckten die Köpfe, um nichts von dem Schauspiel zu verpassen, während die alten Seeleute sich den Bauch vor Lachen hielten und die jungen in der Dreckbrühe mit den Armen ruderten, keinen Halt am Fassrand fanden und sich immer wieder an dem Unrat verschluckten.
Holt sie endlich da raus! Molly rang die Hände, dass ihre Finger schmerzten. Wills schwarzer Haarschopf verschwand immer wieder im Schmutzwasser. Beim Hochkommen prustete er und würgte.
Nach endlos scheinenden Minuten zogen Neptuns Lakaien die Täuflinge hoch. Sie lösten die Fesseln, aber die Tortur ging weiter. Mit Schwung und »Hepp!« beförderten sie jeden Einzelnen über die Reling, damit er sich im Meer reinigen konnte.

Molly flitzte an den Schiffsrand und lugte darüber. Was, wenn Will nicht mehr auftauchte? Wenn er unter den Rumpf geriet? Aber da! Da sah sie seinen Schopf in den plätschernden Wellen, vom Mondschein und den Sternen silbern beschienen.
Eine Strickleiter wurde hinabgelassen, und einer nach dem anderen zogen sich alle Getauften nach Luft japsend wieder ans Deck, wo sie sich auf die Bohlen fallen ließen und mit ausgestreckten Gliedmaßen und keuchendem Atem dem Schicksal dankten, dass diese Prozedur vorbei war.
Applaus wurde laut, wehte hinauf in die sternklare Nacht, aber die Gesichter der jungen Seefahrer blieben blass, ihre Münder verzerrt. Manche zogen sich, während sie sich allmählich zum Sitzen aufrichteten, mit spitzen Fingern die Teerklumpen aus den Haaren.
Molly kniete neben Will und strich ihm die Strähnen aus der Stirn. Er versuchte ein Lächeln, das misslang.
»Ist es jetzt vorbei?«, flüsterte Molly dicht an seinem Ohr.
»Ich hoffe es, Molly, ich hoffe es. Das gönnt man ja seinem ärgsten Feind nicht.«
Molly behielt für sich, dass sie durchaus einen an Bord kannte, dem sie genau diese Prozedur von Herzen gegönnt hätte. Aber der Koch war wohlgelitten. Keiner wäre auf die Idee gekommen, ihm so etwas anzutun. *Wenn die nur wüssten*, dachte Molly verbittert, *welch ein Höllenhund in ihrer Mitte sein Unwesen treibt.*
Ihr Blick ging zu den betagteren Seeleuten, die grölend beisammenstanden und die Rumflaschen kreisen ließen. Benson schwankte, als er die Flasche hob und das scharfe Getränk die Kehle hinablaufen ließ.
Gut so. Trink nur, trink! Trink, bis du umfällst, dachte Molly und starrte auf das Messer im Futteral. Keiner trug seine

Waffe so sorglos wie Ben – vermutlich, weil er das Messer in erster Linie nicht als Waffe, sondern als Werkzeug benutzte. *Guter alter Seebär.*

Molly und Hannah nahmen den geschwächten Will zwischen sich, als König Neptun eine Reihe von Seefahrern zu sich rief, damit sie ihre Amouren gestanden.

Kaum ein Mann hielt sich an die Vorschrift, sich lediglich eine Gefährtin zu nehmen. Die allermeisten trieben es bunt, wann immer es sie überkam. Nun sollten sie vor dem König die Beichte ablegen.

Eine pikante Geschichte nach der anderen wurde vorgetragen, die Seefahrer prahlten mit ihren Heldentaten. Manche schmückten ihre Schilderungen mit den intimsten Details aus, während das Publikum lauschte, und schließlich begannen sich die betrunkenen Männer und Frauen zu küssen und zu befingern.

Molly spähte nach rechts und nach links. Überall nur Lüsternheit, die sich hier unter dem Sternenhimmel am Äquator ein Ventil suchte. Wahllos griff hier eine Hand in ein Dekolleté, da eine unter einen Rock. Die ersten Betrunkenen stöhnten bereits vor Geilheit. Dralle Weiberhintern und -brüste leuchteten im Mondschein, während die Männer die Hosen herunterließen.

Eine Gruppe von Seefahrern musizierte mit Fideln und Maultrommeln. Dass Musiker an Bord die Moral heben, wusste jeder erfahrene Seefahrer, aber als nun die Männer und Frauen zu den schwülstigen Klängen zu tanzen begannen, explodierte an diesem Abend die zaghafteste Annäherung in Windeseile zu Liebestollheit. Der Alkohol trug dazu bei, dass jeder seine Scham verlor.

Hier waren sie, mitten auf dem Atlantik, fernab der Heimat, fernab des Ziels, im Nirgendwo. Frauen und Männer mit

Sehnsüchten und Lüsten, denen sie sich im Rausch und wie von Sinnen hingaben.
Sie stolperten über Flaschen und Fässer, die auf den Bohlen rollten, halbnackte Leiber drückten sich gegen die Reling, gegen Tauberge, an die Masten, auf die Planken. Manche der Kopulierenden ermatteten noch aufeinanderliegend, die Münder leicht geöffnet, sabbernd und heillos berauscht.
Molly, Hannah und Will zogen sich, als die Orgie begann, ins Unterdeck zurück, wo sie sich an die Luke drängten, um das Treiben zu beobachten, ohne darin verwickelt zu werden. Im Halbdunkel der Unterkunft saßen einige andere Frauen, die Reißaus genommen hatten, als ihnen der Spaß zu heikel wurde.
»Was ist mit dir, Will?« Molly knuffte ihren Bruder in die Seite. »Du bist jetzt ein ganzer Kerl nach der Taufe. Willst du dir nicht eine aussuchen, die dir gefällt?«
Wills Ohren glühten. »Lass das, Molly. Ich mag das nicht, wenn du so redest. Es geht dich nichts an, wann ich mir eine aussuche. Gewiss werde ich dich vorher nicht um Erlaubnis bitten.«
Molly und Hannah hielten sich kichernd die Hand vor den Mund.
»Was gibt es da zu gackern?«, zischte Will. »Ich hatte schon viele Frauen! Aber ich will bestimmt keine, wenn ich stinke wie eine Jauchegrube.« Er fuhr sich mit den Fingern durch die Haare. »Da kleben immer noch Teerbrocken drin.«
Molly unterdrückte ein weiteres Kichern. Will kam ihr immer noch vor wie einer, der nicht wusste, wo bei den Weibern hinten und vorne war. Der hatte bestimmt noch nie! Aber sie verzichtete darauf, weiter Schabernack mit ihm zu treiben.
Allmählich kehrte Ruhe ein auf dem Deck. Man hörte lautes Schnarchen, alle lagen kreuz und quer durcheinander, und die Offiziere zogen sich in ihre Kajüten zurück.

Hannah gähnte. »Ich leg mich jetzt auf meine Decke. Mir fallen gleich die Augen zu.«
»Schlaf gut.« Molly nickte ihr zu und verabschiedete sich auch von Will, den es nach den ausgestandenen Qualen in seine Hängematte zog. Sie streichelte ihm über den Arm. »Träum was Schönes«, sagte sie leise.
Will schürzte die Lippen. Ob er es als weiteren Spott über seine Unerfahrenheit empfand? Dabei sollte er doch nur die Äquatortaufe nicht mit in seine Träume nehmen. Aber noch bevor sie es klarstellen konnte, sprang er schon davon.
Molly suchte sich, gegen eine Bretterwand gelehnt, an der Luke eine bequemere Position.
»Kommst du nicht?«, hörte sie Hannah rufen.
Molly blickte über die Schulter. »Gleich, Hannah. Schlaf schon.«
Auch wenn ihre Lider vor Müdigkeit zuzufallen drohten, eine günstigere Gelegenheit als heute würde nicht kommen. Sie hatte Ben Benson keine Sekunde unbeobachtet gelassen und gesehen, wie er, mit dem Rücken an der inneren Bordwand herabrutschend, einnickte, die Buddel Rum noch in der Rechten. Er glitt zur Seite, sein Kopf lag auf den Brettern, das Futteral mit dem Messer lag halb unter seinem Hintern. Fast perfekt.
Jetzt.
Molly hievte sich hoch und schlich gebückt zu dem gefallenen Riesen. Dabei musste sie über die schlafenden Leiber steigen und darauf achten, dass sie nicht versehentlich auf eine Hand oder einen Fuß trat. Auch den Scherben wich sie aus – durch die Stofflappen, mit denen sie die Füße umwickelt hatte, würden sofort die spitzen Kanten dringen.
Abgesehen von den Schnarch- und Grunzgeräuschen der Schlafenden vernahm Molly nur das Plätschern der Wellen

gegen den Bug, das Schlagen der Segel und von der Krankenstation her unterdrücktes Wehklagen sowie gemurmelte Trostworte des Arztes.
Mit dem Gestank des Unrats aus den Fässern mischte sich der scharfe Geruch des in Strömen geflossenen Rums.
Nach der Fratze des Kochs hatte Molly den ganzen Abend vergeblich Ausschau gehalten. Sie fragte sich, ob er sich in der Kombüse aufhielt, während die anderen feierten. Aber nicht zu wissen, was er trieb, trug nicht zu ihrer Beruhigung bei.
Als sie sich dem schlafenden, beim Ausatmen durch die Zahnlücke pfeifenden Ben Benson näherte, ging sie achtsam vor wie ein Luchs.
Bis auf drei Fuß schlich sie an den Hünen heran und atmete mit geöffnetem Mund. Bens Kinn war auf die Brust gesunken, so dass er aussah, als hätte er drei davon. Das Haar stand ihm buschig über den Ohren. Die Wangen glänzten im Schlaf hellrot, ein merkwürdig zarter Gegensatz zu seiner Respekt gebietenden Erscheinung.
Molly ging in die Knie, starrte Ben aus einem Meter Entfernung direkt ins Gesicht. Wenn er jetzt die Augen aufschlug, konnte sie immer noch erklären, dass sie sich nur nach seinem Befinden erkundigen wolle, da er schlafe wie ein Toter. Aber Ben atmete ruhig weiter, die Lider mit den kurzen Wimpern geschlossen. Er dünstete Männerschweiß und Rum aus.
Millimeter um Millimeter näherte sich Mollys Hand dem Messer, nachdem sie sich ein letztes Mal nach rechts und links abgesichert hatte.
Nein, kein Zeuge in der Nähe.
Sie versuchte, ihren Atem so ruhig wie möglich zu halten, als ihre Finger den Griff berührten. Mit Daumen und Zeigefin-

ger umfasste sie ihn und zog langsam. Halb glitt das Messer aus dem Lederschutz, noch ein Stück, ein winziges Stück … Da schnellte Bens Rechte hoch und umschloss Mollys Handgelenk wie ein Schraubstock. Gleichzeitig riss er die Augen auf und starrte sie durchdringend an, als hätte nie ein Tropfen Rum seinen Verstand benebelt. »Was tust du hier, du kleine Ratte?«

Vor Schreck fiel Molly auf den Hintern. Wie hatte sie sich so täuschen können? Alle hatten doch gesehen, dass Ben nicht mehr Herr seiner Sinne war! Sie fürchtete, ihre Hand, die er immer noch umklammert hielt, würde jeden Moment knacken wie ein Hühnerknochen.

»Ich wollte nur nach Euch sehen. Ich dachte, Ihr atmet nicht mehr.«

»Erzähl mir keinen Scheißdreck, du Miststück! Was willst du mit dem Messer? Wolltest du mich hinterrücks abstechen?«

Molly schluckte trocken. »Aber nein, nie, niemals, Herr! Bitte, Ihr müsst mir glauben!«

»Was soll ich glauben?«, brüllte Ben. Niemand in der näheren Umgebung reagierte, obwohl seine Stimme durch die Nacht donnerte wie ein Gewitter.

»Ich … ich brauche nur das Messer. Aber ich wollte Euch nichts Böses antun. Ich schwöre es vor dem Herrn!«

»Ich pfeife auf deine Schwüre!«, stieß Ben hervor, lockerte aber endlich den Griff.

Molly verzog das Gesicht. Als er die Finger löste, rieb sie über die Stelle, die sich violett verfärbte. Ihre Finger kribbelten, als würden Ameisen darüberlaufen.

Ben verstaute sein Messer im Futteral, unablässig Molly beobachtend. »Spuck's aus! Was willst du mit dem Messer? Glaubst du, du kannst dich hier an Bord freikämpfen?« Er stieß ein spöttisches Lachen aus. »Und dann? Willst du über

die Reling springen und bis nach Afrika zu den schwarzen Männern schwimmen?«
Molly schüttelte so heftig den Kopf, dass die Haarspitzen um ihre Wangen flogen. »Haltet mich nicht für eine Närrin. Ich weiß, dass ich mich nicht befreien kann. Aber ...« Ihr Verstand raste. Wie sollte sie sich bloß aus der Situation herauswinden, ohne Ben Benson die Wahrheit zu beichten?
Seine Hände schnellten wieder vor. Diesmal packte er Molly an den Schultern und schüttelte sie. »Was stimmt mit dir nicht? Rede mit mir, oder ich schmeiß dich auf der Stelle mit aufgeschlitzter Kehle über Bord.«
Molly wand sich aus seinem Griff und fasste sich an den Hals. »Ich ... ich kann es nicht sagen. Sonst bin ich verloren.«
»Verloren bist du, wenn du nicht gleich das Maul aufmachst.«
Molly schluckte. Sollte Ben Benson wirklich der Erste sein, der von ihrem Geheimnis erfuhr?
Würde er ihr glauben?
Oder würde sie, wenn sie zu erzählen begann, damit ihr Todesurteil besiegeln, weil der Koch möglicherweise Bens bester Freund war oder weil Benson ihr kein Wort glaubte? Es half nichts. Sie fühlte sich, als hätte sie die Wahl zwischen Lepra und Pest, aber eine Entscheidung musste sie treffen, bevor ihr der Seebär die Arme auskugelte oder den Hals durchschnitt.
»Ich brauche die Klinge, um ...«
Bens Blick glühte.
»... um mich zu verteidigen.«
Molly sah dem Hünen in die Augen. Die Glut darin verlosch und machte dumpfem Unverständnis Platz.
»Wer bedroht dich? Eine von den Weibern? Deswegen willst du sie abstechen? Warum machst du nicht Meldung beim Kapitän?«

»Es geht nicht um die Kämpfe unter uns Gefangenen. Da kann ich mich meiner Haut erwehren. Auch ohne Messer.« Sie räusperte sich. Jetzt gab es kein Zurück mehr. Es musste raus. »Es geht um den Koch.«

Ben verstand jetzt gar nichts mehr. »Hat er dir verdorbenen Fraß vorgesetzt?«

»Wenn's nur das wäre.« Molly ließ sich dicht neben Ben an der Bordwand nieder und kauerte sich zusammen.

Ben näherte sein Ohr, aus dem drahtige Haare wuchsen, ihren Lippen. Molly brachte kaum mehr als ein Wispern heraus, ihre Stimme war heiser und gebrochen von den unterdrückten Ängsten. Aber während sie sprach, spürte sie, wie sich etwas in ihr löste, als würde jemand einen zu straff gespannten Bogen lockern.

Ben unterbrach sie mit keinem Wort, als sie ihm schilderte, was sie vor vielen Monaten in *Dorothy's Guesthouse* erlebt hatte und wie es sie zu Tode entsetzte, als sie genau diesen Teufel an Bord wiedersah.

Wie sie es die ersten Wochen geschafft hatte, ihm aus dem Weg zu gehen, und wie sie ihm dann in das von Hass und Mordlust entstellte Gesicht gesehen hatte.

»Er muss Entsetzliches mit Laurie angestellt haben. Er hat sie eingeschüchtert wie mich. Deswegen verrät sie nichts. Ihr seid der Erste, dem ich davon erzähle.«

Ben lehnte sich zurück und kratzte sich am Ohr, als hätte sie ihm Juckpulver hineingepustet.

Seine Stirn lag in Falten, während er auf den Lippen kaute. »So was kann sich ein Zwerg wie du nicht ausdenken«, brummte er schließlich.

»Es ist die Wahrheit, die reine Wahrheit, die ganze Wahrheit. Ich traue mich nicht mehr an Deck, ich komme nicht zur Ruhe, Alpträume überfallen mich, sobald mich der Schlaf übermannt, ich bin Tag und Nacht auf der Hut. Wenn mich der Kerl erwischt, bin ich verloren. Ohne Messer habe ich ihm rein gar nichts entgegenzusetzen.« Molly sah von unten zu dem Hünen mit der Zahnlücke auf, versuchte, in seiner Miene zu lesen. Erleichterung durchströmte sie, als sie erkannte, dass sie zu ihm vorgedrungen war. Er tat ihre Geschichte nicht als Weiberhumbug ab, er nahm sie ernst, er glaubte ihr.

Nur – was nützte ihr das?

Würde er ihr das Messer überlassen, weil er begriff, dass sie es brauchte?

Wohl nicht.

Mit vielem hätte Molly gerechnet, aber nicht damit, dass Ben auf einmal den Arm um ihre Mädchenschultern legte und sie an sich drückte. Vorsichtig lugte sie zu ihm auf, in seiner Achselhöhle wie ein kleines Kind geborgen. Seine Augen glitzerten. Da löste sich eine Träne und rollte über seine Wange, die er mit einem schmutzigen Finger wegwischte. »Du armer Wurm«, sagte Ben. »Du musst jetzt keine Angst mehr haben.«

Molly schluckte, und ein fremdes Gefühl hüllte sie ein, das sich ausnahm, als schlüge jemand in einer Eiswinternacht eine Daunendecke um sie. Sie schmiegte sich noch fester in Bens Arm, um dieses Gefühl auszukosten, ohne dabei in ihrer Wachsamkeit nachzulassen. Sie rechnete damit, dass Bens Hand in der nächsten Minute unter ihr Gewand wandern würde, wie es bei allen Männern war, die sie in den Arm nahmen. Aber nichts geschah. Sie saßen nur da.

Molly spürte ihren Herzschlag in der Brust.

Schließlich rülpste Ben leise in die Faust, wobei sein Körper in eine wellenartige Bewegung geriet. »Das Messer ist nicht gut für dich. Kein guter Plan, es an dich zu nehmen. Die bes-

sere Idee ist, dass du künftig an meiner Seite bleibst.« Er linste auf sie hinab. »Natürlich nur so lange, wie du mir nicht lästig bist. Wenn ich sage *geh*, dann gehst du, verstanden?«
»Ja, Sir.«
»Sag nicht Sir zu mir. Ich bin Ben Benson.«
»Ja, Ben Benson.«
Mollys Mund fühlte sich trocken an, sie sehnte sich nach einem Schluck kühlen Wassers, aber das war unmöglich zu beschaffen. Wenn, dann fand sie nur die laue Brühe in den Fässern, die auch noch bald zur Neige gehen würde. Im Osten tauchten die ersten Schlieren der aufgehenden Sonne auf, der Himmel färbte sich rosagrau, und das Schiff schaukelte wie ein Stück Treibgut in dem ruhigen Wasser.
In Molly fochten die widersprüchlichsten Gefühle miteinander. Einerseits tat es ihr wohl, hier im Arm von Ben Benson, andererseits war es ungewohnt, sich auf jemanden zu verlassen. Sicher, Ben Benson schien stark genug und muskulöser als der Koch, aber wie ernst nahm er es mit ihrem Schutz? Wie viel bedeutete ihm eine verurteilte Hure? Würde es ihm nicht gleichgültig sein, ob die Bestie sie erwischte oder nicht?
Molly hätte so gern geglaubt, dass sie sich bei Ben geborgen fühlen durfte, aber es wollte ihr nicht gelingen. Doch sie gestattete sich ein paar Atemzüge lang, die Wärme des alten Seebären zu genießen.

Zur gleichen Zeit, da sich an Deck die Feier zur Äquatorüberquerung in eine Orgie gewandelt hatte, kämpften Dr. Alley, Rose Naiden und Claire auf der Krankenstation der *Lady Juliana* um das Leben von Annie und ihrem Kind.
Sie hatten mehrere Laternen aufgehängt, um besser sehen zu können, und Claire sorgte für heißes Wasser und Tücher.

Annie schrie und wand sich, die Hände fest um den Leib gepresst. Schweiß rann ihre Schläfen hinab, die Zähne hielt sie zusammengebissen.

Ein paar Meter entfernt lag Laurie auf ihrer Pritsche, die Augen geöffnet, den Mund entspannt. Sie hatte in der Seitenlage die Wange auf die gefalteten Hände gebettet und beobachtete ohne die geringste Regung, wie sich die Gebärende quälte. Es war, als befinde sich zwischen ihr und dem Geschehen eine Glaswand.

Claire schaute hin und wieder zu ihr, aber Laurie veränderte ihre Haltung nicht und gab keinen Ton von sich, als ginge sie das alles nichts an.

Oder als habe sie so viel Leid erlebt, dass es keine Steigerung gab.

Ich muss mich in den nächsten Tagen um sie kümmern, nahm sich Claire vor. Laurie wirkte abwesend und wie innerlich gestorben. Aber jetzt, in dieser Stunde, brauchten Annie und das Kind, das auf die Welt drängte, sie dringender.

Zunächst lag Annie auf der Pritsche, wo der Arzt sie mit einem geübten Schnitt in den Arm schröpfte, um der Überhitzung ein Ventil zu geben. Aber die viel zu frühe Geburt konnte er nicht mehr aufhalten.

Rose half Annie auf, fasste sie unter den Achseln, während sich die Gebärende mit gekrümmten Beinen hängen ließ und vor Schmerz schrie. Sie stierte auf den Boden, wo sich Blut, Urin und Fruchtwasser zu einer Lache verbanden. Als das Köpfchen nach draußen stieß, bäumte sich Annie auf. Ein Laut wie von einem waidwunden Tier drang aus ihrem aufgerissenen Mund. Claire stand neben ihr, tupfte ihr Schläfen und Stirn ab und benetzte ihre Lippen mit Wasser, während das Jubeln und Lachen am Oberdeck allmählich in Hecheln und lustvolles Stöhnen überging.

»Oh, Herr im Himmel«, stieß Claire aus, als das Kind mit einem letzten Aufbäumen der Gebärenden herauskam.
Das Kleine war blauschwarz. Claire verbiss sich die Tränen. Es war verwachsen, sie konnte kaum Arme und Beine erkennen. Dass es tot war, wusste jeder im Raum.
Rose durchtrennte die Nabelschnur und wickelte das leblose Wesen fest in ein Leinentuch. Sie übergab es einer an der Tür gaffenden jungen Frau, die vor Entsetzen zurückwich.
»Stell dich nicht so an!«, giftete Rose. »Los, bring es weg! Der armen Missgeburt ist nicht zu helfen.«
Der Arzt beugte sich über Annie, deren Brustkorb sich beim Atmen heftig hob und senkte und deren Schweiß sich nun mit Tränen mischte. »Lasst es mich sehen. Ich will mein Kind sehen«, flüsterte sie.
»Nein, das willst du nicht«, gab Rose harsch zurück. »Du bist jung und gesund, du wirst noch viele Kinder bekommen. Aber dieses …« Sie schluckte. So forsch sie sich auch der Mutter gegenüber gab – ihre Miene drückte deutlich aus, wie nah es ihr selbst ging, dass dieses verkrüppelte Wesen nie eine Chance bekommen hatte.
»Dieser Kerl, der mich getreten hat …« In Annies Stimme schwang die Panik mit.
Dr. Alley schüttelte den Kopf. »Ihn trifft keine Schuld. Das Kind muss schon vorher gestorben sein. Wahrscheinlich könnt Ihr ihm dankbar sein, dass sein Tritt die Geburt eingeleitet hat. Sonst wärt Ihr am Ende an den Giften des Leichnams in Eurem Leib noch selbst zugrunde gegangen.« Er nickte Rose zu.
Als wären sie ein seit Jahren eingespieltes Team, begann Rose, Annies Unterleib zu massieren, um die Nachgeburt auszutreiben. Währenddessen wies der Arzt Claire an, aus Teeblättern und Opium einen Sud anzusetzen, mit dem sie

den Leib der Patientin ausspülen würden, um alle Blutklumpen herauszuwaschen.
Claire strich Annie über die Stirn. »Bald ist es geschafft, Annie, bald.«
Annie schluchzte auf. »Ich wünschte, ich wäre tot.«
»Pssst«, machte Claire. »Du hast doch den Doktor gehört, du wirst weitere Kinder haben. Unter besseren Umständen als hier auf dem Schiff.«
»Sir Edgar wird mich verstoßen. Was will er mit einem Wrack wie mir, das nicht mal fähig ist, ihm einen gesunden Sohn zu schenken.«
»Das glaube ich nicht, Annie. Hab Vertrauen«, erwiderte Claire, aber die Verunsicherung, die sie dabei fühlte, war deutlich zu hören. Alles, woran sie in ihrem früheren Leben geglaubt hatte – Treue, Loyalität, Verantwortung –, verlor in dieser Welt seine Bedeutung. Vielleicht waren Annies Befürchtungen berechtigt? Warum sollte der Erste Offizier zu einem gebrochenen Wesen mit verwundetem Leib stehen, wenn Dutzende gesunde hübsche Frauen darum buckelten, seine Braut sein zu dürfen?
Während Rose alles, was sie aus der jungen Mutter herausgeholt hatte, auf ein Tuch legte, das sie am Ende verschnürte, um es genau wie das Baby über Bord werfen zu lassen, griff der Arzt zu einem Fläschchen Laudanum, das Annie helfen würde, in einem langen Schlaf Kräfte zu sammeln.
Einige Meter entfernt drehte Laurie das Gesicht zur Wand. Kein Laut kam über ihre Lippen.

Annie schlief auch noch am nächsten Tag, als an Deck wieder Leben in die bis zur Besinnungslosigkeit berauschten Frauen und Männer kam. Stöhnend richteten sich die ersten auf.

Einige der Offiziere, die in ihren Kajüten genächtigt hatten, standen bereits an der Reling. Ihre Stirn war besorgt in Falten gelegt, wie Claire, die sich zwischen den Leibern die Beine vertrat, bemerkte. Sie redeten leise miteinander, während die Sonne in den Zenit stieg und die Luft so schwül und drückend wurde, dass es den Menschen das Atmen erschwerte. Gleißende Punkte tanzten auf der spiegelglatten Wasseroberfläche, kein Lüftchen kräuselte das Meer, die Segel hingen schlaff. Nur hier und da quietschte ein Scharnier, das geölt werden musste.

Claire spürte die Anspannung, die von den Offizieren ausging. Sie warf einen Blick auf Sir Edgar, der sich kein einziges Mal erkundigt hatte, wie es seiner Gefährtin ging, nachdem man ihm zugetragen hatte, dass das Kind tot geboren und über Bord geworfen worden war. Man hatte darüber getratscht, dass der von allen verehrte Regierungsbeauftragte bei der Feier eine andere küsste, während seine Kirschmund-Lady mit dem Tod kämpfte. Gut oder böse, schwarz oder weiß – die menschlichen Schattierungen verschwammen in dieser Gesellschaft. Claire fühlte sich überfordert, hier war nichts zu ändern.

Sie begegnete Jack Barns, der ihr zunickte. Claire sah an seiner Miene, dass er sich um Reserviertheit bemühte. Er hatte sie gehen lassen, obwohl er in sie verliebt war, und es lag unter seiner Würde, auch nur eine Spur seiner Gefühle für sie zu verraten. Claire ahnte, was in ihm vorging, und hoffte nur, dass seine Zuneigung zu ihr nicht ins Gegenteil umschlug. Dass er aus verletztem Stolz nicht Wege ersann, ihr zu schaden.

Sie wagte ein Lächeln. »Was passiert hier, Jack? Wie sollen wir ohne Wind vorankommen?«

»Gute Frage.« Sein Lächeln misslang. »Aber ich habe leider keine gute Antwort. Wir befinden uns hier im Kalmengürtel.

Diese Gegend ist für ihre Flauten bekannt. Hier ersterben die Winde, die Strömungen prallen aufeinander. Viele Schiffe geraten in die Misere. Manchmal schafft man es, den Gürtel in drei Tagen zu überqueren, manchmal dagegen …«, er hüstelte, »… manchmal dauert es Wochen.« Sein Blick ging in die Ferne, über die glatte ölige Oberfläche des Atlantiks.
Claire blähte die Wangen. »Es sind so viele Schwangere an Bord. Bei einigen sind es bis zur Niederkunft nur noch wenige Wochen.« Die Eindrücke der vergangenen Nacht waren noch frisch. Die Bilder von dem verwachsenen Kind und Annies Qualen würde Claire ihr Lebtag nicht vergessen.
Links zu ihren Füßen lag der Seemann Ben Benson, der in der Vormittagssonne döste und auf dessen Schoß Mollys Schopf ruhte. Beide schnarchten. *Welch trügerisches Bild der Harmonie*, ging es Claire durch den Sinn. Bitterkeit stieg in ihr auf. Die Kleine ließ keine Gelegenheit aus, sich ein paar Schilling zu verdienen oder sich die Gunst der Seeleute zu sichern. Was, wenn sie am Ende auch mit dickem Bauch dastand? Sie war doch selbst noch ein Kind.
Jack hob die Schultern. »Was soll ich tun? Soll ich pusten?«, spottete er, doch Claire fühlte kein Verlangen zu spaßen. Sie spürte die Gefahr körperlich, die von dieser Ruhe mitten auf dem Atlantik ausging.
Wie lange würde das Frischwasser ausreichen? Die Vorräte an Bord? Vor allem die frischen Früchte und Gemüse, die so wichtig gegen den Ausbruch des gefürchteten Skorbut waren.
»Gestern wurde ein Kind geboren«, sagte sie leise, während ihr Blick wieder zu Sir Edgar ging, der mit dem Kapitän debattierte. »Noch in derselben Stunde wurde sein Leichnam dem Meer übergeben.« In ihren Augen blinkten Tränen.
Jack musterte sie. Claire wappnete sich, dass er die Arme zum Trost um sie legen würde. Sie hätte sich nicht gewehrt.

Sie waren sich nah genug gekommen, und sie hätte eine solch mitfühlende Geste zugelassen.
Aber er tat nichts dergleichen, nickte nur zum Zeichen, dass er ihren Schmerz verstand.
»Ob die Mutter überlebt, steht in den Sternen. Ich will nach ihr sehen.« Claire raffte ihren Rock an den Seiten.
»Halt, Claire, ich begleite dich«, sagte Jack, während die Herumliegenden sich aufrappelten. »Es kann noch ein paar Minuten warten, bis wir dem faulen Pack die Hammelbeine langziehen.«

Kurz darauf duckte sich Jack, um mit seinem Dreispitz durch die Kajütentür zur Krankenstation zu gelangen.
Annie lag auf der Pritsche, das Gesicht perlenweiß und schweißüberströmt.
Sie wälzte sich in einem unruhigen Dämmerschlaf, den eine weitere Laudanumgabe bewirkt haben mochte.
Der Arzt hatte sich vermutlich nach der langen Nacht für ein paar Stunden hingelegt, um wieder zu Kräften zu kommen. Außer Annie lag nur Laurie im Raum, den Blick wie in der Nacht nach innen gerichtet.
Claire begann, Annie das Gesicht zu waschen und mit einem in Wasser getränkten Schwamm die rissigen Lippen zu betupfen.
»Es scheint schlecht um sie zu stehen«, murmelte Jack, der hinter Claire stehen geblieben war.
Claire nickte. »Es war eine schwierige Geburt, und die Trauer um das tote Kind setzt ihr zu. Wir müssen für ihr Leben beten.«
Jack blieb stumm, doch als Claire zu ihm aufsah, bemerkte sie, dass er Laurie betrachtete.
»Das ist das Mädchen, das beim Koch in die Glasscherben gestürzt ist. Ihre Verletzungen werden heilen, so Gott will, aber ihre seelische Gesundheit bekümmert mich.«

»Ja, ich habe von dem Unfall gehört«, sagte Jack und trat näher an Laurie heran. Er setzte sich seitlich auf die Pritsche, strich mit einem Finger über ihre Wange. »Wie schön sie ist«, flüsterte er dabei. »Wie verletzlich.«
»Die Strapazen der Reise machen uns alle verletzlich«, erwiderte Claire, während sie Annies Hände in die ihren nahm, um ihr zu zeigen, dass jemand auf sie achtgab.
Jack bewegte den Oberkörper, um in Lauries Sichtfeld zu geraten, aber nach wie vor wirkten ihre Augen wie Glaskugeln und ihre Miene maskenhaft.
»Sieht sie nichts?«, fragte er.
Claire zuckte die Schultern. »Es scheint so, obwohl ihr Sehvermögen bei dem Sturz keinen Schaden genommen hat. Ich glaube, sie blickt nur nach innen. Es braucht seine Zeit, bis sie die Melancholie überwindet. Der Arzt wird sie sicher noch einmal schröpfen müssen.«
»Ob das was nützt?«, murmelte Jack.
»Wir können nichts anderes tun, als dem Arzt zu vertrauen«, gab Claire zurück.
Jack schwieg, nahm Lauries Hand in seine und streichelte mit dem Daumen über die Haut. »Das Leben hält noch viel Schönes für dich bereit, Laurie«, murmelte er dabei, als habe er vergessen, dass er sich nicht allein mit ihr im Raum befand. »Kämpfe, Laurie, kämpfe. Es lohnt sich. Glaub mir.«
Claire spürte eine Welle der Zuneigung für diesen Mann, der sich auch ihr gegenüber so mitfühlend benommen hatte, obwohl es in seiner Macht gestanden hätte, sich von ihr das zu holen, was ihm nach Seefahrerrecht zustand. Die Frau, die sich irgendwann in ihn verliebte, durfte sich glücklich schätzen. Einmal mehr bedauerte Claire, dass sie das nicht sein konnte.

Eine halbe Stunde später rief Jack ein paar der anderen Offiziere heran. Gemeinsam stiefelten sie über Deck, traten hier gegen einen Bauch, da gegen einen Schuh und klatschten in die Hände. »Auf jetzt, ihr faules Pack!«, hallte es über die Planken. Wenig später sah man die ersten Seeleute zwischen den drei Masten.

Bei einer Flaute gab es für das Seevolk mehr zu tun als bei kräftigem Wind. Während sie nun im Kalmengürtel dümpelten, mussten ständig die Segel neu getrimmt werden, denn der leise Wind wechselte im Minutentakt die Richtung. Sie kamen nur im Schneckentempo voran.

Dabei sehnten sich alle an Bord der *Lady Juliana* danach, endlich diese Zone hinter sich zu lassen. Die Luft war so feucht, dass die Kleider klamm am überhitzten Körper klebten. Alles, was aus Eisen bestand, begann zu rosten, alles Verderbliche begann zu schimmeln.

Der Teer in den Ritzen der Wände und Böden schmolz, das Pech zwischen den Planken warf Blasen. Alle naselang fiel jemand in Ohnmacht.

Sie rationierten den Wasservorrat, eine zusätzliche Belastung, denn der Körper verlangte nach Flüssigkeit bei dieser Hitze, zumal die Mahlzeiten zu einem guten Teil aus salzigem Pökelfleisch bestanden.

Weil sie kaum von der Stelle kamen, umgab sie ein Gestank wie in den englischen Häfen. Urin und Kot und verdorbene Küchenabfälle sammelten sich kloakengleich rings um das Schiff. Bald wucherten um den Unrat Algen, welche die Männer in Beibooten zu entfernen versuchten. Sie mühten sich auch ab, den Dreimaster zu schleppen, eine schweißtreibende Arbeit, aber abzuwarten, bis der Wind ihn vorantrieb, hätte bedeutet, alle Menschen an Bord dem sicheren Tod zu übergeben.

Nur die Gewitter brachten hin und wieder ein wenig Abkühlung und Erleichterung, aber das Regenwasser verdampfte so schnell, wie es herabgefallen war.
Dr. Alley hatte nun alle Hände voll zu tun. Die Krankenstation bot jedoch nur knapp einem Dutzend Patienten Unterschlupf und Versorgung. Zu allem Unglück brach der Skorbut aus. Mehrere Gefangene zeigten ihm entsetzt die schwarzen Pusteln auf ihrer Haut, Blutergüsse, Ausschläge um die Münder, ausgefallene Zähne und schwammiges Zahnfleisch. Der Arzt und seine Helferinnen verabreichten den Kranken rohe Zwiebeln und Zitronensaft, sie verpassten ihnen Einläufe aus Salzwasser, um die Säfte zum Fließen zu bringen und die Schlacken aufzulösen. Diejenigen, die ihn nicht mehr dringend brauchten, entließ Dr. Alley wieder ins Unterdeck. Mitte Oktober, als sich auch noch die Ruhr ausbreitete, zählte der Schiffsarzt sechzig Kranke, und die Bark lag immer noch im Kalmengürtel fest.
Leutnant Edgar, der Arzt und Aiken trafen sich in der Kapitänskajüte zur Lagebesprechung. Bis nach Kapstadt lagen noch Tausende von Meilen vor ihnen. Zudem stand zu befürchten, dass die peniblen Holländer sie wegen der Ansteckungsgefahr gar nicht einlaufen ließen.
»Wenn wir Wind aus dem Osten bekommen, ist Rio de Janeiro der nächstgelegene Hafen«, stellte Kapitän Aiken fest. Die anderen Männer nickten mit verkniffenen Mienen.
»Die Kranken wären erleichtert«, murmelte Alley.
»Wir könnten das Schiff wieder instand setzen«, fügte Leutnant Edgar hinzu. »Alles, was wir hier auf See flicken, ist doch nur provisorisch. Vor allem müssen wir die Vorräte ergänzen, die Wasserfässer füllen, Medizin besorgen.«
»Wie es aussieht, werden in Kürze Dutzende von Frauen gebären. In Sao Sebastiao, im Hafen von Rio, sind die Umstän-

de besser, um die Babys gesund auf die Welt zu bringen«, fügte Aiken hinzu.
Und so nahm die *Lady Juliana* Kurs auf Rio de Janeiro.
Mitte Oktober frischte der Wind endlich auf. Ein paar Tage später lag die brasilianische Küste in Sichtweite.

»Hast du die *Guardian* gesehen?« Ben Benson verschränkte die Arme vor der Brust und schnalzte durch die Zahnlücke.
Dorothy, die auf die am Horizont liegende brasilianische Küste blickte, schnellte zu ihm herum.
Molly hielt sich seitlich hinter Ben und genoss den auffrischenden Wind, der durch ihre Haare wehte, genau wie den Schutz des Seebären.
»Willst du Hohlkopf mich zum Narren halten?«, giftete Dorothy ihn an. Ihr Haar fiel stumpf auf die Schultern, die Lider waren dick, die Gesichtszüge aufgedunsen, die Lippen rissig, aber sie hatte sich wie Molly und Hannah weder die Ruhr noch den Skorbut eingefangen. »Wo sollte ich die *Guardian* gesehen haben?«
Ben zuckte die Schultern. In seinen Augen blitzte es belustigt. »Nun, sie hielt sich eine ganze Weile hinter uns auf dem südwestlichen Kurs.«
»Das sagst du mir erst jetzt?« Dorothy Stimme überschlug sich.
Ben lachte laut auf. »Aus gutem Grund, Schönste, aus gutem Grund. Ich habe befürchtet, du würdest deinen hübschen Hintern in ein Beiboot schwingen, um das Kriegsschiff im Alleingang zu kapern.«
»Was würde das dich angehen? Meine Sache, wenn ich Vergeltung will.«
»Nicht ganz. Es mag deine Angelegenheit sein, dich rächen zu wollen, aber es ist unsere Aufgabe, euer Leben zu schüt-

zen. Immerhin seid ihr Untertanen der Regierung, auch du, Dorothy.«

Die Bordellwirtin stemmte die Hände in die Hüften. »Keiner wird mich aufhalten, wenn ich diesem Galgenvogel begegne.«

»Das fürchte ich auch«, erwiderte Ben gespielt zerknirscht. »Aber es hat sich erledigt. Ich dachte zunächst, die *Guardian* steuert genau wie wir Sao Sebastiao an, aber sie haben gedreht und sind jetzt offenbar auf direktem Kurs nach Kapstadt.«

Dorothy griff sich an die Stirn. »Dann werden sie dort lange Zeit vor uns ankommen und vielleicht längst schon wieder unterwegs sein, wenn wir Afrika erreichen?«

»Scheint so.« Molly sah, wie Ben Dorothy anstarrte, als wollte er sie hypnotisieren und zur Vernunft bringen. Aber in deren Augen funkelten nur die Rachlust und die Enttäuschung darüber, dass es in dem Hafen, den sie nun ansteuerten, erneut nicht gelingen würde, sich Pietro vorzuknöpfen.

Dorothy schnaubte, dass sich ihre Nasenflügel dehnten. Dann schoss ihr Blick zu Molly, deren Schopf neben Bens Bauch auftauchte. »Was hältst du überhaupt hier Maulaffen feil? Seit wann lungerst du wieder an Deck herum? Ich dachte, du sorgst dich, dass dir die Sonne dein erbsengroßes Hirn verbrennt?«

In dieser Stimmung ließ Dorothy nicht mit sich spaßen. Also ließ Molly es lieber nicht auf ein Wortgefecht ankommen. Sie spitzte nur die Lippen und klimperte mit den Wimpern.

Dorothy grunzte. »Ach, scher dich zum Teufel, Rotzgöre.« Sie machte auf dem Absatz kehrt und stapfte davon.

»Wann nimmst du dir den Koch vor, Ben Benson?«, fragte Molly, als sie mit dem Seebären allein hinter dem Deckhaus stand.

Ben stieß verächtlich die Luft aus. »Was du dir so vorstellst! Ich kann nicht mir nichts, dir nichts in die Kombüse spazieren, den Dickwanst am Kragen packen und auf die heiße Pfanne setzen. Was glaubst du, welches Wort mehr zählt? Das eines beliebten Schiffskochs, der seit Jahren keinen Grund zur Klage gibt, oder das einer kriminellen kleinen Straßenhure? Ich glaube dir, aber ich bezweifle, dass du noch jemanden findest, der deinem Wort mehr Gewicht gibt als dem eines angesehenen Mitglieds der Mannschaft. Wenn du Angst vor ihm hast, bleib weiterhin in meiner Nähe, wie wir es verabredet haben. Aber mehr kann ich nicht tun. Es sei denn, wir erwischen ihn auf frischer Tat.«

»Du willst warten, bis er eine weitere der Frauen fast zu Tode quält?«

Ben schnalzte mit der Zunge. »Wir müssen eben rechtzeitig eingreifen, bevor es zum Äußersten kommt. Das heißt, ich muss eingreifen, du wirst dich schön raushalten.«

»Ich glaube nicht, dass ich das kann«, erwiderte Molly mit gerunzelter Stirn.

»Das glaube ich aber für dich mit. Wenn du mir nicht vertraust, kann ich dir nicht helfen.«

Direkt vor ihnen kam Will aus dem Takelwerk herabgesprungen. Er federte seine Landung auf den Bohlen ab und schaute, noch hockend, zwischen Ben und Molly hin und her.

»Ich wusste gar nicht, dass du sie zur Gefährtin genommen hast«, sagte er mit düsterer Miene.

»Ich …« setzte Molly an.

»Und wenn es so wäre«, sagte Ben, »ginge es dich einen feuchten Kehricht an. Pack dich zurück in den Mastkorb, Wicht.«

Wills Ohren glühten.

Molly packte Ben am Arm. »Will ... er ist mein Bruder und sorgt sich um meinen Ruf.«

»Wie, dein Bruder?« Bens Gesichtsausdruck erinnerte an den eines Schwachsinnigen. Von einer Sekunde auf die andere vermochte der alte Seemann die Miene zu wechseln, so dass man nie sicher sein konnte, wie viel er verstand.

»Das interessiert den doch nicht«, gab Will zurück. »Für den bist du nur ein weiteres Weibsstück, das ihm zu Diensten ist.«

Bens Brauen schnellten nach oben, bevor er Molly musterte, als sähe er das Mädchen zum ersten Mal als eine, die auch als Liebesdienerin zur Verfügung stehen konnte. »Was glaubst du bloß«, sagte er ernsthaft erstaunt. »Sie ist doch noch ein Kind. Was soll ich mit der? Und warum behauptet sie, du wärst ihr Bruder?« Ben hob die Schultern in völliger Verständnislosigkeit.

»Bevor du sie dir unter den Nagel gerissen hast, haben wir viel Zeit miteinander verbracht«, erläuterte Will. Molly hörte heraus, wie sehr er darunter litt, dass sich die Zeiten geändert hatten. »Wir haben das gleiche Muttermal, wir sind im gleichen Waisenhaus aufgewachsen, und Hannah meint, auch ohne all dies würde jeder sofort sehen, dass wir die gleichen Eltern haben.«

Ben musterte Molly und dann Will und beugte sich zurück. »Nun, jetzt, wo du es sagst ... Erstaunlich, wirklich erstaunlich.«

»Will, es ist nicht so, wie du denkst.« Ein paar Fuß entfernt von Ben wirkte Molly auf einmal so klein, wie sie in Wirklichkeit war. Flugs überwand sie den Abstand, um sich wieder hinter Ben zu stellen. »Vielleicht kann ich es dir irgendwann erklären.«

»Du brauchst mir nichts zu erklären. Ich habe im Hafen von Teneriffa genug gesehen.« Er machte einen langen Atemzug.

»Ich wünschte, ich hätte niemals herausgefunden, dass du meine Schwester bist. Auf so eine kann ich verzichten. Schämen sollst du dich, Molly Monday.« Und damit lief er auch schon davon, um in Windeseile zum Mastkorb hochzuklimmen, in dem es sich, wie er Molly an einem der guten Tage gestanden hatte, am allerbesten von der Weite der Welt träumen ließ.

»Er weiß nichts von dem Koch«, stellte Ben mit erstaunlichem Scharfsinn fest. »Warum hast du ihn nicht ins Vertrauen gezogen?«

»Ich wollte niemanden ins Vertrauen ziehen. Aber wenn ich die Wahl zwischen meinem schmalbrüstigen Bruder und dir habe, was glaubst du, wie ich mich dann entscheide?«

Darauf wusste Ben nichts zu erwidern, und seine Miene nahm wieder den Ausdruck an, der keine Rückschlüsse auf seinen Verstand zuließ.

Ein dumpfer Schmerz setzte sich in Mollys Brust fest. Es würde ihr das Herz brechen, den Bruder wieder zu verlieren, nachdem sie ihn doch gerade erst gefunden hatte und damit den einzigen Menschen, der wirklich zu ihr gehörte. Aber sie wusste auch keine Lösung.

Hannah dagegen hatte ohne viele Worte begriffen. Die Freundin, mit der Molly in den Nächten eng aneinandergekuschelt flüstern konnte, hatte nicht viele Fragen gestellt, nachdem sie ihr erklärt hatte, in Ben Benson einen Beschützer gefunden zu haben. Hannah ging niemals den Dingen auf den Grund. Vielleicht ihre Art, in der Welt nicht unterzugehen. »Wenn ich an Deck gehe, wird er in meiner Nähe sein«, hatte Molly dicht an ihrem Ohr geflüstert. »Du hast ja Will, mit dem du dir die Zeit vertreiben kannst.«

»Du wirst uns fehlen«, hatte Hannah nur erwidert. »Pass auf dich auf, Molly!«

Die Schmerzen ließen nach. Tag für Tag spürte Laurie weniger von den Blessuren. Als der Koch dann auf einmal in ihr Sichtfeld geraten war, hatte sie innerlich um Hilfe geschrien, ohne dass ein Ton über ihre Lippen drang. Seine Worte dicht an ihrem Ohr waren in sie wie Säure getröpfelt, die sie innerlich aushöhlte.

In den Tagen danach meinte sie, ihr Verstand würde sich auflösen. Mit einem Teil ihres Bewusstseins begriff sie, dass sie das Schlimmste erlebt hatte, was einer jungen Frau zustoßen konnte, aber gleichzeitig verschwand das Erlebte hinter einer Wand aus Nebel, die ihre Erinnerung in ein gnädiges Dämmern hüllte. Während sie die trunkenen Stimmen der Menschen an Bord hörte, die offenbar ein Fest feierten, hatte sie der Gebärenden zugesehen. Lange hatte sie ohne die geringste Gefühlsregung auf die Missgeburt gestarrt, den verformten Kinderschädel betrachtet und das zu einer Spalte verzogene Mündchen, die verkrüppelten Arme und die Beine, die wie ein Fischschwanz miteinander verwachsen waren.

Sie sah auch die untröstliche Mutter, hörte deren Stöhnen, ihr Weinen, ihre Schreie und wünschte sich, die Frau möge endlich Ruhe geben.

Von Lauries Verstand schien nur noch ein winziger Teil intakt zu sein. Vielleicht brachte es die Zeit mit sich, dass auch der seinen Dienst versagte und sie zu einer sabbernden Närrin wurde.

Manchmal kam Dorothy, flößte ihr mit Brackwasser verdünnten Rum ein, aber die Besuche wurden seltener, wahrscheinlich, weil Laurie nicht die geringste Reaktion zeigte.

Auch Claire saß hin und wieder bei ihr, kämmte ihr die Haare, befeuchtete ihr die Lippen und die Stirn und reichte ihr Zwiebackkrumen, die Laurie so lange im Mund behielt, bis sie weich wie Teig durch ihre Kehle rutschten.

Und dann dieser fremde Mann.
Eine Zeitlang erwog Laurie ernsthaft, ob es sich um einen Engel handeln konnte und sie hier auf dieser Pritsche in einer Art Wartehalle zwischen Hölle und Himmel lag.
Aber er war kein Geisterwesen.
Dafür wärmten seine Hände zu wohltuend, wenn er ihre Finger umschloss oder über ihre Wange streichelte. Dafür klang seine Stimme zu fest, wenn er auf sie einsprach. Er roch nach Minze und Holz und manchmal nach einem Schweiß, dessen Geruch ihr nicht unangenehm war.
Er kam dreimal am Tag und dann noch einmal in der Nacht, die Laurie an den gedämpften Stimmen erkannte.
Sie begann auf ihn zu warten.
Nur wenn er neben ihr auf der Pritsche saß, sie anschaute, ihr ins Ohr wisperte oder sie berührte, konnte sie etwas fühlen. Dieser Mann gab ihr das Vertrauen, dass es wieder besser werden würden, dass alles Verhärtete in ihr wieder weich und lebendig werden konnte, wenn ihr genügend Zeit blieb.
So konnte es weitergehen.
Hier konnte sie liegen, in Sicherheit, und darauf hoffen, dass dieser Fremde sie nicht im Stich ließ.
»Ich kann sie nicht länger hierbehalten«, hörte sie eines Abends den Doktor murmeln. »Ich kann nichts mehr für sie tun, ihre Verletzungen sind im Heilen begriffen. Was mit ihrem Verstand und ihrer Seele passiert …« Der Doktor ließ den Satz in der Luft hängen.
Zum ersten Mal spürte Laurie ihr Herz wieder pochen. Sie wollte sich aufrichten, wollte etwas erwidern, sagen, dass es ihr bald bessergehen würde, wenn man sie nur hier ließe. Aber ihr Körper gehorchte ihr nicht, und so blieb ihr nur die innere Qual, an ihrem weiteren Schicksal unbeteiligt zu bleiben.

Da vernahm sie die zweite Stimme und bemühte sich, sich zu konzentrieren. Es war diese liebe, inzwischen vertraute Stimme, und da stand er, der Fremde, groß, hager, mit seinem schwarzen Bart und in seiner ramponierten Uniform alles andere als ein Engel. Eine schwache Erinnerung blitzte in ihr auf, als sie ihn in ganzer Länge anblickte. Irgendwann hatte sie ihn schon einmal getroffen. Aber in ihrem Zustand vermochte Laurie den Gedanken nicht zu fassen.

»Im Unterdeck geht sie zugrunde«, hörte sie ihn erklären. »Die drückende Hitze, die verseuchte Luft …«

Der Arzt hob die Schultern. »Der Kapitän und ich, wir tun unser Bestes, um für Sauberkeit zu sorgen, das wisst Ihr, aber …«

Der Fremde winkte ab. »Keiner wirft Euch Nachlässigkeit vor, Alley.« Er presste zwei Finger auf die Nasenwurzel. Laurie gelang es, ihr Gesicht so zu drehen, dass sein Blick den ihren traf. Auf der von der Sonne verbrannten Haut an seinen Schläfen zeichneten sich fächerförmig blasse Fältchen ab. »Ich nehme sie zu mir«, sagte er da.

Aus dem Augenwinkel bekam Laurie mit, dass dem Arzt der Kiefer hinunterklappte.

»Seid Ihr sicher, Barns? Es sind so viele kerngesunde junge Weiber an Bord, unter denen Ihr eine Gefährtin aussuchen könnt. Diese armselige Maus hier macht es vielleicht nicht mehr lange. Ihr dürft sie nicht anfassen. Das würde sie vielleicht nicht überleben.«

Laurie hielt den Atem an. Was sagte der Fremde da? Er wollte sie mit zu sich nehmen? Was meinte er damit? Doch ein Engel, der sie in den Himmel führte? Was konnte sie tun? Sich zu wehren, dazu fehlte ihr die Kraft, und sie wusste auch nicht, ob es sich lohnte.

»Ich treffe diese Entscheidung auf eigene Verantwortung. Ich nehme sie nicht als meine Gefährtin, sondern als Patientin.

Helft mir nun, sie in meine Kajüte zu bringen. Alles andere überlasst mir. Wenn ich Eure Hilfe brauche, seid bitte zur Stelle.«

»Aye, Sir.«

Bei aller Verwirrung meinte Laurie doch, ein verstecktes Lächeln um Dr. Alleys Mundwinkel zu sehen.

17. Kapitel

Hafen von Sao Sebastiao, Rio de Janeiro, November 1789

Was sind das für Kreaturen?« Hannah versagte die Stimme beim Anblick der schwarzhäutigen Kinder mit den dunklen Kringellocken, den fleischigen rosa Lippen, den platten Nasen und den kohlschwarzen Augen. Das Weiß der Augäpfel leuchtete gespenstisch. Sie plapperten in einer melodiösen Sprache, von der sie kein Wort verstand, kletterten an der Außenwand der *Lady Juliana* hoch, während ihre Freunde in Ruderbooten sie anspornten. Manche schubsten sich gegenseitig ins Wasser, planschten und zogen sich wieder in die Nussschalen. An der Reling streckten sie den Menschen an Bord des englischen Dreimasters duftende Früchte entgegen, bei denen den Frauen und den Seeleuten das Wasser im Mund zusammenlief. Viel zu lange hatten sie auf frische Lebensmittel verzichten müssen, und nun dieses betörend süße Aroma von gelbfleischigen, prallen Köstlichkeiten!

Molly neben Ben Benson beobachtete die Kinder genauso verwirrt wie ihre Freundin, dann griff sie als Erste nach den Früchten, führte mit beiden Händen ein abgeschnittenes Stück an die Lippen und biss so herzhaft hinein, dass der Saft die Mundwinkel und das Kinn hinabtropfte. Genüsslich schloss sie die Augen. Als sie sie wieder öffnete, sah sie, dass Ben Benson dem kleinen Verkäufer eine Münze zuwarf, die dieser in den Stoffbeutel an seiner Pluderhose steckte.

»Ja, friss du nur«, zischte Dorothy, die wie die Mädchen und die meisten anderen Frauen an der Reling stand, um über den belebten Hafen von Sao Sebastiao und hinüber zum Zuckerhut zu schauen. »Wenn du mit tödlichen Krämpfen zusammenbrichst, wissen wir wenigstens Bescheid.«
Molly verschluckte sich und hustete so japsend, dass Ben ihr zwischen die Schulterblätter klopfte.
»Da hört man mal wieder, wer sich auskennt und wer besser das Maul halten sollte«, meldete sich Rose höhnisch lachend zu Wort. Sie kaufte einem der Jungen ein Bündel Bananen und einen Beutel Orangen ab, bevor sie sich mit Claire eine halbe Ananas genüsslich teilte.
Dem Beispiel folgten bald die anderen. Im Nu labten sich alle an den Früchten. Die Freude der kleinen Verkäufer kannte keine Grenzen. Mit verschnürten Beuteln voller klimpernder Münzen hüpften sie ins Wasser und kamen prustend wieder an die Oberfläche.
»Hier in Sao Sebastiao treiben sie es seit Jahrzehnten recht bunt«, erklärte Ben Benson. »Die Einheimischen mit den Sklaven … Diese Kinder hier sind das Ergebnis, ein buntes Völkergemisch.«
»Was geschieht jetzt? Wie lange werden wir hierbleiben?«, erkundigte sich Dorothy.
Ben zuckte die Schultern. »Du kannst Fragen stellen«, murrte er. »Woher soll ich das wissen? Lasst uns hoffen, dass wir vor dem Hochsommer weitersegeln, denn wenn die Temperaturen steigen, ist es hier im Hafen unerträglich.«
»Wieso Hochsommer?«, rief Molly. »Es geht in wenigen Wochen auf Weihnachten zu.«
»Kleiner Piepmatz«, sagte Ben mit einem Grinsen und zog ihr sanft den Knöchel über den Hinterkopf. »Hier unten gehen die Uhren anders. Jetzt ist es spätes Frühjahr, im Dezember wird es Hochsommer.«

Die anderen Frauen tuschelten miteinander. Keine wollte sich wie Molly die Blöße geben, dass sie davon noch nie gehört hatte.

»Da!«, rief Rose und wies mit dem ausgestreckten Finger auf Kapitän Aiken und Leutnant Edgar, die sich trotz der Schwüle in ihre komplette Uniform gezwängt hatten und an einer Strickleiter die Außenwand zu einem Beiboot hinabkletterten.

»Sicher müssen sie bei den Offiziellen erst wieder um Erlaubnis bitten, dass wir hierbleiben dürfen«, sagte Claire.

Ben nickte. »Das müssen wir in jedem Hafen tun. Aber kein Grund zur Beunruhigung – bei den Portugiesen sind wir gern gesehene Gäste. Wie überall helfen wir auch hier, die Wirtschaft in Schwung zu halten. Wenn sie erst spitzkriegen, wie viele Huren wir an Bord haben …« Ben überblickte die Schar der Frauen, die nun wieder begannen auszuhandeln, wer in welcher Kajüte oder Koje den Geschäften nachgehen durfte.

»Mir soll das recht sein«, sagte Rose mit erhobener Stimme, so dass sich ihr alle zuwandten. »Solange unsere Arbeit nicht darunter leidet.«

Die hochschwangere Sarah stemmte die Hände in den Rücken und stieß ein Stöhnen aus, während sie in die Knie ging. Ben schluckte.

»Bei Sarah beginnt die Geburt«, rief Rose, »und mindestens fünf weitere Frauen werden in den nächsten Tagen ihre Kinder bekommen. Wir müssen ein Zelt für die Gebärenden an Deck errichten. Claire und ich werden uns um alles Notwendige kümmern. Wer hilft beim Aufbau?«

Im Nu entstand ein geschäftiges Wuseln. Zeltbahnen wurden gespannt und an den Ecken mit Seilen an den Mastbäumen und der Reling befestigt, Pritschen, Decken und Eimer wurden herangeschleppt, während Rose den Steward John Nicol zu beruhigen versuchte, der wie ein Tiger im Käfig von Backbord nach Steuerbord lief und sich zwischendurch die Haare raufte, bevor er den Dreispitz wieder aufsetzte. »Keine Sorge, Sarah ist jung und gesund, das Kind liegt gut«, sagte sie zu ihm.

John Nicol wurde trotzdem eine Spur blasser. »Werden Mutter und Kind überleben?«

Rose wischte sich über Mund und Kinn. »Wir tun unser Bestes.« Der Schrecken nach Annies entsetzlicher Missgeburt steckte vielen noch in den Knochen. Von der Schönheit der Kirschmund-Lady war nicht mehr viel zu erkennen. Schwer gezeichnet und bitter enttäuscht von ihrem Gefährten lebte sie wieder im Unterdeck bei den anderen Frauen. Manche hatten sie mit Häme begrüßt, die meisten aber voll Mitleid. Allem Anschein nach erging es Sarah besser – wenigstens nahm ihr Gefährte Anteil. »Wir brauchen Medikamente«, erklärte ihm Rose. »Meint Ihr, Ihr könnt beim Kapitän die Erlaubnis erwirken, dass wir beide an Land eine Apotheke aufsuchen?«

John Nicol starrte über den Hafen auf die von Befestigungsmauern und Bergen begrenzte Stadt. Endlich nickte er. »Ich will es versuchen. Aber dringender noch werden Lebensmittel und Wasser gebraucht. Vielleicht in ein paar Tagen …«

Neben ihm stand Jack Barns. An seinem Arm hing Laurie, schmächtig wie ein halb verhungertes Kind, aber in ihre eingefallenen Wangen war ein blasses Rosa zurückgekehrt. »Wir wollen auch an Land«, sagte er und strich über Lauries Finger. »Es wird der Patientin guttun, einmal eine andere Umgebung zu erleben und festen Boden unter den Füßen zu haben. Ich habe die Hoffnung noch nicht aufgegeben, dass sie sich wieder ganz erholt, auch wenn sie bisher nicht ein Wort

gesagt hat.« Er lächelte zu Laurie hinab, aber sie hob nur das Gesicht zu ihm auf, ohne eine Miene zu verziehen.
Dorothy hatte ihren ehemaligen Schützling entdeckt und eilte zu ihm. Sie wollte Lauries Wangen mit beiden Händen umfassen, aber Barns hinderte sie daran, indem er Laurie von ihr wegzog. »Lasst sie«, sagte er barsch. »Wenn sie sich auch noch mit einer Krankheit ansteckt, ist ihr nicht mehr zu helfen.«
»Aber ich ...« wollte Dorothy protestieren, doch Barns schnitt ihr mit einer Handbewegung das Wort ab.
»Schluss jetzt. Es gilt, was ich gesagt habe. Sie wird nicht angefasst.«
Tatsächlich trat Dorothy, die sich von Befehlen stets nur herausgefordert fühlte, einen Schritt zurück. Ein kleines Lächeln trat auf ihr Gesicht. »Wie Ihr befehlt, Sir«, sagte sie mit ungewohnter Demut. Ihre Augen strahlten dabei, als erfüllte es sie mit Dankbarkeit, dass ihr Mädchen am Ende doch in so gute Hände geraten war. Dass niemand Laurie liebevoller behandeln würde als ihr neuer Gefährte – das erkannte jeder. Doch während die einen den beiden neidische Blicke zuschossen, bekreuzigten sich die anderen und dankten dem lieben Gott, dass Er hin und wieder doch für Gerechtigkeit sorgte.
Sämtliche Blicke richteten sich auf den Koch, als dieser aus seiner Kombüse trat. Er wischte sich die Hände an der Schürze ab, während er suchend über die Menschenmenge schaute. Laurie schmiegte sich so dicht an Barns, dass kein Blatt mehr zwischen sie und ihn gepasst hätte, und Molly versteckte sich hinter Ben Benson.
Ben kreuzte die Arme vor der Brust und musterte Randolphs, den sie nur selten zu Gesicht bekamen, mit zusammengekniffenen Augen.

»Ich brauche Kaffee und Zucker, Frischfleisch und Gemüse, Früchte und Rum – die Vorräte sind aufgebraucht. Wann können wir endlich an Land für die Einkäufe?« Er schaute zu John Nicol.
Der Steward warf einen fragenden Blick auf Rose Naiden.
»Geht nur, wann immer es vonnöten ist«, sagte Rose. »Bei der Geburt könnt Ihr sowieso nicht helfen. Und glaubt mir, Ihr wollt sie auch nicht miterleben. Wenn wir nur später gemeinsam eine Apotheke aufsuchen können. Das wäre wichtig.«
Nicol nickte, richtete sich auf und wandte sich an den Koch. »Sobald Kapitän Aiken zurückgekehrt ist, setzen wir über. Haltet euch bereit, Randolphs, und sucht ein paar Männer, die beim Beladen der Boote und beim Tragen helfen!«
»Aye, Sir.« Der Koch tippte sich an die Schläfe und pfiff Will heran, der vom Mastkorb aus auf die belebte Hafenstadt blickte. Dabei schmunzelte der Koch, als könnte er keiner Fliege etwas zuleide tun.
Es gab einige an Bord, die es besser wussten.
Und der Tag würde kommen, an dem er büßen musste.
Wenn Gott schon nicht überall Sein gutes Werk verrichten konnte, ging es Molly durch den Sinn, würde es Menschen geben, die das für Ihn übernahmen.

»Da… Danke.« Lauries Stimme klang in ihren eigenen Ohren fremd. Der erste Ton war heiser, sie musste sich erst räuspern, aber dann brachte sie das ganze Wort heraus. Das erste seit Wochen des Schweigens.
Sie verzog die Mundwinkel, ganz leicht nur. Sie wusste nicht, ob es für ein Lächeln reichte, aber die Geste fand ein Echo auf dem Gesicht des Mannes, der vor ihr stand, während sie auf der Hafenmauer saß. Sie öffnete den Mund für

ein weiteres Stück der zuckersüßen Banane, mit der er sie fütterte.

Sie hörte sein Seufzen, sah die Erleichterung in seiner Miene, das liebe Lächeln. »Laurie«, sagte er. »Wie schön.« Vor Ergriffenheit schluckte er, sein Adamsapfel hüpfte. »Möchtest du auch etwas von der Orange?«

»Ja.«

Mit dem Daumen drückte er in die Frucht, so dass der Saft spritzte, dann zog er die Schale ab und ließ sie zu Boden fallen. Er teilte die Frucht in der Mitte, bevor er eine Spalte abtrennte und sie ihr reichte.

Sie lutschte an dem Schnitz, seufzte vor Behagen. »Das ist erfrischend.«

»Oh, mein Gott, ich kann es nicht glauben«, sagte Jack und wischte sich mit dem Unterarm über das Gesicht. Die Spitzen seines ehemals weißen Hemdärmels waren zum Teil zerrissen. »Du kannst wieder reden!«

»Ja. Es tut mir leid, dass ich Euch …«

»Pssst.« Er legte einen Finger auf ihre Lippen. »Schone deine Stimme für das wirklich Wichtige. Ich bin froh, dass du wieder … da bist. Ich dachte, du wärst für immer verloren.«

Laurie hob den Kopf, als nähme sie ihre Umgebung erst jetzt wahr. »Es ist schön hier. Bleiben wir da? Sind wir am Ziel?«

»Nein, wir sind hier in Rio de Janeiro. Wir mussten die Route ändern. Unser nächstes Ziel wird Kapstadt sein, bevor wir nach Sydney Cove weitersegeln.«

»Der Weg ist so weit. Können wir nicht hierbleiben?«

Jack schmunzelte. »Das ist nicht vorgesehen. Ihr Frauen seid Untertanen der Regierung und als solche sollt ihr die Kolonie in Sydney Cove verstärken.« Er räusperte sich, als würde er diesen Gedanken am liebsten selbst aus seinem Gedächtnis verbannen. »Aber bis dahin ist es noch Zeit. Magst du spazieren gehen? Wollen wir uns die Stadt ansehen und eine Pension für die Nacht suchen?«

Laurie sah ihm ins Gesicht. Lange und fragend. Wer war dieser Mann? Warum fühlte sie sich in seiner Gegenwart geborgen wie in der Umarmung eines gütigen Vaters? War ihr Vertrauen gerechtfertigt? Nichts, aber auch gar nichts in ihr erinnerte an Zweifel oder Misstrauen. Dieser Mann hatte sie auf jede nur denkbare Art gerettet. Was sie ausfüllte, fühlte sich an wie – Dankbarkeit?

Er trat näher an sie heran. Sie griff nach seinen Händen und führte sie an ihre Lippen. »Ihr habt mich gerettet«, flüsterte sie dabei.

Errötend entzog er ihr die Finger. »Du machst mein Leben reicher«, erwiderte er heiser. Dann half er ihr, von der Hafenmauer herunterzuspringen, und reichte ihr die Hand.

So entfernten sie sich vom Kai und schlenderten auf die lärmende Stadt zu, zwischen Seefahrern, die Fässer rollten und Kisten auf dem Rücken schleppten. Ruderboote wurden so schwer beladen, dass sie fast im Wasser versanken, während sie zu den majestätischen Segelschiffen glitten, die weiter draußen im Hafenbecken zwischen kleinen grünen Inseln und den Befestigungsanlagen von Sao Sebastiao schaukelten.

Die Luft roch nach heißem Staub und scharfen Gewürzen, nach dem Aroma der exotischen Früchte und nach Rum. Hin und wieder, wenn der Wind sich drehte, brachte die Brise auch den Gestank des Hafenunrats in die Stadt.

Kutschen rollten über ausgetretene Pfade, Peitschen knallten über den Rücken der Mulis, und ein vielstimmiger Chor aus den fremdartigsten Sprachen erhob sich über allem.

Mit offenem Mund schaute sich Laurie um und nahm all die Eindrücke atemlos in sich auf. Die Stadt war eingeschlossen von hohen Bergen. Als sie das Gesicht hob, wies Jack mit dem Zeigefinger nach links. »Schau, das ist der Zuckerhut.«

Die beiden wichen einer Sänfte aus, die von vier Sklaven auf den Schultern getragen wurde. Sie befanden sich nun offenbar auf der belebtesten Straße der Stadt.

In den unteren Geschossen drängte sich Geschäft an Geschäft, vom ersten Stock lugten Kinder und Frauen durch die Geländer der geschnitzten Balkone misstrauisch auf die Besucher hinab. Überall liefen nur mit einem Stück Stoff bekleidete Kinder in allen Hautfarben herum, und schwarzhäutige Frauen mit nacktem Bauch – Brüste und Scham mit bunten Fetzen bedeckt – balancierten Schüsseln und Körbe auf dem Kopf. Zwischen ihnen marschierten mit griesgrämiger Miene und vom Ledergurt bis zum Boden reichendem Säbel Wachsoldaten und Offiziere. Ein Plappern und Lärmen, Schreien und Schimpfen, Klappern und Knallen, wohin Laurie sich auch drehte. Über allem schwebte minutenlang das Glockengeläut von unzähligen Kirchen.

Laurie und Jack schlenderten über den Marktplatz, auf dem Händler leuchtend bunte Stoffe und in Holzfässern Gewürze, Kaffeebohnen, Zucker und Tabak lautstark feilboten.

Während sie sich durch die Menschenmassen drängelten, schmiegte sich Laurie an ihren Begleiter, hielt sich mit beiden Händen an ihm fest, verängstigt und fasziniert zugleich von dieser fremden Welt.

Jacks Arm fühlte sich wie ein Anker an. Er an ihrer Seite bedeutete Sicherheit.

Als sie stolperte, fing Jack sie auf. Mit Erschrecken bemerkte er ihre Mattheit. Nur mühevoll konnte sie die Lider heben.

»Du bist müde. Das ist alles zu viel für dich, nicht wahr?« Er lächelte sie an, gleichzeitig fürsorglich und stolz, ihr diese Welt präsentieren zu können, als hätte er sie zu ihrer Erbauung erschaffen.

Sie nickte. Wie gut er in ihrer Miene lesen konnte. Worte erübrigten sich, obwohl sie endlich, endlich wieder sprechen konnte.

In den vergangenen Tagen hatte sie manchmal versucht, etwas zu sagen. Aber während sie die Worte dachte, die aus ihr drängten, versagten die Stimmbänder, und Jack lächelte sie nur an, ohne eine Antwort auf ihre Gedanken geben zu können. Nun brach die Glaswand ein. Laurie fühlte sich, als wäre sie einem Gefängnis entflohen. Hinter der Scheibe hatte sie nichts als Jacks schönes Gesicht gesehen. Der Wunsch, diesen Menschen zu hören und zu berühren, war übermächtig geworden.

»Es gibt eine saubere kleine Pension in einer Seitenstraße. Da übernachte ich gerne, wenn wir in diesem Hafen anlegen. Eine Mahlzeit mit Früchten, Fladen und gebratenem Rindfleisch kann uns die Wirtin auch zubereiten.«

Laurie folgte ihm aus dem Zentrum der Hafenstadt.

Eine Stunde später lagen sie in dem karg eingerichteten Pensionszimmer auf dem Doppelbett, über dem ein Baldachin hing. Das Bettzeug verströmte einen muffigen Geruch, im Raum war es trotz der geöffneten Fenster stickig.

Sie lagen einander zugewandt auf der Seite, Laurie hatte die Hände unter ihrer Schläfe gefaltet.

In Jacks Augen lag ein goldenes Leuchten. Laurie meinte, in ihrem Leben noch nie etwas so Schönes gesehen zu haben.

»Willst du mir erzählen, was dir widerfahren ist? Warum hast du dich in dich verschlossen? Der Sturz allein kann doch nicht der Grund sein«, murmelte Jack und strich ihr eine Locke aus der Stirn.

Doch noch während Laurie die Berührung genoss, begann es bei seinen Worten in ihrem Inneren zu lodern. Eine Stichflamme drohte alles zu versengen. *Was dir widerfahren ist … Ein Wort über das, was in der Kajüte passiert ist, und ich verfüttere dich Stück für Stück an die Haie … Du wirst es miterleben, wie die Raubfische am Ende mit deinem Herzen das größte Festmahl feiern.*

Sie richtete den Oberkörper steif auf und presste die Hände auf die Ohren, den Mund vor Schmerz verzerrt. Ein Wimmern drang aus ihrer Kehle, unmenschliche Laute voller Qual.

Sofort sprang Jack auf, bleich vor Sorge, fasste ihre Hände und zog sie von den Ohren weg. »Bitte, Laurie, bitte … Entschuldige, dass ich so ein Tölpel bin! Bitte, vergiss, was ich gesagt habe. Ich will nichts wissen von dem, was du für dich behalten willst. Bitte, leg dich wieder hin! Komm, komm zu mir!« Er zog sie auf das Bett, legte den Arm unter ihren Nacken und schmiegte sich an sie.

Sie versteifte sich, die Finger gekrümmt, die Beine gestreckt, das Gesicht angstverzerrt. Aber er hielt sie und begann zu summen. Eine weiche Melodie, ein Kinderlied vielleicht. Im Takt wiegte er Laurie, bis sie sich ganz allmählich entkrampfte. Als wäre ihr Körper für seinen erschaffen, drückte sie sich schließlich an ihn.

Ruhe breitete sich in Laurie aus, bis sie ein letztes Mal die Luft einsog, um dann in einen ruhigen Atemrhythmus zu fallen, die Augen zu schließen und zu schlafen. Geborgen, angenommen und gewärmt, wie sie es in ihrem Leben noch nie kennengelernt hatte.

»Sind die Kinder, die hier zur Welt kommen, Engländer?« Claire hatte nach kurzem Abwägen entschieden, ihre Unterröcke und ihre Bluse auszuziehen, um weniger zu schwitzen. So trug sie nur das pastellgelbe, locker sitzende Kleid ohne Ärmel. Es war etwas frivol, aber auch irgendwie – notwendig und richtig. Wer fragte auf diesem Schiff schon nach Moral? Hier herrschten eigene Gesetze. Wenigstens in diesem Fall wollte Claire davon profitieren. Ihre Frage war an Ben Benson gerichtet, der neben dem Zeltdach stand, das die Frauen für die Schwangeren als Sonnenschutz errichtet hatten.
Ben kratzte sich am Ohr, während unmittelbar hinter ihm sein Schatten Molly mit Will auf einem ausrangierten Fass saß. Der Junge demonstrierte ihr mit nach wie vor störrischer Miene eine seiner besonderen Knotentechniken an einem Stück Tau. Die Zipfel seines Halstuchs waren inzwischen ausgefranst, schmutzig und von der Sonne ausgebleicht.
»Du fragst mir noch ein Loch in den Bauch, Mädel.« Ben brummte. »In ihrem Herzen werden sie Engländer sein, aber auf den Papieren sind sie Portugiesen, glaube ich.«
Claire betrachtete die vier Frauen, die stöhnend unter dem Sonnensegel lagen oder hockten. Sie befanden sich in unterschiedlichen Phasen der Geburt. Eine hielt sich mit beiden Händen am Großmast fest, die Beine gegrätscht, den Rücken gebeugt. Eine andere nahm bereits die Gebärhaltung im Hocken ein, als erwarte sie jede Minute, dass das Baby ans Tageslicht drängte. Sarah und eine weitere wälzten sich auf ihrer Decke und ließen sich von Helferinnen das Gesicht mit nassen Tüchern kühlen.
Einige Frauen schlichen, den runden Bauch nach vorne geschoben, den Rücken durchgedrückt und die Hände über die Pobacken gestemmt, um das Schwangerenlager herum. Sie

wussten, dass es bei ihnen noch dauern würde, und manch eine hoffte, dass es bald losging. Besser hier im ruhigen Hafen niederkommen als irgendwo da draußen, wohin sie diese Höllenfahrt noch bringen mochte.

Was würden sie sagen, wenn sie erfuhren, dass sie kleine Portugiesen zur Welt brachten, überlegte Claire. Oder war das in den Stunden der Geburt einerlei? Wenn sie es nur überlebten.

Wo blieb nur Rose? Claire blickte über die Flussmündung zur Stadt hinüber. Zwischen den patrouillierenden Ruderbooten der Wachsoldaten hielt eines der Beiboote der *Lady Juliana* auf sie zu. Rose in Begleitung von John Nicol? Hoffentlich brachten sie aus Sao Sebastiao die Medikamente mit, die jetzt, wenn eine Frau nach der anderen niederkam, dringend gebraucht wurden.

Ja, sie waren es!

Kurz darauf half Ben Rose an Deck, John Nicol sprang breitbeinig hinterher. Quer über Roses Brust spannte sich der Riemen des Lederbeutels, der auf dem Hinweg leer und schlapp, nun jedoch prall gefüllt war. Claire frohlockte.

»Hast du alles bekommen?«, rief sie der Freundin entgegen.

Ein strahlendes Lächeln erhellte Roses Züge und zeigte, welch schöne Frau sie sein konnte. »Das Angebot der Apotheker hier ist unglaublich! Ich hätte nie zu hoffen gewagt, dass wir derart aus dem Vollen schöpfen können.«

Claire fiel ihr um den Hals, während John Nicol von einem Bein aufs andere trat und zu den Frauen unter dem Sonnensegel blickte. Sarah wälzte sich in den ersten Wehen.

»Trollt Euch«, sagte Rose mit einem Zwinkern, um der Flapsigkeit gegenüber dem Steward die Spitze zu nehmen. »Hier könnt Ihr Euch nur Alpträume bis ans Lebensende holen. Das wollt Ihr gewiss nicht.«

John hüstelte. Er runzelte die Stirn, als machte er sich Vorwürfe, die Gefährtin in diese Lage gebracht zu haben. Dann wandte er sich mit einem Ruck um und stakste ins Deckhaus. Unter dem Arm trug er ein Päckchen.

»Er hat Kinderbettwäsche mitgebracht. Ist das nicht entzückend?«, raunte Rose Claire zu.

»Nur für seins?«

»Nein, für möglichst viele Babys, die hier geboren werden. Er ist ein guter Mensch«, fügte sie hinzu.

Die beiden Frauen steckten die Köpfe über dem Lederbeutel zusammen und begutachteten Roses Beute. Das Wichtigste war Laudanum, das sie in großen Mengen eingekauft hatte. Außerdem Hirschhornsalz, Kamille und diverse andere Kräuter in Säckchen, denen ein undefinierbarer Duft entströmte.

Als eine der Frauen unter dem Sonnendach zu pressen begann, wechselten Rose und Claire einen Blick. Rose nickte der Jüngeren zu. »Wir werden gebraucht.«

»Mich behandelst du wie einen Aussätzigen, seit dich Ben zur Gefährtin genommen hat«, maulte Will, während er den Knoten, den er Molly vorgeführt hatte, wieder löste.

Molly berührte seinen Unterarm. »Warum verstehst du das nicht? Willst du es nicht begreifen? Ich bin nicht Bens Gefährtin. Eine andere wärmt seinen Schlafplatz für ihn. Ich glaube, es ist inzwischen die dritte, die er sich genommen hat. Ich stand nie zur Auswahl.«

»Ach, erzähl mir keinen Humbug«, erwiderte Will und schleuderte das Stück Tau aufs Achterdeck. »Du willst mich für dumm verkaufen. Aber ich habe Augen im Kopf. Du weichst nicht mehr von seiner Seite, als würdest du nicht genug von ihm bekommen.«

Molly seufzte, schaute zu den Gebärenden hinüber und entdeckte ihre Freundin Hannah, die dort aushalf. Ständig schleppte sie Wasser in Trögen heran, balancierte Stapel von Leinentüchern oder brachte Beißhölzer, die sie den leidenden Frauen zwischen die Zähne schob. Manchen hielt sie auch die Hand oder stützte sie, wenn sie in die Hocke gingen.
Hannah verstand sie, ohne dass Molly eine Erklärung abgeben musste. Die Freundin vertraute darauf, dass sie mit ihr reden würde, wenn sie es für richtig hielt. Die Kerle hingegen … Will war so schwer von Begriff. Die Versicherung, dass sie kein Liebesverhältnis mit Ben verband, genügte ihm nicht, er wollte die ganze Wahrheit aus ihrem Mund hören, doch dazu war sie auf keinen Fall bereit.
Nicht, solange der Leibhaftige in Gestalt der Pockenfresse an Deck herumschlich.
Molly wandte Will mit ernster Miene ihr Gesicht zu. »Wenn wir zusammen aufgewachsen wären, wie es Geschwister tun sollten, würdest du mich vielleicht verstehen. Aber so kennen wir uns noch nicht lange genug. Vielleicht stimmt es gar nicht, dass Blut dicker ist als Wasser und ein Bruder von Natur aus mit der Schwester mitfühlen kann.«
Wills Wangen wirkten auf einmal hohl. Molly merkte, wie sehr ihn ihre Worte trafen. Sie wollte ihn nicht verletzen, aber sie musste sich schützen, wenn sie das alles hier überleben wollte. Ihr Geheimnis zu wahren empfand sie nach wie vor als eine Versicherung. Und nicht nur für sich. Wenn Hannah oder Will von der dunklen Seite des Kochs erfuhren, war deren Leben nicht mehr wert als ihr eigenes.
Nur Ben … Sie blickte zu dem Hünen mit dem behaarten Rücken auf. Ihr Wächter.
Ihr Herz verschließen und nicht von Bens Seite weichen –

das gab Molly die Hoffnung, am Ende irgendwie mit dem Leben davonzukommen.
Wenn sie sich schon zu töricht anstellte, sich eine Waffe zu beschaffen.
»Ich fühle sehr wohl mit dir«, sagte Will. »Ich spüre, dass es dir nicht gutgeht. Aber es trifft mich ...« Er räusperte sich, als gäbe er zu viel von sich preis. »Es trifft mich, dass du mich ausschließt.«
Sie nahm seine Rechte. »Wenn ich es für richtig halte, werde ich dir alles erzählen. Aber ich muss selbst den Zeitpunkt bestimmen.«
Will schien in ihrem Gesicht nach einer Antwort zu suchen. Schließlich senkte er die Lider, entzog ihr seine Hand. »Wenn es dann nicht zu spät ist«, murmelte er.

18. Kapitel

Auf dem Weg zum Kap der Guten Hoffnung,
Dezember 1789/Januar 1790

Das Geschrei von mehr als einem halben Dutzend Babys begleitete die Abfahrt der *Lady Juliana* aus dem Hafen von Sao Sebastiao nach Osten.

Die Lecks und Risse am Schiffsbauch waren ausgebessert, die Vorratslager gefüllt, die Kranken befanden sich dank der guten Versorgung auf dem Weg der Besserung, die Huren und ihre Zuhälter hatten die Säckel prall gefüllt und dafür gesorgt, dass die Rumfässer bis zur Ankunft im nächsten Hafen ausreichten. Es gab keinen an Bord, der nicht die baldige Ankunft im Zielhafen herbeisehnte, obwohl nach wie vor niemand wusste, was sie in Sydney Cove erwartete.

Die *Lady Juliana* war, bedingt durch den Umweg über Rio, die ausgedehnten Aufenthalte in den Häfen, die Flaute am Äquator und die ohnehin verspätete Abfahrt aus England, Monate in Verzug.

Was war mit den Schiffen passiert, die sie ursprünglich begleiten sollten?

Außer dass sie die *Guardian* nach Überquerung des Äquators am Horizont auf südöstlichem Kurs gesichtet hatten, wussten sie nichts über das Schicksal der anderen. Die *Neptune* war nach Teneriffa nicht mehr in ihr Sichtfeld geraten.

Während Claire gemeinsam mit Rose und einem Dutzend anderer kräftiger Frauen das Lager der Gebärenden aufräumte, Decken und Sonnensegel faltete, die Blutflecken von den Bohlen schrubbte und die Pritschen entlang der Wand stapel-

te, wurde ihr bewusst, dass sie wegen der Umtriebigkeit der letzten Tage mitunter stundenlang nicht an Henry gedacht und keine stillen Gebete zum Himmel geschickt hatte, dass er, wie auch immer, zu ihrer Rettung nahte.
Nach wie vor hielt sie Ausschau nach einem englischen Schiff, das ihr den geliebten Mann brachte, aber manches Mal schalt sie sich selbst eine Närrin.
Gab es etwas Verrückteres, so weit von der Heimat entfernt noch darauf zu hoffen, dass er sie fand und heimholte?
Sollte sie sich nicht lieber mit ihrem Schicksal abfinden?
Sie hätte es schlechter treffen können, denn als Roses Gehilfin konnte sie eine wichtige Aufgabe erfüllen und zum Gemeinwohl beitragen.
Der Skorbut und die Ruhr hatten sie verschont, eine Schwangerschaft drohte ihr auch nicht, und dass sie ein lüsterner Gast auf dem Schiff mit einem der leichten Mädchen verwechselte, war nicht wieder vorgekommen.
Rose hatte ihr angeboten, mit ihr in der niedrigen Hütte auf Deck zu nächtigen, in der man nicht aufrecht stehen, aber ungestört vom Husten und Röcheln der Mitgefangenen und dem Fiepen und Scharren des Ungeziefers schlafen konnte. Der relative Komfort dieser Behausung trug ein Übriges zu Claires Wohlbefinden bei.
Nachts flüsterten die beiden Frauen miteinander, streichelten sich, und manchmal berührten Roses Lippen die Claires. Sie ließ es zu und genoss es. Es erschien ihr natürlicher als vieles andere, was sie an Bord miterleben musste.
Sie hatte Freundinnen gefunden und hielt die Männer, die auf dem Dreimaster das Sagen hatten, nicht für schlechte Kerle. Allen voran Kapitän Aiken, Sir Edgar und auch Jack Barns.
Claire drückte eine eben zusammengefaltete Decke aus kratzigem Stoff an ihren Leib und sah ihren ehemaligen Gefährten

nicht weit entfernt hinter dem Niedergang mit Laurie stehen. Seine Stirn berührte fast die ihre, während er ihre Hände an seinen Mund führte. Seine Lippen bewegten sich, als flüsterte er mit ihr, und ein Lächeln flog über Lauries Züge.

Wie sie sich verändert hatte, dieses geschundene Mädchen, dessen Leben keinen Pfifferling mehr wert gewesen zu sein schien. Offenbar hatte Jack ihr nicht nur die Hafenstadt gezeigt, sondern sie auch mit neuer Garderobe ausgestattet. Das Gelb ihres Rockes strahlte mit der Dezembersonne um die Wette, und in die Haare hatte sie ein gleichfarbiges Band geflochten. Claire spürte, dass die junge Hure in diesen Tagen eine Seligkeit erlebte, die sie aus ihrem bisherigen Leben nicht kannte. Einer Blume gleich, die nach liebevoller Pflege zu neuer Blüte und Schönheit heranwuchs.

Während Claire die beiden beobachtete, freute sie sich nicht nur für Laurie, sondern auch für Jack, der sein vor Liebe und Fürsorge überquellendes Herz nun doch noch an die Richtige verschenken durfte.

»Sehe ich Reue darüber, dass du einen solchen Kerl freiwillig aufgegeben hast?« Rose trat mit einem Grinsen zu Claire, die Ärmel bis zu den Oberarmen aufgekrempelt, die in der Meeresbrise wehenden langen Haare mit einem blauen Band gehalten. Ihr Gesicht war rosig und verschwitzt, ihre Augen funkelten.

Claire dachte, dass es der Freundin offenbar nicht anders erging als ihr selbst: Auch Rose vergaß zeitweise ihre Trauer darüber, dass sie nicht wusste, wie es ihrem Mann auf dem Sträflingsschiff erging, weil sie jede Tagesstunde mit den Schwangeren, Gebärenden und Stillenden verbrachte.

»Gewiss nicht«, erwiderte Claire mit einem Schmunzeln. »Ich bin froh darüber, wie alles gekommen ist. Laurie weiß seine Aufmerksamkeiten zu schätzen, das hat er verdient.«

Rose runzelte die Stirn, während sie zu dem Paar hinüberschaute. »Ja, soll sie ein bisschen vom Glück kosten und diesen Geschmack auf den Lippen mitnehmen, wenn wir die Kolonie erreichen.«

»Vielleicht folgt ihr Jack? Für Liebende ist das Leben in einer solchen Kolonie sicher leichter zu ertragen.«

»Träum weiter, Kindchen«, erwiderte Rose mit einem verächtlichen Schnalzen. »Du glaubst doch nicht, dass Kapitän Aiken auch nur einen seiner Männer in der Kolonie zurücklässt? Die brauchen jeden Seemann, um wieder heil in der Heimat anzukommen.«

Claire schlug sich die Hand vor den Mund. »Das wird ein bitterer Abschied für manch einen werden.« Ihr Blick ging zu Sarah, die im Schneidersitz auf einer gefalteten Decke saß und sich abmühte, das Mädchen, von dem sie sie entbunden hatten, an die rot geschwollene Brust anzulegen. John Nicol saß dicht neben ihr, mit besorgtem Gesicht, während das Kind aus Leibeskräften brüllte. Wie eine kleine Familie hockten sie da zusammen. Claire mochte sich nicht vorstellen, dass der Steward, der Sarah und seine Tochter vergötterte, die beiden alleine in dem unbekannten Land zurückließ. Doch wenn Kapitän Aiken dies verlangte, würde ihm nichts anderes übrigbleiben.

Der Wind stand günstig, die Segel blähten sich und trieben die *Lady Juliana* zügig voran. Nach den dramatischen Tagen am Äquator, dem Ausbruch des Skorbuts und der Aufregung wegen der zahlreichen Geburten genossen die meisten an Bord diese Etappe der Fahrt, die sie ans Kap von Afrika bringen sollte. Sie befanden sich zwar auf der meistbefahrenen Handelsroute, aber die Weite des Ozeans brachte es mit sich, dass sie nur selten und in weiter Ferne ein anderes Schiff aus-

machen konnten. Alle steuerten auf den Südzipfel des afrikanischen Kontinents zu, den die Ostindische Kompanie Hollands besetzt und zur Blüte gebracht hatte.
Nach den kargen Tagen mit sauer eingelagertem Kohl und Pökelfleisch konnten der Koch und sein Helfer wieder aus dem Vollen schöpfen. Kaum einer brauchte noch Kost gegen den Skorbut, und die exotischen Früchte, aus denen sie über der Feuerstelle im eisernen Kessel süßes Mus bereiteten, verbreiteten einen verführerischen Duft.
Matthew Randolphs pfiff ein altes Seemannslied vor sich hin, während er mit einem Holzlöffel umrührte. Will summte auf seinem Platz in der Mitte der Kombüse, wo er Apfelsinen, Bananen und Ananas schälte, gemütlich mit. Das Schiff schaukelte in den Wellen, die Töpfe, Pfannen und Kellen an den Haken klapperten.
So konnte es sich ein Koch gutgehen lassen. Fehlte eigentlich nur noch … Randolphs' Gesichtsausdruck verdüsterte sich, als er daran dachte, dass ihn nach getaner Arbeit kein Sondervergnügen privater Natur erwartete.
Nicht dass er schon zu Beginn der Reise damit gerechnet hatte. Eigentlich hatte er die Finger von den Schlampen lassen wollen – zu heikel auf so engem Raum –, aber dann präsentierte man ihm diese Laurie sozusagen auf dem Silbertablett. Sie hatte, das musste er sich eingestehen, mit ihren spitzen Schreien, ihrem Bibbern und ihrem Flehen seine Lust in ungeahnte Höhen getrieben.
Prickelnde Unruhe erfüllte ihn nun, es juckte ihn zwischen den Beinen und in den Fingern.
Diese Kleine, die stets knickste, wenn sie ihn traf, die mit dem schüchternen Lächeln im Mäusegesicht. Wie hieß die noch? Charlotte. Sie half dem Arzt bei der Versorgung der Kranken.

Er kannte Hexen wie sie. Ihn konnte sie mit ihrer demütigen Art nicht täuschen. In Wahrheit wollte sie nur eines: gestopft werden wie eine Weihnachtsgans. Er grunzte, bevor er das Pfeifen wieder aufnahm. Liebend gern würde er ihr geben, wonach es sie verlangte, und sie bestrafen für diese verdorbene Wollust, so heftig, dass ihr die Geilheit ein für alle Mal ausgetrieben wurde, diesem Miststück.
Seine Unruhe steigerte sich in ein Fieber. Er wischte sich mit dem Ärmel über die Stirn und legte Will die Hand auf die Schulter. »Lauf, Bursche, und frag diese Kleine von Alley, ob sie die Nacht lieber in einer warmen Koje als im Unterdeck verbringen will. Bei mir wäre noch ein Plätzchen frei.« Er versuchte ein schmieriges Grinsen und ein Zwinkern, was zu einer Grimasse verkam. Will sprang sofort auf.
»Aye, Sir.«
Seiner ausdruckslosen Miene war nicht anzusehen, welche Gedanken ihm bei diesem Befehl durch den Kopf gingen. In seiner fiebernden Lust war es Randolphs auch egal. Schließlich stand ihm wie jedem anderen das Recht zu, sich eine Gefährtin zu nehmen. Dass er nicht ständig eine bei sich hielt, hatte bislang noch niemand hinterfragt, und dass es mit der letzten ein Unglück gegeben hatte … nun, das konnte passieren.
Randolphs jedenfalls war überzeugt, dass Laurie Stillschweigen bewahren würde. Er wusste um seine Wirkung, wenn er Drohungen ausstieß. Noch niemals hatte er sein Ziel verfehlt. Die Frauen waren, wenn sie überlebten, bis ins Mark verängstigt und würden sich eher zu Tode foltern lassen, als sein Geheimnis auszuplaudern.
Nur diese eine … Randolphs knirschte mit den Zähnen, wenn er an diese drahtige Metze dachte, die sich seit neuestem ständig in Bensons Schatten aufhielt, als brauchte sie

dessen Schutz. Ihr würde keiner helfen können, wenn er sie in die Finger bekam. Bald schon würde seine Stunde schlagen, und damit wäre er die einzige wirkliche Sorge in seinem Leben los.

»Ihr habt nach mir rufen lassen?«

Das dünne Stimmchen hinter ihm ließ ihn herumfahren. Als er sie in ihrem zerlumpten Kleid mit der devoten Miene und dem lüsternen Lächeln vor sich sah, spürte er die Reaktion in seinen Beinlingen. Fast schmerzhaft schwoll sein Glied zur vollen Größe an.

Er schluckte und wies in den hinteren Bereich der Kombüse, wo sich seine Koje befand. »Geh da rein und warte auf mich.«

Das Mädchen verlor alle Farbe aus den Wangen. »Aber der Arzt braucht mich. Er …«

»Bist du tumb? Du hast mir zu gehorchen, wenn ich dich als Gefährtin auswähle.« Wie raffiniert sie sich verstellte. Wahrscheinlich flossen ihr die Säfte bereits die Beine hinab vor Wollust.

Charlotte wechselte einen Blick mit Will, der nur die Brauen hochzog, ohne seine wiederaufgenommene Arbeit zu unterbrechen.

Mit gesenktem Kopf schlich Charlotte an Will und Randolphs vorbei in die Koje des Schiffskochs.

»Er hat … *was?*« Molly starrte Will an und konnte nicht fassen, mit welcher Unbekümmertheit er das Neueste aus der Kombüse ausplauderte.

»Was regst du dich so auf?« Will hob beide Arme. »Es ist sein Recht, sich eine für die Koje zu holen. Das tun doch alle. Und wo es mit der Letzten so unglücklich gelaufen ist … Vielleicht wird seine Laune besser, wenn er in den Nächten seine Freude hat.«

Molly schlug sich die Hände vor den Mund. *Wenn du wüsstest*, ging es ihr durch den Sinn. Und dann: *Wir müssen Charlotte da rausholen!*

Ben hatte Molly den Rücken zugewandt, während er ein halbes Dutzend gebrochener Bohlen mit Holzleisten zusammenhämmerte. Über ihnen blähten sich die Segel und fingen den westlichen Wind ein, der sie nach Afrika bringen sollte.

Molly kannte Charlotte Spencer nicht besonders gut, wusste nur, dass sie an Land eine Zeitlang als Krankenschwester in einem Soldatenhospital gearbeitet hatte, bevor sie in die Dienste einer herrschaftlichen Familie trat, um das kränkelnde Oberhaupt zu pflegen. Dort erwischte man sie, wie sie sich am Tafelsilber bereicherte. Sie war keine Hure, sondern eine verurteilte Diebin. Wenn sie die Misshandlung durch Randolphs überleben sollte, wäre sie an Körper und Geist gebrochen.

Molly durfte das nicht zulassen. Sie musste etwas unternehmen! Doch heute schien es mit dem Teufel zuzugehen. Ben arbeitete in der sengenden Mittagshitze bis zum Umfallen, ständig werkelte einer der anderen Matrosen neben ihm. Dann wurde er auch noch zum Kapitän bestellt, und Molly verschwand eilends im Unterdeck. Will folgte ihr und hielt sich an den Rändern der Luke fest. Der Gestank nach menschlichen Ausdünstungen stieg zu ihm herauf.

»Bist du nicht bei Trost?«, rief er seiner Schwester nach.

Verständlich, dass er sich wundert, dachte Molly. Wer verkroch sich schon freiwillig unter Deck, wenn die Hitze des Tages zur drückenden Schwüle wurde, die einem das Atmen erschwerte? Im Freien kühlte wenigstens der Fahrtwind.

Aber irgendwann würde Will verstehen. Dieser Tag schien nicht mehr allzu fern zu sein.

Als die Dämmerung hereinbrach und alle Sträflinge ihre Abendsuppe gelöffelt hatten, füllte sich das Unterdeck, wo sich die Frauen nach getaner Arbeit ächzend zur Ruhe begaben.
Molly lag mit dem Gesicht zur Wand, die Beine angezogen, die Fäuste an den Lippen. Sie hörte das Murmeln der anderen, hin und wieder quäkte eines der Babys, das moderige Holz des Schiffsrumpfs knarrte im leichten Wellengang, und das Trampeln der Seeleute an Deck wurde langsamer und leiser. Die Bark lag gut im Wind.
Molly fühlte den Arm der Freundin, der sich um ihre Mitte legte, spürte ihren Atem im Nacken. Sie griff nach Hannahs Hand und drückte sie. Es tat so gut, die Freundin hier bei sich zu haben. Sie brauchte keine Worte, um ihr Trost zu spenden.
Wenig später nahmen die Geräusche im Unterdeck ab, erstes Schnarchen klang aus mancher Ecke, einige Frauen wälzten sich im Schlaf, eine junge Mutter summte ein Wiegenlied, um das Neugeborene zur Ruhe zu bringen. Tatsächlich verebbte dessen Geschrei und ging in ein Schmatzen über.
Hannahs Arm um Mollys Taille erschlaffte, sie atmete regelmäßig. Das Summen der Frau beruhigte auch Molly, und ihr fielen fast die Augen zu.
Sie holte Luft und hob vorsichtig Hannahs Arm an, bevor sie sich unter ihm durchwand.
Sie rollte ihre Decke zusammen und lehnte sie an Hannahs Bauch, so dass diese das Gefühl haben musste, sie sei noch da.
Obwohl sich Molly leise wie eine Schiffskatze bewegte, tobte in ihrem Inneren ein Vulkan. Die Bilder von einer grauenvoll zugerichteten Charlotte zuckten hinter ihrer Stirn. Welche Schmerzen und Todesängste mochte das Mädchen erleiden? Welche Qualen fügte der Satan ihr zu?

Molly fühlte sich, als hinge ihr eigenes Leben davon ab, ob sie in dieser Nacht handelte oder nicht.
Ihre Angst vor dem Koloss war nicht geringer als in den Wochen und Monaten zuvor, aber sie erinnerte sich, wie wehrlos er damals, vor vielen Monaten, war, als er mit heruntergelassener Hose und vor Geilheit bebend in *Dorothy's Guesthouse* vor Rachel gestanden hatte. Hätte ihr damals nicht die Ratte mit ihrem Biss einen Strich durch die Rechnung gemacht, hätte sie eine Waffe gehabt …
Nun stand erneut eine solche Nacht bevor, und diesmal wollte Molly sie nutzen.
Der Weg zur Koje des Kochs führte durch die Kombüse. Dort würde sie finden, was sie brauchte.
Sie kletterte lautlos die Leiter hoch. Nur ihre Nase lugte über den Rand der Luke. Am Achterdeck standen zwei Offiziere ins Gespräch vertieft, zwei Wachmänner schlenderten mit ihren Laternen vom Bug zum Heck. Die Backbord- und die Steuerbordwache wechselten alle vier Stunden – bald musste es wieder so weit sein. Einer der Wachmänner gähnte gerade und lehnte sich an die Reling, spuckte ins Wasser und stützte das Kinn in die Hände.
Alle waren rechtschaffen müde und entspannt.
Molly zog sich auf die Deckbohlen, verharrte hockend und lauschte. Der Mond warf silbriges Licht auf die Segel, am Himmel funkelte ein Sternenmeer, die Luft wehte ihr lau um die Stirn.
Gebückt hastete sie von einer Seekiste zu einem zusammengerollten Tau, dann hinter eine der Hütten und zu einem Fass, immer beobachtend, ob sie die Aufmerksamkeit eines der Männer erregte. Aber niemand hatte einen Grund, alarmiert zu sein. Das Leben an Bord verlief weitgehend friedlich, Zwistigkeiten trugen die Sträflinge und die Matrosen untereinander aus.

Und niemand ahnte, dass in ihrer Mitte ein Teufel in Menschengestalt weilte.

Da! Die Tür zur Kombüse stand angelehnt. Molly sah aus ihrem Versteck, dass sie sich in der Brise hin und her bewegte. Jetzt! Mit drei Sätzen sprang sie zum Eingang, nutzte ein Aufschwingen, um sich hineinzudrücken, und gestattete sich einen Moment des Durchatmens, während sie sich mit dem Rücken gegen die gemauerte Wand lehnte.

Es roch nach Essig und schwach nach Angebranntem, gemischt mit dem süßlichen Duft überreifer Früchte. Schimmernde Pfannen, Töpfe und Kessel bewegten sich im Schaukeln des Schiffes an den Wandhaken. Ein von der Decke baumelnder Sack mit Zwiebeln sah aus wie ein Erhängter.

Molly erforschte blitzschnell jedes Detail, während ihr Unterbewusstsein in Alarmbereitschaft versetzt blieb. Ein Geräusch war zu hören, unterdrückt, gedämpft, ein Ton, der Mollys Blut gefrieren ließ. Charlotte?

Endlich entdeckte sie, wonach sie suchte. Der eiserne Schürhaken war neben der Feuerstelle an einem Metallring befestigt. Molly achtete darauf, beim Nähertreten kein Knarren zu verursachen. Der Haken schepperte leise, als sie ihn aus der Halterung löste. Wieder wartete sie, lauschte.

Da sickerte in ihre Wahrnehmung, was ihr Unterbewusstsein schon registriert hatte. Wehklagen, als würde jemand vor Schmerz in ein Kissen weinen, dazwischen unmenschliche Schreie, offensichtlich unterdrückt von dickem Stoff.

Mollys Mund wurde trocken. Ihre Hände krampften sich um den Griff des eisernen Hakens, als sie ihre Aufmerksamkeit auf den Raum hinter der Feuerstelle lenkte.

Vorsichtig setzte sie einen Fuß vor den anderen. Hinter der Holztür war deutlich Flehen und Schreien zu vernehmen.

Molly merkte, dass sie knirschend mit dem Unterkiefer mahlte.
Sie ging in die Knie und lugte durch den Spalt zwischen Tür und Rahmen. Was hinter dieser Tür geschah, konnte sie nicht erkennen, aber sie sah ein Stück des von innen vorgeschobenen Riegels.
Verdammt. Sie hatte doch alles auf den Überraschungsmoment gesetzt! Sie hätte die Tür aufreißen und, ohne eine Sekunde zu zögern, mit dem Schürhaken auf den fetten Kerl einschlagen können, seinen Schädel spalten, dass das Blut an die Decke spritzte. Wenn sie aber die Tür erst aufbrechen musste …
Da legte sich eine Pranke auf ihr Gesicht, drückte gegen Mund und Nase und zog sie von der Tür zurück. Molly war viel zu verdutzt, um einen Ton von sich zu geben oder sich gar zu wehren.
Ein muskulöser Arm schlang sich um ihre Brust. Einen Herzschlag später wurde sie herumgewirbelt.
»Was treibst du hier, du tumbes Ding? Bist du toll geworden?«, zischte Ben. Seine dunklen Augen schienen Blitze auf sie abzufeuern, während sein Atem, in dem nur leicht Rumgeruch mitschwang, ihr ins Gesicht blies.
Molly stotterte. »Ich … Er ist …« Unvermittelt spürte sie Tränen aufsteigen, aber sie bekämpfte den Drang aufzuschluchzen. »Er hat Charlotte da drin.«
Bens Blick glitt von Molly zu der Tür, bevor er das Mädchen so abrupt losließ, dass ihm fast die Knie wegknickten. Molly fing sich und flüchtete sich in die vertraute Position hinter dem Seemann. Ben drückte das Ohr gegen die Tür, um kurz darauf mit der Faust gegen das Holz zu wummern. »Randolphs, mach auf!«, verlangte er.
Einen Moment lang herrschte Schweigen. Der Wind pfiff durch die Ritzen, die Segel knatterten, das Meer rauschte.

Aus der Koje drang kein Laut, bis der Koch erwiderte: »Verzieh dich, Benson! Ich hab zu tun.«
Wieder wummerte Benson gegen das Holz. »Mach auf, oder ich trete die Tür ein.«
Mollys Kopf begann zu dröhnen, während ihr das Blut wie kochend durch die Adern pulsierte. Sie legte einen Arm auf Bensons Schulter, die Finger krallten sich fest.
»Verpiss dich!«, zischte der Koch durch die Tür. »Dazu hast du kein Recht.«
Zwischen seiner Antwort und dem Bersten der Tür verging kaum ein Wimpernschlag. Ben trat mit dem Fuß gegen das Holz, das krachend splitterte. Die Tür sprang aus der oberen Angel, hing schief und enthüllte die grausame Szenerie in der Koje.
Blass hing Charlottes nackter Körper an den gefesselten Armen von der Decke herab. Ihre Fußspitzen berührten kaum den Boden. Auf ihrer Haut schimmerten dunkelrote und blaue Flecken, aus mehreren Schnittwunden quoll frisches Blut, ihr rechtes Lid hing halb über dem Augapfel.
Breitbeinig und nur mit dem fleckigen Leinenhemd bekleidet, das Gesicht nass, das dunkelrote Glied halb erschlafft, glotzte Randolphs mit einem Springmesser in der Hand Benson an.
Wie ein zorniger Stier stürzte sich der Seebär auf den Koch, den er um einen halben Kopf überragte. Während Charlotte mit geschwollenem Mund anfing zu heulen, starrte Molly auf die kämpfenden Männer, den Schürhaken, den sie keine Sekunde aus der rechten Hand gelassen hatte, fest umklammert.
Die beiden wälzten sich auf dem Boden. Die Bohlen krachten, und Blut spritzte, als das Springmesser eine Fleischwunde in Bens Oberschenkel riss. Knackend landete Ben einen Faustschlag auf Randolphs Nasenbein, keinem der zwei schwanden jedoch die Kräfte.

Ben war der Stärkere, aber Randolphs hatte die tödliche Waffe. Ein weiteres Mal verletzte die Klinge Bens Körper, zog einen tiefen Schnitt in seinen Arm, worauf sich sein Hemd rot färbte.
Mit einer Hand versuchte Ben die Blutung zu stoppen. Randolphs nutzte den Vorteil, um sich auf ihn zu werfen, das Messer hoch erhoben, auf den Hals des Gegners zielend.
Molly zögerte keine Sekunde. Ein schier unmenschlicher Schrei drang aus ihrer Kehle, der den Koch kurz irritierte. Dieser Moment reichte, um Bens Leben zu retten, denn die Spitze des Schürhakens krachte auf Randolphs' Schädel. Ein weiteres Mal hob Molly beide Arme, zielte und traf den Nacken, und hätte Ben nicht geschrien, sie solle einhalten, hätte sie möglicherweise nicht mehr aufhören können, auf den Toten einzuschlagen, bis auch der letzte Tropfen Lebenssaft aus seinem Körper geflossen wäre.
Die Pranke immer noch auf der Wunde am Arm, sprang Ben auf die Beine und stellte sich zwischen Molly und ihren Widersacher, der zusammengekrümmt in seinem Blut vor ihr lag.
Molly keuchte wie nach einem Zehn-Meilen-Lauf, ihre Brust hob und senkte sich, während sie darum kämpfte, Sauerstoff in ihre Lunge zu pumpen. Den Blick konnte sie nicht lösen von dem Leichnam zu ihren Füßen, ihre weit aufgerissenen Augen brannten. Sie stützte sich auf den blutverschmierten Schürhaken und merkte nicht, wie ihr die Tränen über die Wangen strömten.
In der gespenstischen Ruhe hörte man Mollys pfeifenden Atem. Charlotte fing an zu jammern.
Ben fuhr herum, bückte sich und löste die Finger des Kochs vom Griff des Messers. Er nahm es und zerschnitt damit die Fesseln an der Decke.

Wie eine Marionette, der man die Fäden durchtrennt hat, sackte Charlotte zusammen. Ben gelang es gerade noch, sie aufzufangen. Er hielt sie in den Armen wie ein Kind, überlegte einen Moment und bettete sie dann in die Koje.
Suchend schaute er sich um, bis er ihre Kleider auf einem Haufen entdeckte, teilweise zerschnitten und blutbefleckt. Er deckte Charlotte fahrig mit ihnen zu und wirbelte zu Molly herum, die immer noch unfähig schien, etwas anderes zu tun als zu atmen. Er packte sie an den Schultern. »Komm zu dir, Mädchen! Wenn du nicht im Morgengrauen aufgeknüpft werden willst, dann müssen wir die Spuren beseitigen.«
Wie durch eine Mauer drangen Bens Worte zu Molly, aber endlich verstand sie, worum es ging.
Sie hatte einen Seemann getötet. Sie, eine verurteilte Gefangene, Untertan der englischen Regierung, eine junge Frau ohne jedes Ansehen. Es brauchte keinen Prozess, um sie hinzurichten. Sie war die Schuldige.
»Los, Molly!«, krächzte Charlotte vom Bett her und rang die Hände. »Ihr müsst euch beeilen!«
Das brüchige Stimmchen der Mitgefangenen bewirkte mehr als Bens Brummbass. Auf einmal kam Leben in Molly.
»Was müssen wir tun?«, wandte sie sich an Ben.
Seine Lippen waren ein blutleerer Strich, als er ihr zunickte. »Ich werde den Leichnam über Bord werfen. In der Zwischenzeit säuberst du hier alles. Charlotte soll dir helfen, wenn sie dazu fähig ist.«
Molly starrte auf den Schürhaken in ihren Händen und ließ ihn auf einmal fallen, als glühte er vor Hitze. Dann verlor sie keine Zeit mehr, stürmte in die Kombüse und kehrte mit Putzlumpen und Wassereimer zurück. Ben hatte den toten Koch inzwischen geschultert.

Eine Stunde später erweckte der Schlafraum des Kochs den Eindruck, als wäre darin niemals Blut geflossen, als hätten die Wände niemals einen Todeskampf gesehen.
Charlotte hatte sich mit zittrigen Fingern angezogen und murmelte ununterbrochen vor sich hin. Molly verstand kaum ein Wort, ihre ganze Aufmerksamkeit richtete sie ohnehin darauf, die Spuren des Mordes zu beseitigen.
Ben hatte ihr in der letzten halben Stunde geholfen, nun hockte er sich auf den Rand der Koje und wischte sich mit den Händen über den Bart. »Was hier passiert ist, hat niemals stattgefunden«, belehrte er zwischen den gespreizten Fingern hindurch zischend die Mädchen. »Niemals, hört ihr? Du, Charlotte, wirst aussagen, dass du seine Gefährtin werden solltest und dass er nach dem Liebesspiel frische Luft schnappen wollte. Molly, du wirst jetzt ins Unterdeck huschen. Achte darauf, dass dich keiner sieht! Den Rest überlasst mir.«
Molly tat, wie Ben ihr geheißen hatte. Der Wind hatte aufgefrischt, am Mond zogen Schlieren von grauen Dunstschwaden vorüber, nur vereinzelt blinzelten Sterne vom Himmel. Das Schiff schlingerte in den heranrollenden Wellen. Ein ums andere Mal musste sich Molly auf ihrem Weg zum Unterdeck festhalten. Unbemerkt gelangte sie zum Niedergang, aber sie fühlte sich viel zu aufgewühlt, um sich wieder neben Hannah zu legen. Sie blieb auf der Leiter stehen.
Der Wind wurde stärker, heulte um die Decksaufbauten und ließ die Segel lautstark flattern, und dennoch hörte Molly einen Pfiff durchdringend übers Deck hallen. Dann der Ruf, laut und klar, gefolgt vom Läuten der Glocke: »Mann über Bord! Mann über Bord!«
Molly spürte das Lächeln, das sich auf ihrem Gesicht ausbreitete, so deutlich, als hätte sie stundenlang keine Miene verzogen. *Guter Ben Benson*, dachte sie. *Danke.*

19. Kapitel

Kap der Guten Hoffnung, März 1790

Die restliche Fahrt der *Lady Juliana* zum afrikanischen Kap entwickelte sich für Molly recht angenehm. Nicht nur, dass sie sich nun frei bewegen konnte. Die Winde standen günstig und trieben das Schiff kraftvoll voran.

Die Nachricht, dass der Koch über Bord gegangen war, nahmen das Seevolk und die Gefangenen mit Erschütterung auf. Alle spekulierten, wie es dazu kommen konnte, dass ein erfahrener Meeresfahrer wie Randolphs auf diese Art verunglückte, zumal es nicht einmal stürmisches Wetter gegeben hatte.

In keiner der geflüsterten oder laut herausposaunten Überlegungen fiel Mollys Name. Niemand brachte sie mit dem Koch in Verbindung – ganz wie sie es sich gewünscht hatte.

Nachdem sie Will in die Höllenqualen, die sie wegen Randolphs durchlitten hatte, eingeweiht hatte, trug der Schiffsjunge seinen Teil zu ihrem Schutz bei, indem er Gerüchte vom Klabautermann in die Welt setzte, der dem Mann nachts ein Bein gestellt haben musste, damit er über die Reling purzelte. Überhaupt habe der Klabautermann die letzten Wochen in der Kombüse sein Unwesen getrieben. Mehr als einmal habe der Koch die Kelle geschwungen, um den Unruhestifter aus seinen Verstecken zu scheuchen. Dies sei nun vielleicht die Rache gewesen?

Manch einer tippte sich mit dem Finger an die Schläfe bei Wills Geschichten, aber der Aberglaube trieb hinreichend

Blüten, und seine Schauergeschichten sorgten zusätzlich dafür, dass niemand an Mord dachte. Warum auch? Alle hatten ihn gut leiden können, den netten Koch. Abgesehen vom Klabautermann.

»Ich hätte dich genauso beschützen können wie Ben. Warum hast du mir nicht vertraut?« Will schnitt in den Haferbrei für die Besatzung Pflaumen, die Molly entkernte. Sie saß auf dem Hocker in der Mitte der Kombüse.

Auf der Flamme nebenan köchelte das Pflaumenkompott für die Offiziersmesse, das als Dessert nach dem Fleischgang serviert werden würde.

Molly schaute auf Wills Rücken. Das Hemd schlackerte um seine Schultern, die Zipfel seines Halstuchs lugten unter dem Kragen hervor, die Kochmütze saß tief in seiner Stirn.

»Ich hab mir das nicht ausgesucht, Will«, erwiderte Molly mit fester Stimme. Seit der Koch tot war, hatte sie das Gefühl, ihr Atem erreiche wieder ihre Leibesmitte. Der Luftmangel war ihr nicht bewusst gewesen, solange Randolphs eine Bedrohung darstellte. Nun fühlte sie sich befreit, als hätte sie einen Sack mit Steinen von den Schultern gestreift. Sie lachte und scherzte viel, und ihr eigenes Lachen klang in ihren Ohren, als müsste sie sich erst wieder an den Klang gewöhnen. Es kribbelte in ihrem Bauch, und manchmal liefen ihr bei dem geringsten Anlass Tränen der Freude über die Wange.

»Ja, ich weiß«, brummte Will, rührte mit dem Kochlöffel im Kompott und probierte mit spitzen Lippen von dem süßen Nachtisch. »Wenn ich nur etwas geahnt hätte! Ich hätte dem Koch niemals zugetraut, dass er zwei Seelen hat. Ich kannte ihn nur als freundlichen Mann. Aber manchmal sind die Dinge wohl nicht so, wie sie scheinen«, fügte er hinzu.

Das wusste Molly schon lange, und gewiss musste Will dies erst noch lernen. Sie war zwar jünger als er, aber an Lebenserfahrung um mindestens das Doppelte reicher. Molly bildete sich nichts darauf ein. Sie hätte ihr berechtigtes Misstrauen gern gegen eine unschuldige Naivität eingetauscht. Aber die Wahl gab es nicht für sie.

»Ich bin so glücklich, wie alles gekommen ist, Will«, sagte sie und spürte schon wieder die Tränen in die Augen steigen. Sie hielt sie nicht zurück, ließ sie laufen, als reinigten sie ihr Inneres und spülten den ganzen Schmutz und Ballast der vergangenen Wochen weg. »Ist es nicht eine Ehre, dass der Kapitän dich zum Koch ernannt hat? Und ich darf dir helfen?«

Will schlief sogar in der winzigen Kajüte, die Molly, Charlotte und Ben nach der Bluttat so penibel geputzt hatten. Oft hockte Molly bei ihm, übernachtete auch dort, und sie beobachteten im Morgengrauen durch das Bullauge die anrollende Gischt und den graublauen Horizont.

Auch Hannah leistete ihnen, wann immer Claire und Rose sie bei den Schwangeren und jungen Müttern entbehren konnten, Gesellschaft. Zu dritt in der Kajüte herumzulungern, mit Wasser verdünnten Zuckerrum zu trinken und an frischen Früchten zu lutschen war wie der Himmel auf Erden für die drei Freunde. Sollte doch das Meer aufbegehren, sollten sich doch die Stürme erheben – ihnen konnte keiner mehr was.

Aber der Ozean blieb ruhig, als gönnte er ihnen diese Verschnaufpause.

»Was blieb ihm anderes übrig, als mich zum Koch zu ernennen? Keiner der anderen Seemänner kennt sich in der Kombüse aus, und an Deck wird jede Hilfe gebraucht. Bislang gibt es auch kein Gemotze aus der Offiziersmesse, offenbar schmeckt ihnen, was ich zubereite, aber dennoch werden sie in Kapstadt gewiss einen neuen Koch an Bord nehmen. Es gibt in den Häfen immer englische Seeleute, die auf eine Weiterfahrt spekulieren. Sei es, weil das bisherige Schiff gekentert ist oder weil sie von der Mannschaft verstoßen wurden.«

»Dann werden wir unser Bestes geben und den Kapitän bitten, dass wir so weitermachen dürfen. Lass mich mal das Kompott probieren.« Molly sprang auf, trat neben ihren Bruder und öffnete den Mund, damit er ihr einen Löffel voll zum Kosten gab. »Hm!« Sie seufzte vor Behagen.

»Nützt alles nichts«, erwiderte Will mit verschlossener Miene. »Nach Kapstadt geht die Fahrt über den Indischen Ozean, und es wird nicht sehr lange dauern, bis wir in Sydney Cove sind. Dort gehst du von Bord. «

Molly sank das Herz. Wenn sie mit Will und Hannah beisammensaß und sie sich gegenseitig zum Lachen brachten, fühlte es sich an, als würde es ein Leben lang so bleiben. Wills Worte brachten ihr ins Bewusstsein zurück, dass die Zeit des Abschieds nahte und sie allein den Weg in eine ungewisse Zukunft beschritt, die bestimmt kein Zuckerschlecken wie das Leben hier in der Kombüse werden würde.

Eine Zeitlang hingen die beiden ihren Gedanken nach, während Molly Obst und Gemüse schälte und schnitt und Will nun den Braten für die Offiziere zerteilte. Der würzige Geruch zog durch die Kombüse und ließ Molly das Wasser im Mund zusammenlaufen. Sie pirschte sich an Will heran und stibitzte eines der butterzarten Endstücke, um es sich auf der Zunge zergehen zu lassen. »Die Kombüse ist der beste Platz an Bord zum Arbeiten«, sagte sie dabei und seufzte genießerisch.

»Für mich nicht«, erwiderte Will. »Für meine erste große Fahrt ist es in Ordnung. Aber für den Rückweg hoffe ich auf was Besseres. Vielleicht kann ich den Steuermann unterstützen. Weißt du, Molly, wenn ich ein berühmter Seefahrer wie James Cook werden will, kann ich meine Zeit nicht ewig zwischen den Pfannen und Töpfen vergeuden.«

»Ich wünsche dir, dass sich dein Traum erfüllt«, erwiderte Molly und streichelte über seine Schulter.
Will hielt das Fleischmesser noch in der Hand, die Finger voller Bratensaft, als er Molly an sich drückte. »Ich werde dich sooft wie möglich in Sydney Cove besuchen. Das schwöre ich dir«, versicherte er dicht an ihrem Ohr.
»Und irgendwann nimmst du mich mit. In die Heimat. Oder in die weite Welt. Hauptsache, wir sind wieder zusammen«, fügte Molly hinzu, die Zunge schwer vor Wehmut. Sie wusste jetzt, wie lange es dauerte, das Ende der Welt zu erreichen. Wenn sie Glück hatten, würden sie sich vielleicht alle zwei Jahre sehen. Die übrige Zeit konnten sie nur träumen von ihrem Wiedersehen.
Sie lösten sich voneinander, als auf einmal Unruhe an Deck entstand. Von hoch oben aus der Takelage erklang der Ruf des Postens aus dem Ausguck. »Land in Sicht!«
Es war der 28. Februar, als die *Lady Juliana* auf das Kap der Guten Hoffnung zusteuerte.
»Geh nur nach draußen«, sagte Will. »Ich komme schon zurecht.«
Molly eilte an Deck. Die Luft schmeckte nach den Kombüsendünsten frisch wie Quellwasser, Gruppen von Sträflingen standen an der Reling, die Seemänner eilten geschäftig hin und her, verteilten sich in der Takelage. Die Offiziere versammelten sich auf dem Achterdeck. Majestätisch wehend glitt die englische Flagge am Fahnenmast empor.
Am Horizont hob sich ein grauer Streifen Land ab, ein ungeübter Reisender hätte die Schemen auch als tief hängende Wolkenformation deuten können. Aber während sie sich Stunde um Stunde ihrem Ziel näherten, nahmen die Schatten deutlich Kontur an.
Molly hatte sich bei Hannah eingehakt und wies nun auf

den abgeflachten Berg, der die hügelige Landschaft dominierte.
»Das ist der Tafelberg«, erklärte Ben Benson, die Daumen in die Westenärmel gesteckt, während er sich eine Atempause bei den beiden Freundinnen gönnte. »Sozusagen das Wahrzeichen des Kaps.«
Wenig später erkannten sie niedrige Gebäude im Hafen, Kirchen und Straßen. Am Abend gingen sie in der Table Bay südlich von Kapstadt vor Anker.
Wie immer hatten die Frauen auf den letzten Meilen vor ihrem Ziel im Unterdeck verschwinden müssen. Als sie nun heraufdrängten, plapperten alle staunend durcheinander, wiesen auf dieses und jenes hin. Manche begannen sogleich, sich zu kämmen und zu waschen, in der Hoffnung, auch in diesem Hafen wieder ihr Geschäft betreiben zu dürfen.
Immerhin lagen in Table Bay die großen Schiffe dicht an dicht, Walfänger, Kriegs- und Handelsschiffe aus aller Welt. Molly bekam den Mund vor Staunen kaum noch zu. Zweifellos ankerten sie hier am wichtigsten Knotenpunkt der Seeschifffahrt.
Es geschah im selben Moment, dass sie das abgewrackte, leckende Schiff mit den gebrochenen Masten und den verwüsteten Decksaufbauten, in Schieflage im Hafen schaukelnd, entdeckte und den Aufschrei von Dorothy vernahm, der allen durch Mark und Bein ging.
Mit ihnen im Hafen von Kapstadt lag die *Guardian*.

Die Abordnung der *Lady Juliana*, die die Vertreter der holländischen Kompanie in der Hafenmündung um Ankererlaubnis bat, bestand wie üblich aus Kapitän Aiken und Leutnant Thomas Edgar. Diesmal durfte auch John Nicol sie begleiten.

John hatte mitbekommen, wie hysterisch die Alte mit den orangenfarbenen Haaren auf den Anblick der *Guardian* reagiert hatte. Aber nicht nur deswegen interessierte es ihn brennend, was dem Schiff, mit dem sie ursprünglich im Verbund segeln sollten, zugestoßen war.
Es war in einem beschämenden Zustand. John wünschte, sie hätten wenigstens die englische Flagge, die weithin auf die Herkunft verwies, eingeholt.
Es musste ein Unglück geschehen sein. Schiffbruch? Ob es Tote gegeben hatte? Ob die Fregatte noch manövrierbar war? Wenn nicht, was sollte mit den Leuten an Bord geschehen? Musste die *Lady Juliana* sie aufnehmen?
Diese Dorothy hatte es offenbar auf einen der Seemänner der *Guardian* abgesehen, wie ihm seine Sarah erzählt hatte. Die Zusammenhänge verstand John Nicol nicht, und sie waren ihm auch von Herzen egal. Sarah hatte eben einen Hang zur Klatschsucht, und Dorothy mit ihrem vorlauten Mundwerk, ihrer bockbeinigen Art und ihrer Gossensprache genoss wenig Achtung an Bord.
Die Uniformen der drei Männer waren nach der langen Reise ramponiert, an Ärmeln und Saum ausgefranst, die Farbe vom Waschen verblichen, hier und da fehlte ein Knopf. Dennoch traten sie an diesem Nachmittag des 1. März mit steifem Kreuz, als hätten sie einen Stock verschluckt, und erhobenem Haupt vor die Holländer, deren Mienen verhärmt wirkten, deren Uniformknöpfe aber so tadellos glänzten wie die Gewehre, die die Wachsoldaten geschultert hielten.
Kapitän Aiken verbeugte sich vor dem Kommandanten und schilderte ihm, mit welcher Fracht sie von England nach Sydney Cove unterwegs waren.
»Sorgt dafür, dass die schändlichen Weiber an Bord bleiben und keine Unruhe in der Stadt stiften. Wir legen hier Wert

auf Zucht und Ordnung«, erwiderte der Kommandant mit seiner in akkuraten Wellen liegenden Perücke und dem in der Sonne schimmernden königsblauen Dreispitz. Seine Gesichtszüge drückten Hochmut aus.

Es schmerzte und ärgerte John, dass der Mann alle Frauen an Bord über einen Kamm scherte. Was wusste der schon von einer wie seiner Sarah, die sein Kind geboren hatte? Oder von einer Rose Naiden, die so vielen Babys auf die Welt geholfen hatte? Aber hier waren nicht die Zeit und der Ort für einen Disput. Von der Gastfreundschaft der holländischen Besatzer hing ihr Weiterkommen ab.

»Das dürfte schwierig sein, Sir«, erwiderte Kapitän Aiken. »Wir beabsichtigen mit Eurer Erlaubnis, die *Lady Juliana* hier an Land zu ziehen, um sie zu überholen. Der Sandstrand scheint uns gut geeignet für eine grundlegende Instandsetzung, bevor wir uns den legendären stürmischen Winden des Indischen Ozeans stellen. Aber hier an Land werden wir nicht hinreichend Wachmänner haben, um die Frauen zu beaufsichtigen.«

»Wobei«, fügte Sir Edgar hinzu, »es unwahrscheinlich erscheint, dass sie zu fliehen versuchen. Jede wird sich ausrechnen können, dass sie hier in Kapstadt keine Zukunft hat.«

Der Blick des holländischen Kommandanten verhärtete sich. »Dann rate ich Euch dringend, an Bord nicht zu erwähnen, was in Sydney Cove auf die Weiber wartet. Die Kolonisten dort leiden seit Monaten Hunger. Skorbut und andere lebensbedrohliche Krankheiten sind ausgebrochen. Es ist ein Elend, wie mir andere Kapitäne klagten, die nichts mehr bedauerten, als dass sie keinen Proviant geladen hatten, den sie den Kolonisten abtreten konnten, um deren Not zu lindern.«

John Nicol trat vor. »Wir haben Proviant dabei, selbstverständlich, aber unsere Aufgabe ist es nicht, Lebensmittel zur Kolonie zu schaffen. Unsere Hauptfracht sind die Frauen.«

»Dann werdet Ihr zusehen müssen, dass Ihr die *Lady Juliana* bis zum Äußersten beladet. Sonst sind die Tage der Kolonisten gezählt, und sie verrecken elendig hungers. Ihr habt die Erlaubnis, die Bark auf Vordermann zu bringen. Ich werde Euch ein Dutzend Wachsoldaten zur Verfügung stellen, um Ausbrüche und Ausschweifungen an Land zu verhindern.«

Kapitän Aiken deutete eine Verneigung an. »Wir wissen Euren Großmut zu schätzen. Vielen Dank, Kommandant. Aber sagt, was ist mit der *Guardian* passiert?« Aiken wies auf das offenbar havarierte Schiff, das traurig in den Wellen schaukelte.

»Es hat in jüngster Zeit zwei schreckliche Unglücke gegeben.« Zum ersten Mal zeigte sich eine menschliche Regung – Bedauern? – in der maskenhaften Miene des Holländers. »Die *Bounty* unter Kapitän Bligh ist von Meuterern übernommen worden. Den Kapitän haben die ruchlosen Matrosen mit einem halben Dutzend seiner Getreuen im Südpazifik ausgesetzt. Mehr tot als lebendig haben die Männer überlebt. Und die *Guardian*«, er wies mit dem Kinn auf die Fregatte, »ist auf ihrem Kurs zu weit nach Süden geraten und mit einem Eisberg kollidiert. Die meisten Männer sind bei dem Versuch, in Booten nach anderen Schiffen Ausschau zu halten, die sie aufnehmen könnten, ertrunken, erfroren oder verdurstet. Aber Kapitän Riou hat ein Meisterstück vollbracht, indem es ihm gelang, dass die *Guardian* trotz der riesigen Lecks nicht sank. Sie wurde von einem Walfänger entdeckt und hierhergeschleppt. Ihr hättet es nicht geglaubt …« Der Kommandant massierte sich die Nasenwurzel in Erinnerung an die Begegnung mit den Schiffbrüchigen. »Die Männer sahen aus wie aus einer anderen Welt, mit brustlangen Bärten, zerlumpt, fleckig, gelbäugig.«

John Nicol spürte, wie ihm der Mut bei diesem Bericht sank. Ja, jeder Seemann, den es auf die Weltmeere zog, wusste, welcher Gefahr er sich mit seiner Abenteuerlust aussetzte. Aber mit solchen Unglücken konfrontiert zu werden brachte die eigene Sterblichkeit ins Bewusstsein. Bevor er in Sarah die Frau seines Lebens gefunden hatte, hatte er sich, sollte seine Zeit abgelaufen sein, einen nassen Heldentod auf hoher See gewünscht. Aber jetzt, nachdem er sich in der Verantwortung für eine Frau und ein Kind fühlte, hing er mit einer Willenskraft am Leben, die ihn selbst verblüffte. Wer sollte Sarah und die Tochter nach sieben Jahren aus der Kolonie abholen? Wohin sollten sie sich wenden, wenn es ihn, den Ernährer, nicht mehr gab?

Mit bedrücktem Gemüt kehrten die drei Männer auf die *Lady Juliana* zurück, wo sich die Nachrichten, dass die Bark an Land gezogen werden sollte und dass die *Guardian* verunglückt war, wie ein Lauffeuer verbreiteten. Alle steckten die Köpfe zusammen, die Frauen tuschelten, und die Seeleute sprachen leise miteinander. In der allgemeinen Aufregung ging Dorothys Freudentaumel unter.

Es kümmerte sich auch kaum einer darum.

Bevor das Schiff gekrängt werden konnte, musste die komplette Ladung mit Booten und Flößen an Land gebracht werden, alles Vieh, die wuchtigen Truhen, die unzähligen Fässer im Frachtraum.

Dorothy, beschwingt wie seit über einem Jahr nicht mehr, kletterte aus einem der Boote, die die Frauen übersetzten, mit gerafften Röcken in das knietiefe Wasser, um an den Sandstrand zu waten. Jede der Frauen hatte ihre Decke, ihre Matratze und die persönlichen Güter geschultert. Damit begannen sie nun, in der Bucht ein provisorisches Lager zu errichten, während die Männer von Sonnenaufgang bis Sonnenuntergang werkelten, um den Dreimaster in eine Schräg-

lage zu versetzen, die es ihnen erlauben würde, die Löcher und Risse zu flicken.
Mit Erstaunen musterten die Frauen die holländischen Soldaten, die sich um das Lager herum postiert hatten. Sosehr die ein oder andere von ihnen auch kokettierte, um eine schnelle Münze hinter einer der Palmen zu verdienen: Die Holländer wirkten wie aus Stein und gefühllos und legten die Gewehre an, sobald ihnen eine der Frauen mit gereckter Brust, verführerischem Augenaufschlag und wiegenden Hüften entgegenkam.
»Spart euch die Mühe mit den Holzköpfen«, rief Dorothy munter und sorgte dafür, dass sich ihre Schlafstätte so nah wie möglich an den Bäumen und Büschen befand, die die Sandbucht umgaben. Man mochte annehmen, dass es ihr um den Schatten ging, aber Dorothy verfolgte, seit sie die *Guardian* entdeckt und erfahren hatte, dass es Überlebende gab, ihren eigenen Plan.
Niemand würde sie diesmal aufhalten. Niemand.
Ihre Zeit war gekommen.

Dass Pietro unter den zu Tode Gekommenen war, glaubte Dorothy nie und nimmer. Der war zäh, der kam durch, der hatte sieben Leben wie eine Katze. Es wäre auch ein zu bequemer Tod, von den Wellen des Meeres verschluckt zu werden und in den Tiefen des Ozeans ein nasses Grab zu finden. Nein, diesen Komfort gönnte Dorothy ihrem ehemaligen Geliebten nicht.
Er sollte leiden wie ein Hund, lange und qualvoll, durch ihre Hände.
Seit die Nachricht von der Havarie der *Guardian* Dorothy erreicht hatte, schien hinter ihrer Stirn für nichts anderes mehr Platz zu sein als für ihre Rachegedanken. Ein Wirbel

erfasste sie, ein Orkan, manchmal schwindelte ihr, und sie griff nach der nächstbesten Stütze, um nicht umzukippen. Sie stand ihrem Triumph so nah, so verdammt nah.

Der Sandstrand, an den sie die *Lady Juliana* geschleppt hatten, glich nach wenigen Tagen einem chaotischen Marktplatz. Überall lagerten die Gefangenen, die Männer rührten Pech in riesigen Kesseln an, um die Löcher im Rumpf abzudichten, Segel und Leinwand wurden zum Flicken ausgebreitet, Zimmerleute und Schmiede bauten ihre Werkstätten auf.

Wie alle anderen stand Dorothy zur Mittagszeit an der Feuerstelle an, ihren Napf in beiden Händen, um sich bei Will und Molly die Mahlzeit zu holen. Die beiden jungen Leute arbeiteten unermüdlich, um die Mannschaft und die Frauen zu versorgen. Dorothy ahnte, dass die kleine Molly hoffte, mit ihrem Bruder diese Aufgabe bis zur Ankunft am Ziel übernehmen zu dürfen. Das Mädchen wirkte gelöst und glücklich wie selten zuvor in ihrem Leben. Aber das nahm Dorothy nur am Rande wahr. Genau wie Lauries von Glückseligkeit umflortes Gesicht, als diese mit Jack Barns davonzog, um für die Nacht in einer Pension der holländischen Hafenstadt unterzukommen.

Über Rose Naiden musste Dolly sich zum Glück nicht mehr ärgern: Deren schadenfrohes Hohngelächter hallte ihr schon lange nicht mehr im Ohr, seit die Königin der Diebe ihre ganze Aufmerksamkeit darauf verwandte, sich um die jungen Mütter, die Babys und die Gebärenden zu kümmern. Mit Claire und Hannah hatte sie zwei zuverlässige Helferinnen, die nicht von ihrer Seite wichen.

Alle waren irgendwie gut untergeschlüpft, befand Dorothy, nur sie selbst wurde diese innere Unruhe nicht los, solange sie den Hundsfott am Leben wusste. *Danach … danach …* Abwarten! Irgendwie würde auch sie sich in diesen erbärmlichen Verhältnissen einzurichten wissen. Und sei es, indem sie der Königin der Diebe einen Tritt in den Arsch verpasste und sie aus ihrer Hütte an Deck vertrieb. Schließlich galt es, ihren Ruf als eine Frau zu verteidigen, die sich die Butter nicht vom Brot nehmen ließ.

Seit Tagen hielt Dorothy die Ohren auf und wartete auf Nachrichten, die ihr wichtig erschienen. Wie es hieß, hausten die Überlebenden der *Guardian* in zwei Gasthäusern der Hafenstadt. Einige von ihnen sollten beim Reparieren der *Lady Juliana* helfen und anschließend mit ihr weitersegeln. Aber so eindringlich Dorothy auch jeden der neu hinzukommenden Matrosen inspizierte – unter ihnen befand sich keiner, der ihr bekannt vorkam und den sie sich vor den anderen nach Pietro zu fragen getraute. Wenn die Offiziere der *Lady Juliana* erst einmal spitzkriegten, dass sie auf der Suche war, würden sie gewiss ein besonders wachsames Auge auf sie haben.

Dieses Risiko wollte Dorothy nicht eingehen.

Sie bereitete ihren Plan heimlich vor, indem sie sich ein Paar Schuhe zulegte, die unbewacht an einer Lagerstatt standen, und auch einen noch nicht von Löchern zerfressenen Umhang mit Kapuze. Sie verbarg die Sachen unter ihrer Matratze und harrte bis zur vierten Nacht aus, als die Aufmerksamkeit der wachhabenden Soldaten mehr und mehr nachließ. Die meisten unterhielten sich in ihrer kehligen Sprache, spielten Karten oder würfelten, manche schliefen auch mit der Stirn auf den Knien. Sie hatten schnell herausgefunden, dass keine der Frauen einen Fluchtversuch unternehmen würde – was sollten sie auch im Hinterland mit den Gebirgen und Wüsten anfangen? Wahrscheinlich wären sie nach wenigen Stunden Opfer von Wilden oder entlaufenen Sklaven. Dann lieber behütet unter der englischen Flagge schlummern.

Dorothy jedoch hatte anderes im Sinn. Flüchten wollte sie nicht, aber sich in zwei speziellen Gasthäusern der Stadt umsehen, und davon sollte sie niemand abhalten.
Der Halbmond stand hell und klar am wolkenlosen, sternenübersäten Himmel, als sie entschied, ihren Plan in die Tat umzusetzen.
In ihrer direkten Nähe schliefen Hannah, Molly und Will, aber die drei stellten keine Gefahr dar. Sie würden das Maul halten, selbst wenn sie sie beobachteten, wie sie sich nun in die zu engen Schuhe quälte und den Umhang mit der Schnalle verschloss. Ihr Blick unter der Kapuze flog nach rechts und nach links, doch sah sie nur schlafende Männer und Frauen und in Ufernähe das Glimmen der Feuer.
Jetzt.
Sie sprang auf, eilte lautlos hinter die erste Palme und dann weiter hinein in den dichter werdenden Wald, durch den ein Pfad verlief, der, wie Dorothy bald feststellte, an der Küste entlangführte.
Das musste der richtige Weg sein, denn in der Ferne blinkten die Lichter der Stadt.
Vielleicht eine Stunde Weg.
Was zählte schon eine Stunde gegen all die Wochen und Monate, in denen sie von dieser Nacht nur hatte träumen können?
Sie verfiel in einen leichten Trab. Laut schlug die Brandung gegen die nun felsige Küste. Dorothys Atem klang keuchend. Als ihr die Seite schmerzte, verhielt sie einen Moment, die Hand am Leib.
Da! Sie richtete sich auf, hielt die Luft an.
Waren das Schritte gewesen?
Sie drehte sich um. Keine Menschenseele.
Wahrscheinlich spielte ihr die Einbildung einen Streich.

Und weiter.
Sie verfiel wieder in den Trab, ohne noch einmal anzuhalten. Endlich erreichte sie die ersten flachen Häuser Kapstadts. Straßenlaternen beleuchteten die Wege, hinter den Fenstern flackerten Kerzen und Lampen.
Sie musste den Stadtkern finden. Wo sonst sollten die Gaststätten sein?
Dorothy ging nach Gehör, einfach in die Richtung, aus der die leise Fidelmusik, das Becherklirren und Lachen von Männern an Lautstärke zunahm.
Immer auf der Suche nach einem Schild, das auf ein Wirtshaus verwies, bemerkte sie nur am Rande, wie gepflegt sich diese Stadt den Besuchern aus aller Welt präsentierte, wie aus Bauklötzen zusammengelegt, die Straßen schnurgerade und im rechten Winkel voneinander abzweigend. Welch ein Gegensatz zu dem kreischend bunten, lärmenden Trubel von Rio, den Dorothy von Bord aus hatte beobachten können.
Als sie stehen blieb und überlegte, welchen Weg sie wählen sollte, vermeinte sie erneut, ein Tappen hinter sich zu hören. Wieder wirbelte sie herum, aber – nichts. Alle hockten in ihren Häusern, die Straßenlaternen zeichneten gespenstische Schattenfiguren in die Winkel.
Endlich schwoll der Lärm an. Hinter der nächsten Biegung erkannte Dorothy ein zweigeschossiges weitläufiges Wirtshaus. Ein paar Männer lungerten mit Bierkrügen davor herum, aus den teils geöffneten Fenstern drang das Grölen von Betrunkenen.
Und irgendwo da drinnen grölt Pietro mit, ging es Dorothy durch den Sinn. Sie hielt inne, atmete langsam ein und aus. Dann trat sie aus dem Schatten und streifte die Kapuze ab.
»Hey, Füchsin«, rief gleich einer der Männer vor der Wirtshaustür.

Dorothy trat auf ihn zu und musterte ihn. »Ich suche die Männer der *Guardian*. Könnt Ihr mir helfen?«
Der Mann bleckte die gelben Zähne und betrachtete sie vom Scheitel bis zu den Füßen. »Was ist Euch diese Auskunft denn wert?«, erwiderte er in holperigem Englisch mit holländischem Akzent. »Verratet Ihr mir dann, ob die Haare zwischen Euren Beinen die gleiche Farbe haben wie die auf Eurem Kopf? Oder lasst Ihr mich vielleicht gleich selbst nachschauen?«
»Einen Tritt in den Arsch kannst du haben, du Schlappschwanz. Geh deine Mutter vögeln, die wartet schon auf dich.«
Der Mann spannte die Schultern. Hätten seine Saufkumpane ihn nicht zu zweit zurückgehalten, wäre er vermutlich über das dreiste Weibsbild hergefallen.
Der eine, der ihn am Oberarm gepackt hielt, rief Dorothy zu: »Die sind im *Goldenen Krug* zwei Straßen weiter. Geradeaus und dann rechts herum. Ihr könnt ihn nicht verfehlen.«
Dorothy stolzierte an den drei Kerlen vorbei, ohne einen Funken Angst zu zeigen. Sie reckte die Nase, während die beiden Holländer ihren Kameraden zu besänftigen versuchten.
Vor dem nächsten Wirtshaus hielt sie sich gar nicht mehr damit auf, sich zu erkundigen.
Sie spazierte in den Schankraum und wurde von drückender Schwüle und einer Wolke aus Männergestank empfangen, der ihr den Atem verschlug. Alle Tische waren besetzt, manche Gäste standen in Gruppen zusammen, mehrere Schankmägde schleppten einen überschäumenden Krug nach dem anderen heran. Eine von ihnen hielt Dorothy am Schürzenzipfel fest.
»Wo sitzen die Männer der *Guardian*?«, herrschte sie sie an.
Die junge Frau pustete sich eine Haarsträhne aus der Stirn

und wies in den hinteren Teil der Gaststätte, wo das Lärmen und Lachen nicht ganz so fröhlich klang. Dort saßen mehrere Gestalten, die in ihre Krüge glotzten, als bekämen sie darin eine Antwort auf die Fragen des Lebens. Einigen stand, als sie aufschauten, der Irrsinn in den Augen.
Dorothy baute sich vor ihnen auf und musterte kühl die bärtigen, teils bleichen, teils fleckigen Gesichter. Manche der Männer wirkten müde, als wollten sie schlafen und niemals mehr wieder aufwachen. *Sie müssen die Hölle durchlebt haben*, dachte Dorothy, aber eine Gefühlsregung löste dieser Gedanke nicht aus.
»Ich bin auf der Suche nach Pietro Lamberni. Er hatte auf der *Guardian* angeheuert. Wo finde ich ihn?«
Die Männer hatten, während sie sprach, aufgeschaut und senkten nun wieder das Kinn auf die Brust. Keiner hielt es für nötig, der fremden Frau eine Antwort zu geben.
Dorothy fühlte eine lodernde Glut in sich aufsteigen, ein sengendes Feuer, das aus ihrem Leib in ihren Schädel stieg. Die steckten alle unter einer Decke! Wahrscheinlich hatten sie ihn irgendwo versteckt, den Hundsfott.
Sie stützte sich auf den Eichentisch, griff nach einem der Bierkrüge und schleuderte ihn gegen die Wand. Er zerbrach klirrend, der Gerstensaft troff von den Backsteinen.
Nun hatte sie die Aufmerksamkeit aller. Einige Männer sprangen auf. »Was willst du, Metze?«, zischte einer. »Pietro ist als einer der Ersten ersoffen. Ich hab ihm noch ein Holzbrett zugeworfen, aber seine Finger waren zu steif gefroren, um sich daran festzuhalten. Es hätte auch nichts mehr genutzt. Es gab kein Entrinnen, verstehst du? Warum wir hier überlebt haben und ob es ein Gutes hat … das weiß der Himmel.«
»Erzähl mir keinen Bullenmist!«, keifte Dorothy. Spucketropfen flogen, und die Schnalle des Umhangs am Hals wur-

de ihr zu eng, so dass sie sie löste. »Ihr haltet doch alle zusammen! Ihr deckt einen elenden Verräter! Einen Frauenschänder und Betrüger!«
»Pietro?« Ein paar lachten auf. »Der hat doch keiner Fliege was zuleide getan! Und seine letzten Worte galten seiner Mutter. Bist du seine Mutter, oder was? Kaum vorstellbar, dass ein Schandmaul wie du einen so feinen Kerl geboren hat.«
Das Feuer in Dorothy loderte auf und verbrannte alles. In ihrer Vorstellung gab es überhaupt keinen Zweifel mehr daran, dass sie hier in eine Verschwörung geraten war. Dieses Schweinepack hatte sich gegen sie zusammengerottet, um den schäbigen Hund zu decken und sie ins Leere laufen zu lassen.
Aber nicht mit ihr.
Sie umklammerte die Tischkante und hob den Tisch mit einem Ruck hoch. Alle Krüge, alles Geschirr und die Kerzen gerieten ins Wanken, rutschten und polterten auf den Boden. Im Nu entstand ein Tumult, in dem sich Dorothy auf den Nächstbesten stürzte, die Krallen ausgefahren, die Zähne gefletscht. Dabei zischte sie: »Sagt mir die Wahrheit! Sagt mir die Wahrheit! Ich weiß, dass er hier ist.«
Sie bekam Faustschläge gegen die Schläfe ab, einen Tritt in den Leib, jemand bog ihr den Arm so schmerzhaft zurück, dass sie in den schrillsten Tönen kreischte.
Dann packte sie jemand von hinten um die Taille und zerrte sie aus dem Kampfgetümmel, in das sich nun auch andere Wirtshausbesucher frohlockend gemischt hatten. Wie in jedem Gasthaus der Welt gab es auch hier immer mehrere offene Rechnungen. Manch einer nutzte die Gunst der Stunde, um einem ewigen Widersacher die Faust ins Gesicht zu rammen. Nun ging auch noch der Wirt dazwischen, aber sein Versuch zu schlichten führte nur zu weiteren Schlägen und

Flüchen. Die ersten Stühle krachten über den Köpfen gegeneinander.
Dorothy fühlte sich von einem Riesen verschleppt, der sie sich wie einen Kleidersack über die Schulter warf. Sie trommelte mit den Fäusten auf seinen Rücken, zappelte mit den Beinen, aber Meter um Meter wurde sie nach draußen getragen. Schließlich schlug ihr frische Seeluft entgegen.
Kräftige Hände stellten sie auf die Füße. Mit offenem Mund und keuchend vor Erregung starrte Dorothy den Mann an, der sie aus dem Wirtshaus geschleppt hatte. Es dauerte ein paar Sekunden, bis ihr Gehirn wieder zu arbeiten begann.
Ben Benson.
Du lieber Himmel. Wie kam der hierher?
Egal.
Wie ein Kreisel wirbelte sie mit fliegendem Rock herum, um sich erneut in den Kampf zu stürzen, aber Ben packte sie an der Schulter und versetzte ihr eine schallende Ohrfeige.
Ihre Wange brannte, als hätte er sie mit einem glühenden Eisen gebrandmarkt. Eine Weile hörte sie nichts als schrilles Pfeifen. Dann sprangen ihr vor Schmerz die Tränen in die Augen, ihre Unterlippe begann zu zittern, die Knie wurden weich, doch bevor sie zu Boden gehen konnte, packte Ben sie erneut und trug sie davon.
Im Laufschritt brachte er sie zum Küstenpfad, und bald erreichten sie den Wald.
Einen Sandplatz mit einem Findling zwischen dichtem Gesträuch wählte Ben, um im Mondlicht eine Rast einzulegen. Dorothy hatte aufgehört, sich zu wehren, stattdessen jammerte sie nun wie ein Kind.
Als er sie behutsam in den Sand setzte, so dass sie sich mit dem Rücken gegen den Stein lehnen konnte, schlug sie die Hände vors Gesicht und begann laut zu weinen.

Sie fühlte sich, als sei sie aus einem Alptraum erwacht. Was vor wenigen Minuten geschehen war, waberte nur in Erinnerungsfetzen hinter ihrer Stirn.
Was hatte sie getan?
Was hatte sie sich erhofft?
Wie hatte sie nur eine solche Närrin sein können?
Was wäre passiert, wenn Ben sie nicht gerettet hätte?
Die Horde im Wirtshaus hätte sie wahrscheinlich erschlagen. Oder auf den Schultern zum Richtplatz gebracht und kurzerhand aufgeknüpft.
»Du hast es gehört, Dorothy.« Bens Stimme klang im merkwürdigen Gegensatz zu seinem massigen Körper ungewöhnlich weich.
»Ich wollte ihn finden. Ich musste es tun.«
»Ja, das musstest du. Nun weißt du, dass er tot ist.«
Dorothy lief der Schleim aus der Nase, unwillig wischte sie ihn ab. »Sie könnten gelogen haben.«
»Dazu haben sie keinen Grund, Dorothy.«
»Sie wollten mir schaden, sie wollten mich auflaufen lassen, mich verlachen und verspotten.«
»Sie kennen dich überhaupt nicht, und du bist keine Frau, die irgendein Mann verspotten würde. Sie haben dir gesagt, was zu sagen war: Pietro hat die Havarie der *Guardian* nicht überlebt – wie die meisten seiner Kameraden. Diese unglücklichen Gestalten im Wirtshaus haben das bezeugt. Es gibt keinen Grund, an ihren Worten zu zweifeln.«
Noch nie zuvor hatte ein Mann so ernsthaft und eindringlich mit ihr gesprochen wie der Seemann Ben Benson in diesen Minuten. Dorothy spürte, wie sich Ruhe in ihr ausbreitete, gleich den Wellen, die ein Steinwurf in einem See erzeugt.
Sie atmete tief ein und aus, biss sich auf die Unterlippe, be-

trachtete ihre Hände und rückte schließlich an Ben heran, um ihren Kopf an seine Schulter zu lehnen.
So blieben sie schweigend sitzen, bis der Morgen graute.
Dann erst standen sie auf und gingen, als sei dies das Natürlichste der Welt, Hand in Hand den Waldweg zurück zum Strand. Ben pfiff leise ein wehmütiges Seemannslied von einem Liebchen, das im Heimathafen wartet, vor sich hin.
Niemand hatte ihr Weggehen bemerkt.
Niemand bemerkte ihre Rückkehr.
Niemand ahnte, dass in dieser Nacht in Kapstadt ein wildes Herz seinen Frieden gefunden hatte.

20. Kapitel

Im Indischen Ozean, April 1790

Kapitän Riou hatte einen Großteil der Ladung der havarierten *Guardian* im Südpazifik über Bord werfen lassen, um die Last zu verringern. Der verbliebene Rest wurde nun, da bekannt wurde, dass die Kolonisten in Sydney Cove unter Missernten und Hunger litten, so gut es ging auf die *Lady Juliana* umgepackt.

Gleichzeitig arbeiteten die Männer unermüdlich, um das Schiff sturmtauglich aufzurüsten.

Die Zeit drängte, einen langen Aufenthalt wie in Rio wollten die Verantwortlichen auf keinen Fall zulassen. Die Frauen hatten sich am Strand unter aus Segeltuch gespannten Zelten eingerichtet. Geschnatter und Kindergeschrei, Hämmern und Sägen bildeten, untermalt vom beständigen Branden des Meeres, die Geräuschkulisse in der Table Bay. Die Gefangenen genossen den festen Boden unter ihren Füßen, während die Männer sich ins Zeug legten, um das Schiff bald instand zu setzen.

Einige Matrosen der *Guardian* verstärkten tatkräftig und immer wieder zu den hübschesten Frauen schielend die Mannschaft. Unter den Dirnen, die bislang ohne Gefährten auskommen mussten, brandete erneut ein Konkurrenzkampf auf.

Welcher von ihnen würde es auf der letzten Etappe noch gelingen, für Liebesdienste mit Komfort belohnt zu werden?

Dorothy spürte, dass es Ben auf der Seele brannte, sie in seine Koje einzuladen. Immer wieder hob er an, unterbrach sich dann aber selbst, als fürchtete er ihre Antwort.

Zu Recht, dachte Dorothy und lauerte darauf, ihm eine Abfuhr zu erteilen.
Aber er verzichtete darauf, ihr die Gelegenheit dazu zu geben.
Und so gingen die Sticheleien zwischen den beiden weiter. Dorothy spottete über die jungen Weiber, die Ben alle paar Wochen gegen eine neue austauschte, er hingegen wurde nicht müde, über ihre Widerborstigkeit zu lachen und zu fragen, wie ein Mann wohl beschaffen sein musste, sie zu erweichen. Aber die Neckereien zwischen den beiden hatten das Giftige, Verbissene der vergangenen Monate verloren.
Keinem blieb Dorothys Veränderung verborgen. Nach wie vor gab sie sich querköpfig und aufsässig, aber man hörte sie nun auch manchmal kichern. Hin und wieder strich sie einem der Mädchen über den Scheitel. Ihr Gang wirkte beschwingter, ihr Blick strahlend, ihre Stimme kraftvoll. Alle Gedanken an Pietro, die sich wie ein Geschwür in ihrem Schädel ausgebreitet hatten, schrumpften zusammen.
Dorothy konnte wieder anfangen zu leben.
»Was sagt der Kapitän zu eurem Arrangement?«, wandte sie sich nach der Essensausgabe leutselig an Molly und Will, die gemeinsam am Kessel neben der Feuerstelle standen und würzige Fleischsuppe mit Karottenstücken in die Näpfe füllten. »Bleibt es für den Rest der Reise bestehen?«
»Der Koch der *Guardian* hat überlebt und wird die Kombüse übernehmen. Molly darf weiterhin mithelfen, wenn sie möchte.«
»Aber ich muss wieder im Unterdeck schlafen«, erklärte das junge Mädchen und lächelte ihre Freundin Hannah an, die ihr ihren Napf mit beiden Händen entgegenstreckte. Sie erhielt eine extra Portion Fleisch und einen Kuss auf die Wange, bevor Molly die Nächsten bediente.

Dorothy folgte Hannah, die meistens bei den jungen Müttern saß und ihnen half, die Babys zu versorgen.
Im Schneidersitz ließ sich Dorothy neben der Gruppe nieder, stellte ihren Napf in den Sand und breitete die Arme aus, damit ihr eine der jungen Frauen ein Baby reichte. Wie fühlte es sich wohl an, so ein winziges Ding zu halten, es zum Glucksen zu bringen und es am Finger saugen zu lassen?
Aber die Mienen um sie herum verschlossen sich, jede drückte ihr Kind an sich oder legte es an.
Claire und Rose musterten Dorothy misstrauisch und steckten die Köpfe zusammen. Zumindest schwieg die Königin der Diebe, was in Anbetracht ihrer monatelangen Fehde einem Friedensangebot gleichkam.
Dorothy verstand, erhob sich, nahm ihren Napf und suchte sich andere Gesellschaft.
Sie konnte nicht erwarten, dass diese Frauen, die ihrer Widersacherin Rose Naiden so viel verdankten, mit wehenden Fahnen zu ihr überliefen. Dass sie sich zum Besseren verändert haben könnte, nahmen ihr viele nicht ab. Sie misstrauten ihr und dachten nicht daran, Dorothy ihr Liebstes anzuvertrauen.
Nun, wahrscheinlich hatte sie es nicht besser verdient.
Sie schlenderte an Laurie und Jack vorbei, die einträchtig beisammenhockten und sich gegenseitig fütterten. Laurie sah nicht einmal auf, als die Ältere vorbeispazierte, aber Dorothy lachte innerlich vor Glück auf. Genau das hatte sie sich für ihr Mädchen gewünscht.
Als sie Ben erreichte, klopfte der auf den Stamm einer umgekippten Palme neben sich. Dorothy ließ sich neben ihm nieder.
Ihre Suppe war inzwischen nur noch lauwarm, aber das machte nichts. Die Hitze am Strand trieb den Schweiß auf die Stirn, obwohl sich der Hochsommer zum Herbst neigte.

Ben wies mit dem Kinn auf den majestätischen Tafelberg, dessen Silhouette die Bucht überragte. »Da wäre ich gern mal hinaufgestiegen«, sagte er. »Es heißt, von dort hat man die schönste Aussicht der Welt.«

»Bist du des Wahnsinns?«, fuhr Dorothy ihn an. »Ich habe gehört, in den Bergen verstecken sich entlaufene Sklaven und Kannibalen, die einen aus dem Hinterhalt angreifen.«

Ben lachte auf. »Ich wüsste mich meiner Haut schon zu wehren. Und ich gäbe keinen schmackhaften Braten ab – ich bin mindestens so zäh wie du.«

»Na, danke«, murmelte Dorothy und rührte mit dem Löffel in ihrer Suppe.

Ben zuckte die Schultern, setzte den Napf an, um den Rest Brühe auszuschlürfen. »Das sollte ein Kompliment sein«, sagte er.

»Netter Versuch«, erwiderte Dorothy gespielt verdrießlich, stimmte dann aber doch in Bens Lachen ein. Es fühlte sich gut an, gemeinsam mit jemandem zu spaßen. Dorothy kam es vor, als hätte sie das zuletzt in ihrer Kindheit getan.

Ende März verließ die *Lady Juliana* Kapstadt. Die ersten Herbststürme waren durch die Bucht gezogen und hatten eine Ahnung von dem mitgebracht, was die letzte Etappe ihrer Reise bereithielt.

Kapitän Aiken und Sir Edgar bereiteten die Mannschaft und die Gefangenen auf eine stürmische Fahrt vor.

Molly vernahm die Warnung ohne Gefühlsregung, schulterte ihr Bündel und zog wieder zu den anderen Gefangenen. Nach der monatelangen Reise mit all den Gefahren, Krankheiten und Ritualen, mit Orkanen und Flauten fühlte sie sich wie ein über alle Weltmeere gesegelter Matrose.

Will schwieg, während sie nur sorglos grinste, und sie schalt

ihn einen Angsthasen, als sie in seiner Miene Furcht zu erkennen glaubte.
»Wart's nur ab«, erwiderte er griesgrämig. »Du hast noch keinen Sturm auf hoher See erlebt, Molly Monday.«
Sie lachte nur, nahm Hannahs Hand und lief mit ihr zum Niedergang, während das Schiff Fahrt aufnahm und die Segel im brausenden Wind knatterten.
Im Unterdeck war es nicht leerer geworden, obwohl ein Dutzend weiterer Frauen zu den Seeleuten gezogen waren, die in Kapstadt angeheuert hatten. Denn jetzt breiteten sich die Mütter mit ihren Babys aus, und manche Väter verbrachten einen Großteil ihrer Freizeit bei Frau und Kind.
Molly erkämpfte sich mit Tritten und Ellbogen ein freies Eckchen und kuschelte sich eng an Hannah.
»Ich bin froh, dass du wieder da bist, Molly. Ich habe dich vermisst«, sagte ihre Freundin.
»Ich dich auch«, erwiderte Molly und umarmte sie. Das Schaukeln wiegte die beiden jungen Mädchen in trügerischer Sicherheit. Es war ihre erste Nacht auf dem Weg in den Indischen Ozean.
Gleich am zweiten Tag, als das Land hinter ihnen versank, bis es mit der Linie des Horizonts verschmolz und nur noch die Endlosigkeit des Meeres zwischen Afrika und ihrem Ziel den Dreimaster umgab, begann der Himmel zu wüten, wie es die Männer und Frauen in ihren schlimmsten Alpträumen nicht erwartet hätten.
Die Wellen türmten sich zu Gebirgen auf, Gischt flutete das Deck. Die Temperaturen sanken so drastisch, dass die Menschen auf der *Lady Juliana* am ganzen Körper schlotterten und sich gegen die Kälte in alle verfügbaren Decken und Tücher wickelten.

Aber das nützte nicht viel, denn es gab bald nichts mehr an Bord, was nicht von Salzwasser durchtränkt war.
Von allen Seiten drang trotz der sorgfältigen Reparaturarbeiten in Kapstadt das Wasser ein und flutete das Unterdeck, aus dem die Frauen fliehen mussten, um sich im Zwischendeck ein einigermaßen sicheres Fleckchen zu suchen.
An warme Mahlzeiten war nicht zu denken, in der Kombüse brannte kein Feuer mehr. Den kalten salzigen Erbsenbrei, den Will und der neue Koch Terry austeilten, würgten die meisten mit Rum hinunter, manche Frauen erbrachen ihn wieder. Viele hatten sich trotz der langen Reise nicht an das Schaukeln des Schiffes gewöhnt, schon gar nicht an das gefährliche Schlingern des Rumpfes, bei dem Ängstliche ein ums andere Mal den Untergang beschrien.
Tag und Nacht kämpften die Männer an den Pumpen, aber das Meerwasser drang schneller ein, als sie schöpfen konnten. In einem gruseligen Rhythmus floss das Salzwasser zwischen Bug und Heck hin und her. Die Frauen an Bord konnten nichts anderes tun als beten, dass der Sturm irgendwann aufhörte.
In ihre Umhänge gewickelt hielten die jungen Mütter ihre Babys dicht am Körper, aber zwei winzige Leichname mussten unter Tränen dem Meer übergeben werden. Die extremen Bedingungen auf dem Indischen Ozean waren mehr, als die kleinen Körper verkraften konnten. Der Gedanke, dass sie der frühe Tod vielleicht vor einem grauenvolleren Schicksal in der Kolonie verschont haben könnte, stellte für niemanden einen Trost dar. Es gab keinen an Bord, der nicht das Ende diese Fahrt herbeisehnte, die auf den letzten Seemeilen noch einmal allen das Letzte abverlangte.
Hannah hustete ununterbrochen, während sie sich mit ihrer Freundin hinter dem Deckhaus zusammenkauerte. Molly

biss so fest die Zähne aufeinander, dass sie es trotz des Knatterns der Segel und der unaufhörlich gegen die Hölzer donnernden Wellen knirschen hörte.
Bang spähte Molly hinauf in die mit Eiszapfen behangene Takelage, wo Will und andere Seeleute mit verzerrten Mienen und ohne Handschuhe Taue befestigten, umgeknickte Sparren reparierten und Risse ausbesserten.
Sie nahm des Bruders Hände in ihre, als er sich Stunden später zu ihnen setzte. Tränen rannen über ihre Wangen, als sie die steif gefrorenen Finger, deren Nägel an der Wurzel blutig aufgerissen waren, knetete und massierte.
»Wie lange dauert dieser Alptraum, Will? Wie lange noch?«, schrie Molly über den Sturm hinweg.
Will zog die Brauen zusammen, die Furcht stand ihm ins Gesicht geschrieben. Sein rotes Tuch hing ihm wie eine Schlinge um den Hals. »Es kann nicht mehr lange sein, Molly, vielleicht zwei Wochen, bis wir Van Diemen's Land sichten. Der Kapitän fährt nach den Karten, die James Cook gezeichnet hat. Alle wissen, wie rauh die See hier ist. Aber es ist zu schaffen, hab nur Vertrauen, Molly. Wir werden es schaffen.«
»Himmel, hilf«, flüsterte Molly. »Wir werden alle zugrunde gehen.« Der letzte Teil ihres Satzes ging in einem Kreischen unter, als der Bug der *Lady Juliana* wie von einer Riesenfaust im Wellengang über das Wasser gehoben wurde und in der nächsten Sekunde wieder nach unten stürzte. Hannah neben ihr würgte, Mollys Gesicht unter den klatschnassen schwarzen Fransen verfärbte sich grün. Will legte den Arm um sie.

21. Kapitel

Ankunft in Sydney Cove, Juni 1790

Wie Will es vorausgesagt hatte, erklang der Ruf des Postens im Ausguck vierzehn Tage später. »Land in Sicht!«

»Das ist Tasman's Head!« Will stürmte an die Reling. Molly und Hannah folgten ihm, immer noch wackelig auf den Beinen von der ausgestandenen Qual während der Stürme. Sie beobachteten, wie sich Sir Thomas Edgar neben Will stellte und der Junge sich im Schatten der Autorität kerzengerade aufrichtete.

»Du kennst dich aus, mein Junge«, sagte der Erste Offizier und klopfte auf Wills Schulter.

»Aye, Sir, ich weiß alles über James Cook. Ich verehre ihn sehr. Ich möchte ein berühmter Seefahrer werden wie er.«

»Das wird dir gelingen, wenn du dich weiter so tadellos anschickst«, erwiderte der Offizier.

Will reckte die Brust. »Tasman's Head ist der südlichste Punkt von Van Diemen's Land. In wenigen Tagen dürften wir Port Jackson erreichen. Aber an der Küste müssen wir achtgeben. Die Felsen sind tückisch.«

Sir Edgar lächelte auf den Jungen hinab und zog ihn gönnerhaft am Ohr. »Nach dem, was wir mit der *Lady Juliana* geleistet haben, wird das unser geringstes Problem sein, hm?«

»Aye, Sir!«

Während sich die Bark in der Folgezeit nahe der Küste Meile um Meile durch die Wellen voranplkämpfte, standen die Frau-

en oft an der Reling und betrachteten die Felsenküste des Landes, das ihre neue Heimat werden sollte.
So weit das Auge reichte, erstreckte sich hinter dem steinigen Ufer der Urwald. Von den Strapazen gezeichnet standen die Frauen in zerlumpten Kleidern und mit fahlen, ausgemergelten Gesichtern da und warteten darauf, dass sie ihren Bestimmungsort erreichten.
Ein Schweigen legte sich über die Menge. Selbst die kleinen Kinder verhielten sich ruhig, als spürten sie das Unbehagen, das sich ausbreitete.
Mit dem Wind im Rücken erreichten sie schließlich Port Jackson.
Kapitän Aiken ließ den Anker werfen, obwohl zwischen der Landzunge an der Hafeneinfahrt und der Kolonie in Sydney Cove noch mehrere Meilen lagen. Aber die Strömung schien zu tückisch, um die enge Einfahrt zu passieren. Es bestand die Gefahr, dass sie gegen die Felsen getrieben wurden.
Einige Frauen zeterten, aber Sir Edgar erklärte ihnen, dass sie erst bei günstigerem Wind zur Kolonie weitersegeln würden.
Als ein Ruderboot auf sie zuhielt, breitete sich Aufregung unter den Gefangenen aus.
Je näher das Boot heranglitt, desto deutlicher konnten sie die Männer darin erkennen.
Molly schlug sich die Hand vor den Mund. »Oh Gott, wie sehen die aus …«
Auch Hannah hielt sich die Hand vors Gesicht, als die in Lumpen gewandeten, bis auf die Knochen abgemagerten Offiziere in durchlöcherten Stiefeln an Bord der *Lady Juliana* kletterten.
Die Männer begrüßten die Seeleute aufs freundlichste, aber ihre Schädel sahen aus wie Totenköpfe, die Körper skelettartig, und manche von ihnen schienen sich kaum auf den Bei-

nen halten zu können. Sie beachteten die Frauen gar nicht, sondern drängten den Kapitän gleich, sie zu den Vorräten zu führen.

In Windeseile sprach es sich unter den Gefangenen herum: In Kapstadt hatte keiner übertrieben, die Gerüchte entsprachen der Wahrheit – die Leute hier standen kurz vor dem Hungertod. Das Land, das man vom Deck aus sehen konnte, lag im Dunst und wirkte karg.

»Was habt ihr erhofft?«, fragte Dorothy neben Molly und Hannah. »Hab ich euch nicht von Anfang an gesagt, dass ihr kein Paradies erwarten sollt?«

Am 6. Juni konnte die *Lady Juliana* endlich landeinwärts geschleppt werden. Im Hafen von Sydney Cove lag das Hurenschiff allein.

Und an der Küste standen Männer und Frauen in Lumpen wie Gespenster, mit hängenden Armen, stockdünnen Beinen und knorrigen Gesichtern. Hinter ihnen sahen die Gefangenen eine Reihe verfallener Hütten, links erkannten sie eine Art Kaserne und eine mit Stroh gedeckte Scheune, rechts gab es heruntergekommen wirkende Gebäude, die ein Krankenhaus und eine Küche sein mochten. Vereinzelt wachten schäbig gekleidete Soldaten davor.

Über einem Abhang erhob sich ein etwas größeres Gebäude, das ehemals ansehnlich gewesen sein mochte, nun aber auch dem Verfall nahe war. Das Haus des Gouverneurs?

Einige der Huren begannen, sich die Haare zu kämmen, die Fingernägel zu schneiden und ihre Kleidung instand zu setzen, so gut es ging. Immerhin waren sie die wichtigste Fracht, die die *Lady Juliana* brachte: Frauen, die hier, am Ende der Welt, in der britischen Kolonie Familien gründen sollten. Jede wollte sichergehen, so schnell wie möglich einen akzeptablen Mann zu ergattern.

Dabei war es aus der Entfernung bereits fast unmöglich, zwischen Männern und Frauen, die am Ufer standen, zu unterscheiden. Die grindigen Gestalten wirkten geschlechtslos in ihren Fetzen, und ob sie überhaupt noch sexuelle Gelüste hatten, stand sehr zu bezweifeln. Alles, was die Kolonisten in Sydney Cove brauchten, war: Nahrung.

Nach Amüsement stand hier keinem der Sinn.

Wie aufgebracht die Kolonisten tatsächlich über die Ladung an leichten Mädchen statt an ausreichenden Lebensmitteln waren, bekamen alle wenig später mit, als sich Gouverneur Phillip auf dem Achterdeck ein lautstarkes Wortgefecht mit Kapitän Aiken lieferte.

Er habe um ausgebildete Männer, Lebensmittel und einige wenige Frauen gebeten, beschwerte sich der zerlumpt gekleidete Gouverneur mit zornesrotem Gesicht. Wie sollten sie die zusätzlichen Frauen durchfüttern? Sie standen selbst kurz vor dem Verhungern. In den letzten Wochen hätten sie sich ausschließlich von Reis, in dem die Käfer wimmelten, ernährt, denn die Salat- und Maisfelder würden erst im kommenden Monat erntereif. Der Skorbut grassiere in der Kolonie, und er selbst sei auch schwer erkrankt, gestand der Gouverneur mit brechender Stimme. Stille breitete sich über die Menschen an Deck wie ein Grabtuch. »Wir kämpfen hier ums Überleben«, schloss der Gouverneur. »Und ihr bringt uns leichte Weiber! England hat uns vergessen.«

»Es sind weitere Schiffe unterwegs«, erwiderte Kapitän Aiken, aber jeder sah ihm an, dass er dies selbst für einen schwachen Trost hielt. Auch die Kriegsschiffe hatten nicht genügend Lebensmittel gebunkert, um die Kolonie am Leben zu halten – wenn sie überhaupt jemals hier eintrafen. Bislang wusste man nur von der *Guardian*, dass sie es nicht geschafft hatte. Das Schicksal der anderen Schiffe lag im Ungewissen.

Fünf Tage brauchten die Matrosen, um die Ladung zu löschen. Die Kolonisten nahmen alles bis auf den letzten feuchten Schiffszwieback, um wenigstens das Überleben in den nächsten Tagen zu sichern. Die Vorräte der *Lady Juliana* erschienen verschwindend gering angesichts der Not.
Am 11. Juni durften die Frauen an Land.
Kein Jubel empfing sie.

Beim Abschied flossen Tränen. Männer und Frauen hielten sich in den Armen, flüsterten sich Schwüre ins Ohr, küssten sich die Hände und drückten die Lippen aufeinander, als wollten sie ihre Versprechungen besiegeln.
Doch in ihren Herzen wussten die meisten: Es war ein Abschied für immer.
»Ich komme wieder«, sagte Ben, während er Dorothys Hände in den seinen hielt. »Es wird nicht oft sein. Du hast erlebt, wie lang die Reise hierher ist. Aber verlass dich darauf: Ich komme wieder.«
Dorothys Miene wirkte wie eingefroren. »Erzähl mir nichts«, sagte sie bemüht salopp, während ihre Augen in Tränen schwammen. »Ich kenne euch Kerle und weiß, was von euren Versprechungen zu halten ist. Sie sind nichts mehr als ein Furz im Wind!«
»Würdest du dir denn wünschen, dass ich wiederkomme?«
Dorothy schluckte, und im nächsten Moment atmete sie schnaufend ein, bevor sie so überraschend die Arme um Ben schlang, dass der einen sprachlosen Moment brauchte, um die Umarmung zu erwidern. »Ja«, gestand sie mit schwankender Stimme, bevor sie die unablässig weinende Laurie an die Hand nahm und mit ihr in das Boot stieg, das sie an Land brachte.
Jack Barns und Ben Benson standen an der Reling und sahen ihnen nach, bis sie das Ufer erreichten.

Nicht weit entfernt von den beiden Männern standen Molly und Will, hielten sich an den Händen und hörten nicht auf, sich in die Augen zu sehen, als wollten sie Innigkeit auftanken für die Zeit, die sie ohneeinander sein würden.

»Ich bin stolz, dass du meine Schwester bist. Ich kümmere mich um dich. Das schwöre ich dir bei allem, was mir heilig ist«, sagte Will.

»Du bist der beste Bruder, den ein Mädchen haben kann«, erwiderte Molly. »Das Wissen, dass es dich gibt, wird mir die Kraft geben, dies hier« – sie wies mit dem Kopf auf die Kolonie – »zu überleben.«

»Ich komme wieder, Molly, irgendwann als Erster Offizier, irgendwann als Kapitän. Ich werde dich heimbringen nach England.«

Molly lächelte. »Ja, das wirst du«, sagte sie.

Mit einem Finger löste er den Knoten seines ausgeblichenen roten Halstuchs, schlang es ihr um die Haare, die inzwischen bis auf ihre Schultern fielen, und verknotete es im Nacken. Es roch nach Salz und nach ihm, und sie spürte seinen Atem an ihrer Wange.

»Ich trage dich in meinem Herzen, Molly Monday«, sagte er.

In der Kapitänskajüte rang zur gleichen Zeit John Nicol die Hände. »Ich kann Sarah hier nicht allein lassen mit unserem Kind. Ich bitte Euch, Sir, entlasst mich aus dem Dienst. Es wird auch ohne mich gehen, Ihr habt genügend fähige Männer. Und hier werden erfahrene Arbeitskräfte gebraucht. Ich könnte als freier Siedler hierbleiben und nach der Verbüßung von Sarahs Strafe mit ihr heimkehren nach England. Ich bitte Euch, Sir!«

»Die Seefahrt dient nicht Eurem Herzensfrieden, Nicol«, belehrte Kapitän Aiken, die Hände auf dem Rücken gefaltet,

den Steward. »Was, wenn sich Euch weitere Männer anschließen? Der Steuermann hat bereits um ein Gespräch unter vier Augen gebeten. Ich werde ihm nichts anderes sagen als Euch: Ich kann es nicht verantworten. Ihr werdet Euch an Euren Vertrag halten. Genau wie jeder andere an Bord.«
Und so blieb auch dem Steward nichts anderes übrig, als unter Tränen Abschied zu nehmen. »Ich lebe nur für den Tag, an dem ich euch beide wiedersehe«, flüsterte er seiner Frau ins Ohr, bevor er seiner Tochter die Stirn küsste.

Rose Naiden und Claire standen, ihre Bündel geschultert, am Strand von Sydney Cove und warteten darauf, in eine der Hütten eingewiesen zu werden. Wie es auch kommen sollte, sie wollten zusammenbleiben. Ihre Freundschaft hatte ihnen an Bord der *Lady Juliana* über alle Höhen und Tiefen geholfen.
In ihrer Nähe schleppten andere Frauen ihre bescheidene Habe, manche weinten und blinzelten zum Schiff, das über so viele Monate ihr Zuhause gewesen war. An Seilen zogen Seeleute Kisten und Truhen mit Mehl, Öl, Wein und Hausrat ins Lagerhaus.
Es hatte zu regnen begonnen. Rauchschwaden stiegen von den Feuerstellen am Ufer in den dunstigen Himmel.
Die Qualen der letzten Wochen auf See hatten Claire mehrere Kilos gekostet. Sie war dürr und ausgezehrt, obwohl die Verköstigung auf der *Lady Juliana* gesichert war. Wahrscheinlich hatten sie an Bord satter zu essen gehabt als hier in der Kolonie, wo barfüßige Wachsoldaten mit angelegten Musketen die neuen Vorräte gegen Plünderer verteidigten.
»Hast du jemanden gefragt, wann mit der Ankunft der *Neptune* zu rechnen ist?«, fragte Claire und wischte sich eine nasse Haarsträhne aus der Stirn. Dass sie ihren geliebten Henry

doch einmal wiedersehen würde, diesen Gedanken sprach sie gar nicht mehr aus. Zu unwahrscheinlich erschien es, dass er ihr bis hierher folgte, wenn er denn überhaupt von ihrer Deportation erfahren hatte.

Nein, dieser Traum nistete nur in einem ganz versteckten Teil ihres Inneren, und sie wollte ihn vor aller Welt verbergen, um sich nicht der Lächerlichkeit preiszugeben. Und ... ja, auch wenn das große Glück ihr für immer verwehrt sein würde, in der Kolonie eine Aufgabe als Hebamme an der Seite von Rose zu haben bedeutete dennoch ein Stück Zufriedenheit. Mehr konnte sie nicht verlangen.

Rose winkte ab und bog die Mundwinkel nach unten. »Ich habe die Hoffnung aufgegeben«, sagte sie. »Dass wir die Fahrt überlebt haben ... Vielleicht ist es ein Wunder, vielleicht den Kenntnissen und Fähigkeiten der Offiziere zu verdanken. Du hast gehört, was der *Guardian* passiert ist. Ich fürchte, die *Neptune* hat ein ähnliches Schicksal erlitten.« Sie schluckte. »Sonst hätten wir sie in Kapstadt treffen müssen. Wenn sie schon nicht nach Rio gesegelt sind – an Kapstadt kommt keiner vorbei.«

Doch Rose täuschte sich, denn schon eine Woche später meldete der Wachposten in Port Jackson die Ankunft dreier englischer Schiffe: der *Neptune*, der *Scarborough* und der *Surprize*.

In der Kolonie brach ein Tumult aus, als sich die Nachricht verbreitete. Rose und Claire fielen sich in die Arme. Auch andere Frauen, die ihre Männer, Söhne oder Väter auf den Gefangenenschiffen wussten, schrien vor Glück und ließen den Freudentränen freien Lauf.

Am nächsten Tag aber weinten sie vor Schmerz, als die Schiffe in die Bucht geschleppt und die Ladung gelöscht wurde.

Am Sandstrand von Sydney Cove brachen sie heulend zusammen.
Eine Leiche nach der anderen wurde vom Unterdeck hochgeschleppt und über Bord geworfen. Bald schwemmte die Flut die Toten, die Handgelenke noch in Ketten, ans Ufer.
Entsetzen breitete sich unter den alten und neuen Kolonisten aus. In Windeseile sprach sich herum, dass von den über tausend Sträflingen nur etwas mehr als siebenhundert überlebt hatten.
Und die Überlebenden waren zu krank und zu schwach, um sich selbst zu versorgen.
Manch einer der Huren wurde in dieser Stunde bewusst, unter welch außergewöhnlichen Bedingungen sie hierhergesegelt waren. Die Männer auf den Gefangenenschiffen hatten es bei Gott schlechter getroffen.
Rose lief wie irrsinnig am Strand auf und ab, drehte jeden der angeschwemmten Toten um und bekreuzigte sich, wenn es nicht Andrew war. Claire folgte ihr, wobei ihr die Tränen unablässig übers Gesicht liefen. Wie sollte sie Rose trösten, wenn diese ihren Ehemann unter den erbärmlich verreckten Sträflingen fand? Es würde sie den Verstand kosten, vermutete Claire, und sie wusste kein Mittel, um es zu verhindern.
Ruderer entließen die Schwerkranken im knietiefen Wasser aus den Booten. Die Männer krochen und wateten, zu Tode erschöpft, an Land, wo sie keuchend zusammenbrachen. Manche ertranken kurz vor dem Ziel, und das Jammern und Weinen am Strand begann stets von neuem, wenn eine der Frauen einen Freund oder Verwandten aus der Heimat erkannte.
Doch alles übertönte Roses Schrei, als sie auf einem der Boote Andrew sah. Im flachen Wasser verlor er schwankend das Gleichgewicht und stürzte mit dem Kopf voran.

Rose raffte die Röcke, Claire eilte ihr hinterher.
Gemeinsam stapften sie durch das Wasser, packten Roses Ehemann und zogen ihn ans Land, wo Rose ihn sogleich auf den Rücken drehte, den Arm stützend in seinem Nacken.
Narben überzogen Andrews Wangen, Hals und Brust, die Augen lagen grau umrandet in den Höhlen, die Lippen hingen eingefallen um seinen zahnlosen Mund. Die Haare waren in den letzten Monaten ergraut, der Bart reichte bis zur Brust.
Ein Wunder, dass Rose ihn überhaupt erkannt hat, dachte Claire. Aber hätte nicht auch sie ihren Henry unter Millionen ausgemacht?
»Rose.« Andrews Stimme war nur ein Krächzen. Er verzog die aufgesprungenen Lippen zu etwas, das ein Lächeln sein wollte.
»Andrew. Du lebst ...« Rose drückte die Stirn auf seine Brust, und am Beben ihrer Schultern erkannte Claire, dass sie weinte. Ob vor Erleichterung oder Schmerz, vermochte Claire nicht zu sagen.
Immer mehr der Elendsgestalten erreichten den Strand. Nicht jeder erkannte wie Rose gleich seinen Verwandten. Manche der Ankömmlinge sahen so ausgezehrt und heruntergekommen aus, dass sie kaum noch Menschen ähnelten. Nach dem ersten Entsetzen wurde Wut laut.
Sie verrauchte wirkungslos in den Winden des Indischen Ozeans.

Claire stellte sich auf eine lange Zeit des Darbens ein und auch darauf, dass sie noch sehr viel mehr Menschen begraben mussten als nach der Ankunft der Sträflingsschiffe. Die Essensportionen waren so stark rationiert, dass niemand satt einschlief. Die Kranken hatten kaum noch Kraft.

Da ertönte von Port Jackson ein weiteres Mal das Signal, das ein einlaufendes Schiff ankündigte. Wieder eilten alle zum Strand. Der Tumult fiel diesmal verhaltener aus, aber die *Justinian*, die am nächsten Tag entladen wurde, entpuppte sich als die Rettung für die Kolonisten.

Die Freude kannte keine Grenzen: Die Vorräte, die das Schiff mitbrachte, würden für mindestens ein halbes Jahr reichen – die größte Not wäre damit gebannt.

In nur fünf Monaten hatte es dieses Schiff von London nach Sydney Cove geschafft und hatte weder in Rio noch in Kapstadt den Anker geworfen. Jetzt wurden Kühe, Rinder, Ziegen und Schafe an Land gerudert, dazu Fässer und Kisten mit Saatgut, mit Mehl und Öl und Rum.

Die Menschen am Strand lagen sich in den Armen. Manche eilten zu den Kranken ins Hospital, um ihnen die freudige Nachricht zu überbringen. So auch Rose, die wusste, dass die frohe Botschaft ihren Teil zur Genesung Andrews, den sie inzwischen rasiert und gewaschen und dessen Wunden sie versorgt hatte, beitragen würde.

Sie würden leben. Die Regierung in England hatte sie nicht vergessen.

Claire zerrte mit Molly und Hannah ein paar störrische Ziegen an Stricken zu dem Pferch, der schon viel zu lange verwaist lag. Sie lachten dabei und trieben die meckernden Tiere mit Rufen an, als plötzlich jemand hinter ihnen Claires Namen rief, eine fragende Stimme. Claire drehte sich um …

Als sie sah, wer sie da gerufen hatte, fiel der Strick aus ihren Händen. Sie merkte nicht, dass Molly und Hannah die Ziegen allein weitertrieben, während sich ihr Blick an dem Mann festsaugte, der nur fünf Meter von ihr entfernt dastand, die Uniformjacke über der nackten Brust, die Haare ordentlich zu einem Pferdeschwanz gebunden, das Gesicht braun und vom Wetter gegerbt. Ein Lächeln teilte seine Lippen, als er die Arme ausbreitete. »Claire.«

Sie kämpfte noch ein paar Sekunden mit dem Gedanken, dass sie den Verstand verloren haben könnte.

Wie kam Henry hierher? Das war doch nicht möglich! Das konnte nur eine Vision sein!

Dann setzte sie einen Fuß vor den anderen, erst zögerlich, dann schneller, bis sie mit einem Satz an Henrys Hals hing und sich von ihm hochheben ließ. Er küsste sie, als wollte er niemals im Leben mehr etwas anderes tun.

Sie stammelte nur zwischen seinen Liebkosungen, die nach dem Salz ihrer Tränen und dem des Meeres schmeckten, hielt sein stoppelbärtiges Gesicht mit beiden Händen, atmete seinen Sandelholzduft ein, wollte in ihn hineinkriechen und ihn gleichzeitig niemals wieder loslassen.

»Ich bin mit der *Justinian* gekommen«, verstand sie irgendwann zwischen all den Kosenamen, die er für sie fand. »Ich bin so unendlich glücklich, dass es dir gutgeht. Dich hier lachend zu sehen, meine Geliebte, ein größeres Glück hätte ich mir nicht erträumen können.«

»Wir sind nicht schlecht behandelt worden«, brachte sie schließlich hervor. »Aber …« Sie machte eine ausholende Geste. »Du siehst, wie es hier zugeht. Die Kolonie schafft es aus eigener Kraft nicht zu überleben. Die Vorräte der *Justinian* sind die letzte Rettung gewesen.«

»Es wird dich nicht länger kümmern müssen, Geliebte.«

Claire zog die Stirn kraus, während sie ihn fragend musterte.

Seine Augen leuchteten, als fiele ein Sonnenstrahl darauf, dabei verdunkelten nach wie vor tief hängende Regenwolken den Himmel. »Daheim in England hat sich alles aufgeklärt. Dieses ruchlose Frauenzimmer, die Pensionswirtin, hat eine

Intrige der übelsten Sorte gegen dich gesponnen. Leichtes Spiel für mich, ihr den Meineid nachzuweisen. Ich hätte ihr eigenhändig den Hals umdrehen können, als ich herausfand, dass sie auch meine Briefe an dich unterschlagen hat, in denen ich dir erklärt habe, dass ich länger fortbleiben musste als beabsichtigt. Ich hatte dir Geld gesandt – alles hat diese Betrügerin eingesackt. Nun denn. Es ist vorbei. Ich habe dich wieder, Geliebte.« Er küsste sie, bevor er fortfuhr: »Das Gericht hat meinen Worten gleich bei der ersten Anhörung Glauben geschenkt, dich begnadigt und das Weib an den Pranger geschickt.« Er griff in die Innentasche seiner Uniform und zog ein Stück Papier hervor, das er vor Claire entfaltete. »Da, schau, hier steht es mit Siegel. Du bist nicht länger Opfer der Regierung, sondern eine freie Engländerin. Wenn die *Justinian* die Segel setzt, werden wir beide an Bord sein, auf dem Weg zurück in die Heimat.« Er packte sie um die Taille und wirbelte sie im Kreis herum. Claire drückte ihre Wange an seine, während ihr ins Bewusstsein sickerte, was das bedeutete.

Sie würde die anderen hier zurücklassen: Rose und Andrew, Molly und Hannah, Dorothy und Laurie, Annie, Charlotte, Nelly und all die jungen Mütter, deren Babys sie auf die Welt geholfen hatte.

Sie, Claire Durand, würde mit dem geliebten Mann in die Freiheit segeln.

Sie hatte nie den Glauben daran verloren.

Doch ein Teil von ihr würde zurückbleiben. Für immer.

Hier in Sydney Cove.

Nachwort und Danksagung

Die geschilderte Fahrt der *Lady Juliana* von England nach Neusüdwales beruht auf einem historischen Ereignis. Tatsächlich wurde nach der ersten Flotte mit den Sträflingen, die die englische Kolonie in Australien 1786 gründeten, zwei Jahre später eine weitere Flotte mit »gefallenen Mädchen« auf die Reise geschickt. Die Frauen sollten mit den Kolonisten Familien gründen. Während der einjährigen Überfahrt durften sich die Seefahrer unter ihnen Gefährtinnen auswählen, in den Häfen lief – wie im Roman geschildert – auf dem Schiff der Bordellbetrieb, Kinder kamen zur Welt.

Einige Figuren des Romans sind wahre Persönlichkeiten: Kapitän Aiken, Sir Thomas Edgar, Schiffsarzt Richard Alley, Steward John Nicol und Sarah Whitlam. Alle anderen Charaktere sind fiktional, entstanden aus meiner Phantasie, aber inspiriert von den tatsächlich verurteilten Frauen, deren Schicksale in den historischen Akten des Hohen Gerichts von Old Bailey aufgezeichnet sind.

Eine hervorragende Quelle bei meiner Recherche waren die Berichte von John Nicol aus dem Jahre 1822: *John Nicol, Seefahrer. Sein Leben von ihm selbst erzählt.* Aus dem Englischen übertragen und mit einem Nachwort und Anmerkungen versehen von Xenia Osthelder, Hamburg 2002.

John Nicols Beziehung zu Sarah Whitlam ist in meinen Quellen nicht eindeutig dargelegt. Ich habe mir erlaubt, sie nach meinen Vorstellungen zu interpretieren, indem ich seine Liebe bedingungslos vertrauend schildere und ihre Zuneigung hier und da in Frage stelle.
Sehr gute Dienste leistete mir bei meinen Nachforschungen folgendes erzählende Sachbuch: *Sian Rees, Das Freudenschiff. Die wahre Geschichte von einem Schiff und seiner weiblichen Fracht*, München 2004. Die Autorin hat sich außergewöhnlich intensiv in die Geschichte eingearbeitet und schildert sie mit allen Details ohne fiktionale Elemente. Wer sich für die englisch-australische Historie und das wahre Leben der Verurteilten interessiert, dem sei dieses Buch wärmstens empfohlen.

Keine der Frauen auf der *Lady Juliana* erlangte Heldinnenstatus wie etwa die Räuberin Mary Bryant, die mit der ersten Flotte deportiert wurde, die von England nach Australien segelte. Ihre Geschichte inspirierte mehrere Autorinnen zu spannenden Romanen. Als Beispiel sei hier nur genannt: *Judith Cook, Das trotzige Leben der Mary Bryant,* Reinbek 1999.
Filmliebhabern empfehle ich die Serie *Mary Bryant – Flucht aus der Hölle* (Australien 2004), die ich mir während des Schreibens mit großem Interesse auf DVD angeschaut habe.
Einen guten Überblick über die Geschichte der Engländer in Australien liefert das Sachbuch: *Robert Hughes, Australien – Die Besiedelung des fünften Kontinents,* München 1992.

Obwohl mir historische Genauigkeit wichtig ist, legte ich auf sie als Autorin von belletristischer Literatur naturgemäß nicht mein Hauptaugenmerk. Mir ging es vor allem darum, eine unterhaltsame, spannende Geschichte zu erzählen. Wo

ich es als dramaturgisch nötig erachtete, habe ich zum Beispiel die An- und Abreise der Schiffe (der *Guardian*, der *Justinian*) um wenige Tage verschoben und die Ankunft der Frauen in Sydney Cove verkürzt dargestellt.
Mir war schon bei der ersten Idee zu diesem Roman bewusst, dass die Geschichte – abgesehen von der von mir erfundenen Liebe zwischen Claire und Henry – kein klassisches Happy End haben kann. Dass auf die Verurteilten in Sydney Cove kein glückliches Leben wartete, dürfte jedem Leser klar sein. Aber die Fahrt der *Lady Juliana* und die phantastischen Möglichkeiten der verschiedenartigen Frauenschicksale erschienen mir zu reizvoll, um sie nicht in einem Unterhaltungsroman zu verarbeiten. Ich habe Dorothy, Molly, Hannah und all die anderen nur schweren Herzens in diesem Elend zurückgelassen, aber in meiner Phantasie sind sie stark genug, um auch die Folgejahre zu meistern und sich von nichts und niemandem unterkriegen zu lassen.

Ich danke meinem Agenten Michael Meller für seine Unterstützung, seine Zuversicht und seine Kompetenz sowie den Teams von Weltbild und von Droemer Knaur.
Das herzlichste Dankeschön geht wie immer an meinen Mann Frank, der mir während aller Phasen des Schreibens der beste Gesprächspartner und Berater ist, den ich mir wünschen kann. Und an meine Kinder Gunnar und Fiona, für die ich jederzeit mit Vergnügen aus der schriftstellerischen Versenkung in die Realität zurückkehre.

Ich freue mich, wenn Sie meine Homepage besuchen: www.martinasahler.de oder mich bei facebook kontaktieren.

Martina Sahler, im Dezember 2013

Eine Frau kämpft in der grausamen Welt des Mittelalters um ihr Glück.

INY LORENTZ

Die Wanderhure

Die Kastellanin

Das Vermächtnis der Wanderhure

Die Tochter der Wanderhure

Töchter der Sünde

»Mittelalter erwacht zum Leben.«
Bild am Sonntag

KNAUR

Der Ruf der unendlichen Weite

MARTINA SAHLER

Weiße Nächte, weites Land

Roman

Deutschland im 18. Jahrhundert. Die beiden Schwestern Christina und Eleonora könnten unterschiedlicher nicht sein. Christina ist temperamentvoll und stets auf ihren Vorteil bedacht – ganz anders als die zurückhaltende junge Witwe Eleonora. Doch eines verbindet sie: Sie wollen ein neues Leben beginnen und folgen dem Ruf der Zarin Katharina, in Russland ihr Glück zu suchen. Doch die Wirklichkeit erweist sich als sehr viel rauher und grausamer, als es sich beide in ihren Träumen ausgemalt haben …

KNAUR